TERESA SPORRER

DRAGON PRINCESS

Ozean aus Asche und Rubinen

IMPRESS

© privat

Teresa Sporrer hegte schon ihr ganzes Leben lang eine große Leidenschaft für Bücher: zunächst als Leserin, später auch als Bloggerin und mittlerweile ist sie selbst eine erfolgreiche Autorin. Ihre Reihe über verwegene Rockstars spielte sich in die Herzen vieler Leser*innen. Neben witzig-romantischen Lovestorys schreibt sie auch Fantasy-Romane über Antihelden wie chaotische Hexen und ruchlose Piraten.

Für alle,
die nicht auf ihren Prinzen warten,
sondern selbst nach dem Schwert greifen.

Prolog

Es war einmal eine junge wunderschöne Prinzessin.

Wie es im Land Brauch war, sperrte man sie im Jugendalter in einen alten Turm, welcher von einem bösen Drachen bewacht wurde. Dort wartete die Prinzessin auf ihren Prinzen, der sie vor dem Ungeheuer retten und sie zur Frau nehmen würde.

Dort wartete sie.

Und wartete.

Und wartete.

Aber wenn sie nicht gestorben ist, was ist dann mit ihr passiert?

Teil 1

Der Rubin und der Seeräuber

Das Königreich Yevel im mittleren Reich ist genau für zwei Dinge bekannt: Edelsteine und Drachen. Edelsteine gibt es in Hülle und Fülle, mehr als das Land je ausgeben könnte. Die Drachen sind allerdings inzwischen nahezu ausgerottet.

In der gleichnamigen Landeshauptstadt, in welcher auch der König mit seiner Familie residiert, bildet man schon seit Jahrhunderten Drachentöter aus. Das Töten von Drachen ist so eng mit der yevelschen Kultur verbunden, dass der König zu verschiedenen Anlässen das Leben einer dieser Kreaturen nehmen muss: Sei es nun vor seiner Krönung, wenn ein männlicher Nachfolger geboren wird oder bei der Brautwerbung, falls das Erstgeborene der Königsfamilie ein Mädchen ist.

Frage: Woher kommen die ganzen Edelsteine? Es gibt da viele furchtbare Vermutungen …

Aus: Das Lexikon zum mittleren Reich, Band 2, M-Z; verfasst von der Historikerin Celica Vanderblod

I.

Ruby

Ruby wusste, dass man Piraten nicht vertrauen durfte. Und genau darum kamen auch nur Piraten für ihren Plan infrage.

Obwohl sie in ihrem Leben noch nie einem echten Piraten begegnet war, hatte sie in ihren alten Büchern viel über diese Seeräuber gelesen und einige sehr wilde und sicher übertriebene Gerüchte von den Stadtbewohnern aufgeschnappt. Sie konnte sich ein gutes Bild von den Männern und Frauen machen, die dieses unehrenhafte Leben bevorzugten. Die meisten von ihnen waren Verbrecher oder andere Ausgestoßene der Gesellschaft. Es waren Menschen, die in ihrem Leben nichts mehr zu verlieren hatten. Und sie waren gierig nach Gold und Silber, Edelsteinen und Juwelen.

Genau das brachte die Piraten nach Yevel, die Stadt, die Ruby ihr Zuhause nennen musste. Yevel war bekannt für seinen Reichtum, insbesondere für seine nie enden wollende Quelle an reinen Edelsteinen: Smaragde, Rubine, Saphire, aber auch Topase, Turmaline, Granate und viele weitere gab es hier. Das unglaubliche Vermögen der Bewohner spiegelte sich auch im Alltäglichsten wider: Schmuck und Gewänder mit bunten Steinen waren ganz normal – selbst bei Bewohnern aus der Mittelschicht. Adelige besaßen nicht selten Essbesteck aus Edelsteinen und Gold. Einmal hatte Ruby sogar ein Zahnstocher-Set aus Saphiren und Smaragden gesehen – und natürlich sofort mitgehen lassen. Nun lag es mit mehreren kleineren Edelsteinen und einem geklauten Dolch auf ihrem Schlafplatz. Für Ruby war es mehr als nur irgendwelches Diebesgut. Es waren ihre kleinen Schätze. Sie würde die Steine nicht weiterverkaufen, da sie ihr ein Gefühl der Geborgenheit vermittelten.

Obwohl sie keinen ihrer kleinen Schätze jemals wieder hergeben würde, hasste Ruby es, stehlen zu müssen. Sie hasste es fast so sehr wie diese verlogenen Piraten.

Aber eins musste Ruby dann doch zugeben: Piraten waren alle frei und darauf war Ruby unglaublich neidisch. Es hatte eine Zeit gegeben, da hatte Ruby mehr besessen als die Kleidung, die sie am Leib trug, und die wenigen Habseligkeiten, die sie sich zusammengestohlen hatte. Sie hatte nicht in einer Höhle leben müssen. Sie hatte nicht auf einem kalten Boden mit Fellen geschlafen, sondern in einem richtigen Bett mit Matratze und einer weichen Daunendecke. Aber eines war Ruby schon vorher nie gewesen: frei. Sie war immer schon eingesperrt gewesen, auch wenn man es vielleicht nicht direkt gesehen hatte.

Sie schob die Gedanken an ihr altes Leben schnell beiseite. Wenn ihr Plan gelingen würde, würde sie bald alle Freiheit der Welt haben.

Während Ruby in ihrer Höhle herumlief und die Sachen suchte, die sie brauchte, um möglichst unauffällig in die Stadt zu gehen, folgte ihr aufmerksam ein Augenpaar in der Dunkelheit.

»Ihr wollt Euch wirklich an Piraten wenden?«, fragte ihre treue – und einzige – Freundin Onyx. In ihren hellgrünen Augen spiegelte sich Besorgnis. »Piraten sind nicht gerade für ihre Hilfsbereitschaft bekannt. Eigentlich für das genaue Gegenteil …«

»Ich werde auch nicht an ihre Hilfsbereitschaft appellieren«, erwiderte Ruby. Sie wischte den alten Dolch an ihrer Lederhose ab und steckte ihn sich an ihren breiten Gürtel aus Schlangenleder, welchen sie selber gefertigt hatte. »Sie haben ihre Interessen und ich verfolge meinen eigenen Plan. Die beiden Sachen lassen sich einfach nur gut kombinieren.«

Ruby hatte jahrelang ihren Rachefantasien nachgehangen. Monatelang hatte sie versucht einen Plan zu schmieden, der nicht ihren sicheren Tod in den Händen der Drachentöter bedeutete.

Zugegeben, die Idee, Piraten miteinzubeziehen, war ihr erst gestern Abend gekommen, als sie gesehen hatte, wie ihr Schiff an einer abgelegenen Stelle der Küste angelegt hatte – weit weg vom eigentlichen Hafen und dafür in der

Nähe des Elendsviertels, in dem sich auch Ruby immer herumtrieb. Herumtreiben *musste,* verbesserte sie sich grimmig in Gedanken.

Zuerst hatte Ruby gedacht, dass sie ihren Verstand verlieren würde und deswegen Piratenschiffe halluzinierte. Es war Jahre her, dass sie mit einem Menschen geredet hatte, und es wäre deshalb auch nicht verwunderlich, wenn sie langsam durchdrehte.

Es kam nicht sehr selten vor, dass Piraten in die Stadt kamen – aber die meisten machten augenblicklich wieder kehrt, wenn sie die schwer bewaffneten Drachentöter erblickten, die in der Stadt patrouillierten. Erst recht, wenn das Drachenfest bevorstand und nahezu alle Palastwachen ausnahmsweise mit dem Festzug durch die Straßen der Stadt marschierten.

Je näher sie dem Schiff gekommen war, desto sicher war sie sich gewesen, dass sie nicht nur halluzinierte. Die Menschengrüppchen, an denen sie wie ein Schatten vorbeigehuscht war, redeten über das Schiff mit dem schwarz-roten Segel. Dem Anschein nach hatten die Piraten unter ihrem Kapitän schon zweifelhaften Ruhm erlangt: Man erzählte sich, dass sie einmal zwanzig adelige Mädchen in einem fremden Königreich entführt haben sollten. Das bezweifelte Ruby allein aus logistischer Sicht: Was hatten sie mit den Mädchen gemacht? Wo hatten sie sie untergebracht? Ruby glaubte nicht, dass das Schiff mehr als fünfzehn Personen fassen konnte.

Ein anderes Gerücht hatte Ruby schon mehr aufhorchen lassen: Einer der Piraten sollte ein gesuchter Mörder sein, der aus dem Gefängnis ausgebrochen war.

Einbrechen oder ausbrechen war für Ruby ein und dasselbe. Wer gut ausbrechen konnte, der war sicher auch gut im Einbrechen.

Ab diesen Moment war sich Ruby sicher gewesen, dass sie diese Piraten brauchte, um ihren Plan umzusetzen. Denn entweder sie waren dumm oder sie waren furchtlos. Ruby hoffte insgeheim jedoch auf eine Mischung aus beidem.

Schließlich hatte sie ein waghalsiges Unterfangen vor: Sie wollte in den Königspalast von Yevel einbrechen und den einzigen Gegenstand stehlen, der sie von den Fesseln ihrer Vergangenheit lösen konnte.

»Ich will nur in den Palast«, sagte Ruby mit fester Stimme. »Die Piraten können dabei gerne ein paar Kleinigkeiten mit sich nehmen. Solange ich heil rein- und wieder rauskomme, ist mir egal, was sie der Königsfamilie stehlen. Ich denke, dass das ein guter Ansporn für sie ist.«

»Das ist gefährlich, Herrin.«

Bei dem Wort ›Herrin‹ bekam Ruby sofort ein ungutes Gefühl im Bauch. In Onyx hatte Ruby ihre allererste Freundin gefunden und sie wollte, dass sie sich auch als Rubys Freundin fühlte. Wenn dem nicht so war, machte Ruby etwas falsch. »Ich habe es dir schon hundertmal gesagt, Onyx«, sagte sie mit sanfter Stimme zu ihr. »Ich bin und war nie deine Herrin.«

Onyx nickte nur. »Du musst das trotzdem nicht für mich tun«, warf sie daraufhin ein. »Fliehe! Lass dieses Land ein für alle Mal hinter dir. Beginne ein neues Leben weit weg von hier, bevor jemand rausfindet, dass du noch lebst! Was–«

»Ich gehe nicht ohne dich!«, unterbrach Ruby Onyx scharf. »Wir verlassen dieses Land gemeinsam oder gar nicht.«

Onyx wusste, dass sie ohne Ruby verloren war. Wenn Ruby nicht mehr hier wäre, wäre es nur noch eine Frage von Wochen oder Monaten, bis jemand die Höhle entdeckte und die fast wehrlose Onyx tötete. Sie hatte nicht mehr viel Kraft übrig, um sich zu schützen. Trotzdem wollte Onyx lieber ihr Leben geben, als Ruby in Gefahr zu bringen. Und das alles, obwohl ihr Onyx sie schon mal vor dem sicheren Tod bewahrt hatte.

Ruby erinnerte sie daran.

»Ich wusste damals aber nicht, ob ich dir damit das Leben retten kann«, gab Onyx zu bedenken. »Du hättest genau so gut sterben können. Es war nichts als Glück.«

»Aber du hast es zumindest versucht. Du hast wenigstens etwas getan, während mich all die anderen sterbend zurückließen.«

»Du bist mir nichts schuldig, He– Ruby.«

»Genau. Ich tue das nicht, weil ich Schuldgefühle habe, sondern weil du meine Freundin bist.«

In Onyx' Gesicht erschien etwas, das man wohl als müdes Lächeln deuten konnte. Natürlich war sie nicht im Geringsten beruhigt.

Onyx hatte sich schon vor Jahren damit abgefunden, dass sie bald sterben würde, und schien von Tag zu Tag mehr zu schwinden. Sie wirkte noch abgemagerter als Ruby, wobei dies bei Onyx' Körperbau schwer zu sagen war. Ihren schwindenden Lebensmut erkannte Ruby aber am eindeutigsten in ihren Augen. Manchmal tat es Ruby im Herzen weh, wenn sie sah, wie Onyx litt.

Ruby kannte dieses Gefühl der Hilflosigkeit und der Apathie nur zu gut, da sie selbst einmal geglaubt hatte, sterben zu müssen. Aber dann hatte Onyx sie gerettet. Sie hatte ihr so etwas wie ein Zuhause gegeben, als sie nirgendwo mehr hinkonnte, und sei es nur eine feuchte Höhle in der überall Pilze wucherten. Pilze waren zumindest ein gutes Kopfkissen ...

Onyx hatte es verdient, frei zu sein.

Solange Ruby nicht tot war, würde sie die Hoffnung nicht aufgeben.

»Du wirst sehen«, sagte Ruby. »Spätestens morgen Abend wirst du wieder mal etwas anderes sehen als diesen schäbigen dunklen Stein und diesen endlosen Wald. Du wirst endlich wieder etwas anderes essen können als Hase und Eichhörnchen. Und vor allem wirst du endlich wieder den Wind auf deiner Haut spüren können.«

Nach diesen aufmunternden Worten, beeilte Ruby sich beim Zusammenpacken. Sie hatte noch einen langen Marsch vor sich und wenn sie zu spät kam, waren die Piraten vielleicht schon sturzbetrunken und deshalb unbrauchbar.

Ruby zog ihre gestohlenen Stiefel an und den Mantel, den sie sich aus verschiedenen Lederteilen zusammengenäht hatte. Wenigstens eine Fähigkeit aus ihrem früheren Leben hatte sich damit als nützlich erwiesen.

Ruby steckte sich zur Sicherheit auch noch zwei Dolche an den Ledergürtel. Diese hatte sie ausnahmsweise nicht gestohlen. In den Elendsvierteln verging kein Tag, an dem keine blutige Schlägerei stattfand. Ab und zu hatte sie schon Messer und einmal sogar einen Säbel auf dem Boden gefunden. Etwas blutverkrustet, aber immerhin noch gut zu gebrauchen.

Der nächste Gegenstand verursachte ihr schon beim Anblick Bauchschmerzen. Es war eine schwarze Maske, die ihr halbes Gesicht verdeckte.

Die Holzmaske hatte zwei lange Hörner und eine Schnauze, aus der spitze Zähne hervorlugten.

Selbst Onyx zuckte zusammen, als sie Ruby in ihrer Verkleidung sah.

Ruby mochte diese Maskerade auch nicht, aber sie gestattete sich nicht, sich unwohl zu fühlen. Sie musste vor diesen Piraten souverän auftreten. Sie hatte vielleicht nur diese eine Chance.

»Ich hasse dieses schreckliche Theater«, murmelte Onyx und wandte den Blick ab.

»Ich auch.«

Onyx meinte damit das heute stattfindende Drachenfest. Das war wohl auch der Grund, warum die Piraten den Mut gefasst hatten, mit dem Schiff in der Stadt anzulegen. Sie war sich sicher, dass sie die Erzählungen über das Spektakel hierhergelockt hatte. Das Fest war weit über die Grenzen des Landes bekannt. Jedes Kind auf dem Kontinent kannte die Feierlichkeiten, welche an dem Tag begangen wurden, an dem der letzte frei lebende Drache in Yevel ausgelöscht wurde. In dem Land, das in den meisten Büchern als Heimatland der Drachen bezeichnet wurde. Aber das war wohl nun endgültig Vergangenheit …

Ruby konnte sich eine Welt, in der die Drachen frei lebten, gar nicht mehr vorstellen. Als sie geboren wurde, waren schon beinahe alle Drachen getötet worden.

Diese Festivitäten hatte nur einen Vorteil: In dieser Zeit war die ganze Stadt in Feierlaune und der König mit seiner Familie nicht in seinem Palast, sondern auf seinem Landsitz etwas abseits der Hauptstadt. Schließlich hatte er den letzten Drachen eigenhändig einen Speer ins Herz gerammt – zumindest, wenn man den Erzählungen Glauben schenkte. Seine Abwesenheit symbolisierte seinen Ausritt, um weitere Drachen zu suchen und zu töten.

Als Kind hatte Ruby dieses Fest geliebt – jetzt hasste sie es wie alles andere an diesem verfluchten Königreich.

»Ich werde dich befreien«, versprach Ruby ihrer treuen Freundin. Sie drückte ihre Stirn sanft an ihre. »Und dann wird dieses verdammte Land brennen. Ich gehe erst, wenn das alles hier nur noch aus Asche und Steinen besteht.«

***

Die Kneipe ›Zum nassen Kiesel‹ machte ihrem Namen in einer Stadt, in der selbst Nachttöpfe mit Edelsteinen verziert waren, alle Ehre: Es war *die* Absteige schlechthin. Die meisten Stühle und Tische waren bei Schlägereien schon mal beschädigt und danach nur unzureichend repariert worden. Es gab kein einziges unbeschädigtes Möbelstück. Überall waren Holzstücke abgebrochen worden und von den Blutspritzern wollte Ruby gar nicht reden und erst recht nicht vom Gestank: Bier, Schweiß, Erbrochenes, Blut und Tabak. Der Geruch der Leute hatte sich schon längst in das Holz und wahrscheinlich sogar in die Ziegelsteine des Lokals eingebrannt. Lange konnte es Ruby hier nie aushalten. Bei den letzten Besuchen, die meist darauf ausgelegt waren, andere Leute zu bestehlen, war sie keine Stunde geblieben und hätte sie in den letzten Tagen etwas gegessen, dann hätte sie es sicher nach dem Besuch in der Kneipe erbrochen.

Ihre Sinne waren im Vergleich mit anderen Menschen ein bisschen schärfer als die anderer Menschen, aber wie abgestumpft mussten die Leute sein, die täglich mehrere Stunden in der Absteige verbrachten?

Ruby straffte die Schultern.

Das war jetzt egal. Sie musste den Kapitän des Schiffes finden und ihn irgendwie von ihrem waghalsigen Plan überzeugen.

Der ›nasse Kiesel‹ war also ihre erste Anlaufstelle, nachdem das Piratenschiff verwaist auf sie gewirkt hatte.

Sie öffnete die Eingangstür, welche ihr Eintreten mit einem Knarzen ankündigte. Wenigstens fiel sie dieses Mal nicht wieder aus den Angeln wie bei ihrem letzten Besuch ...

Das gute am ›Kiesel‹ war, dass niemand Ruby beachtete, als sie eintrat. Hier hatte jeder etwas vor den anderen zu verbergen und jeder wusste, dass es einem das Leben kosten konnte, wenn man mit der Vergangenheit des Einzelnen zu vertraut war.

Sofort strömten die ekelerregenden Gerüche auf Ruby ein. Aber das war nicht so schlimm wie der Anblick, der sich ihr darbot: Viele der Gäste und alle Kellnerinnen trugen Drachenmasken. Die Masken waren mal blau, mal rot, grün, violett oder gelb. Bei manchen lugte eine lange Zunge heraus. Andere hatten seltsame Augen. Die Drachenköpfe waren alle hässlich grotesk.

Ruby fühlte Wut in ihr aufsteigen.

Drachen waren hier nichts anderes als Wesen, über die man sich lustig machte. Schließlich konnten sie einem nichts mehr antun, nun, da vermeintlich alle frei lebenden Exemplare getötet worden waren. Es gab zwar Gerüchte, dass außerhalb von Yevel noch einige Drachen lebten, aber Gerüchte waren nun einmal nur Gerüchte ...

Ruby richtete widerwillig ihre Maske, damit sie durch die mit Stoff verhangenen Augenlöcher die Umgebung besser erkennen konnte. Sie war sich sicher, dass sie die Piraten unter den üblichen Gästen gleich erkennen konnte.

Und tatsächlich fiel ihr ein Mann gleich ins Auge. Er war um die vierzig Jahre alt, mit sonnengegerbter Haut und in eine schwarze Kluft gekleidet, die schon mal bessere Tage gesehen hatte. Dazu kam eine schwarze Augenklappe.

Fast hätte Ruby gelacht. Er hätte nicht noch mehr nach Pirat aussehen können.

Er spielte gerade mit einem jungen Mann um einige Goldmünzen Karten. Zahlreiche Krüge Bier ließen darauf vermuten, dass die beiden schon länger miteinander spielten.

Perfekt!, dachte Ruby. Wenn er gerade um Einsatz spielte, musste er ihr zumindest kurz zuhören. Und wenn er durch den Alkohol gute Laune hatte, musste sie ihn vielleicht auch nicht lang beschwatzen.

Zielstrebig steuerte sie die beiden Männer an.

»Se–« Ihre Stimme brach und sie musste sich räuspern. »Seid Ihr der Piratenkapitän?«, fragte sie den älteren Mann aus unnötiger Höflichkeit.

Er neigte den Kopf und sah zu ihr hoch. Er starrte sie mit dem einen Auge nur eine Weile mit gerunzelter Stirn an, bevor er sich kopfschüttelnd wieder dem Spiel zuwandte.

Für einen kurzen Moment war Ruby verunsichert. Er wollte ihr also nicht mal zuhören?

»Ich habe Ihnen einen Vorschlag zu unterbreiten«, begann sie erneut. »Ich habe gehört, dass Ihre Crew sehr fähig ist.«

»Ach, und was genau hast du über die Piraten gehört?«, fragte der Junge am Tisch.

Ruby funkelte ihn böse an. Er hatte mit dieser ganzen Sache nichts zu tun.

»Ich bin nur neugierig.« Er lächelte sie breit an. »Ich mag Piratengeschichten.«

Ruby schenkte ihm nur einen kurzen scharfen Blick. Dabei erkannte sie, dass er unter seinem weißen Leinenhemd ein paar Karten versteckt hatte. Wahrscheinlich war der Kerl irgendein adeliger Spross, der es aufregend fand, wenn er sich in einer Gegend rumtrieb, in der man für einen Edelsteinring mal eben von der Seite abgestochen wurde. Das würde zumindest die lange, wulstige Narbe an seinem Hals erklären, die sich bis zu seinem linken Wangenknochen hochzog.

Ruby rümpfte die Nase. »Ich habe einen Auftrag für Sie und Ihre Crew, den Sie sich unbedingt anhören sollten. Es ist ein Angebot, das man nur einmal im Leben bekommt.«

Der Pirat reagierte nicht, stattdessen begann der unhöfliche junge Mann zu lachen. Er schmiss die Karten auf den Tisch.

»Dann lass mal hören, Prinzessin«, sagte er und lehnte sich so lässig in seinem Stuhl zurück, dass Rubys feines Gehör das eindeutige Knacken von Holz vernahm. Erst jetzt bemerkte sie den Schwertgürtel um seine Hüften. »Denn *ich* bin Kapitän Fynn. Der da ist nur ein zungenloser Priester der Stummen Bruderschaft.«

II.

Fynn

Fynn hatte gerade eine Pechsträhne beim Pokern gehabt, als die aufdringliche Frau aufgetaucht war und seinen letzten verbleibenden Mitspieler abgelenkt hatte. Wer brauchte schon Glück, wenn man wegen der Unachtsamkeit des Gegners mühelos einige Goldmünzen einstreichen konnte?

Fynn wurde allerdings hellhörig, als die Unbekannte von einem Angebot sprach. Normalerweise ließ er sich nicht anheuern, aber die letzten zwei Schiffe, die Fynn mit seiner Mannschaft überfallen hatte, waren beide Nieten gewesen. Sie hatten kaum Gold oder andere Schätze an Bord gehabt. Langsam wurde das Geld knapp und bisher verlief der Aufenthalt in Yevel auch ganz anders als geplant. Fynn und seine Mannschaft hatten sich dafür entschlossen, die Stadt anzusteuern, weil sie für ihren Reichtum bekannt war – und für den Alkoholpegel der Bewohner während des Drachenfestes. Am leichtesten stahl es sich nun mal von Kindern, Alten und Betrunkenen. Fynn besaß gerade noch so viel Ehre, von niemanden zu stehlen, der jünger war als er oder fünfzig Jahre älter. Zudem konnten sich Kinder ziemlich fies an einem klammern und Alte prügelten gerne mal mit einem Stock auf einen Dieb ein. Das wusste er aus Erfahrung. Dann blieben also nur noch diejenigen, die sich ein Bier nach dem anderen reinkippten. Allerdings hatte er bis jetzt nur zwei kleine Saphire und einen fingernagelgroßen Smaragd erbeutet – und gerade eben ein paar Goldstücke. Hoffentlich sah es bei Scada und Nox besser aus. Und hoffentlich gab Eleanore kein Geld aus, sondern nahm sich einfach, was sie wollte. Er hatte ihr schon hundertmal erklärt, dass sie als Piratin mit ihren Fähigkeiten das konnte – aber jedes Mal fuhr sie ihn völlig entrüstet an.

Neugierig musterte er die junge Frau. Ihr Alter war schwer zu schätzen: vielleicht ein oder zwei Jahre jünger oder doch älter? Die Maske, die ihr halbes Gesicht verdeckte, machte eine klare Einschätzung seinerseits ein wenig schwierig. Und vielleicht auch die sieben leeren Bierkrüge, die noch vor ihm auf dem Tisch standen.

Es war wirklich schwer zu sagen. Unter der schwarzen Maske sah er nur grellrot geschminkte Lippen auf heller Haut und langes flammend rotes Haar, das ihr in Wellen über die Schultern bis über die Brust fiel. Ihre Kleidung war total dreckig und an den meisten Stellen schon einmal geflickt worden. Sie trug einen zerschlissenen Ledermantel, Hosen und Handschuhe. An ihrem Gürtel war ein kleiner Beutel befestigt. Wahrscheinlich war sie auch bewaffnet. Er vermutete, dass ihre Stiefel ein gutes und leicht erreichbares Versteck für Dolche waren.

Im Großen und Ganzen sah sie wie eine einfache Straßendiebin aus. Nur der Lippenstift und die offenen Haare verwirrten Fynn. Dadurch fiel sie doch nur noch mehr auf – würde eine Straßendiebin tatsächlich so rumlaufen?

»Du bist Kapitän Fynn?«, fragte sie deutlich verwundert nach.

Unter der Maske runzelte sie bestimmt die Stirn.

»Aye! Ich weiß schon, was du denkst«, lächelte er sie an. »Ich bin viel zu gut aussehend für einen Piraten. Vielen Dank für das Kompliment.«

Sie zuckte gleichgültig mit den Schultern. »Ich würde eher jung und unerfahren sagen.«

»Oh, das haben schon viele Frauen vor dir gesagt – und jede war danach angenehm überrascht. Soll ich dich auch von meinen Fähigkeiten überzeugen?«

Sie schüttelte leicht genervt den Kopf. »Schon gut. Ich glaube dir auch so.«

Die Unbekannte musterte ihn erneut.

Fynn gehörte zu der Sorte Piraten, die auf keinen Fall die Körperhygiene vernachlässigten, auch wenn sie wochenlang auf See waren. Er hatte sich vor dem Landgang nicht nur ausgiebig gewaschen, sondern war auch frisch rasiert.

»Du willst mir also ein Angebot machen?« Er ließ den Kopf im Nacken kreisen. Er gehörte eigentlich nicht zu den Menschen, die gerne mit anderen kooperierten. »Lass uns das Ganze doch mal etwas genauer besprechen, meine Schöne.«

Immer noch lächelnd deutete er auf einen leer stehenden Tisch – weit weg von den anderen Gästen. Zwar war sich Fynn sicher, dass die Kneipenbesucher viel zu beschäftigt mit Bier und halb nackten Kellnerinnen waren, und der stumme Bruder konnte ohne Zunge nicht viel weitererzählen, aber man konnte trotzdem nie wissen ...

Während die Diebin nur mit den Schultern zuckte, räumte Fynn noch seinen Gewinn ab. Mit einer Armbewegung strich er die Goldmünzen in seinen Beutel ein. »Danke für das interessante Spiel«, bedankte er sich noch bei dem ehemaligen Klosterbruder. »Mögen die ewigen goldenen Götter dich segnen. Oder so in der Art.« Er faltete die Hände und verbeugte sich scherzhaft. Mit Religion konnte Fynn nun einmal nicht viel anfangen. »Amen.«

Als Fynn sich von dem Platz erhob, nahm er aus den Augenwinkeln eine ungewöhnliche Bewegung wahr. Sein eigener Schatten war unförmig und bewegte sich im Schein des Kerzenlichts, auch wenn Fynn still stand. Gut. Jetzt war er nicht mehr allein. Wenn das hier wirklich nur eine Falle war, hatte er zumindest eine Absicherung.

»Geh doch schon mal vor, meine Schöne«, schmeichelte er der Unbekannten weiter. »Ich überlasse dir die Platzwahl.«

Wenn sie misstrauisch war, sprach sie es zumindest nicht aus.

Fynn beobachtete sie bei jedem ihrer Schritte genau. Versuchte herauszufinden, wer sie war, ohne sie direkt zu fragen. Die Fremde war groß gewachsen. Sie war mindestens genau so groß wie er. Das überraschte ihn, da die Frauen auf diesem Kontinent normalerweise viel kleiner und auch nicht so schlank waren. Vielleicht war sie auch gar nicht von hier. Allerdings war ihr Haar zu außergewöhnlich für ein nördlicheres Land und ihr Teint zu hell für einen der südlichen Kontinente.

Sie nahm auf dem Stuhl Platz. Sie bettete ihre gefalteten Hände in ihrem Schoß, wie es Adelige in diesem Land üblicherweise taten. Das musste aber noch nichts heißen.

»Du hast beim Spiel betrogen«, sagte sie zu ihm, als er sich ihr gegenüber hinsetzte.

»Aye, natürlich habe ich das«, sagte Fynn. »Ich habe diese Art von Kartenspiel noch nie zuvor gespielt. Da musste ich doch ein paar Karten zinken. Sonst hätte ich haushoch verloren.«

»Ändert nichts daran, dass du betrogen hast.«

»Solange es meinen Mitspielern nicht auffällt, ist es für mich kein Betrug, sondern zeugt nur von meinem Talent.«

Die Unbekannte verschränkte die Arme vor der Brust. Warum trug sie an so einen warmen Sommertag nur Handschuhe?

»Willst du mir nicht mal deinen Namen verraten, Prinzessin?«

»Ruby«, sagte sie mit kalter Stimme. »Und nenne mich nicht immer Prinzessin.«

»Soll ich dich stattdessen ›kleine Diebin‹ nennen?«

»Ich bin keine Diebin«, stritt sie sofort ab.

Er sah sie nur mit einem wissenden Lächeln an.

»Nicht in erster Linie. Ich stehle nur, wenn ich es wirklich tun muss«, gab sie kleinlaut zu. »Ich bin nicht so wie du.«

»Zum Glück. Die Welt braucht nicht noch mehr von mir.«

Fynn kam es so vor, als würde Ruby nur selten mit Menschen interagieren. Sie wusste nicht so recht, was sie mit ihren Händen tun, und erst recht nicht, was sie zu ihm sagen sollte. Sie hatte aber Glück, dass Fynn nur zu gerne redete.

»Ich darf mich jetzt auch noch mal förmlich vorstellen. Mein Name ist Fynn. Ich bin der Kapitän des Blutenden Adlers. Seeräuber. Charmeur. Menschenkenner.«

Ruby schwieg immer noch. Sie schien alles andere als begeistert von Fynns Auftreten zu sein.

Was hatte sie denn erwartet, als sie die Kneipe aufgesucht hatte? Einen Piraten, der einen Papageien auf der Schulter spazieren trug und mit einem blutbefleckten Säbel rumwedelte, während er im Takt mit dem Holzbein stampfte? Er kannte keinen anderen Piratenkapitän, der Ruby angehört hätte. Die meisten gingen alles andere als klug und bedacht vor. Hauptsache, sie verschossen viel Schießpulver und landeten ziemlich bald auf dem Schafott. Ihr kopfloses Verhalten führte dazu, dass sie selber den Kopf verloren.

Fynn war da anders. Er wäre mit seinen einundzwanzig Jahren kein Kapitän, wenn er nicht über eine gute Menschenkenntnis verfügt hätte. Er hatte sich die perfekte Crew zusammengestellt. Jedes seiner Crew-Mitglieder war wie ein kleines Zahnrädchen. Jedes Rädchen passte perfekt zu den anderen. Nur so konnte eine Mannschaft funktionieren, ohne dass gemeutert wurde oder die Crew-Mitglieder nur für ihre eigenen Ziele kämpften.

Bevor die beiden weiterreden konnten, tauchte eine Kellnerin auf. Sie trug eine schillernd blaue Drachenmaske und ein knappes Kleid aus braunem Schlangenleder. Es war so eng, dass Fynn fürchtete, dass es bei zu viel Bewegung platzen würde. Nicht, dass ihn das gestört hätte ...

»Darf ich dir was bringen, mein Hübscher?«, fragte sie, ohne Ruby zu beachten. Stattdessen ließ sie ihre Hand über Fynns Schulter gleiten.

»Hallo, meine Schönheit«, flirtete er zurück. »Kannst du uns bitte zwei Krüge Bier und etwas von dem süßen Apfelkuchen der Hausherrin servieren? Ich habe nur Lobeshymnen darauf gehört.«

»Ich habe keinen Hunger«, knurrte Ruby ablehnend.

Doch Fynn ließ sich nicht so leicht von seiner Masche abbringen. »Bring uns doch gleich einen ganzen Kuchen«, beorderte er augenzwinkernd und drückte der Kellnerin zwei Silbermünzen in die Hand.

Ruby murmelte etwas Unverständliches.

Kaum war die Kellnerin wieder da, stürzte sich die junge Frau nach kurzem Zögern mit beiden Händen auf den Kuchen. Sie beachtete Fynn gar nicht mehr, sondern stopfte sich den süßen Teig gierig in den Mund.

Sie war eindeutig keine Adelige. Keiner mit blauem Blut würde beim Essen solch fast schon obszöne Geräusche von sich geben – egal wie sehr sie unter Hunger litt.

Da sie so unglaublich hungrig war, verstärkte Fynns Überlegung, dass sie doch nur eine gewöhnliche Diebin war, die sich mit diversen Einbrüchen über Wasser halten musste. Sie war mit hoher Wahrscheinlichkeit auch noch eine Waise, die nichts und niemanden hatte.

Nachdem sie den Kuchen verschlungen hatte, trank sie auch noch das Bier in einem Zug aus. Erst dann merkte sie, dass Fynn sie die ganze Zeit über schweigend beobachtet hatte.

Ruby war merkbar peinlich berührt. »Ich … ich …«

»Kein Problem«, meinte er nur. »Ich weiß, wie es ist zu hungern. Aber nun lass mal von deinem Angebot hören«, sagte Fynn und nippte nur leicht an seinem Bier. »Ich bin schon sehr gespannt.«

Ruby sagte geradeheraus: »Ich will in den Palast einbrechen.«

Fynn lachte über Rubys Scherz, bis er merkte, dass sich ihre Lippen keinen Millimeter verzogen hatten. Sie meinte das tatsächlich ernst.

»Und du denkst, dass ich da mitmachen soll? Warum? Ich hänge zufällig sehr an meinem Leben. Solange ich in diesem Land keine Straftat begehe, können sie mich nicht einmal dafür einbuchten, dass ich ein Pirat bin.«

»Im Palast gibt es sehr viele Edelsteine und–«

Fynn unterbrach sie harsch: »Was nutzen mir Edelsteine, wenn ich tot bin? Ich meine: Ja, mein Sarg würde damit hübsch aussehen, aber das wäre es dann schon.«

»Warum denkst du, dass du dabei sterben wirst? Ich habe gehört, dass jemand aus deiner Mannschaft schon mal aus einem Gefängnis ausgebrochen ist. Einbrechen ist doch viel leichter, oder?«

Damit meinte sie bestimmt Scada. Und tatsächlich wäre Scada auch sofort mit dabei, in den Palast einzubrechen, aber er würde dabei auch eigensinnig und zerstörerisch vorgehen. Er war das Zahnrädchen seiner Mannschaft, das sich manchmal etwas verkeilte. Aber Fynn arbeitete daran.

»Im Palast gibt es etwas, dass ich dringend brauche«, gestand Ruby Fynn unaufgefordert.

Schade, dass er durch die Maske ihre Gesichtszüge nicht richtig deuten konnte: Log sie? Meinte sie es ernst? War das alles nur eine Falle?

Aber was sollte es ihr schon großartig einbringen, wenn sie Fynn hereinlegte? Sein Kopfgeld von ungefähr einhundert Goldmünzen war in Yevel kaum etwas wert. Die Stadtwache war nur an Drachen interessiert.

»Ist es wertvoll?«, fragte er.

»Für mich ja, für die anderen nicht.« Ihre Finger schlossen sich so fest um den Bierkrug, dass ihre Fingerknöchel spitz hervortraten. »Die Königsfamilie hat mir vor langer Zeit etwas gestohlen. Es ist an der Zeit, es mir zurückzuholen.«

Oh, dachte Fynn. Vielleicht war Ruby früher doch eine Adelige gewesen. Ihre abwertende Haltung hatte ihn also nicht zu Unrecht an Eleanore erinnert.

»Ich war schon öfter im Palast«, versuchte Ruby ihn zu locken. »Der Gegenstand wird auch nicht besonders bewacht. Ich bin nur nicht geübt mit Schwertern und habe Angst, dass mich die Wache erwischt. Es ist ein zu großes Risiko, alleine einzubrechen. Ich brauche einen ...« Sie zögerte. »Einen Beschützer.«

»Und darum soll der dumme Pirat mit?«, mutmaßte Fynn. »Denn der *dumme Pirat* springt gleich, wenn man ihn mit Juwelen lockt. Es ist doch egal, wenn der *dumme Pirat* mit dem Schwert geköpft wird. Hauptsache, mir passiert nichts.«

Sein Gegenüber blieb reglos.

Ruby war verzweifelt. Keine Frage. Aber warum war sie gleichzeitig so naiv zu glauben, dass er, den sie noch keine dreißig Minuten kannte, ihr helfen würde?

Er war kein Prinz.

Er war ein Pirat.

»Bist du schon mal in einen Palast eingebrochen?«, fragte ihn Ruby.

»Ja, schon zwei- oder dreimal«, erinnerte er sich. »Einmal war ich sturzbetrunken, also könnte es auch sein, dass ich den Palast mit einem teuren Bordell verwechselt habe. Reichlich Samt und Glitzer weisen beide Gebäude auf.«

»Dann–«

»Hör mir zu, Kleine.« Fynn beugte sich vor. Er versuchte ihr in die Augen zu sehen, aber schwarzer Stoff verdeckte diese. Er konnte ihre Umrisse nur ungefähr erahnen. »Yevel ist mit den anderen Städten nicht zu vergleichen. Yevel ist das reichste Land der Welt. Reichtum bedeutet Macht. Alle Wachen sind ausgebildete Drachentöter und absolut königstreu. Es ist so gut wie unmöglich, sie zu bestechen. Ich kann in der Stadt tun, was ich will. Wenn ich mich jedoch an dem Besitz der Königsfamilie vergehe, dann rollt mein Kopf.«

Sie verzog keine Miene. »Aber falls wir keiner der Wachen begegnen, wird das doch alles hinfällig.«

»Falls«, betonte Fynn. »Das ist sehr unwahrscheinlich.«

Ruby öffnete den Beutel an ihrem Gürtel und legte drei Goldmünzen vor Fynn hin. »Das wäre der Vorschuss.«

»Oh, dann kann ich mir den Mahagoni-Sarg mit purpurnem Samt leisten. Blöd, dass die Palastwachen meine Leiche irgendwo verscharren werden, nachdem sie mir meinen geliebten Kopf von den Schultern geschlagen haben.«

Ruby stand auf. »Überleg es dir«, sagte sie leise, als sie an ihm vorbeiging. »Kurz vor Sonnenaufgang am Palast.«

»Und dein Geld?«, fragte Fynn.

Aber als er sich umdrehte, war Ruby schon verschwunden. Als wäre sie überhaupt niemals in der Taverne gewesen.

»Was für eine seltsame Frau«, murmelte der Pirat vor sich hin. Er ließ eine der Münzen zwischen seinen Fingern hin und her gleiten. »Was gibt ihr nur das Selbstvertrauen ...« Er stockte, als er eine der Münzen genauer betrachtete. Auf seinen Lippen bildete sich ein erkennendes Lächeln.

»Zeig dich, Nox«, befahl Fynn. »Du schleichst doch schon die ganze Zeit um mich rum.«

Wie aus dem Nichts tauchte Nox aus dem Schatten seines Kapitäns auf. Der stumme junge Mann war einer der ersten Personen, die Fynn angeheuert hatte. Meistens hielt er sich im Hintergrund auf. Wortwörtlich. Fynn kannte Nox schon fünf Jahre lang und selbst er wurde manchmal von ihm unabsichtlich überrascht.

Das war sehr komisch, sagte Nox in der Gebärdensprache, die Fynn eigens für ihn entwickelt hatte.

»Natürlich, natürlich«, plapperte er geistesabwesend vor sich hin. »Aber sie hat mich schon ein wenig überzeugt.«

Nox' hellgraue Augen weiteten sich. *Was? In den Palast einzubrechen ist gefährlich.*

»Wir sind Piraten. Alles, was wir machen, ist gefährlich. Es gibt aber einen guten Grund, warum ich so bereitwillig bin.« Er zeigte Nox eine der Goldmünzen, die Ruby ihm gegeben hatte. »Ich glaube, dass ich sie gerne anheuern würde. Sie hat mir mein eigenes Geld aus der Tasche gestohlen, ohne dass ich es bemerkt habe.«

Was?

»An der Münze ist eine Brandspur, siehst du das?« Nox beugte sich vor. »Anissa hat sie bei ihrem letzten Experiment doch versengt.«

Nox staunte.

»Geh zurück zum Schiff«, befahl Fynn. »Teile Anissa mit, was ich vorhabe. Die Zwillinge und Scada sollen sich bereithalten. Schimpfe Eleanore aus, wenn sie schon wieder zu viel gekauft hat.«

Nox nickte gehorsam.

Fynn lächelte zuversichtlich. »Heute Nacht sorge ich dafür, dass die Mannschaft des Blutenden Adlers noch bekannter wir–« Er wollte die Goldmünzen zurück in seinen Beutel stecken. »Warte ...« Er tastete an seiner Hose herum. Wo war ...? Das war doch nicht wahr ...

Was denn?

Fynn wusste nicht, ob er vor Begeisterung lachen oder vor Wut schäumen sollte, weil er sich hatte austricksen lassen.

»Das Mädel hat mir auch noch die Edelsteine geklaut.«

***

Fynn musste sich darauf vorbereiten, in den Palast einzubrechen. Er marschierte also aus der Taverne geradewegs in das nächste Bordell. Zum Glück standen auch hier ein paar hilfreiche Mitarbeiterinnen in knapper Kleidung vor dem Etablissement, sodass der Pirat auch ohne Kenntnisse der Stadt sofort sein Ziel fand.

»Hallo-o!«, flötete Fynn beim Betreten und schepperte ordentlich mit seinem Sack mit ergaunertem Gold.

Sofort hatte er mehr Frauen, als er Finger an beiden Händen hatte, um sich geschart.

»Solch ein schöner junger Mann!«

»Bist du ein Händler?«

»... zu attraktiv für diese dreckige Gegend ...«

»Weg da!« Ein zorniger Schrei. »Der gehört mir!«

»Meine Damen!« Eine etwas ältere Frau zwängte sich durch die Gruppe und versuchte die Gruppe zu beruhigen. Sonst liefen die einzelnen Frauen Gefahr, sich um Fynn zu prügeln. Das wäre bei Weitem nicht das erste Mal gewesen ... »Benehmt euch anständig«, erinnerte sie ihre Angestellten. »Wir wollen doch nicht, dass sich unser Gast unwohl fühlt.«

»Hallo!«, begrüßte er die großbusige Hausdame und versuchte ihr höflichst nicht auf das enorme Dekolleté zu starren. Bei den alten Göttern, sie war doch so alt wie seine Mutter!

»Wie kann man dich den glücklich stellen, mein Junge?«, fragte sie mit einem großen Lächeln auf den grellrot geschminkten Lippen.

»Ich würde gern all diese wunderbaren Frauen«, ein Raunen ging durch Fynns neueste Verehrerinnen, »auf ein Glas Wein mit mir einladen.«

Stille. Entstanden durch pure Enttäuschung.

Was dachten sie denn? Dass Fynn diese zwei Dutzend Frauen aufs Zimmer nehmen würde? Er gab es ungern zu, aber kein Mann konnte das schaffen.

»Oh, du willst meine Mädchen wohl erst näher kennenlernen«, kommentierte die namenlose Besitzerin des Bordells. »Du kannst dir bei der Wahl deiner Gespielinnen ruhig Zeit lassen.«

Fynn schlenderte zur leeren Bar – und tatsächlich folgten ihm alle Frauen. Wenn seine Crew ihm nur einmal so wortlos gehorchen würde!

Es gab nicht genug Barhocker, sodass ein paar Mädchen stehen mussten. Das war kein Problem, da sie sich an Fynn lehnten und begannen ihn zu betatschen.

Aber eines fiel Fynn nun auf: »Gibt es hier keine Männer?«, fragte er etwas überrascht. Er war es gewohnt, dass es in Bordellen Männer und Frauen gab, die ihre Dienste für Geld anboten.

»Männer?« Die Besitzerin tauchte hinter der Bar auf. Das Bordell wirkte zwar nicht so heruntergekommen wie die Taverne des Elendsviertels, aber dass sie sich mit all den Frauen keinen Ausschank leisten konnte, sprach für sich. »Oh, hast du denn kein Interesse an unseren Mädchen?«

Ein paar der Betroffenen keuchten erneut.

»Ich liebe Frauen!«, grinste Fynn. Er legte den Kopf schief, sodass er weich gepolstert auf einem Paar wohlriechender Brüste lag. »Aber im gleichen Ausmaß schätze ich auch die Gesellschaft von jungen Männern.«

Wie oft hatte er das in Bordellen nun schon erklären müssen? Langsam empfand er das als nervig. Er fragte ja auch nicht, warum die meisten Leute nur ein Geschlecht bevorzugten, wenn man mehr haben konnte.

Die Betreiberin des Bordells versuchte zu lächeln, aber sie wirkte eindeutig angespannt. Wahrscheinlich hatte sie Angst, dass er nun verstimmt war und das Etablissement verlassen würde. Aus diesem Grund legte er eine Goldmünze auf die Theke.

»Ich hätte gerne etwas Wein – für euch auch, meine Damen?« Er neigte den Kopf in der Runde. »Ich darf euch doch so nennen?«

»Natürlich, Meister …«

»Fynn.«

»Meister Fynn!«

Meister Fynn? Er biss sich verzückt auf die Lippe. An so etwas könnte er sich glatt gewöhnen. Ob er so etwas auf dem Schiff einführen könnte?

In ein Glas nach dem anderen wurde Wein eingeschenkt. »Und wie heißt ihr alle?«, fragte Fynn, als er großzügig freien Alkohol verteilte.

»Ivy.«

»Mein Name ist Rose«

»Ich bin Yasmin.«

So ging es eine ganze Zeit lang.

»Was seid Ihr denn von Beruf, Meister Fynn?«, fragte eins der Mädchen neugierig.

»Ich bin ein Pirat.«

»Ein Pirat?«, echote eins der Mädchen.

»Aye.« Er tippte auf das Schwert, das noch in der Scheide steckte. »Ich bin sogar ein Piratenkapitän.«

Er hätte seinen Dreispitz mitnehmen sollen, aber er wollte in Yevel nicht mit dem Aufdruck Pirat in der Stadt herumrennen. Es war ihm ja auch ganz gut gelungen, denn Ruby hatte ihn nicht für einen Piraten gehalten.

»Aber müsstet Ihr dann nicht eine Augenklappe tragen?«

»Ach, müsste ich das?«, schmunzelte Fynn. »Wäre ich dann noch attraktiver?«

»Im Gegenteil!«, schrie eins der leichten Mädchen schon fast.

Eine der Frauen strich sanft über sein Gesicht. »Und Ihr seid so rasiert!«

»Ich achte sehr auf mein Äußeres.«

»Woher kommt diese Narbe?«

Fynn musste sich zusammenreißen nicht zu erschaudern, als eine der Dirnen seine Narbe am Hals berührte. Am Anfang hatte er nicht einmal gespürt, dass ihre Finger die wulstige Narbe streiften.

»Aye. Ratet.«

Fynn war schon bei Glas Nummer drei angelangt, als die Frauen mit Vermutungen um sich warfen, angefangen bei einer eifersüchtigen Geliebten bis zu einer Begegnung mit Untoten.

»Oder eine Auseinandersetzung mit einem anderen Piraten.«

Das war ziemlich nah an der Wahrheit dran, wobei sie nie draufkommen würden, warum genau Fynn halb aufgeschlitzt worden war, und zwar mehrmals. Sein ganzer Körper war mit Narben in allen Längen und Breiten übersät.

Fynn machten seine Narben nichts aus. Jede von ihnen zeigte, dass er nicht nur überlebt hatte, sondern auch, dass er *lebte*. Dass er zwar gefährliche Dinge unternahm und oft in Bedrängnis kam, aber er konnte sein Leben so leben, wie er es wollte. Niemand – und erst recht nicht seine Herkunft – schränkten ihn ein.

»Und was war es nun?«, fragte eine der Damen mit großen Augen.

»Ich habe nicht gesagt, dass ich euch die Wahrheit verrate, falls jemand richtig rät«, erklärte Fynn. »Es tut mir leid, meine Damen, aber ein paar Geheimnisse braucht man als Pirat.«

Erneut ging ein Raunen durch seine Verehrerinnen.

»Was hat dich eigentlich nach Yevel verschlagen?«

Fynn zuckte mit den Schultern.

Er wollte nicht verraten, dass ein paar seiner Crew-Mitglieder ihn so lange in den Ohren gelegen hatten, bis er zugestimmt hatte, das Land der Juwelen zu besuchen. Fynn war es – bis auf ein paar Ausnahmen – egal, wo er anlegte. Die See war das Wichtigste.

Darum schob er seinen neuesten Plan vor: »Ich breche in den Palast von Yevel ein!«, erzählte Fynn glucksend. Keine Ahnung, welche Trauben hier im mittleren Reich wuchsen, aber der Saft daraus berauschte Fynn anscheinend viel schneller. Nach zwei Gläschen spürte er schon, dass seine Zunge sich verselbstständigte.

Viele Augenpaare starrten ihn fassungslos an.

Bis eine der Damen in schallendes Gelächter ausbrach.

»Ihr seid so witzig!«, sagte eine der Frauen, die sich als Rose vorgestellt hatte. Sie gab ihm einen spielerischen Klaps auf den Arm.

»Ich meine es ernst«, sagte er mit dem für ihn so typischen Grinsen, das noch mehr der Mädchen zum Lachen brachte.

***

Fynn genoss noch ein paar weitere Stunden mit vollmundigem Wein und angeregten Gesprächen im Bordell.

Ab und an kamen ein paar zahlende Kunden vorbei, aber die Mädchen wollten lieber bei Fynn bleiben und seine Geschichten über mörderische Meerjungfrauen und versteckte Schätze lauschen. Gerade erzählte Fynn darüber, wie er Scada aus dem Gefängnis in Estarossa befreit hatte, als ihm klar wurde, dass schon viel Zeit vergangen sein musste.

»Ich muss nun langsam los«, verkündete Fynn. Als seine Füße den Boden berührten, spürte er, wie sein Körper mit dem Alkohol kämpfte.

Ui, ui, ui … Hoffentlich wurde sein Kopf etwas klarer, wenn er den Palast erreicht hatte. Ruby wirkte nämlich nicht besonders verständnisvoll auf ihn.

»Nein!«

»Bleibt doch noch ein wenig!«

»Aber du warst mit keiner auf dem Zimmer!«

»Nein«, bestätigte Fynn. »Ich muss schließlich noch in einen Palast einbrechen.« Kurze Pause. »Wie gelange ich dort überhaupt hin?«

III.

Ruby

Der Palast von Yevel thronte auf einer Erhebung – zu klein, um sie einen Berg zu nennen, aber immer noch groß genug, damit das riesige und prachtvolle Königshaus mit seinen ungewöhnlichen Edelstein-Türmen herausstach.

In den alten Sagen und Erzählungen des Landes hieß es, dass dort vor Jahrhunderten ein Drache in einer Höhle hauste und der erste König von Yevel das Monster aus Rache tötete, nachdem es die junge Königin gefressen hatte. Daraufhin ließ er als Zeichen seines unglaublichen Sieges den Palast errichten. Die einstmals kleine Festung war nach und nach zu einem riesengroßen Anwesen angewachsen. Inzwischen gab es um die zweihundert Zimmer, welche ausschließlich der Königsfamilie zur Verfügung standen. Die Wachen und Bediensteten mussten in der Stadt schlafen und zu Dienstbeginn immer einen langen Fußweg zurücklegen.

Zum Anwesen gehörte auch ein opulenter Garten mit Springbrunnen, in denen Statuen aus Edelsteinen glitzerten, umringt von einem exakt getrimmten Rasen und einer riesigen Hecke. Das hohe Gewächs reichte einmal um das gesamte Anwesen und wurde von einem gusseisernen Tor verbunden. Dort waren normalerweise zwei Wachen positioniert, aber aufgrund des Festes stand dort nur ein einsamer Mann, den man die Erschöpfung des Wachdienstes schon deutlich ansah. Er blickte wehmütig zur Stadt, wo immer noch reges Treiben herrschte. Seine Wächteruniform war dunkelblau wie der Sternenhimmel, bevor er sich ganz verdunkelte. Die Uniform verzichtete auf Firlefanz, nur die Knöpfe der Uniform bestanden aus hellblauen Edelsteinen.

Für Ruby war es ein Leichtes, über die Hecke zu klettern. Wie eine Katze landete sie auf allen vieren. Unter ihren Füßen knirschten die Kieselsteine kaum hörbar.

Das hatte sie geschafft! So weit war sie bisher schon einige Male gekommen. Der schwierige Teil stand ihr noch bevor. Wie sie erwartet hatte, waren keine Wachen unterwegs. Der ganze Garten lag still in der Dunkelheit vor ihr. Sie hörte lediglich das Plätschern der Brunnen.

Es kam selten vor, dass in den Palast eingebrochen wurde. Sie konnte sich nicht erinnern, dass in den letzten fünfzehn Jahren irgendjemand auf die Idee gekommen war, unerlaubt einen Fuß in den Palast zu setzen. Seit die Drachen beinahe ausgerottet worden waren, gingen die Wachen liebend gerne auf Menschen los.

Ruby hatte keine Angst vor den Drachentötern. Aber die Drachentöter sollten lieber Angst vor ihr haben. Nach dem König standen sie ganz oben auf ihrer Racheliste.

Ihr Selbstvertrauen währte allerdings nicht lange. Je näher sie dem Palast kam, desto übler wurde ihr. Sie spürte, wie sich kalter Schweiß auf ihrer Haut bildete. Ihr Herz schlug auf einmal viel zu schnell. Ihre Füße schienen sich zu verselbstständigen und sie immer näher an den Palast heranzutragen. Sie hasste sich für diese Schwäche.

Wenn sie Onyx befreit hatte, würde sie als Erstes den Palast und alle, die sich darin befänden, niederbrennen.

Als sie vor dem Gebäude stand, überkam sie aber ein ganz anderes Lustgefühl. Sie streifte einen Handschuh ab, um die Edelsteine, die die Palastmauern schmückten, mit den Fingern zu berühren. Ihre Krallen kratzten über die glatte Oberfläche der Steine. Ihre Finger strichen über einen besonders schönen Lapislazuli. Der Stein war dunkelblau wie Tinte und von weißen Fädchen durchzogen. Er war einfach wunderschön. Ruby wollte ihn besitzen. Genau wie den grünen Jaspis rechts oben, der sie an den riesigen See in der Nähe ihrer Höhle erinnerte. Bevor das Wasser ins Blaue überging, war es genau so grün wie dieser Edelstein. Oh, und dieser Hämatit! In seinem Spiegelglanz konnte Ruby ihr graues Spiegelbild sehen.

Es war seltsam. Früher war Ruby von Edelsteinen und Juwelen umgeben gewesen und es hatte sie nie richtig interessiert. Jetzt konnte sie sich der Faszination der Steine kaum noch entziehen.

Plötzlich legte sich eine Hand auf Rubys Schulter. Vor Schreck wirbelte sie herum. Ohne nachzudenken, zog sie einen Dolch aus ihrem Stiefel und wollte ihn schon auf ihren Angreifer niedersausen lassen. Doch er wurde ihr aus der Hand geschlagen.

»Obacht!« Der Pirat hatte auf einmal ganz große Augen. »Pass mit dem Zahnstocher auf. Das kann böse enden.«

»Fynn?«

Normalerweise hätte sie den Piraten schon von Weitem gehört, aber die Schönheit der Edelsteine hatte sie abgelenkt.

Eilig zog sie ihren Handschuh wieder an. In der Dunkelheit hatte er nichts gesehen – oder?

»Guten Abend!«, grinste der Pirat dämlich vor sich hin. »Eine schöne Nacht für einen hirnrissigen Einbruch, oder?«

Er legte den Kopf in den Nacken und starrte mit glasigem Blick in den Himmel. Langsam wurde der violett-rote Abendhimmel vom Schwarz der Nacht verzehrt.

»Du hast getrunken«, stellte Ruby leicht verstimmt fest.

Sie hob ihren Dolch auf und steckte ihn wieder weg.

»Aye. Ich habe mir nur etwas Mut angetrunken«, verteidigte sich Fynn. »Glaub mir, sonst würde ich auf der Stelle kehrtmachen und mir eine weitaus angenehmere Abendbeschäftigung suchen.« Er berührte seinen Hals. »Sind eigentlich alle Damen in all euren Freudenhäusern so bissig? Die Fräulein konnten kaum ihre Hände von mir lassen.«

Ruby war angeekelt.

Sie bereute es, dass sie auf die dumme Idee gekommen war, dass sie ausgerechnet *diesen* Piraten um einen Gefallen gebeten hatte. Während sie ihre Dolche gewetzt und den Palast so gut es ging observiert hatte, hatte er also Frauen begrapscht.

»Wie schön, dass du die Wartezeit so … so *sinnvoll* überbrückt hast.«

Er grinste selig. »Ja, es war ganz nett – und ich musste noch irgendwo das Gerücht verbreiten, dass ich in den Palast einbreche.«

»Na dann–« Erst jetzt wurden ihr die Worte des Piraten bewusst. »Du hast was?!«

Ruby packte Fynn am Kragen seines Hemdes. Am liebsten hätte sie ihm dieses dümmliche Grinsen mit ihren Krallen aus dem Gesicht gekratzt.

Verhalte dich wie ein Mensch. Du bist ein Mensch.

»Reg dich ab, Prinzesschen«, sagte Fynn leichthin. Er packte sie am Handgelenk. Sie war überrascht, wie leicht er ihren Griff lösen konnte. Er war stärker, als er aussah. »In Bordellen reden die meisten Männer nur Blödsinn. Sie schwingen große Reden, um die anwesenden Damen zu beeindrucken. Niemand hat mir geglaubt, als ich damit geprahlt habe. Aber wenn erst mal durchsickert, dass ein Idiot wirklich versucht hat in den Palast einzubrechen und es dann auch noch geschafft hat ...«

Als Ruby auffiel, dass Fynn sie immer noch am Handgelenk festhielt, riss sie sich von ihm los. Die Berührung des Piraten hatte sich durch das Leder gebrannt. Jedoch nicht, weil er besonders fest zugepackt hatte ...

Wann hatte sie ein Mensch das letzte Mal eigentlich mit Absicht berührt?

Ruby drehte Fynn den Rücken zu. »Lass uns gehen«, versuchte sie die für sie unangenehme Lage zu überspielen. »Wir vertrödeln hier nur wertvolle Zeit.«

IV.

Fynn

Fynn wurde von Rubys Reaktion etwas überrumpelt. Er war sich ziemlich sicher, dass sie eine Einzelgängerin war, welche sich sonst von Menschen fernhielt, aber dass sie so heftig auf so eine kleine Berührung reagierte ...

Vielleicht ...

Nein, es war nicht der richtige Zeitpunkt, noch mehr wilde Vermutungen über die junge Frau anzustellen. Wenn die Sache gut lief, würde Fynn noch genügend Zeit haben, sie besser kennenzulernen. Schließlich würde er sie nach dieser Aktion anheuern. Er konnte sich schon lebhaft vorstellen, dass Scada wieder mal darüber maulen würde, weil er den Frauenanteil an Bord jetzt schon zu hoch fand, aber das war Fynn egal. Ohne Anissas Erfindungen wäre die Mannschaft schon mehrmals aufgeschmissen gewesen und ohne Eleanore ... Na ja, Eleanore war zumindest so lange unterhaltsam, bis sie anfing zu nerven oder das Geld der Mannschaft für unnötigen Krimskrams auszugeben.

»Wir haben noch nicht über meine Bezahlung geredet, Prinzessin«, raunte Fynn ihr zu. »Leider komme ich dieses Mal selber mit leeren Taschen.«

Rubys Rücken versteifte sich merkbar. »Ich habe kein Geld, um dich zu bezahlen«, gestand sie ihm. »Aber du kannst deine Edelsteine zurückhaben.«

»Behalt die Juwelen«, sagte Fynn unbekümmert. »Ich kann mit denen nicht viel anfangen. Sie sind viel zu klein.«

»Es sind lediglich Edelsteine. Juwelen sind sie erst, wenn sie geschliffen und zu Schmuckstücken verarbeitet wurden.«

»Aye. Danke für die aufschlussreiche Lehrstunde«, sagte Fynn ironisch. »Aber um auf die Bezahlung zurückzukommen: Ich fordere im Gegenzug für meine Dienste einen Gefallen bei dir ein.«

»Einen Gefallen?«, wiederholte Ruby. Sie wandte sich wieder dem Piraten zu. Erneut ließ die Maske nicht zu, dass Fynn eine Gefühlsregung von ihren Augen ablesen konnte. »Mehr nicht?«

Fynn grinste. »Mehr nicht.«

Münzen und Juwelen konnte er fast überall auf der Welt stehlen. Wenn er und seine Mannschaft Glück hatten, war das nächste Schiff, das sie überfallen würden, das einer adeligen Familie oder ein Händlerschiff. Aber eine solch geschickte Diebin wie Ruby? Er wäre ein Narr, wenn er sie nach diesem Einbruch wieder gehen lassen würde.

Ruby schien einverstanden zu sein, da sie sich in Bewegung setzte. Mit einem Handzeichen deutete sie ihm ihr zu folgen.

»Hm. Ich war ja schon fast überall im mittleren Reich, aber ich habe noch nie etwas so Protziges bewundern dürfen«, kommentierte Fynn einen Springbrunnen im Garten. Er zeigte einen Ritter, der einen Drachen mit einem Schwerthieb den Kopf abhackte. Aus seinem Hals floss Wasser.

Fynn fand die Statue ziemlich geschmacklos.

Ruby fuhr herum und drückte Fynn gegen einen der prahlerischen Springbrunnen. Eine Hand presste sie gegen seinen Mund, mit der anderen deutete sie ihm still zu sein. Über seine Schulter hinweg beobachtete sie den Palast. Sie drückte ihren drahtigen Körper eng an seinen. Ruby roch nach frischem Moos und nach verbranntem Feuerholz. Ein seltsamer Geruch für eine junge Frau.

So jäh sie ihn gegen den Brunnen gedrückt hatte, so plötzlich ließ sie ihn auch wieder los.

»Ich bin mir nicht sicher, ob da jemand war«, flüsterte Ruby erklärend. »Komm, lass uns weitergehen. Im Palast kann man sich besser verstecken.«

Zielstrebig führte sie den Piraten zu einem alten Baum. Er war krank und hatte deshalb all seine Blätter eingebüßt, aber die Äste waren dick und wirkten auf Fynn noch stark genug, um daran hochzuklettern.

Ruby drehte sich ein wenig zu Fynn. »Ich hoffe, du kannst gut klettern«, meinte sie mit einem kleinen Lächeln auf den roten Lippen.

»Selbstverständl–«

Ihm blieben die Worte im Hals stecken, als er sah, mit welcher Leichtigkeit Ruby den Baum erklomm. Er hatte schon Eichhörnchen gesehen, die sich damit schwerer getan hatten.

Auch Fynn mühte sich deutlich mehr ab. Er versuchte es damit zu rechtfertigen, dass er noch einen Beutel für das Diebesgut und sein Schwert mit sich rumschleppte.

Es war eine kleine Genugtuung, als Ruby mit ihrer Drachenmaske in den Ästen der Baumkrone hängen blieb. Die Hörner hatten sich im dichten Geäst verfangen. Da sie ihren Kopf nicht mehr heben konnte, fuhr sie blind mit den Händen herum.

»Warte«, sagte Fynn mit sanfter Stimme. »Ich helfe dir.«

Ein leises »Danke« kam von ihr, als er sie endlich befreit hatte.

Irgendwie schien die Maske sehr wichtig für Ruby zu sein.

»Du könntest die Maske abnehmen, weißt du?«

»Ich will nicht, dass du mein Gesicht siehst.«

»Ich würde nicht sagen, dass Narben jemanden hässlicher machen«, erklärte ihr Fynn. »Es macht einen viel mehr interessanter.« Mit den Fingern strich er selber über die Wulst, die sich über seinen ganzen Hals zog. Nur einen Fingernagelbreit weiter oben und er wäre damals jämmerlich verblutet.

»Habe ich mich mit einem anderen Piraten bis zum Tod meines Kontrahenten mit Degen duelliert oder hat mir eine eifersüchtige Geliebte mit ihrem zerbrochenen Duftflakon den Hals aufgeritzt?« Er schmunzelte. »Die Geschichte ändert sich jedes Mal.«

Fynn hatte gehofft, dass Ruby sich dadurch etwas öffnen würde. Stattdessen sprang sie uninteressiert von dem Ast direkt aufs Dach des Palastes.

»Wer sagt, dass ich Narben habe?« Dieser Satz war ihre einzige Reaktion auf das Gesagte.

Während Fynn auf allen vieren krabbeln musste, balancierte Ruby anmutig auf dem Dachgesims. Er hatte Schweiß auf der Stirn stehen. Obwohl er eigentlich keine Höhenangst hatte, wagte er es nicht, nach unten zu sehen. Würde er abstürzen, wäre das sein sicherer Tod. Er hatte dem Todesgott schon so oft ins Auge geblickt, dass es ihm ein schwächliches Grinsen entlockte, als er daran dachte, dass er diesmal draufgehen konnte, weil ihm ein bisschen schwindelig war.

Vielleicht hätte er den Wein im Bordell doch ablehnen sollen ...

Dementsprechend lange brauchte Fynn dann auch für die Strecke.

»Und nun?«, fragte er sie am Ende des Daches. Wortlos drehte sie sich zu ihm um, nur um dann vom Dach zu hüpfen.

Fynn unterdrückte einen Schrei. Er rechnete schon fest damit den dumpfen Aufprall ihres Todessprungs auf dem Kies zu hören. Kein Mensch überlebte so einen Sturz. Nicht mal die katzenhafte Diebin. Er hatte sich kaum von dem Schock erholt, als Rubys Oberkörper am Ende des Daches erneut auftauchte.

»Wo bleibst du denn?«, herrschte sie ihn an. »Was siehst du mich denn so seltsam an? Glotz nicht, sondern folge mir!«

Dann verschwand sie wieder.

Eilig kroch Fynn zum Rand und blickte hinunter. Tatsächlich entdeckte er nicht weit entfernt ein offen stehendes Fenster. Woher hatte Ruby nur gewusst, dass sie hier reinkonnte? Er war sich sicher, dass man das Fenster von außen nicht erkennen konnte, da ein anderer Teil des Palastes die Sicht darauf versperrte.

Rubys maskierter Kopf sah aus dem Fenster. »Fynn!«

»Ich bin ein Pirat, kein Zirkusakrobat!«, zischte er schlecht gelaunt. »Soll ich ausrutschen und mir das Genick brechen?«

Langsam ließ er sich vom Dach herunter. Als er mit den Füßen die Fensterbank spürte, erlaubte er es sich, erleichtert aufzuatmen. Danach war es nur noch ein kleiner Sprung ins Innere des Zimmers.

Draußen hatten Fynn und Ruby genug Licht gehabt, da aus fast allen Fenstern elektrisches Licht geleuchtet hatte. Dieses Zimmer war aber vollkommen in Dunkelheit gehüllt. Er konnte durch das Mondlicht gerade einmal Ruby sehen, die genau vor ihm stand. In der Beleuchtung wirkte sie mit ihrer Verkleidung fast unmenschlich.

Sie grinste übers ganze maskierte Gesicht. »Hattest du etwa Angst?«, neckte sie ihn.

»Angst würde ich es nicht nennen«, antwortete Fynn etwas beleidigt. »Ich habe nur der Situation angemessen reagiert. Du hättest mir das mit dem offenen Fenster auch von Anfang an erzählen können.«

»Das Fenster war nicht offen. Es ist nur etwas kaputt«, erklärte sie ihm. »Wenn man von außen gegen das Holz auf der rechten Seite drückt, öffnet es sich ganz leicht.«

Fast hätte Fynn gelacht. Das war es also? Man konnte durch ein kaputtes Fenster in den Palast von Yevel eindringen? Da war ja selbst sein Piratenschiff besser vor Eindringlingen geschützt!

»Woher wusstest du das?«

»Wir haben keine Zeit zu plaudern«, wehrte Ruby die Frage ab. »Ich hole mir jetzt den Schlüssel und du darfst dir den Beutel voll mit Juwelen stopfen.«

Ah, sie wollte also einen Schlüssel stehlen? Aber ob sie so etwas Kleines und Unbedeutendes wie einen Schlüssel finden konnten, bevor sie von den Palastwachen entdeckt werden würden. Oder wusste sie auch hier ganz genau, wo sie suchen musste?

»Wo sind wir hier eigentlich gelandet?«, wollte Fynn wissen. Er sah einen großen Tisch und ein paar Stühle. Am anderen Ende des Zimmers befand sich wohl ein großes Bücherregal, aber auch das konnte er im spärlichen Licht nur erahnen.

»Das ist das Studierzimmer des Palastes«, erklärte sie ihm flüsternd. »Der Nachwuchs des Königspaares wird hier unterrichtet. Da die Königsfamilie aber nicht anwesend ist, steht das Zimmer leer.«

»Du kennst dich gut aus«, stellte Fynn fest. »Aber du wirst mir sicher nicht sagen, warum das so ist, oder?«

Sie nickte nur. »Folge mir leise«, wies sie ihn an. »Es dürften kaum Wachen im Palast sein und die meisten werden wohl schon eingenickt sein, aber wenn wir Lärm machen, werden sie nur unnötig auf uns aufmerksam.«

Ruby ging vor. Sie öffnete langsam die Tür uns steckte den Kopf raus. Schon bevor sie ihm ein Handzeichen geben konnte, war Fynn hinter ihr. Beim Rausgehen steckte er schon mal ein teuer aussehendes Buch als Geschenk für Anissa ein.

Der Palast war von innen nicht weniger beeindruckend als von außen. Der Boden war aus Alabaster und natürlich waren Edelsteine in ihn eingelassen worden. Je eine Armlänge auseinander befanden sich Glaslampen an der Wand, welche mit elektrischem Licht betrieben wurden. Darüber hingen riesige Porträts von den ehemaligen Königen des Landes.

Fynn stellte zwei Sachen fest: Erstens, dass nur Könige abgebildet worden waren. In diesem Land konnte man wohl nur als Mann den Thron besteigen. Das war nicht so ungewöhnlich. Er kannte nur eine Handvoll Länder, in denen das anders war. Und zweitens hatten alle Könige dieselbe gelbe Augenfarbe.

Er verweilte eine kurze Zeit vor dem Abbild des letzten abgebildeten Königs. Das war doch mehr als nur künstlerische Freiheit. Wer hatte denn bitte schön eine gelbe Iris?

Unter jedem Bild stand ein goldenes Tischchen mit einem handgroßen ovalen Edelstein. Wenn ihm die Beute schon so ansprechend präsentiert wurde, wäre er ja ein Narr, wenn er nicht zugreifen würde.

Es lief doch alles wie am Schnürchen. Es war totenstill im Palast, nur das elektrische Surren des Lichts war zu hören. Nur Ruby und Fynn waren hier und einen Haufen Kostbarkeiten. Fynn würde nicht von sich behaupten, dass er ein gieriger Mensch war, und er war kein Pirat geworden, um sich Reichtum anzueignen, aber bei den herumliegenden Edelsteinen – oder Juwelen? – konnte er sich einfach nicht beherrschen.

»Wir kommen nun den königlichen Gemächern näher«, informierte Ruby den Piraten. »Ich würde jetzt sagen, dass es mir leidtut, aber das ist nicht der Fall.«

»Was tut dir nicht leid?«, fragte Fynn verwirrt.

Sie stand am Ende des Ganges und winkte ihm lächelnd zu.

Bevor er frage konnte, hörte er Schritte.

Ruby schenkte ihm nur ein boshaftes Lächeln, bevor sie über das Treppengelände sprang.

Und in diesem Moment verstand Fynn, dass er für Ruby nur ein Ablenkungsmanöver gewesen war. Sie kannte sich im Palast so gut aus, dass sie bestimmt auch wusste, wie viele Wachen gerade unterwegs waren.

Er sollte den Soldaten ins Netz gehen, damit sie ungestört nach dem Schlüssel suchen konnte.

Die Wachen, die in diesem Moment um die Ecke bogen, hatten die begabte Diebin nämlich nicht gesehen. Wogegen Fynn gut sichtbar mitten im Gang stand und sich gerade einen roten Stein einsteckte.

»Verdammt!«

Zum Glück hatte Fynn sein Schwert eingesteckt. Er hatte zwar schon ewig nicht mehr damit gekämpft, aber das verlernte man ja nicht. Das hoffte er zumindest.

»Sieh an!«, sagte einer der Wachen. Er war einen Kopf größer und führte so etwas wie eine Streitaxt mit sich. Auch seine dunkelrote Rüstung war ein wenig einschüchternd. Der Brustpanzer schien nicht aus Eisen, sondern aus vielen einzelnen Edelsteinen zu bestehen. »Ich glaube, dass wir heute endlich mal wieder ein wenig Spaß auf der Arbeit haben werden.«

Die andere Wache entblößte die Zähne. Drei davon waren aus Edelsteinen. »Ich lass ihn für uns mal etwas tanzen!«

Fynn war schon öfter auf Palastwachen getroffen und auch schon öfter auf königliche Soldaten. Allerdings war noch nie jemand mit einer Peitsche auf ihn losgegangen. Die mit Eisen verstärkte Spitze traf ihn völlig überraschend. Er spürte, wie die Haut an seinem Fuß aufplatzte und nahm erst verzögert den scharfen Schmerz wahr.

Mit einem Schmerzensschrei taumelte Fynn einige Schritte nach hinten. Er war von seiner Verletzung so abgelenkt, dass ihn der zweite Soldat leicht überwältigen konnte. Er riss Fynn zu Boden und setzte sich einfach so auf ihn drauf.

Der Pirat biss sich auf die Unterlippe. Er fühlte sich so gedemütigt.

»Das war ja ein schneller Spaß. Sollen wir ihn in den Kerker werfen?«, fragte der Soldat, der auf Fynns Rücken saß. Er hob Fynns Schwert vom Boden auf. »Sieh dir das an! Das hier scheint wertvoll zu sein.«

»Das ist nur unnötiger Aufwand«, warf der andere ein. »Und was wird der König sagen, wenn er erfährt, dass ein dreckiger Dieb in den Palast gekommen ist, während wir Dienst hatten? Ich will nicht ausgepeitscht werden. Ich bin derjenige, der andere auspeitscht.«

Als Fynn unbeweglich am Boden lag, bemerkte er, dass sich sein Schatten unnatürlich bewegte.

»Ist euch beiden Vollidioten eigentlich aufgefallen, dass ich zwei Schatten besitze?«

Nox rammte zuerst dem Soldaten mit der Peitsche das Messer in den Hals. Bevor sein Partner reagieren konnte, steckte die Klinge auch in seinem Hals, sodass das Blut nur so spritzte.

»Ich brauch ein neues Paar Schuhe«, sagte Fynn zu Nox. Er entriss dem toten Soldaten sein Schwert. »Erinnere mich, dass mir Ruby ein Paar neue Stiefel schuldet.«

Nox' Gesichtsausdruck war finster. *Du lässt dich immer von schönen Frauen um den kleinen Finger wickeln.*

»Das stimmt nicht«, stritt Fynn ab. »Ab und an haben mich auch schon gut aussehende Männer die ein oder andere riskante Tat verüben lassen. Ruby trägt eine Maske. Deshalb kann ich nicht mal sagen, ob sie schön ist. Ruby ist nur interessant.«

Interessant? Nox warf die Hände fassungslos in die Luft. *Sie hätte dich sterben lassen!*

»Ich würde ja lügen, wenn ich selber noch nie jemanden in den Rücken gefallen wäre«, sagte Fynn. Er fuhr sich mit der Hand durch das dunkle Haar. »Obwohl ich durch ihre Aktion schon etwas verstimmt bin. Jetzt schuldet mir die kleine Diebin erst recht einen Gefallen!«

V.

Ruby

Ruby landete zwei Etagen tiefer sanft auf ihren Füßen.

Für einen kurzen Moment gestattete sie sich, einen einzigen Gedanken an den Piraten zu verschwenden. Für einen Seeräuber schien dieser Fynn ungewöhnlich nett gewesen zu sein. Sogar unterhaltsam. Allerdings hatte er für ihren Geschmack zu viele Fragen gestellt.

Aber – das musste sie sich nun mal eingestehen: Es gab Leute, die den Tod eindeutig mehr verdient hätten als er.

Eigentlich ist Fynn selbst schuld, redete sich Ruby ein. Wie kann man nur so naiv sein und einer Fremden trauen, die nicht einmal ihr Gesicht zeigt?

Als sie zielstrebig gen Thronraum schritt, hörte sie noch, wie Aleksanders Peitsche knallte. Sie erschauderte am ganzen Körper. Sie hatte das geplant. Sie hatte das so gewollt, redete sie sich wie ein Mantra ein. Sie hatte es so gewollt, denn es hieß entweder er oder sie. Fynn oder Onyx und Ruby. Irgendjemand musste heute Nacht sein Leben geben, damit Onyx frei sein konnte. Und Ruby durfte aus diesem Grund nicht sterben.

Immer, wenn das Drachenfest stattfand, waren lediglich die Dienstältesten anwesend, während der Rest der Palastwache den König und seine Familie begleitete oder am Umzug in der Stadt teilnahm. Die zwei Wachen, die Fynn angegriffen hatten, hießen Aleksander und Erec. Die beiden waren schon über fünfzig, aber immer noch gefährliche Gegner. Drachentötern war es nicht gestattet, eine Familie oder sogar eine Geliebte oder einen Geliebten zu haben. Ihre Ausbildung galt nur dem Abschlachten von Drachen. Darum hatten die meisten auch einen kleinen Sprung in der Schüssel. Bei einigen glich Schüssel eher schon einem Scherbenhaufen.

Aber das zählte nun nicht mehr als Rubys Problem.

Der Thronraum von Yevel war wohl ohne Zweifel der prachtvollste Raum auf der ganzen Welt: Die Wände bestanden aus einem Mosaik aus Edelsteinen, welches einen berittenen König zeigte, der mit seiner Streitaxt gerade einen Drachen erlegte. Der Boden bestand aus poliertem Gold. Statt den Boden mit Blattgold zu überziehen, hatte man Platten aus purem Gold verwendet. Darüber lag ein burgunderroter Teppich, der so fein gewoben war, dass man dachte, man würde auf einer Wolke laufen. Doch das Kernstück bildete der beeindruckende Thron aus weißem Alabaster. Er maß über drei Meter an Höhe und war der einzige Gegenstand im ganzen Raum. Wenn Leute vor dem König sprachen, wirkte der einsame, aber imposante Steinthron meist einschüchternd auf sie. Er zeigte, dass es in diesem Land nur eine Macht gab.

Der König konnte über alles und jeden bestimmen. Es gab niemanden, der sich ihm zu widersetzen traute.

In Ruby flammte die Wut hell und unbeherrscht wie ein Feuer auf. Sie wünschte sich in diesem Moment, dass sie ein feuerspeiender Drache wäre, damit sie den Anblick des Thrones nicht eine Sekunde länger erdulden musste.

Ruhe, sagte sie sich selbst. Lass dich nicht ablenken.

Ruby wollte nicht an den König denken. Aber das war schwer, denn ihr Weg führte sie aus dem Thronsaal direkt in die dahinter liegenden Schlafgemächer des Herrschers. Ruby hatte versucht ihre Gefühle im Zaum zu halten, aber als sie das Bett des Königspaares entdeckte, kochte blinde Wut in ihr hoch. Sie holte ihren Dolch hervor und stach immer und immer wieder auf das Kopfkissen ein. Sie stellte sich vor, dass es der Körper des Königs war, den sie mit den Messerstichen traktierte, bis das Blut nur so spritzte.

Erst als sie völlig außer Atem war, kehrte sie in die Wirklichkeit zurück. Statt Blut lagen nun überall weiße Federn verteilt.

»Scheiße!«, fluchte sie. »Das wollte ich nicht.«

Außer Atem und schweißbedeckt lehnte sie sich kurz gegen eine Wand.

Völlig unerwartet gaben Rubys Beine nach. Es war nicht die Erschöpfung, die Ruby so übel mitspielte.

Achtzehn Jahre ... und sie war immer noch ein verängstigtes Kind.

Ruby gönnte sich keine längere Pause. Sie schwang sich wieder auf die Beine. Eigentlich wollte sie keine Spuren hinterlassen, aber nun war es auch egal. Dieses Bett – dieser ganze Raum – würde bald nur noch ein Häufchen Asche sein, wenn sie an den Schlüssel kam.

Ruby ließ ihren Blick durchs Zimmer schweifen. Der Schlüssel war zwar ein starkes magisches Artefakt, aber ohne die dazu passende Halskette war er lediglich ein Stück Eisen. Nicht wert, dass man ihn in der Schatzkammer oder einem ähnlichen Platz verwahrte. Das würde sogar verdächtig wirken.

Er musste sich im Schlafgemach befinden.

Aber wo?

»Erinnere dich«, sagte sie sich selbst. »Du hast ihn schon mal gesehen.«

Rubys Erinnerungen an den Gegenstand waren von einem dichten Nebel umgeben. Sie sah den grauen Schlüssel genau vor sich, aber alles andere erkannte sie nur durch einen dunkelgrauen Schleier.

Es wurde angekettet, hörte sie in ihren Erinnerungsfetzen jemanden sagen.

Gut, kam es von König. Damit steht der Freite nichts im Weg.

Ruby bewegte sich vom Bett weg. Sie schloss aus, dass der Schlüssel in die Matratze eingenäht worden war. Das war viel zu umständlich.

Sie öffnete eine Schublade des Schreibpultes. Darin fanden sich nur Briefpapier, Wachs und das königliche Siegel von Yevel: die Königskrone über dem Kopf eines geköpften Drachens.

Als sie das Siegel erblickte, kam die Wut erneut so urplötzlich über Ruby, dass sie die Schublade herauszog und gegen das Bücherregal schleuderte. Während die Bücher aus dem Regal fielen, beruhigte sich ihr Atem langsam wieder.

Sie ging zum Regal und hob eines der ledergebundenen Werke auf. Sie fuhr mit ihren behandschuhten Fingern die Prägungen nach. Ruby liebte Bücher. Immer, wenn sie sich allein gefühlt hatte, hatte sie ein Buch zur Hand genommen und darin gelesen, bis ihre Umgebung sich auflöste und die

Geschichte lebendig wurde. Bis Ruby ein Teil von den Seiten und die Geschichten ein Teil von ihr wurden. Sie liebte die Geschichten über Prinzessinnen und Ritter. Bis sie gemerkt hatte, dass Märchen eben nur Märchen waren: nichts als Druckerschwärze auf Papier.

Ruby riss bei ihrer Suche ein Buch nach dem anderen aus dem Regal. Vielleicht war in einem der Wälzer ein Geheimfach. Noch bevor sie die Hälfte durchgegangen war, riss sie kurzerhand das ganze Regal von der Wand. Dahinter war nichts.

Sie stieß einen lauten Frustschrei aus. Die Drachentöter würden sich nicht ewig mit Fynn beschäftigen.

Ruby kniete sich auf den Marmorboden. War der Stein hier irgendwo uneben? Kniend suchte sie den Boden ab, bis sie bei der herausgerissenen Schublade landete. Sie wollte sie wieder wegschleudern, bis ihr auffiel, dass das Holz an der Seite kaputt war und der Boden sich löste. Unter dem Boden war ein Geheimfach versteckt. Rubys Herz vollführte einen Freudensprung nach dem anderen. Sie hob den falschen Boden an und dort lag der dunkelgraue Eisenschlüssel.

»Onyx«, flüsterte sie mit brüchiger Stimme. »Ich habe es geschafft.«

Dieses Mal würde die Stadt brennen – und nicht sie. Dieses Land hatte ihr die Unschuld geraubt und sie würde jeden einzelnen Bewohner dafür leiden lassen.

Ruby steckte den Schlüssel in ihren Hüftbeutel, stellte das Buch zurück und eilte aus dem Schlafzimmer.

Wahrscheinlich waren die Wachen mit Fynn längst fertig. Sie musste dringend aus dem Palast verschwinden. Allerdings musste sie den gleichen Weg wieder rausnehmen.

»Du bist ja gut drauf!«, ertönte eine männliche Stimme hinter ihr, als sie gerade den Thronraum durchqueren wollte, ohne noch einmal auf ihre Vergangenheit zurückzublicken.

Nein, nein, nein! Das war unmöglich!

Nun musste sie doch einen Blick nach hinten riskieren.

Auf dem Thron aus Alabaster räkelte sich doch tatsächlich der Pirat! Zu seinen Füßen hatte er seinen Beutel stehen, aus dem schon die Edelsteine überquollen.

Ruby hatte zuvor nie viel Zeit verschwendet, den Seeräuber zu mustern, aber nun ließ sie ihren Blick langsam von oben nach unten schweifen. Sie hoffte, dass irgendetwas darauf hindeutete, dass es nicht Fynn war, der sie mit einem schiefen Grinsen und einem neckischen Funkeln in den dunkelbraunen Augen wortlos verspottete.

Seine dunklen Haare waren leicht gelockt und länger, als es in Yevel für Männer gerade Mode war. Am Hinterkopf hatte er sie zu einem ... einem Ding zurückgebunden. Es war mehr ein Stoppel als ein Pferdeschwanz. Auf seiner hellbraunen Haut war kein einziger neuer Kratzer – nein, nicht einmal ein Schweißtropfen – zu sehen.

Er sah gut aus, das musste Ruby zugeben. Auf dem Thron sitzend konnte man ihn sogar mit einem Prinzen oder einem jungen König verwechseln. Und leider wirkte er dabei auch sehr lebendig.

»Das ist unmöglich! Völlig unmöglich! Nein ...«, stammelte Ruby vor sich hin. »Du müsstest tot sein!«

Fynn richtete sich auf dem Thron auf. »Wie schön, dass du offen und ehrlich zugibst, dass dir bewusst war, dass mich der Einbruch das Leben hätte kosten können.« Er zog das Schwert aus der Scheide und richtete es auf Ruby. »Willst du dich vielleicht erst mal bei mir entschuldigen?«

Ruby startete einen Fluchtversuch. Weit kam sie aber nicht.

»Halt sie fest, Nox!«, befahl Fynn – aber wem?

Außer ihr und dem Piraten war niemand im Thronraum gewesen.

Völlig unvermittelt packte jemand Rubys Arme und drehte sie ihr auf den Rücken. Sie stieß einen leisen Schrei aus – mehr aus Frustration als aus Schmerz. Wer immer dieser Nox war: Er war stark und seine Haut viel zu kühl für die eines normalen Menschen. Ruby konnte so viel zerren und springen, wie sie wollte, Nox hielt sie auf der Stelle fest.

Fynn ging ganz langsam auf sie zu. Das Schwert hielt er vor sich gestreckt.

»Wie?«, fragte sie nur. »Wie hast du überlebt?«

»Ich lebe, ja, aber meinen armen Stiefel hat es erwischt.«

Ruby blickte auf seine Füße. Tatsächlich war ein Teil des rechten Stiefels abgetrennt worden, sodass Fynns nackte, blutige Zehen zu sehen waren. Wenn sie nicht so in der Klemme gesteckt hätte, hätte sie es beinahe witzig gefunden.

»Das waren die ältesten und erfahrensten Drachentöter der Stadt!«

Fynn verzog das Gesicht. »Ja, das hat sie schlussendlich das Leben gekostet. Sie waren ein bisschen zu sehr von sich überzeugt.«

Ruby traute ihren Ohren kaum: »Du hast sie getötet?«

»Nox und ich haben die beiden getötet. Na gut, Nox hat es getan – aber nur, weil ich ein wenig unpässlich war.« Er fuchtelte mit dem Schwert herum. »Damals ... Schon vor meiner Zeit als Pirat war ich ein guter Schwertkämpfer und ...«

Alles, was Fynn danach sagte, hörte Ruby nicht mehr. Ihr Herz schlug so schnell, dass sie in ihren Ohren nur noch ihr eigenes Blut rauschen hörte.

Ruby hatte nicht gemerkt, dass dieser Nox im gleichen Raum war wie sie, und er hatte zwei erfahrene Krieger mühelos und im Alleingang getötet.

Sie erschauderte. Was hatte sie sich da nur eingebrockt?

»Auf die Knie«, befahl Fynn und Nox drückte Ruby mit übermenschlicher Kraft auf den Boden. Ruby versuchte sich zu wehren, sie schrie, aber Nox gab kein Stück nach. Sie sah noch, wie Fynn sein Schwert hob, und dann schloss sie die Augen.

Das war es also.

Ruby würde mit dem Schlüssel in ihrem Besitz sterben. So nah an ihrem Ziel.

Onyx, es tut mir leid, dachte sie in ihren letzten Momenten. Ich war dumm.

Sie wartete auf den Schmerz. Sie wartete darauf zu fühlen, wie das Schwert ihr den Kopf vom Hals trennen würde. Fynns Statur nach geschätzt würde er womöglich zweimal zuhacken müssen. Hoffentlich würde sie nach dem ersten Mal schon nichts mehr spüren. Sie hatte genug öffentlichen Hinrichtungen beigewohnt und wusste von den Beobachtungen, dass es eine wirklich unschöne Angelegenheit war.

Aber warum ließ er sich nur so viel Zeit?

Ruby öffnete die Augen.

Es dauerte eine Zeit, bis sie wieder klar sehen konnte, so fest hatte sie zuerst die Augen zugekniffen.

Neben Fynn stand nun ein blasser junger Mann mit kurzen schwarzen Haaren und Augen so dunkel, dass sie ebenfalls komplett schwarz erschienen. Er trug ein fremdländisch anmutendes Hemd mit Stickereien, dazu aber eine ähnliche Lederhose wie Fynn.

Das war Nox? Er sah kein Jahr älter als Ruby aus. So ein schmächtiger Junge konnte niemals die Kraft haben, sie so festzuhalten.

Moment mal!

Ruby sprang auf die Füße. Am liebsten hätte sie dem Piraten kräftig eine gescheuert, aber sie hatte ein wenig An– ... sie hatte Respekt vor Nox.

»Hattest du ein bisschen Angst, Prinzessin?«, höhnte Fynn. Das Schwert steckte er mit einer geschmeidigen Bewegung wieder zurück. »Ich hoffe, dass dir das eine Lehre war.«

Nox berührte Fynn kurz am Arm. Er deutete Fynn irgendetwas mit den Fingern. Der Pirat nickte ihm nur zu. Als Ruby dann blinzelte, war Nox einfach so verschwunden. Er hatte sich in Luft aufgelöst. Ruby vermochte keinen einzigen Schritt verhört zu haben.

»Ich habe dich unterschätzt«, gab Ruby zu. Aber zumindest war sie noch am Leben und hatte den Schlüssel.

»Ich dich ebenso.«

Fynn lächelte Ruby an und sie konnte nicht anders, als ihn weiterhin finster anzustarren.

»Ich behalte dich trotzdem im Auge, Prinzessin.«

»Das ist für deine Gesundheit auch besser so.«

»Nun denn.« Fynn ging zum Thron zurück und schulterte seinen Sack voller Beute. »Lass uns von hier abhau–«

In diesem Moment traf ein Pfeil Fynns Beutel.

VI.

Fynn

Es wäre auch zu schön gewesen: Fynn besaß einen Sack voller Edelsteine und noch all seine Körperteile, als der Pfeil pfeifend knapp neben seinem rechten Ohr durch die Luft flog. Eine Handbreit weiter rechts und der Schuss wäre absolut tödlich gewesen.

»Ruby?«, raunte Fynn schlecht gelaunt. Er war immer mies gelaunt, wenn er aus eigener Dummheit in Lebensgefahr geriet. »Ist das schon wieder eine Falle? Langsam ist das wirklich ermüdend.«

Ruby wich einen Schritt nach hinten. Panik schwang in ihrer Stimme mit. Das beunruhigte Fynn zusätzlich.

»Was? Nein. Nein. Warum er? Warum heute?«, stammelte sie.

»Er?«, hakte Fynn nach. »Wer?«

Ruby reagierte nicht, sie war wie erstarrt. Dann musste er sich wohl in aller Eile einen Plan überlegen. Normalerweise hätte er zur Vorbereitung ein paar Hausmädchen oder Knechte mit Wein zum Reden verführt und dadurch herausgefunden, wie man in das Gebäude eindrang und heil wieder rauskam. Dieses Mal hatte er nichts außer die zur Salzsäule erstarrte Ruby.

Nox hatte recht behalten. Wenn ihn eine schöne Frau um etwas bat, wurde er echt zum Narren.

Am Ende des Ganges vor dem Thronsaal erblickte er eine Gestalt in dunkelblauer Wächteruniform.

»Aye! Komm mit!« Fynn packte die versteinerte Ruby am Arm und rannte los. »Ich bekomme immer schreckliche Kopfschmerzen, wenn mir ein Pfeil im Schädelknochen steckt.«

Fynn hoffte einfach mal darauf, dass der gegenüberliegende Gang sie irgendwo hinführen würde. Er lief in Schlangenlinien und zog Ruby hinter sich hier.

Er fragte sich schon, wann sie sich wieder fangen würde, da kam Bewegung in Rubys geschocktes Gesicht und sie riss sich von ihm los. Sie blickte sich um und wollte schnurgerade über den Gang laufen, aber Fynn riss sie am Arm zurück und hielt sie fest.

»Wenn du nicht getroffen werden willst, würde ich dir ebenfalls raten, im Zickzack zu laufen. Folge mir!«

Der Gang schien endlos zu sein und langsam kam dem Piraten der Verdacht, dass er in eine Sackgasse führen würde.

»Was hast du vor?«, fragte Ruby. Sie war etwas langsamer als er, was wahrscheinlich daran lag, dass die Maske ihr immer wieder vor die Augen rutschte.

»Nicht von einem Pfeil getroffen zu werden«, antwortete Fynn. »Ich habe keinen konkreten Plan, wenn du das meinst.«

»Dieser Gang führt nur in den Ratssaal«, erklärte ihm Ruby, die im Gegensatz zu ihm überhaupt nicht außer Atem war.

»Gut, dann müssen wir versuchen ihn abzulenken«, sagte er. »Wenn ich näher an ihn rankomme, kann ich ihn mit dem Schwert erledigen.«

Warum um alles in der Welt konnte der Schütze so gut auf engem Raum zielen? Fynn musste sich nicht umblicken, um zu wissen, dass die Pfeile ihn lediglich um Haaresbreite verfehlten.

Mit seinem Schwert konnte er da herzlich wenig anfangen. Es hätte auch noch schlimmer kommen können, wenn die Wachen Pistolen benutzt hätten. Was für ein Segen, dass Yevel da äußerst rückständig war.

»Was ist mit Nox?«

»Nox musste sich zurückziehen. Er mag Licht nicht so sehr – insbesondere das elektrische Licht. Er lebt in den Schatten.«

»Und ohne ihn kannst du nicht kämpfen?«

Er biss sich auf die Unterlippe. Was für ein fieses Weibsstück sie doch war. Das gefiel ihm. »Aye. Prinzessin, schmeiß doch du eins deiner Messerchen nach ihm.«

»Bist du sicher, dass er uns überhaupt noch folgt?«

Innerhalb eines Wimpernschlages steckte ein Pfeil in ihrer Maske, mitten auf ihrer Stirn. Ein Blinzeln später traf sie ein weiterer Pfeil oberhalb ihres Herzens, in ihre Schulter. Sie sah aus wie ein schrecklich verzerrtes Nadelkissen.

»Ruby!«, schrie Fynn, der Schock ließ ihn innehalten. Er musste sich zurückhalten, sich nicht zwischen sie und den Schützen zu werfen. Lebensmüde war er noch nicht.

»Meine Maske!«, gab Ruby ein kreischendes Lebenszeichen.

Verdammt!

Der Bogenschütze kam gemächlich den Gang entlang. Er zog einen Pfeil aus seinem Köcher, spannte den Bogen aber noch nicht an. »Fliehen ist sinnlos.«

»Ruby!« Besorgt sah der Pirat auf seine Mittäterin, die immer noch einen Pfeil in der Schulter stecken hatte. Der andere Pfeil hatte sich vermutlich nur in das Holz der Drachenmaske gebohrt, sonst wäre sie nicht mehr so lebendig. »Geht es dir gut?« Er bemerkte ein kleines Nicken. »Wenn dir dein Leben wichtiger als diese dumme Maske ist, dann steh auf.«

»Ich kann nicht«, widersprach sie ihm sofort. »Ich *brauche* die Maske.«

»Aye. Brauchst du nicht«, fauchte er aufgebracht. »Jetzt lass die verdammte Maske fallen.«

»Hör auf deinen Freund, Kleine«, höhnte die Wache. In seinem Lächeln lag mehr als nur eine Spur von Wahnsinn. »Ich will dir ins Gesicht sehen, bevor ich dich töte.«

Ruby kam langsam auf die Beine und ließ die Hände sinken. Kurz darauf fiel die Maske in drei Teilen zu Boden.

Der Pirat erstarrte bei Rubys Anblick. Wer konnte es ihm verübeln? Ihre komplette rechte Wange und die Stelle über ihrem linken Auge waren mit orangeroten Schuppen bedeckt.

Er sah ihr lange in die Augen und versuchte sich zu erklären, warum er nicht wegsehen konnte. Sie waren honiggelb, fast schon irisierend, und ihre Pupillen glichen denen einer Katze, lang und schlitzförmig. Diese Augen hatten nichts Menschliches an sich – aber sie faszinierten ihn sofort.

Allerdings war er nicht sehr einfühlsam, als er ihren Anblick mit einem lang gezogenen »Oh« kommentierte.

»Was bist du denn für ein Monstrum?«, fragte der verblüffte Schütze. Er kniff die Augen zusammen. »Bei den Göttern! Bist du es etwa Ama–«

Fynn hatte auf so eine Reaktion gehofft.

Das Drachenmädchen neben ihm hin oder her, hier bot sich ihm die perfekte Chance. Er rannte auf die Wache los. Der Drachentöter war natürlich nicht zu unterschätzen. Er hatte zwar keine Zeit mehr, den Bogen zu spannen, aber er wollte Fynn mit der Pfeilspitze attackieren. Der Pirat war so dreckige Tricks gewöhnt. Er duckte sich unter dem Hieb hinweg und schlug ihm dann mit der Schwertgriff-Faust den Pfeil aus der Hand. Blitzschnell stieß Fynn der Wache mit dem Knie in den Magen, bevor er mit zwei kräftigen Hieben den Kopf unsauber vom Hals trennte. Man konnte von Demetria denken, was man wollte, selten blieben Klingen so lange so scharf wie aus diesem Land. Das Blut spritzte aus der Wunde. Der kopflose Körper des Bogenschützens fiel zu Boden und zuckte noch ein wenig, bevor sich eine immer größer werdende Blutlache unter der Leiche bildete.

»Ach verdammt«, fluchte Fynn und sah an sich herab. »Blut kriege ich doch niemals aus diesem weißen Leinenhemd. Vielleicht sollte ich wie Nox anfangen Schwarz zu tragen. Na ja …« Er drehte sich zu Ruby um. »Nun zu dir, Prinzessin. Es gibt da einiges, das mich brennend interessieren würde.«

Er steckte das blutverschmierte Schwert weg, als er vor Ruby stand. Dadurch konnte er sie besser auffangen, als sie gegen seine Brust fiel.

»Ich würde ja lügen, wenn ich behaupten würde, dass ich nicht geahnt habe, dass du dich mir nach diesem fabulösen Kampf an den Hals werfen würdest, aber …«

Fynn wollte ein bisschen spaßen, bis ihm auffiel, dass Ruby kalkweiß im Gesicht war. Ein zarter Schweißfilm hatte sich über ihrer menschlichen Haut gebildet. Ihre Schuppen schienen auf einmal fahl geworden zu sein. Sie hatten ihren ungewöhnlichen Glanz verloren.

»Ruby?«, fragte Fynn.

Er legte eine Hand an ihre Stirn. Sie glühte!

Ihr Atem ging immer schwerer, während sie immer noch wie eine betrunkene Geliebte an seiner Brust lag. Aus ihrer Schulter ragte immer noch der verdammt Pfeil. Ein einziger Pfeilschuss konnte keinen Menschen – und wohl erst recht keinen Halbdrachen – in solch einen Zustand versetzen. Außer ...

Ruby begann in seinen Armen laut vor Schmerzen zu stöhnen.

»Setz dich hin.«

Er versuchte Ruby langsam auf den Boden gleiten zu lassen, aber sie fiel wie ein nasser Sack einfach hin und blieb regungslos liegen.

»Ahoi?« Er klopfte ihr sanft gegen die mit menschlicher Haut überzogene Wange. »Aye. Nicht einschlafen, Ruby.«

Ihre Augenlider flatterten und sie stöhnte laut. »Lass mich nicht allein«, hauchte sie leise. »Nicht allein.«

»Keine Sorge.«

Etwas zögernd berührte er ihre rötlichen Schuppen, welche im elektrischen Licht wie Edelsteine funkelten. Er war einfach zu neugierig.

Die Schuppen auf ihrer Haut fühlten sich glatt an und dazu ungewöhnlich kalt und hart. Ganz anders als raue Fischschuppen oder weiche Schlangenschuppen.

War sie also tatsächlich ein Drache?

Fynn erschrak, als Ruby ihn plötzlich fest am Arm packte. Ihre Augen waren weit aufgerissen, aber ihr Blick ging ins Leere.

»Lass mich nicht sterben.«

»Du wirst nicht sterben«, versuchte Fynn sie mit sanfter Stimme zu beruhigen. »Das lasse ich nicht zu.«

Ihr Griff wurde fester und irgendetwas bohrte sich schmerzhaft in seine Haut. Besaß sie etwa auch Krallen?

»Vater ... tu mir das nicht an.«

Er wusste, dass er sich besser um die Verletzung kümmern sollte, aber er war zu neugierig. »Was? Was soll er dir nicht antun?«

Dann schloss sie die Augen und ihr Griff lockerte sich. Dabei verrutschte einer ihrer Handschuhe. Dort, wo normale Menschen Fingernägel hatten, ragten spitze schwarze Krallen hervor.

»Verdammt«, fluchte Fynn leise.

Er hatte gehofft noch etwas Brisantes über Ruby zu erfahren, solange sie im Delirium war, damit er sie überzeugen konnte, ein Mitglied seiner Mannschaft zu werden.

Nun ja, dann musste er sich wohl oder übel zuerst um die Vergiftung kümmern. Er war sich ziemlich sicher, dass der Mistkerl von Drachentöter die Pfeilspitze in Gift getränkt hatte.

Er blickte zum leblosen Körper des Palastwächters. Er trug keine Handschuhe, weshalb sich Fynn sicher war, dass auch er den Pfeil ohne Handschuhe anfassen konnte.

Er stand auf und stellte sich breitbeinig über Ruby. Wahrscheinlich würde er jetzt alles falsch machen, aber er kannte sich absolut nicht mit solchen Verletzungen aus. Als er den Pfeil mit einer einzigen Bewegung aus Rubys Schulter riss und sie daraufhin lautstark und schmerzerfüllt brüllte, war er sich sicher, dass er es hätte anders machen sollen.

»Ich werde dich töten. Ich werde alle töten. Ich werde dieses ganze Land niederbrennen«, murmelte Ruby vor sich hin. »Feuer. Feuer.«

»Wenn es dir dann besser geht«, meinte Fynn nur.

Er zog sein Hemd aus. Vorsichtig zupfte er an Rubys Oberteil, bis er ihre Wunde sehen konnte. Sie blutete weniger heftig, als er erwartet hatte, aber dafür war die Haut um die Einschussstelle leicht lila geworden. Er drückte sein Hemd an die Verletzung, damit er die Blutung stoppte und er selber nicht das Gift abbekam.

Gerade als er Ruby hochnehmen wollte, ertönte ein lauter Knall. Er beugte sich schützend über ihren reglosen Körper. Selbst der Boden bebte leicht durch die Denotation. Was zur Hölle? Waren das etwa die Wächter? Kamen sie hierher? Ruby war nicht in der Lage zu fliehen, also müsste er sich wohl oder übel den Weg freikämpfen.

Er biss die Zähne aufeinander. Wenn er seinem eigenen Tod nicht schon so oft in die Augen geblickt hätte, hätte er vielleicht etwas Angst gehabt. So entschloss er schweren Herzens seine Beute zurückzulassen und dafür Ruby in Sicherheit zu bringen.

Er hörte zwei Männer, die immer näher kamen. »Fynn!«, riefen zwei männliche Stimmen abwechseln. »Captain!« »Fynn!« »Bist du hier?«

»Das kann doch nicht sein!« Fynn schlug sich mit der flachen Hand gegen die Stirn. Er hatte nicht damit gerechnet, dass er so schnell Verstärkung bekommen würde. »Aye! Haltet die Klappe und kommt einfach her!«, rief er zurück.

»Wo bist du denn?«

»Folgt einfach meiner Stimme!«

Er hörte, wie die zwei Männer im Laufschritt näher kamen. Im ganzen Palast schienen ihre Schritte widerzuhallen.

»Captain!«, grinsten die Piraten-Zwillinge Kian und Kjell übers ganze Gesicht, als sie Fynn am Boden sitzend erspähten. »Da bist du ja!«

»Aye. Was macht ihr hier?«, fragte Fynn, aber im gleichen Moment dämmerte es ihm, als er eins und eins zusammenzählte. Er wusste nicht mehr, ob er erleichtert über ihr Erscheinen sein sollte oder verärgert, denn die Detonation ging wahrscheinlich auf ihre Kappe und bedeutete noch mehr Ärger.

»Nox hat gesagt, dass du Hilfe brauchst«, erzählte Kjell.

»Darum haben wir uns gleich auf den Weg gemacht«, ergänzte Kian. »Und nun sind wir hier.«

Die Zwillinge waren für ihr Alter von 15 Jahren schon eineinhalb Köpfe größer und auch breiter gebaut als Fynn. Sie waren sehr freundlich und hilfsbereit, aber leider auch etwas naiv und kindlich.

Das Ausmaß ihrer kindlichen Naivität bestätigte sich nur eine knappe Sekunde später, denn die Zwillinge waren noch nicht fertig mit der Erläuterung ihres Auftritts: »Wir haben das Eingangstor in die Luft gejagt!«, erzählte Kian grinsend und voller Enthusiasmus in der Stimme. »Anissa hat uns etwas von ihrem neu entwickelten Sprengstoff gegeben.«

Kjell malte mit seinen Händen etwas in die Luft. »Das war sooooo die Explosion!«

Fynn ließ sich kurz von der Begeisterung der Zwillinge hinreißen und schmunzelte über die kindliche Freude – allerdings nur so lange, bis die Worte komplett zu ihm durchdrangen.

»Ihr habt was?!«, brüllte er. »Seid ihr noch bei Sinnen?! Ihr habt uns gerade eine Zielscheibe auf den Rücken geklebt! Selbst wenn wir alle Wachen ausgeschaltet haben, werden uns jetzt die Stadtbewohner verfolgen, weil sie auf eine fette Belohnung hoffen! Die ganze Stadt weiß jetzt schon, dass wir hier eingebrochen sind.«

Die Zwillinge senkten synchron die Köpfe. »Tschuldigung, Capt'n«, nuschelten sie und schwiegen beschämt.

»Boah! Der hat ja keinen Kopf mehr!«, rief Kjell nach kurzer Zeit und zeigte auf die tote Palastwache.

Die Zwillinge auszuschimpfen brachte nun auch nichts mehr.

Fynn seufzte resignierend. »Kian, du nimmst Ruby, und Kjell, du unsere Beute. Bitte pass auf die Beute auf. Sonst hat sich das Ganze überhaupt nicht gelohnt.«

Die Zwillinge nickten gehorsam. Sie waren die einzigen aus der Crew, die ohne Widerworte immer auf Fynn hörten. Leider gab es andere Probleme mit ihnen.

»Warum sieht die so komisch aus?«, fragte Kian und zeigte mit dem Finger auf Ruby.

»Ich muss euch beiden wohl noch beibringen, dass man das Aussehen einer Frau nie als ›komisch‹ bezeichnen darf«, versuchte Fynn Kians Frage abzuwimmeln. »Nehmt sie einfach mit. Sie ist vermutlich vergiftet. Anissa muss sich dringend auf dem Schiff um sie kümmern.«

»Alles klar.«

»Aber seid vorsichtig. Sie ist sehr ... kratzbürstig.«

Mühelos hievte Kian die ohnmächtige Ruby hoch.

Fynn sammelte in der Zwischenzeit die Teile von Rubys Maske ein. Sie schien ihr viel zu bedeuten, weshalb er sie nur ungern zurückließ.

»Und jetzt raus hier, Jungs!«

Kian und Kjell waren unglaublich schnell und wendig – trotz zusätzlichem Gewicht, weshalb Fynn Mühe hatte, mit den beiden mitzuhalten.

Die drei Piraten durchquerten eilig das Schloss. Es kam schon fast einer Tragödie nahe, dass den Piraten nicht die Zeit vergönnt war, mehr Gold und Juwelen aus dem Palast zu entwenden.

Fynn war sich nicht sicher, ob noch ein paar Palastwachen auf sie lauerten oder ob diese durch Anissas Bombe verschreckt worden waren.

Apropos Explosion ... Als sie dem riesigen Eingangstor näher kamen, durfte Fynn die Sprengkraft von Anissas Kreation bewundern. Es schwebte nicht nur der Geruch von verbranntem Holz penetrant durch die Luft, nein, durch die Sprengung waren ein paar Bilder von der Wand gefallen und versengt. Oh. Und natürlich fehlte das halbe Eingangstor. Stattdessen lagen überall Holz- und Steinsplitter rum. Ein paar Brandflecken verunstalteten die sonst so makellosen Wände des Palastes. Es sah jetzt zumindest etwas ... lebendiger aus. Nicht mehr so steif und steril.

»Wo ist das Schiff?«, wollte Fynn wissen.

Er stieg über die Reste des Tores hinweg. Es gab noch ein paar Glutnester, die er umgehen musste. Er biss die Zähne zusammen, als sich ein Glutfleck in seinen nackten Zeh bohrte.

»Scada hat es schon ins Meer rausgesteuert«, erklärte Kjell. »Das Beiboot liegt am Hafen. Anissa wartet dort auf uns.«

Anissa würde stinkig sein. Sie hasste es, wenn sie etwas von ihrer Forschung abhielt. Dafür hatte Fynn das Pfeilgift und Ruby im Schlepptau. Davon würde sie wiederrum begeistert sein. Er fragte sich, welche Laune wohl Überhand gewann.

Vor den Piraten lag eine stille Stadt. Ein wenig zu still für Fynns Geschmack. Wo waren die Betrunkenen, die längst nach Ende des Festes weitergrölten? Die alten Leute, die über den Lärm schimpften? Die Pärchen, die die Ausgelassenheit nutzten, ihre Lust auszuleben?

Als er hergekommen war, hatte er sogar noch staunend den Umzug bewundert, der gerade in vollem Gange war. Die bunten Drachenfiguren aus Stoff und Edelsteinen hatten seine Aufmerksamkeit erregt. Neben den aufwendig gestalteten Figuren waren sogar die Palastwachen marschiert und hatten fingernagelgroße Rubine in die Menge geworfen.

Als er mit den Zwillingen durch die menschenleeren Gassen rannte, die nur zwei Stunden zuvor so belebt gewesen waren, verstärkte sich das ungute Gefühl in seiner Brust. Irgendetwas war hier nicht richtig.

Die am Boden liegenden Edelsteine und das Licht in den Häusern, an denen sie vorbeirannten, trugen nur weiter dazu bei, dass sogar Fynn etwas mulmig zumute wurde. Das hier war die Ruhe vor dem Sturm.

Fynn beschleunigte sein Tempo erneut. Sie mussten es zu ihrem Schiff schaffen. Das war sein einziges Ziel. Wenn sie es einfach nur bis zum Piratenschiff schafften, dann waren er und seine Truppe in Sicherheit. Yevel war zwar ein reiches Land, aber ihre veraltete Schifffahrttechnik konnte nicht mit der von Fynns Leuten mithalten.

Als sie um eine weitere verschanzte Häuserreihe bogen, konnte Fynn bereits das schwarze Wasser des Hafenbeckens sehen, in dem das Mondlicht schimmerte. Hier hatte seine Mannschaft vor Anker gelegt. Die milde Salzbrise lockte ihn in Sicherheit. Seine Schritte – und die der Zwillinge – wurden langsamer.

Doch gerade als er aufatmen wollte, hörte er hinter sich eine heranmarschierende Menschengruppe.

Als er einen Blick über die Schulter warf, konnte er Fackeln und Schwerter aufblitzen sehen. War ja klar, dass die Explosion eine Menge Leute angelockt hatte. Wahrscheinlich mussten die Palastwachen die Zivilisten evakuieren und ihre Waffen organisieren, bevor sie sich auf die Eindringlinge stürzen konnten.

»Warum kann man euch Jungs keine einzige Minute allein lassen?«

Vor den drei Piraten tauchte die schlanke Silhouette einer Frau auf. Klein und zierlich wie eine Tänzerin – aber mit ungewöhnlichen Gewändern: Sie trug eine verdreckte weiße Schürze über ihren kurzen Hosen und dem bauchfreien Oberteil. Am auffälligsten war aber die klobige Brille in ihrem Gesicht.

So sehr hatte sich Fynn noch nie über das Auftauchen der Piratin gefreut. »Anissa!«

Anissa grinste schief. »Wenn ich ›drei‹ rufe, macht ihr kurz die Augen zu, aber lauft weiter, in Ordnung?«, rief sie ihnen zu. »Eins, zwei ...« Sie zog aus ihrer Schürzentasche eine kleine runde Kugel hervor. »Drei!«

Fynn kniff die Augen fest zu.

Hinter ihm hörte er die Soldaten stöhnen und Schreie durchschnitten das dröhnende Heranmarschieren vieler gepanzerter Stiefel.

Anscheinend hatte Anissa ihre Blendgranate endlich fertiggestellt.

Vorsichtig öffnete Fynn die Augen. Anissa stand nur eine Armlänge von ihm entfernt und wirkte richtig sauer. »Ich kann nicht glauben, dass ich meine Forschung für euch Hohlköpfe ruhen lassen musste«, keifte sie. »Ich habe nun wirklich Besseres zu tun.«

»Entschuldige«, murmelte Fynn ehrlich.

Er blickte über seine Schulter zur Ruby. Sie war immer noch nicht bei Bewusstsein und–

»Pass auf!« Anissa griff nach ihrem Kapitän. »Hinter dir!«

Er konnte gerade noch so einem Axthieb ausweichen.

Verdammt, warum war er nur so unvorsichtig?

Fynn wollte schon sein Schwert zum Gegenangriff ziehen, als sich ein riesiger Adler kreischend und mit den spitzen Krallen voran direkt ins Gesicht des Mannes stürzte, der ihn kurz vorher noch skalpieren wollte.

»Lasst uns abhauen!«, sagte Anissa und erntete dafür zustimmendes Nicken.

Die vier stiegen in das kleine Boot. Da es kaum Platz gab, musste Kian Rubys Oberkörper gegen Fynns Beine lehnen. Die beiden Brüder griffen nach den Rudern und ließen keine unnötige Sekunde verstreichen.

Fynn entging nicht, wie Anissas Blick immer wieder zu Ruby glitt. Sie schob ihre Brille hoch. Ihre Augen waren mandelförmig, die Iris dunkelbraun. Man merkte sofort, dass sie nicht aus diesem Reich stammte – genauso wenig wie Fynn.

»Ein Forschungsobjekt?«, raunte die Piratin.

»Aye. Ja und nein«, erklärte Fynn. »Ich bitte dich höflichst, sie nicht zu sezieren. Aber du sollst sie gründlich untersuchen.«

Anissa kniete sich zu Ruby. »Was hat sie denn?«

»Gift. Ein Pfeil hat sie an der Schulter erwischt.« Fynn wollte nicht besorgt klingen, aber als Ruby schwer atmend auf dem Boden des kleinen Schiffs lag und ihre Stirn vor Schweiß glänzte, konnte er nicht anders. »Ich kann nicht sagen, um welches Gift es sich handelt. Ein Drachentöter hat sie erwischt. Was meinst du, wird sie es überleben?«

»Ich bin keine Expertin, was Gifte betrifft«, sagte Anissa langsam. Sie schob Fynns Hemd, das immer noch als behelfsmäßiger Verband um Rubys Schulter gewickelt war, beiseite, um die Wunde besser betrachten zu können. Sie runzelte die Stirn.

»Du sagst sie wurde an der Schulter getroffen?«

»Ja. Warum?« Fynn beugte sich vor. Seine Augen weiteten sich. »Unmöglich.«

Dort, wo vor ein paar Minuten noch der Pfeil gesteckt hatte, hatten sich auf der cremeweißen Haut rote Schuppen gebildet. Keine Spur mehr von den lila Verfärbungen des Gifts oder der Einschussstelle. Hätte er nicht mit eigenen Augen gesehen, wie der Pfeil sie getroffen hatte, er hätte sie in diesem Moment einfach für eine schlafende Frau mit Schuppen gehalten. Ihre Gesichtsfarbe sah auch schon deutlich besser aus. Nur ihr Atem ging weiterhin unruhig. Allerdings hatte Fynn nicht mehr die Befürchtung, dass er irgendwann ganz stocken würde.

Fynn blieb keine Zeit mehr, noch länger über diese Wunderheilung erstaunt zu sein. Sie waren heil am Schiff angelangt. Eine ausgefranste Strickleiter wurde heruntergelassen.

»Bring sie unter Deck«, wies Anissa nun eifrig Kjell an. »Ich werde sie sofort untersuchen.«

Fynn kletterte als Letzter aufs Schiff. Als er das Holz unter seinen Stiefeln spürte, schloss er die Augen und genoss das leichte Schaukeln, den salzigen Geschmack des Meeres im Wind und die kalte Brise, die wie die Liebkosung einer stolzen Mutter sein Haar zerzauste.

Ihm blieb jedoch nur ein kurzer Augenblick, um zu verschnaufen, da hörte er schon schweren Stoff auf ihn zurauschen. Das Geräusch wurde von einem metallischen Klimpern begleitet, das er nur allzu gut kannte. Ihm schwante schon Übles.

»Ahoi, Schatz«, rief er mit sarkastischem Unterton. »Ich bin wieder zu Hause.«

Eleanore stampfte auf ihn zu. Ihre Absatzschuhe verursachten auf dem Holzboden unheilvolle Geräusche. Sie kam langsam und mit erhobenem Kopf näher. Eine Lady wie sie würde niemals laufen, hatte sie ihm mal erklärt. Sie trug ein dunkelblaues Brokat-Kleid mit bauschigen weißen Unterröcken, welches er noch nie an ihr gesehen hatte. Er hoffte inständig, dass es sich um Diebesgut handelte und nicht um einen spontanen Kauf in der Stadt, bezahlt von ihrer letzten Ausbeute.

Sie stellte sich genau vor ihn und blickte ihn mit stummer Wut an. Völlig unvermittelt verpasste sie ihm eine schallende Ohrfeige. Danach stampfte sie einfach wieder davon.

»Und zieh dir gefälligst etwas an!«, brüllte sie noch über das gesamte Deck. »So was ziemt sich doch nicht!«

Teil 2

Wasser und Feuer

Unsere Welt ist zu ~~70~~ 85 Prozent mit Wasser bedeckt. Die dreizehn Weltmeere stehen im starken Kontrast zu den dreizehn Kontinenten. Während auf dem Land genaue Regeln herrschen, ist die See das Spielzimmer der Piraten. Es scheint fast so, als würde das Wasser den Piraten besondere Kräfte verleihen, da keine Marine der Welt ihnen derzeit Einhalt gebieten kann.

Nachtrag von C.V.: Es ist mit Sicherheit keine Magie im Spiel. Die Marine ist einfach nur inkompetent.

Aus: Die Weltenchronik des Historikers Hendrik Vanderblod, überarbeitet von Celica Vanderblod

I.

Fynn

Als wäre Eleanores Ohrfeige nicht schon unangenehm genug gewesen, erwartete ausgerechnet Scada Fynn in seiner Kajüte. Der andere Pirat hatte die Beine auf dem Tisch überkreuzt und eine halbe Flasche Rum neben sich stehen. *Fynns* Rum. *Fynns* Tisch.

Scada starrte ihn böse an.

Auch in Fynn loderte Wut hoch, weil Scada es wagte, seine nackten Füße auf *seinen* Tisch zu legen. Fynn akzeptierte es ja, dass er immer barfuß rumlief, aber er könnte sich zumindest ab und zu den Schmutz abwaschen. Um sie herum befand sich ja nur Wasser.

Vor Fynns innerem Auge blitzte ganz kurz eine Erinnerung an sein altes Leben auf. Er erinnerte sich daran, wie der Hauslehrer ihn mit einem Lineal hart geschlagen hatte, weil er seine Füße kurz gegen die Tischkante gelehnt hatte. Die Verletzung hatte sogar geblutet. Wenn Fynn mit den Fingern über seinen Nacken strich, fühlte er immer noch eine hauchdünne Narbe. Nicht dicker als ein Bleistiftstrich.

Seit seiner Schulzeit war Fynn vielen Piraten, Dieben und anderen unangenehmen Gesellen begegnet, aber im Vergleich zu seinem alten Lehrer waren die alle weniger furchteinflößend gewesen … Erstaunlich! Seine Schulzeit hatte ihn tatsächlich auf sein späteres Leben vorbereitet!

»Was hast du dir dabei gedacht?«, blaffte ihn der blonde Pirat nach einer gefühlten Ewigkeit an.

Fynn wusste genau, was Scada meinte. Allerdings war er überhaupt nicht in der Laune, sich mit ihm zu streiten. »Aye. Ich dachte mir, dass ich mal hemdlos rumlaufe. Ich will eine gleichmäßige Bräune erreichen.«

Zu Fynns Belustigung spiegelte sich in Scadas Gesicht kurz pure Verwirrung. »Was? Lenk nicht vom Thema ab!« Er schlug mit der flachen Hand auf den Tisch. »Du hast uns alle mit deiner Aktion in Schwierigkeiten gebracht! Wir hatten es so schön in Yevel! Den reichen Bonzen konnte man alles vor der Nase wegstehlen. Aber nein, du musstest in den Palast einbrechen, ein paar Leute abstechen und dann hast du auch noch dieses Monstrum angeschleppt!«

»Ruby.«

»Was?«

Fynn massierte sich die Schläfen. Er bekam von Scada langsam Kopfschmerzen. Darum ließ er sich auch Zeit, ihm zu antworten. Er legte die Teile von Rubys Maske auf den Tisch – jedoch weit weg von Scadas dreckigen Füßen. Danach holte er sich ein frisches schwarzes Hemd – er hatte dazugelernt! – aus seinem Schrank.

Erst dann wandte er sich wieder Scada zu. »Du könntest mal ›Wie bitte?‹ fragen. Wir sind Piraten und keine wilden Barbaren. Nimm dir doch ein Beispiel an mir. Ich kann einen Lord perfekt spielen.«

Das vertiefte nur die Zornesfalten auf Scadas Stirn.

»Ruby ist übrigens eine Frau. Sonst schmeichelst du doch auch jedem Weibsbild, dass du erblickst.«

»Ich habe die Schuppen und die Krallen gesehen«, knurrte Scada. »Sie ist ein Ungeheuer.«

Davon war Fynn jedoch nicht im Geringsten überzeugt.

Er hatte schon viel in seinem Leben gesehen: Frauen mit Kiemen und einem Fischschwanz, Pferde mit dem Oberkörper eines Mannes und Wesen ohne einen festen Körper, die trotzdem Schaden anrichten konnten. Er wusste, dass Monster existierten. Allerdings hatte Ruby auf ihn ziemlich menschlich gewirkt. Vielleicht etwas seltsam, aber dennoch wie ein Mensch – wie er und seine Crew.

Bei seiner ersten Begegnung mit einer Sirene hatte ihn das Monstrum anfangs getäuscht – aber nur für den Bruchteil eines Augenblicks. Ihm war danach sofort aufgefallen, dass sie sich nicht wie ein Mensch bewegte. Dass ihre Stimme zu wohlklingend war. Dass sie zu sehr versuchte, wie ein Mensch zu wirken.

Bei Ruby verhielt sich das ganz anders.

Aber was zur Hölle war sie dann?

»Aye. Na und?«, spielte Fynn Rubys außergewöhnliche – sprich unmenschliche – Merkmale herunter. »Als du in Dyono Rum, Wein und Absinth durcheinandergetrunken hast, hast du auch mit einer Frau rumgemacht, die eindeutig Haarschuppen und krallenartige Fingernägel hatte.«

»Das kann man doch nicht vergleichen!« Scada schrie schon fast. Wahrscheinlich weil ihm die Sache von damals immer noch peinlich war.

Er stand auf und baute sich vor Fynn auf. Die beiden Piraten waren ungefähr gleich groß. Der Piratenkapitän erwiderte den herausfordernden Blick. »Weißt du, was dein Problem ist, Fynn? Du nimmst jeden Streuner auf. Du denkst, dass sie dir dafür dankbar sind. Aber irgendwann wird dir einer in die Hand beißen.«

»Meinst du damit dich?«, fragte Fynn.

»Vielleicht«, antwortete Scada ohne Zögern.

»Dann bist du mir nicht dankbar, dass du meinetwegen vom Kampf der Bastarde verschont wurdest?«, bohrte Fynn nach.

Er sah deutlich, wie Scada etwas zusammenzuckte.

Scada stammte von der Insel Estarossa. Ein Inselstaat im Westen, der vor allem dafür bekannt war, dass dort der sogenannte Kampf der Bastarde stattfand. Der Thronfolger wurde durch einen Kampf auf Leben und Tod ermittelt und blieb so lange auf den Thron, bis er selber wieder ermordet wurde. Am Kampf nahmen alle Nachkommen der Königsfamilie teil – und das waren eine Menge. Man munkelte sogar, dass es in Estarossa mehr Bastarde als sonstige Bewohner gab.

Entweder man nahm beim Kampf um Leben und Tod teil oder man wurde einfach hingerichtet. Ohne Fynns ausgeklügelten Plan, Nox' außergewöhnliche Fähigkeiten und Eleanores mehr oder weniger gute Schauspielleistungen wäre Scada nach seinem Ausbruch aus dem Gefängnis sicher wieder schnell geschnappt worden. Die Bewohner von Estarossa genossen ihren Kampf der Bastarde nämlich sehr.

»Dein Adler ist uns übrigens zu Hilfe gekommen«, sagte Fynn. »Ohne ihn hätte es mich vielleicht erwischt.«

»Mir doch egal, was das Drecksvieh macht.«

Mit diesen letzten Worten stürmte Scada genervt aus der Kajüte. Er schlug die Tür hinter sich zu. Ein Stück Holz splitterte ab.

Scada mochte seine wahren Gefühle unter einer Schicht von Gleichgültigkeit und Aggression vielleicht gut verbergen, aber sein Familiaris, ein stolzer Adler, konnte dies nicht. Er war Fynn in seiner misslichen Lage gleich zu Hilfe geeilt.

Scadas Mutter war eine Frau gewesen, die man in vielen Ländern Hexe rufen würde. Früher, als die Magie noch stärker gewesen war, sollten Hexen in der Lage gewesen sein, das Wetter zu verändern, Menschen zu verzaubern und man sagte auch, dass sie fliegen konnten. Heutzutage rührten Hexen ganz gute Salben und Tinkturen an und für eine Silbermünze gaben sie eine vage Zukunftsvermutung ab. Allerdings zeichneten Hexen immer noch ein besonderes Merkmal aus: Ein Tier – ein sogenannter Familiaris – war mit ihnen auf magische Weise verbunden. Scadas Familiaris war ironischerweise ein königlicher Adler.

Ansonsten besaß Scada keine besonderen Kräfte, außer dass er besonders nervtötend war und Fynn andauernd herausfordern musste.

Aber dieser Streuner würde ihn dennoch nicht in die Hand beißen. Er würde bellen, ein paar Sachen aus Frust oder Spaß kaputtbeißen oder irgendetwas anpinkeln, aber Scada würde Fynn niemals in den Rücken fallen. Hunde, die bellten, bissen ja bekanntermaßen nicht.

Grinsend füllte sich Fynn etwas Rum ins Glas. Scada hatte die Flasche für ihn stehen lassen.

***

Fynn erlaubte es sich, ein kurzes Nickerchen zu halten. Er war zwar immer noch wegen des Einbruchs in den Palast und Rubys Verwundung aufgekratzt, aber er kannte seinen Körper. Er brauchte ein wenig Ruhe. Es wäre doch lachhaft, wenn er vor seiner eigenen Crew aufgrund von Erschöpfung kollabierte.

Er setzte sich in seinen Stuhl und versuchte es sich bequem zu machen. Doch seine Gedanken kreisten um eine Person.

Ruby war bei Anissa in guten Händen. Hoffte er zumindest. Anissa war an Ruby rein wissenschaftlich interessiert, aber sie bevorzugte nun mal tote Forschungsobjekte für ihre Aufzeichnungen. Im Halbschlaf schüttelte Fynn den Kopf. Ruby war bei ihm in Sicherheit. Ruby war ...

Fynn versank in einen unruhigen Schlaf. Zuerst träumte er von dem yevelschen Palast: Von endlosen weißen Wänden, die sich dann in Blätter und Geäst wandelten, bis ein Wald sich vor ihm erstreckte. Fast konnte Fynn den leicht süßlichen Geruch wahrnehmen, den die hellroten Blüten eines riesigen Baumes verströmten. Es war der Geruch seiner Heimat.

Als Fynn das nächste Mal auf die mechanische Uhr sah, zeigte sie nach sechs Uhr morgens an. Er hatte zumindest eine gute Stunde geschlafen. Zumindest in der Zeitzone, in der sie sich gerade befanden. Das große Ziffernblatt zeigte die Uhrzeit der mittleren Reiche. Die vier kleineren darunter die der anderen großen Reiche.

Fynn gähnte herzhaft und streckte sich genüsslich. Es war Zeit, nach Ruby zu sehen.

Da es ungewöhnlich still war, nahm er an, dass Ruby noch nicht erwacht sein konnte. Das Einzige, das er hörte, war gelegentlich ein Quietschen und Rumpeln der Maschinen unter seinen Füßen. Unter dem Holz spürte er die mechanischen Geräte, die die Ruder betrieben. Während andere Piratenschiffe noch so rückständig waren und auf reine Muskelkraft setzten, war Fynns Schiff wohl das fortschrittlichste, das derzeit die dreizehn Meere durchsegelte: Die Ruder wurden durch einen Verbrennungsofen angetrieben. Die Zwillinge mussten gelegentlich Kohle und Holz nachlegen. Die Segel waren aus einem besonderen Stoff, der jeden noch so geringen Luftzug optimal ausnutzte und dazu als nahezu unzerstörbar galt. Er konnte mehrere Kanonenschüssen aushalten, aber er war für normale Piraten meist zu teuer.

Anissa hatte das Schiff bereits mit acht Jahren konzipiert und über die Jahre verbessert. Doch ihre genialen Entwürfe und Iden fanden keine Beachtung in ihrem Umfeld. Wieso auch? Sie war nur ein Mädchen aus einem Armutsviertel, welches sein Geld in einem Wirtshaus als Kellnerin verdiente und kurz davorstand, an ein Bordell verscherbelt zu werden. Niemand in ihrem Leben hatte je ihren unglaublichen Ideen gelauscht. Sie war nur ein uneheliches und ungewolltes Kind, dem man nicht einmal ins Gesicht sehen wollte.

Und dann hatte Fynn sie entdeckt.

Er war sofort fasziniert von ihr gewesen. Nicht auf eine romantische oder sexuelle Art. Er hatte sie dabei beobachtet, wie sie in ihren Pausen im Wirtshaus kompliziert aussehende Skizzen anfertigte. Manchmal von Maschinen und manchmal von Lebewesen. Die Abbildungen waren detaillierter als die aus seinen alten Lehrbüchern.

Da hatte Fynn gewusst, dass er Anissa anheuern musste, und er hatte es seither keine Sekunde lang bereut.

Er sprach Anissa den größten Raum im Schiff zu. Dort hatte sie sich komplett eingerichtet. An den Schiffswänden standen deckenhohe Regale, abwechselnd gefüllt mit Büchern und Dingen, die Fynn nicht einmal beschreiben konnte.

In der Mitte stand ein hölzerner Operationstisch. Anissa hatte nach einem aus Eisen verlangt, aber der war zu teuer. Rubys Untersuchung dürfte eine Premiere darstellen. Immerhin war sie nicht tot, wurde nicht für einen kleinen Kratzer genäht oder seziert.

Außer Anissa und Fynn war auch Eleanore anwesend. Normalerweise schlief sie um diese Zeit schon in ihrem Bett, aber heute hockte sie auf einer Kiste und stickte leise singend vor sich hin. Ihre Handfessel machte bei jedem Stich Geräusche. Fynn seufzte. Wann würde sie endlich damit aufhören und die Fessel ablegen?

»Warum stickst du schon wieder?«, fragte Fynn die junge Frau.

»Ich muss ja üben«, sagte sie. »Irgendwann muss ich wieder dich, Scada oder die Zwillinge zusammenflicken.«

»Ich hätte dann gerne ein Blümchen-Muster.«

Eleanore grinste ihn an – bis ihr wieder einfiel, dass sie sauer auf Fynn sein musste. Sie stieß ein »Hmpf!« aus und rümpfte die Nase. »Ich muss mir gut überlegen, ob ich dich überhaupt noch mal zusammenflicke. Dir scheint ja nicht viel an deinem oder unserem Leben zu liegen.«

Fynn verdrehte die Augen. Wie lange durfte er sich das jetzt wieder anhören?

»Anissa.« Fynn nickte ihr zu. »Was hast du rausgefunden?«

»Ich fange mal oben an.« Anissa deutete mit der Spitze ihrer Schreibfeder auf Rubys Kopf. »Ihre Pupillen sind schlitzförmig wie die einer Katze. Ich bin mir ziemlich sicher, dass sie im Dunklen perfekt sehen kann. Dazu kommt eine ungewöhnliche Gelbfärbung der Iris. Kein Mensch hat eine solche Farbe.«

»Warte!«

Fynn unterbrach Anissa kurz. »Irgendetwas ist anders an ihr.«

Zum einen sah Ruby wieder viel besser aus. Keiner würde denken, dass sie vor wenigen Stunden schwer vergiftet worden war. Jetzt konnte man sie einfach für eine schlafende Frau halten. Aber irgendetwas war anders an ihr …

»Ich habe ihr die Haare hübsch geflochten«, sagte Eleanore. »Ich konnte mir nicht länger mit ansehen, wie schrecklich ihre Frisur war. Rot ist übrigens ihre Naturhaarfarbe. Ich habe echt gedacht, dass es eine Perücke ist.«

Eleanore hatte schon mal keine Berührungsängste, was das ›Monster‹ – wie Scada sie unfairer Weise betitelt hatte –anging, stellte Fynn verwundert fest.

»Ihre Haut ist an manchen Stellen mit Schuppen überzogen. Ich habe es nicht versucht, aber ich denke, mit einem normalen Dolch kann man diese Haut nicht durchstoßen.« Anissa machte eine kurze Pause und deutete Fynn näher zu kommen. Auch Eleanore kam näher. »Sieh dir ihre Fingernägel an.« Anissa hob Rubys Hand hoch. »Krallen. Wie die eines Raubtiers. Sie sind schwarz und hart wie Stein.« Sanft betete sie die Hand auf Rubys Bauch. »Alles andere ist menschlich an ihr. Die Eckzähne sind vielleicht noch ein wenig länger und spitzer als beim Durchschnitt. Drachen sind ja bekanntlich Raubtiere.«

»Und das heißt?«, bohrte Eleanore nach.

»Das ist eindeutig Magie«, fauchte Anissa. Ihre Augen wurden ganz schmal. »Es sieht so aus, als wäre sie ein … ein Drache«, sprach sie es endlich aus. »Aber sie ist eindeutig auch ein Mensch. Sie hat einen Bauchnabel und Drachen schlüpfen aus Eiern.«

»In diesem Land gab es früher doch einmal sehr viele Drachen. War es nicht mal als ›Land der Drachen‹ bekannt?«, erinnerte sich Fynn dunkel an eine alte Lehrstunde. »Aber die Kreaturen wurden schon vor fast zwanzig Jahren ausgelöscht. Darum feiern die Bewohner auch das Drachenfest ... Was, wenn die Drachen sich angepasst haben? Hast du mir nicht von dieser Evolutionslehre erzählt?«

»Das ist etwas anderes«, antworte Anissa schnippisch. »Es ist unmöglich, dass Drachen jetzt auf einmal Säugetiere sind. Hier muss Magie im Spiel sein. Mit den Naturwissenschaften kann ich nicht erklären, was hier vor uns liegt.«

Was ... wenn Ruby nicht so geboren worden war?, dachte Fynn. Was, wenn etwas das aus ihr gemacht hatte?

»Was machen wir nun mit ihr, Captain?«, fragte Anissa. In diesem Moment trat ihr Akzent deutlich hervor.

»Mal sehen«, sagte Fynn emotionslos. »Wenn sie mich nervt, setzen wir sie auf einer Insel aus. Aber vielleicht ist sie auch zu etwas zu gebrauchen. Wer weiß, was für Fähigkeiten sie noch besitzt?«

»Wenn sie von den Drachen abstammt, könnte sie das Schiff abfackeln.«

»Dann darf Eleanore gern eine Handtasche aus ihren Schuppen machen«, fügte Fynn schnell hinzu.

Eleanore runzelte die Stirn. »Dieses Orangerot sticht sich grässlich mit meinem blauen Lieblingskleid.« Ihre Handfessel schepperte, als sie ihr volles schwarzes Haar mit der Hand nach hinten warf. »Außer ich hole mir das rote Kleid, das ich in Ivoire gesehen habe. Wann kommen wir eigentlich wieder mal nach Ivoire? Ich brauche neue Schuhe und ein Sonnenschirm kann auch nicht schaden. Ich will nicht braun werden.«

»Ich bin so froh, dass du ein essenzieller Bestandteil der Crew bist«, meinte Fynn sarkastisch.

»Ich bin eure Geisel!«, schrie Eleanore.

Keiner erwiderte etwas. Anissa seufzte sogar laut.

»Legen wir Ruby in Ketten«, sagte Fynn. »Wenn sie aufwacht, werden wir sie befragen.«

Als Fynn sich vorbeugte, riss Ruby die Augen auf.

Bevor er reagieren konnte, schnellte ihre Hand nach vorne. Sie sprang auf und drängte ihn mit übermenschlicher Stärke gegen ein Bücheregal.

»Das Monster hat aber keine Lust, in Ketten gelegt zu werden«, knurrte sie.

II.

Ruby

Eingesperrt.

Ihre Finger kratzten hektisch – nein, verzweifelt – über das Holz, bis die Fingernägel rissig waren und Blut floss. Es tat so weh. So weh.

Aber dieser Schmerz war nicht so schlimm, wie das quälende Loch in ihrem Bauch. Wie lange hatte sie nichts mehr gegessen? Wie lange hatte sie nichts mehr getrunken? Es tat so weh. So weh. So ...

Bevor sie aufgebrochen war, hatte man sie frisiert, geschminkt und ihr teure Kleider angezogen. Für was? Alles war verbleicht. Ihre roten Haare zerzaust. Ihr weißes Kleid braun und zerschlissen. Sie hatten sie für ihre eigene Beerdigung aufgehübscht und nicht für ihre Hochzeit, wie sie es in ihrer jugendlichen Naivität geglaubt hatte.

Und dann waren da diese Augen!

Es waren grüne, riesige Schlitze, wie die eines Raubtiers, eines Monsters. Diese Augen sahen sie an.

Die Kreatur wollte ihr etwas antun, wollte sie fressen.

Die Kreatur wollte ihr ... helfen? Konnte sie ihr helfen?

Sie brannte innerlich.

Um sie herum brannte es auch.

Aber Feuer tat ihr nicht länger weh. Im Gegenteil, das Feuer streichelte warm und tröstend über ihren Körper. Sie hatte sich noch nie so gut gefühlt. Als würde das Feuer alle Schmerzen wegbrennen. Als würde das Feuer ihr altes Ich einfach auslöschen.

Aber alles in dieser Welt hatte seinen Preis ...

»Monster« hörte sie jemanden sagen.

Ja, da hatten sie vielleicht nicht einmal so unrecht. Wenn sie mit ihren Fingern über ihre Haut strich, die sich zuerst so menschlich und dann so … so anders anfühlte, wurde ihr immer wieder klar, dass sie für ihr Überleben einen Preis gezahlt hatte. Sie war weder ein Mensch noch ein Drache. Sie war gar nichts.

»Legen wir Ruby in Ketten.«

Niemand würde sie jemals wieder einsperren.

Sie war das Feuer. Sie würde wüten, verbrennen und zerstören! Sie würde lieber verglühen, als jemals wieder weggesperrt zu werden.

»Das Monster hat aber keine Lust, in Ketten gelegt zu werden.«

***

Ganz langsam begann der rote Schleier vor Rubys Augen zu verschwinden. Sie erkannte, dass sie Fynn am Hals gepackt hatte und gegen ein Bücherregal drückte. Er zappelte und schnappte nach Luft wie ein Fisch auf dem Trockenen. Seine Fingernägel gruben sich in Rubys Hände, aber sie spürte es kaum. An ihren Händen hatten sich über die Jahre die meisten Schuppen gebildet. Sie bildeten einen undurchdringbaren Panzer, der sie zwar schützte, ihr aber Stück für Stück ihr menschliches Aussehen nahm. Sie fragte sich, ob ihre ganze Haut irgendwann Schuppen weichen musste.

Ruby selbst war von ihrer Kraft überrascht. Sie wusste, dass sie flinker und robuster als ein normaler Mensch war, aber dass sie auch so stark war, dass sie einen erwachsenen Mann mit nur einer Hand hochheben konnte?

Ruby fröstelte.

Sie war wirklich ein Monster. Das waren nicht nur die Augen, die Schuppen und die Krallen.

»Prinzessin«, keuchte Fynn. Ruby hatte schon wieder fast vergessen, dass sie ihn noch festhielt. »Würdest du mich bitte wieder runterlassen? Du kannst mich dann nach Belieben weiter anstarren. Das bin ich aufgrund meines guten Aussehens ohnehin gewohnt.«

Als Antwort knurrte sie nur und ließ ihn los.

Ruby sah sich in dem seltsamen Zimmer um. Überall standen Bücherregale und Gefäße mit heller Flüssigkeit, in denen irgendwelche Sachen eingelegt waren. Je länger sie die Gläser betrachtete, desto unwohler fühlte sie sich. Sie erkannte eingelegte Augen, Finger und sogar ein Herz. Sie bekam eine Gänsehaut, als sie ein Tablett mit verschiedenen Werkzeugen entdeckte. Sie erkannte Skalpelle und Messer, Pinzetten und Klemmen. In einer Ecke stand sogar etwas, das Verbandszeug sein konnte. Einige Mullbinden lagen auf einem unförmigen Beistelltisch.

War sie hier bei einem Doktor? War sie etwa in einem Hospital gelandet? Aber warum ...

Da erinnerte sie sich schlagartig an den Vorfall mit Illias. Er hatte sie mit einem vergifteten Pfeil erwischt. Und mehr noch: Der Palastwächter hatte sie erkannt. Nach all den Jahren und trotz ihrer Verwandlung. Ihr Name wäre ihm fast über die Lippen gekommen, bevor Fynn ihn einen Kopf kürzer gemacht hatte.

Ruby fühlte sich deswegen ein wenig schlecht. Sie hatte Illias schon ihr ganzes Leben lang gekannt. Zwar hatten sie nie mehr als bedeutungslose Floskeln miteinander ausgetauscht, aber trotzdem ...

Sie schüttelte den Kopf. Nein. Sie sollte kein Mitgefühl für ihn empfinden. Auch er hatte sie ihrem Schicksal überlassen. So wie alle anderen. Er war nicht besser als die anderen Menschen der Stadt.

»Hast du mir ein Gegengift verabreicht?«, wollte Ruby von Fynn wissen.

Ihr kam es nicht so vor, als wäre sie vergiftet und an den Rand des Todes katapultiert worden. Stattdessen fühlte sie sich lediglich unausgeschlafen und verdammt hungrig. Das war ungewöhnlich für sie, da sie selten Hunger verspürte.

Die Gifte der Ventrousaner waren normalerweise tödlich. Sie hatte Illias damit prahlen hören, wie schnell und absolut tödlich seine Pfeile dadurch wurden. In Ventrous waren Gifte das alltägliche Geschäft, weswegen man auf ihre Expertise und Tödlichkeit zählen konnte. Um neue Gifte auf ihre Wirksamkeit zu testen, war es dort sogar erlaubt, Reisenden eine Dosis zu verabreichen. Wenn sie starben, wurde die neue Zusammensetzung auf den Markt gebracht. Feldforschung, wenn man es so nennen wollte.

»Dein Körper hat das Gift alleine aufgearbeitet.«

Ruby fuhr herum. Hinter ihr stand eine schmächtige junge Frau mit langen rabenschwarzen Haaren. Sie trug wirklich seltsame Kleidung. Ihr dunkles Oberteil war bauchfrei und die Hose war kurz und eng anliegend. Sie hatte noch nie eine Frau in solch einem Aufzug gesehen. Ruby war sich sicher, dass sie eine Piratin war. Da war ein wildes Funkeln in ihren dunklen Augen.

Ein wenig abseits erspähte sie dann auch eine andere schwarzhaarige Frau in einem pompösen blauen Kleid, welches im scharfen Kontrast zu der Kleidung der Piratin stand. Sie fächelte sich gerade mit einem Handfächer Luft zu, weshalb Ruby die untere Hälfte ihres Gesichtes nicht erkennen konnte. War sie etwa eine Adelige, die die Piraten entführt hatten? Die Eisenkette an ihrem Handgelenk schien ihre Vermutung zu bestätigen. Aber warum waren die Kettenglieder durchtrennt worden?

Ruby fasste sich an den Kopf und versuchte ihre wirren Gedanken zu ordnen. Es war egal, wer anwesend war. Es war egal, dass sie sie ohne Maske und Handschuhe gesehen hatten. Es zählte ab jetzt nur noch eines: Sie musste zu Onyx.

Fynn und die Piratin mit der unpassenden Kleidung schienen Ruby nicht mehr festketten zu wollen. Ein großer Fehler. Jetzt, da sie ihr Aussehen nicht mehr verstecken musste, konnte sie die Anwesenden mit ihren Fingernägeln aufschlitzen – wenn es sein musste.

»Ihr entschuldigt mich, ja?«, sagte Ruby. Sie nahm im Vorbeigehen Verbandsmaterial mit, woraus sie sich eine behelfsmäßige Maske basteln wollte. Man würde ganz einfach denken, dass sie Lepra hätte. »Ich habe noch viel zu tun.«

Fynn folgte ihr. »Ach ja? Was denn?«

»Das geht dich gar nichts an«, antwortete sie für ihre Verhältnisse sehr höflich. »Wo geht es hier raus?«

Erst als das ganze Zimmer leicht schwankte, wurde Ruby klar, dass sie sich nicht einem Haus befand, wie sie es bisher angenommen hatte. Sie waren nicht mal mehr an Land.

»Ich bin mir nicht sicher, ob Drachen gut schwimmen können«, sagte Fynn mit etwas Spott in der Stimme. »Wir sind mitten auf dem Kristallmeer.«

»Was?«

»Es heißt ›Wie bitte?‹«, korrigierte sie Fynn. »Wir sind gerade auf dem Meer«, wiederholte er. »Prinzessin, ich helfe deiner Erinnerung mal ein bisschen auf die Sprünge. Wir haben in Yevel ein paar Sachen gemacht, die die Bürger und die Königsfamilie nicht gut finden: Wir haben den Palast demoliert, ein paar fähige Wachen geköpft und ein paar schöne Juwelen mitgehen lassen. Warum sollten wir noch länger an Land bleiben?«

Ruby drehte sich um, die Krallen ausgefahren, um Fynn die Kehle rauszureißen, damit er endlich aufhörte zu reden. Der Pirat schien diese Reaktion erwartet zu haben, denn er duckte sich so schnell, dass Ruby in die Luft schlug. Sie wollte zum nächsten Schlag ausholen, als Skalpelle nach ihr geworfen wurden. Sie konnte zwei ausweichen, das dritte prallte an den roten Schuppen an ihrer Wange ab.

Eigentlich hatte sie erwartet, dass die Piratin sie attackiert hätte, aber es war ausgerechnet das Mädchen in dem schönen Kleid, welches ein weiteres Messer auf sie richtete. »Das war kein Versehen, sondern eine Warnung.« Ihre Stimme klang kindlich, aber in ihren Augen stand die pure Mordlust. »Sonst verfehle ich nämlich nie mein Ziel.«

Ruby war so erstaunt von dem Attentat, dass sie nicht hörte, wie andere Personen das Zimmer betraten. Sie fokussierte sich zu sehr auf die Aura des Mädchens und spürte zu spät, wie sich ihr jemand von hinten näherte. Als sie sich umdrehte, stand ein großer blonder Mann vor ihr.

»Gute Nacht«, sagte er nur und grinste sie schief an.

Dann zog er ihr eine Flasche über den Kopf.

III.

Fynn

Leider war es nicht bloß ein Déjà-vu, als Ruby Fynn in die Arme fiel. Man hatte die Diebin mit den Katzenaugen schon wieder ins Land der Träume befördert, aber anders als beim letzten Mal war ausgerechnet jemand aus Fynns Crew schuld daran.

Vorsichtig tastete er Rubys Hinterkopf ab. Zumindest spürte er kein Blut. Wenn ihr Körper sogar schwere Vergiftungen heilen konnte, wurde er sicher auch mit einem harten Schlag auf den Schädel fertig.

Kian war sofort an der Seite seines Kapitäns und nahm den momentan leblosen Körper an sich. Wenn sie dieses Mal aufwachen würde, so war sich Fynn sicher, würde sie noch viel wütender sein. Wenn Fynn ohne Kratzspuren bleiben wollte, waren die Eisenketten unabdingbar.

Aber zuerst ...

Er wandte sich an Scada und unterdrückte die Wut in seiner Stimme. »Warum hast du das getan?«, wollte er wissen, obwohl er Scadas Beweggründe wohl schon kannte.

Scada lehnte sich lässig mit der vollen Rumflasche gegen ein Bücherregal. »Das Vieh wollte dich angreifen!«, verteidigte er sich schwach. »Zuerst erledigt sie dich und dann nach und nach uns andere. Bis das hier nur ein weiteres Geisterschiff ist.«

So gern Scada auch den einsamen Wolf heraushängen ließ, in Wirklichkeit war er um das Wohl der Crew besorgt. Das hatte seine unüberlegte Handlung gerade wieder bewiesen.

»Ich lasse mir doch nicht mit zwanzig die Kehle von einer Frau mit spitzen Krallen aufschlitzen«, konterte Fynn. »Ich will erst mit achtzig in einem Bordell den Löffel abgeben. Den Kopf noch in einem üppigen Dekolleté vergraben.«

»Du bist so widerlich!«, schrie Eleanore im Hintergrund, was Fynn höflich ignorierte.

Der Kapitän klopfte Scada auf die Schulter. Der andere Pirat knurrte. »Vielen Dank, Scada, dass du dich immer so rührend um die Mannschaft sorgst.«

Fynn wollte schon in die Hände klatschen und die Crew wieder an ihre jeweilige Arbeit zurückschicken, aber dann brach wieder einmal das heillose Chaos aus.

»Ich gehöre aber nicht zur Crew!«

Manchmal kam es Fynn so vor, als könnte Eleanore nur kommunizieren, wenn sie wild durch die Gegend schrie.

»Du bist so ein Trottel, Scada«, fauchte Anissa in Richtung des blonden Piraten. »Wenn meinem neuen Forschungsobjekt was passiert, mach ich dich kalt.«

»Na dann komm her!«, provozierte Scada. »Du pochst ja immer so auf Gleichberechtigung. Ich hau dir gerne eine rein!«

»Ich mach dich kalt!«, versprach sie in einem unheilvoll kühlen Ton und ein wütendes Blitzen in ihren Augen widersprach der ruhigen Haltung der Forscherin. Nur Scada konnte diese Risse in ihrer sonst so kühlen und berechnenden Fassade hervorrufen. »Und dann seziere ich dich! Ich will wissen, wie ein Körper ohne funktionierendes Gehirn arbeiten kann!«

»Leute! Leute!« Fynn stellte sich zwischen Anissa und Scada. Er streckte die Arme aus, um eine Eskalation zu verhindern. »Wir regen uns jetzt alle mal wieder ab.«

»Die Flechtfrisur von Ruby ist hinüber!«, heulte dann wieder Eleanore.

»Ist sie jetzt eine Kreuzung aus Drache und Mensch?«, wollte Kjell wissen.

»Können Drachen mit Menschen eigentlich Sex haben?«, bohrte Kian nach. »Würde der Drache den Menschen nicht zerdrücken?«

Der Einzige, der schwieg, war Nox. Er lehnte in einer dunklen Ecke und beobachtete teilnahmslos die Szenerie.

»Wenn ich in das nächste Zuchthaus gehe und zufällig sechs Leute antippe, dann geben die sicher eine bessere Crew als ihr ab«, murmelte Fynn genervt vor sich hin.

Trotzdem fühlte er sich mit dieser durchgeknallten Mannschaft durchaus wohl.

Er erinnerte sich noch gut an die Zeit, als er noch einer anderen Crew angehört hatte – und das, obwohl er versuchte, die Erinnerungen so gut es ging zu verdrängen. Fynn war damals gerade einmal zwölf Jahre alt gewesen und er hatte niemals gedacht, dass er als Pirat enden würde.

Im ersten halben Jahr auf dem Schiff war er zwei Mal fast zu Tode geprügelt worden. Der Kapitän hatte Schlimmeres verhindert, aber nur, weil Fynn als Druckmittel hatte dienen sollen. Als sich herausstellte, dass er dazu nicht weiter zu gebrauchen war, wollte man ihn so schnell es ging entsorgen.

Die wulstige Narbe an seinen Hals war ein Andenken daran.

»Na? Haben wir uns alle wieder beruhigt?«, fragte Fynn nach einigen Minuten Stille.

Anissa warf die Haare zurück. »Ja. Scada kann ja nichts dafür, dass er dumm ist.«

»Du dumme Sch–« Scada verstummte, als Fynn einen Arm hob. »Macht doch alle, was ihr wollt. Ich geh schlafen.«

Missmutig stampfte er davon. Anissa nutzte die Situation aus und streckte ihm hinter seinem Rücken die Zunge raus.

»Musste das sein?«, wandte er sich an das Mädchen.

»Ja«, gab sie unverblümt zu.

Anissa war vielleicht hundertmal klüger als alle auf dem Schiff zusammen, aber sie war mit 16 auch die Jüngste unter ihnen.

»Wenn es dich nicht stört, Kapitän«, sagte sie zu ihm. »Dann würde ich gerne aufräumen und dann ebenfalls schlafen gehen.«

Er machte eine Handbewegung und gab ihr damit zu verstehen, dass es in Ordnung war. Sie hatte heute genug geleistet.

»Habt ihr die Vorräte in Yevel aufgestockt?«, wollte sich Fynn bei Kian und Kjell vergewissern. Er hatte den Zwillingen kurz vor der Ankunft einen Geldbeutel in die Hand gedrückt und ihnen so lange die benötigten Lebensmittel aufgesagt, bis sie sie ebenfalls auswendig konnten. Lesen konnten die beiden nämlich nicht; aber Eleanore arbeitete daran.

Kjell wurde ein wenig blass. »Nun ja, eigentlich …«

»Das ist nicht euer Ernst! Ich habe nur eine Sache von euch verlangt!«

Als er die schuldbewussten Mienen der beiden sah, verrauchte die anfängliche Wut sehr schnell. Der Aufenthalt in Yevel war sowieso ganz anders verlaufen als geplant.

»Na gut. Dann bring zumindest Ruby in meine Kajüte«, befahl Fynn Kian. »Zu ihrer eignen Sicherheit legen wir sie in Ketten. In die, zu denen wir noch den Schlüssel haben.« Er blickte Eleanore stumm anklagend an. »Was denn? Ich weiß nicht, wovon du redest.«

Er seufzte. Eleanore wurde echt nicht müde, Theater zu spielen.

»Darf ich ihr die Haare wieder schön machen?«, wollte sie dafür wissen.

»Von mir aus.«

»Darf ich sie auch schminken?«

»Aye. Übertreib es nur nicht«, sagte Fynn. »Sie ist keine Puppe.«

»Ist sie dann eine Geisel?«

»Sie ist das neueste Mitglied unserer Crew.«

IV.

Ruby

Rubys Mutter kämmte ihrer Tochter die langen roten Haare. Ihr Haar war schon als kleines Kind so orangerot wie Feuer gewesen. Die Haarfarbe war aber nicht so außergewöhnlich wie ihre Augen. Bis auf ihren Vater hatte Ruby noch nie jemanden gesehen, der ebenfalls gelbe Augen besessen hatte.

»Hm?«

Ruby beugte sich vor, um sich besser im Spiegel betrachten zu können. Irgendetwas stimmte nicht mit ihrem Abbild. Nur was?

Sie fuhr mit den Fingern über ihre helle Haut. Sie fühlte sich weich und glatt an – so wie immer. Ihre Fingernägel waren kurz geschnitten. Ihre Wangen waren leicht gerötet. Die Lippen glänzten von einer Mixtur aus Wachs, Honig und dunkelroten Pigmenten in einem satten Rot.

»Mutter?«

Ruby hob den Kopf, um ihre Mutter durch den Spiegel anzublicken. Dort starrte ihr nur ein leeres Gesicht ohne Augen, Nase und Mund entgegen.

***

Ruby fuhr aus dem Traum hoch. Ein Schrei steckte in ihrer Kehle, aber ihr Hals war so trocken, dass kein Laut über ihren Mund kam.

Ruby wollte eine Hand heben, da bemerkte sie, dass etwas Schweres ihre Bewegung behinderte. Ihr Herzschlag beschleunigte sich, als ihr Blick auf die silberne Kette an ihrem Handgelenk fiel.

Sie war nun doch angekettet worden wie ein wildes Tier, wie ein Monster.

Auf einmal bekam Ruby schwer Luft. Die Kette war nur an ihren Händen befestigt, aber es fühlte sich so an, als würde sie auch um ihren Hals liegen und ihr immer mehr die Luft zum Atmen rauben.

»Du bist wach«, ertönte eine Frauenstimme in ihrer Nähe.

Ruby hob ihren leicht schmerzenden Kopf.

Neben ihr auf dem Holzboden saß das schwarzhaarige Mädchen in dem wunderschönen Kleid. Sie hielt einen Kamm aus Elfenbein mit feinen Schnitzereien in ihren Händen. Sie hatte also Rubys Haare gekämmt, während sie bewusstlos war. Aber warum?

»Du bist auch eine Gefangene von Fynn, oder?«, fragte Ruby sie. Ihr Blick ruhte auf der kaputten Armfessel, welche unter dem Kleiderärmel hervorlugte. Wahrscheinlich hatte das Mädchen sogar eine Familie, die sie schrecklich vermisste. »Wenn du mir hilfst, diese Fesseln loszuwerden, helfe ich dir von hier zu fliehen.«

»Ich ... ich ...«, stotterte das Mädchen. »Also ... Fynn?«

»Aye! Ruby, versuch nicht meine Crew-Mitglieder um den kleinen Finger zu wickeln. Zudem wäre es bei Eleanore besser, sie mit Schmuck oder Kleidern zu bestechen.«

Fynns höhnende Stimme entfachte eine brennende Wut in Ruby. Als er zu ihr aus den Schatten trat, sprang sie auf die Beine. Die Ketten schepperten laut, als Ruby ihre Krallen in Fynns Richtung streckte.

»Wenn du dich fragst, warum du angekettet bist.« Fynn deutete kurz mit dem Finger auf Ruby. »Genau deshalb.«

»Mistkerl!«, knurrte sie ihn an. »Das hast du nur getan, weil du Angst vor mir hast!«

Er zuckte locker mit den Schultern. »Angst davor, dass du jemanden meiner Mannschaft angreifst und du von diesen verletzt wirst? Ja, das ist exakt meine Befürchtung.«

»Ich bring dich um!«, grollte Ruby laut. »Ich werde dir deinen Brustkorb–«

Fynn stöhnte nur genervt, was Rubys Gemüt nur weiter aufheizte. Sie wollte nach ihm treten, aber er wich elegant aus.

Dabei fiel ihr auf, dass er sich umgezogen hatte: Er trug nun einen langen schwarzen Mantel mit großen goldenen Knöpfen über seinem Leinenhemd und der dunklen Lederhose. Über einer roten Schärpe spannte ein breiter dunkelbrauner Gürtel. Ruby erkannte, dass er nicht nur einen Säbel, sondern auch eine Pistole eingesteckt hatte. Letzteres war wahrscheinlich nur Abschreckung. Hätte er Munition gehabt, hätte er die Waffe schon für den Einbruch in den Palast mitgenommen.

Ruby hatte schon mal gehört, dass Kleider Leute machten. Nun sah er wirklich wie ein Piratenkapitän aus.

Fynn räusperte sich. »Ich entschuldige mich hiermit für Scadas schlechtes Benehmen«, sagte er. »Er kann nur mit Frauen, wenn er ordentlich angetrunken ist. Du darfst ihn auch einmal mit einer Flasche schlagen, einverstanden?«

»Was hast du jetzt mit mir vor?«, wollte Ruby wissen. »Soll ich für immer hier hängen?«

»Du bleibst nur so lange angekettet, bist du dich etwas beruhigt hast«, erklärte er mit sanfter Stimme. »Oder schlafwandelst du?«

»Ich kann dieses ganze Schiff abfackeln«, bluffte Ruby. »Ich muss nur ein bisschen Feuer spucken und schon steht dein ganzer Kahn lichterloh in Flammen.«

Eleanore keuchte entsetzt.

Fynn grinste sie nur wissend an. »Tu es. Wenn du das wirklich könntest, hättest du es schon längst getan.«

Ruby biss sich auf die Unterlippe.

Sie kam sich auf einmal so klein vor. Klein und schwächlich.

Ruby hatte sich geschworen, dass sie nie wieder hilflos sein würde. Doch nun lag sie angekettet im Bauch eines Piratenschiffs – weit weg von Onyx, die sie eigentlich retten wollte.

Sich ihrer Hilflosigkeit so stark bewusst sank sie zu Boden.

Genau darum hasste Ruby Menschen so sehr.

»Trink etwas«, sagte Fynn und stellte ihr einen Eisenbecher voll Wasser hin. »Du bist sicher durstig.«

»Da ist sicher Gift drin«, fauchte Ruby und wollte den Becher schon umkippen, als der Pirat ihn von ihr wegzog.

»Und wenn Gift drin wäre, würde dein Körper es nahezu mühelos verdauen«, wandte er ein. »Niemand will dir etwas tun«, sagte er mit versöhnlicher Stimme.

»Das hat man ja gesehen!«

Sie berührte die Stelle, an der sie niedergeschlagen worden war. Es tat ihr nicht weh. Ihr Körper würde wahrscheinlich nicht einmal mit einer Beule reagieren.

»Das Angebot, Scada dafür auch mal eins über den Schädel zu ziehen, steht.«

Eleanore nickte begeistert. »Diesem Spektakel würde ich gerne beiwohnen.«

Fynn hockte sich vor Ruby hin und streckte ihr erneut den Becher entgegen. »Trink etwas, Prinzessin«, sagte er mit schmeichelnder Stimme. »Mit trockenem Hals kann man sicher ganz schlecht Feuer speien.«

Ruby griff mit beiden Händen nach dem Becher. Eine Kralle strich über Fynns Schlagader am Handgelenk. Sie konnte ihn dadurch nicht töten, aber ordentlich verletzen.

Fynn sah ihr dabei in die Augen, merkte scheinbar nicht, wie kurz sie davor war, ihn ein bisschen aufzuschlitzen.

Wie konnte er sie nur ansehen?

Sie selbst hatte immer noch die Angewohnheit, Spiegel zu zerschlagen, weil sie sich einfach nicht an diesen Anblick gewöhnen konnte.

Sie verwarf ihren Plan. Ihr bot sich sicher noch mal die Chance, Fynn ordentlich zu erledigen. Eine angeritzte Schlagader war nur eine Sauerei.

»Danke.«

Ruby nahm den metallenen Becher entgegen und stürzte das Wasser hinunter. Erst im Nachhinein fiel ihr der komische Geschmack auf.

»Das ist kein Wasser.«

»Natürlich nicht. Wasser wird an Bord zu schnell schlecht«, erklärte ihr Fynn. »Eleanore hat sich bereit erklärt ihren Wein mit dir zu teilen. Wir anderen trinken meist Rum.«

Der Geschmack des Weines erinnerte sie an ihre Vergangenheit. Als ihr niemand mehr Wasser brachte, musste sie Wein trinken. Aber irgendwann war selbst dieser aufgebraucht gewesen …

Seitdem hatte sie nur noch Flusswasser getrunken.

»Hier ist dein Bettzeug.« Eleanore hatte eine Decke und Polster geholt. Beides sah gar nicht einmal so ungemütlich aus. »Leider lässt dich Fynn nicht bei Anissa und mir im Zimmer schlafen.«

»Hm?«, machte Ruby.

Sie sah sich im Raum um. Es sah so aus, als wäre das ein Zimmer. Das hieß doch nicht etwa ...

»Gut«, meinte Fynn nur. »Dann soll Anissa Eisenketten in deinem Zimmer anbringen. Da du dich selber auch so gerne ankettetest, ist das vielleicht keine schlechte Idee.«

»Soll das heißen, dass ich mit dir in einem Zimmer schlafen werde?«, hauchte Ruby geschockt.

»Wo solltest du sonst schlafen, Prinzessin?«

Das gehörte sich doch nicht für ein unverheiratetes Mädchen!

V.

Ruby

Falls Ruby der laut tickenden Uhr an der Wand Glauben schenken durfte, dann war sie nun schon knapp sechsundzwanzig Stunden an Bord des Schiffes. Sie hatte es sich so gut es ging auf dem Holzboden des Schiffes bequem gemacht und tat so, als würde sie noch immer tief und fest schlafen.

Einerseits spionierte sie dadurch heimlich Fynns Tagesablauf aus, andererseits ... Das Kissen war so himmlisch. Es war so, als würde sie auf einer Wolke schlafen. Waren Kissen schon immer so weich gewesen?

Ruby brauchte nicht viel Schlaf. Sie brauchte auch kaum Nahrung und Wasser. Ihr veränderter Körper war in dieser Hinsicht dem der Drachen sehr ähnlich. Aber wenn sie durch Fynns Gutherzigkeit von allem genug bekam, würde sie es mit Freude annehmen.

Schließlich brauchte sie die Kraft für ihren neuen Plan: Ruby hatte eingesehen, dass es dumm wäre, Fynn jetzt anzugreifen und zu töten. Sie waren immer noch auf dem Kristallmeer – weit weg vom Festland oder einer bewohnten Insel. Zudem waren da noch die ganzen anderen Crew-Mitglieder – allen voran Nox –, die eindeutig gefährlich waren. Sie konnte es nicht mit allen gleichzeitig aufnehmen. Mal ganz angesehen davon, dass sie nicht die Fähigkeit besaß, ein Schiff zu steuern. Sie war irgendwo auf dem drittgrößten Meer der Welt. Wenn sie sich blöd anstellte, würde sie Monate darauf herumsteuern, ohne jemals Land zu sehen.

So hieß es wieder einmal warten. Aber Ruby war es gewohnt zu warten: Auf ihren Retter, der nie gekommen war, und auf ihre Rache, die mit jedem Tag süßer werden würde. Hoffentlich konnte Onyx eine Zeit lang ohne sie ausharren.

Ruby hob ihre Augenlider leicht an, als sie Fynns Schritte im Zimmer hörte. Dieses Mal hatte er wenigstens so viel Anstand besessen und sich ein schwarzes Leinenhemd übergeworfen. Auch wenn er nur zwei oder drei Knöpfe zugemacht hatte.

Ruby war sich sicher, dass er sich nur so offenherzig zeigte, damit ihr Aufenthalt an Bord noch unangenehmer für sie wurde.

Sie war nämlich auf die dumme Idee gekommen, sich wegen ihrer neuen Schlafsituation aufzuregen, nachdem Eleanore die Kajüte verlassen hatte. Ihr passte es nicht, dass sie mit Fynn in einem Zimmer schlafen musste, so als wären sie Eheleute oder noch schlimmer: ein Liebespaar!

Fynn hatte gelacht. Laut gelacht. Er hatte sogar mit den Händen auf den Tisch geschlagen, weil er ihren Einwand so lustig fand.

»Ich wusste gar nicht, dass du so ein zartes Seelchen bist«, war sein höhnischer Kommentar gewesen, bevor er sein Hemd beinahe schon lasziv aufgeknüpft hatte, um kurz danach ins Bett zu gehen. Sie hatte in ihrem Leben Pfauen gesehen, die sich weniger aufgeplustert hatten.

Aber eins hatte Ruby so gesehen: Unter seinem Hemd war eine Vielzahl von Narben versteckt. Keine war so groß oder so tief wie die an seinem Hals, aber im Schein der Lampen und mit ihren guten Augen hatte sie nur zu deutlich gesehen, dass einige davon von Verletzungen herrühren mussten, die genäht worden waren. Zwei davon wirkten sogar noch ziemlich frisch.

Es schien, als hätten schon viele vor ihr die Lust empfunden, ihn abzustechen. Ruby konnte diese Personen nur zu gut verstehen, denn Fynn liebte es, sie zu demütigen.

Durch sechs kleine runde Fenster viel etwas Sonnenlicht in die Kajüte. Es war ein schöner Tag.

Fynn saß vor seinem Schreibtisch. Das Kratzen der Feder auf dem Papier war das einzige Geräusch im Raum.

Konnten alle Piraten lesen und schreiben?, fragte sich Ruby. Sie hatte immer gedacht, dass Piraten eine Berufsgruppe bildeten, die aus überwiegend dauerbetrunkenen Analphabeten mit Körpergeruch bestand.

Wenn Fynn keine Strichmännchen oder obszöne Bildchen auf das Papier malte, dann konnte er zumindest schreiben.

Auch das mit dem Geruch war nicht so schlimm wie befürchtet. Ruby nahm unglaublich viele Gerüche war. Wenn sie sich konzentrierte, konnte sie sogar das salzige Meerwasser riechen und das Lavendel-Parfüm, das Eleanore verwendete. Irgendetwas roch auch eklig verbrannt, aber Ruby konnte nicht sagen, was genau es war. Sie nahm an, dass die andere Piratin schuld daran war.

Überlagert wurden aber all diese Duftnoten von Teebaumöl. Das ganze Schiff war in diesen frischen, aromatischen Geruch getaucht.

Beschämt musste Ruby zugeben, dass es in ihrer Höhle meist schlechter gerochen hatte, nämlich nach viel Schimmel, verrottenden Pilzen und verwesenden Tieren.

Ruby wäre den ganzen Tag auf dem Holzboden in ihrer provisorischen neuen Höhle aus Decken und Polster liegen geblieben, wenn nicht die Adelige aufgetaucht wäre.

Sie klopfte höflich an der Tür, bevor sie in die Kajüte des Kapitäns eintrat.

»Guten Morgen!«, flötete Eleanore.

Heute hatte sie sich ein kanarienvogelgelbes Kleid angezogen und dazu hellgelbe Handschuhe, welche bis zu ihrem Ellbogen reichten. Sie hatte ihre Haare hochgesteckt, sodass man ihre Ohrstecker sehen konnte.

Rubys Augen wurden groß. Das waren Topase, und zwar wunderschön geschliffene gelbe Edelsteine. Ruby musste sie für sich haben!

Die junge Frau zwängte sich mit ihren riesigen Reifröcken durch die enge Tür. Beim Gehen klopfte sie immer wieder mit einem orangen Regenschirm auf den Boden.

Fynn blickte von seinem Schreibtisch auf. »Was willst du schon wieder?«, fragte er sie etwas genervt. »Ich habe dir schon gesagt, dass wir den Kurs nicht ändern, damit du ein paar Kleider kaufen kannst. Ich habe sehr wohl gemerkt, dass du in Yevel ein neues gekauft hast. Ich bin weder blöd noch farbenblind. Wir halten den Kurs bei.«

Die Beziehung zwischen Eleanore und Fynn verwirrte Ruby immer mehr.

Er war doch der Kapitän des Schiffes. Müsste sich Eleanore dann nicht unterordnen? Denn bei einem war Ruby sich sicher: Eleanore war eine Piratin. Die hübschen Kleider, die aufwendige Frisur und die Kette am Handgelenk hin oder her. Sie gehörte zweifellos zur Piratentruppe.

»Kann ich mit Ruby an Deck ein bisschen lustwandeln?«, fragte Eleanore mit zuckersüßer Stimme.

»Lustwandeln?«, kam es aus Rubys und Fynns Mund gleichzeitig.

»Warum das?«, wollte der Pirat wissen.

»Anissa ist die ganze Zeit damit beschäftigt, das Gift zu analysieren.« Eleanore ließ ihren Schirm über den Boden kreisen. »Die ganze Zeit geht es nur ›ah‹ und ›oh‹ oder ›Hol Scada, ich brauche ein Versuchskaninchen‹. Ich will etwas machen, das mir Spaß macht.«

»Ah ...« Fynn runzelte nachdenklich die Stirn. »Lustwandeln nennst du etwas, das Spaß machen kann?«

Eleanore nickte energisch.

»Du weißt, dass wir mitten auf dem Kristallmeer sind?«, fragte Fynn nach. »Weit und breit ist nichts als das Meer.«

Eleanore plusterte sich auf. »Natürlich! Jetzt hältst du mich für dumm!« Sie räusperte sich und fuhr fort: »Es ist doch egal. Frische Luft tut jedem gut. Insbesondere Ruby, die nun schon einen ganzen Tag mit dir hier eingesperrt ist. Gefällt dir so etwas eigentlich? Wenn junge Mädchen vor dir angekettet sind? Völlig wehrlos? Bist du so einer?«

Ruby richtete sich auf. Sie war neugierig auf Fynns Reaktion, und tatsächlich, auf seiner Stirn hatte sich eine dicke Zornesfalte gebildet. Die Schreibfeder in seiner Hand bog sich schon leicht.

»Wenn du endlich den Mund hältst, *Eleanore*«, sagte er mit Nachdruck. »Dann lasse ich sie frei. Aber halt den Mund.«

»Was?«, kam es von Ruby.

Fynn seufzte und wandte sich an Ruby. »Ich habe dir gesagt, dass ich dich nur zum Schutz angekettet habe. Nicht, weil ich einen Fetisch habe.« Er strafte Eleanore mit einem bösen Blick. »Oder weil du eine Gefangene bist. Du solltest dich nur beruhigen. Wenn du dich nicht die ganze Zeit schlafend gestellt hättest, damit du mich lüstern begaffen kannst, hätte ich die Kette schon früher gelöst. Ich bin doch kein Unmensch.«

Ruby war kurz perplex. »Was?«, knurrte sie erneut. »Was soll ich ... Was heißt hier bitte *lüstern*? Komm her, dann zeige ich dir, was lüstern heißt.« Sie würde ihm *lüstern* ein paar Rippen brechen.

»Oh«, machte Eleanore. Sie hielt sich eine Hand vor den Mund. »Das gehört sich doch nicht für eine unverheiratete Frau.«

Aus Rubys Kehle drang ein genervtes Knurren.

Das war doch keine Piratenbande. Das waren Geflohene aus einer Irrenanstalt!

Fynn erhob sich langsam von seinem Stuhl. Er war sogar so dreist, den Schlüssel an seinem Lederband vor ihrer Nase noch herumwirbeln zu lassen.

Dann nahm er erst eine Hand und schloss die Fessel auf und dann behutsam und nahezu zärtlich auch die zweite. Und, was Ruby am allermeisten aufregte, er schien dabei überhaupt keine Angst zu haben.

Ruby schob sich über den Fußboden weg, möglichst weit von Fynn, und strich über die Stellen, an der die Fesseln ihre Abdrücke auf ihrer Haut hinterlassen hatten. Vor einer Minute hätte sie den Piraten am liebsten noch bei lebendigem Leib skalpiert, doch alte Erinnerungen hielten sie davon ab.

Ihr Herz hatte die ganze Zeit über gerast. Selbst als sie versucht hatte ein wenig zu schlafen. Die Erinnerungen an ihr altes Leben wollten sich ihr immer wieder aufdrängen. So sehr sie sich auch dagegen wehrte: Sie kamen immer wieder.

Am Ende war Ruby nur ein verängstigtes kleines Mädchen, das sich nicht selbst aus seiner misslichen Lage befreien konnte.

Sie schüttelte den Kopf. Nein. Nein. Nein. Sie war Feuer. Sie hatte Macht. Sie konnte diesen Piraten töten. Schließlich war sie ein Monster.

»Ich dachte, du machst mehr Theater«, schmunzelte Fynn und drehte den Kopf zu ihr. »Du weißt schon: Knurren, Krallen, ausgestochene Augen. In Gedanken habe ich mir schon überlegt, wie meine Augenklappe aussehen soll: rot mit einem gestickten Ankersymbol. Das kommt sicher gut bei den Damen und Herren an.«

»Bring mich nicht auf gute Ideen«, schnurrte Ruby wie ein Raubtier, das noch ein wenig mit seiner Beute spielen wollte. »An deiner Stelle würde ich jetzt nur noch mit offenen Augen schlafen.«

Eleanore klopfte erneut mit der Spitze des Schirms auf den Boden. »Könnt ihr bitte unterlassen, so offen miteinander zu poussieren?«, mischte sie sich wieder in das Gespräch ein. »Ich will nicht zu einer Anstandsdame verkommen.«

»Ich ...«, begann Ruby.

Erneut war Ruby einfach nur sprachlos. Mit Fynn zu ... zu *poussieren* war wahrlich das Letzte, an das sie dachte.

»Komm mit!« Eleanore marschierte zu Ruby, griff nach ihrem Arm und zog sie mühelos auf die Beine. »Es tut jungen Frauen nicht gut, so lange mit so zwielichtigen Gestalten eingesperrt zu sein. Wir gehen jetzt raus.«

Ruby wusste nicht wie, aber ehe sie sich versah, stand sie mit Eleanore auf dem Deck.

Vor den beiden jungen Frauen funkelte das Kristallmeer in allen möglichen Farben. Wie der Name schon verriet, sah es so aus, als würden lauter kleine Kristalle im Sonnenlicht funkeln. Es war schon ein atemberaubender Anblick vom Festland aus, aber inmitten des Meeres, umgeben von nichts als funkelndem Wasser, wirkte es noch viel eindrucksvoller.

Wenn Onyx das nur sehen könnte, dachte Ruby und verspürte sofort einen heftigen Schmerz in ihrer Brust.

Die junge Adelige neben Ruby seufzte laut. »Die Sonne tut meinen Teint gar nicht gut«, meinte sie und spannte den Sonnenschirm auf. »Schon viel besser.«

»Was machen wir dann eigentlich in der Sonne?«, fragte Ruby etwas verwirrt nach.

Eleanore strich sich eine verirrte Haarsträhne nach hinten, damit Ruby einen noch besseren Blick auf den gelben Stein an ihrem Ohr hatte. »Gesehen werden.«

Gesehen werden?, fragte Ruby sich im Stillen. Von wem?

Sie waren mitten auf dem Meer. Über ihnen kreiste ein einsamer Adler.

Das Deck war wie leer gefegt, bis auf einen blonden Mann am Steuerrad, der die beiden mit zusammengekniffenen Augen musterte. Irgendwie kam er Ruby bekannt vor.

Aus ihrer Kehle drang ein Fauchen. Das war doch der Kerl mit der Flasche! Ihre Finger spannten sich an.

»Ich denke, das ist eine natürliche Reaktion, wenn man Scada sieht«, kommentierte Eleanore Rubys katzenhaften Laut nur. »Lass ihn uns nicht weiter beachten.«

Eleanore hakte sich bei Ruby unter. Das machte es für die Diebin schwieriger, die zwei Ohrringe zu stehlen.

Die beiden Frauen schritten langsam das Schiffsdeck entlang.

Eleanore in ihrem neuen Kleid und Ruby in ihrer abgetragenen Kluft. An ihrem Oberteil klaffte ein Loch, genau da, wo der Pfeil sie getroffen hatte. Ihr getrocknetes Blut an der Stelle machte die Sachen nicht unbedingt ansehnlicher.

Sie brauchte dringend neue Kleider. Ein paar neue Stiefel und ein langärmeliges, aber luftiges Hemd, das ihre Schuppen an der linken Schulter verdeckte.

Dazu kam der Größenunterschied: Ruby maß eineinhalb Köpfe mehr als die Adelige.

Dadurch wirkte die Szenerie auf Außenstehende sicher sehr befremdlich. Auch Ruby fühlte sich nicht wirklich wohl dabei.

Ihre ganze Haut kribbelte. Sie hatte sich so viele Monate von Menschen ferngehalten und maximal zwei Sätze mit Leuten im Viertel oder im ›Kiesel‹ gewechselt.

Jetzt hatte sie aus unerfindlichen Gründen Eleanore an der Backe, welche sich wohl für ihre neue beste Freundin hielt.

Eine Frage brannte Ruby auf der Zunge: Warum tat Eleanore so, als wäre Ruby normal? Sah sie die schlitzförmigen Pupillen nicht? Die roten Schuppen? Erachtete sie die schwarzen Krallen als gewöhnlich?

Vielleicht litt sie unter einer immensen Wahrnehmungsstörung. Das war das Einzige, das ihr Verhalten erklären würde.

»Darf ich dich etwas fragen?«, sagte Ruby sehr zögerlich.

»Natürlich«, kam es von Eleanore. »Ich will das Gespräch in keine bestimmte Richtung lenken, aber in Ivoire habe ich ein Kleid gesehen, das jemandem mit deiner Figur perfekt stehen würde.«

»Bist du ein Mitglied der Mannschaft?«, fragte Ruby einfach.

Sie wusste nicht, wie sie diese Frage anders formulieren sollte.

Eleanore schnappte laut nach Luft. »Nein! Natürlich nicht! Ich bin doch keine Piratin!«, empörte sie sich. »Sehe ich etwa danach aus?«

Ruby schüttelte verneinend den Kopf.

Sie sah zwar nicht wie eine Seeräuberin aus, aber unter ihrem oberflächlichen, adeligen – sprich gut erzogenen – Verhalten, blitzte gelegentlich etwas Wildes hervor.

»Ich bin nur eine Gefangene«, sagte Eleanore wenig überzeugend. »Ich hoffe, dass mich Fynn eines Tages wieder heil zu Hause absetzt.«

Das stand im starken Kontrast dazu, wie sie den Piraten vor wenigen Minuten noch verbal zurechtgewiesen hatte. Fynn schien zumindest so etwas wie Respekt vor Eleanore zu besitzen.

»Was macht ihr da?«

Vor Ruby und Eleanore baute sich der blonde Pirat, den Eleanore Scada genannt hatte, bedrohlich auf. Ein Adler wollte sich auf seiner Schulter niederlassen, aber er verscheuchte den riesigen Vogel mit harschen Ausdrücken. »Geh weg, Scheißvieh!«

»Spazieren«, antwortete Eleanore deutlich angespannt. »Stört dich das?«

Scadas Blick fiel auf Ruby. In seinen Augen brannte die Abschätzigkeit unverhohlen.

Ruby kannte den Ausdruck nur zu gut. Kurz nach ihrer ... ihrer ›Veränderung‹ war sie im Wald vor ihrer Höhle einem Drachentöter begegnet. Sie hatte damals noch keine Maske besessen – oder geklaut, um ihr Gesicht zu verbergen, weshalb der Krieger sie so gesehen hatte wie jetzt die ganze Crew.

Er war der Erste, der sie als Monster betitelt hatte.

Er war der Erste, der sie töten wollte.

Er war der Erste, den Ruby getötet hatte.

Sein Tod entsprang mehr Rubys Glück als ihrer Mordabsicht, da der Drachentöter bei der erbarmungslosen Verfolgungsjagd in seine eigene Drachenfalle gelaufen war. Sein ganzes linkes Bein hatte in einer riesigen Eisenfalle festgesteckt. Er war ihr hilflos ausgeliefert gewesen.

Sie hatte sich damals entscheiden müssen, ob sie das Mädchen, das sie 17 Jahre lang gewesen war, bleiben und dem Schwerverletzten helfen wollte oder ihr altes Ich ein für alle Mal zurückließ. Mensch oder Monster? Sie hatte sich für Letzteres entschieden.

Eleanore schlug Scada mit dem Regenschirm auf den Kopf. Eine gespenstische Stille breitete sich aus und Ruby rechnete damit, dass der Pirat die junge Frau gleich angreifen würde. Der Pirat packte den Schirm und starrte Eleanore herausfordernd an.

»Brich den Schirm. Und. Ich. Breche. Dir. Das. Rückgrat.«

Ruby dachte, dass sie Scadas Mordlust beinahe in der Seeluft schmecken konnte, tatsächlich war es aber Eleanores Raserei, die um sich griff.

Scada erstarrte. Ruby war schon längst wie versteinert. Was war mit dieser Frau los? Warum wirkte sie auf einmal so gefährlich und mordlüstern?

»Lass los«, sagte Eleanore mit Nachdruck. In diesen wenigen Worten lag eine ungeheure Macht.

Es beunruhigte Ruby am meisten, dass Scada diese Drohung viel zu ernst nahm. Er ließ den Schirm los, trat einen Schritt zurück und ließ aufgrund der Niederlage beschämt den Kopf hängen.

Das war zu viel.

Ruby tat das, was sie schon damals bei dem Drachentöter getan hatte: Sie flüchtete.

VI.

Fynn

Als Eleanore mit hängenden Mundwinkeln und allein in die Kajüte trat, wusste Fynn schon, dass es Probleme gab.

»Was ist los? Wo ist Ruby?«, fragte Fynn sofort.

Er klappte das Logbuch zu. Es war unüblich für Piraten, ein Logbuch zu führen, aber Fynn nutzte es auch als eine Art Tagebuch. Seine Ziele, seinen Frust und seine Wünsche möglichst neutral zu verfassen, half ihm dabei auch im aussichtslosesten Moment einen kühlen Kopf zu bewahren.

Eleanores Augen wanderten in der Kajüte herum – sie wollte ihn nicht ansehen. »Ruby ist mir weggelaufen.«

Fynn lachte kurz. Bis er merkte, dass Eleanore keine Miene verzog. Das war ihr Ernst.

»Du hast Ruby verloren?«, fragte er nach. »Auf dem Schiff? Hier? Oder ist sie ins Wasser gesprungen?«

Es würde Fynn nur ein wenig überraschen, wenn sie ins Meer gesprungen wäre. Ihm war nicht entgangen, wie sich ihre Pupillen erweiterten, wenn sie Edelsteine sah, und das Kristallmeer funkelte wirklich verführerisch.

»Scada hat sie verschreckt.« Noch immer sah sie ihm nicht in die Augen. »Ehe ich mich versah, war sie verschwunden. Ich kann sie nirgends finden. Sie antwortet mir auch nicht, wenn ich nach ihr rufe.«

»Scada hat sie verschreckt?«, bohrte Fynn nach.

»Wer sonst?«, kam es augenblicklich von Eleanore.

Ob Ruby wohl gemerkt hatte, dass sich unter Eleanores unschuldiger Erscheinung eine wahrhaft bedrohliche Piratin versteckte? Wenn Eleanore sich endlich zu ihrer wahren Natur bekannte, wäre es nur eine Frage der Zeit, bis sie die Mordkunst perfektionierte. Fynn freute sich schon auf das Blutvergießen, das folgen würde.

Aber Ruby hatte es wohl überrumpelt ...

Fynn seufzte schwer. »Dann werde ich sie suchen gehen.«

Als der Kapitän an Eleanore vorbeischritt, murmelte sie leise: »Sag ihr, dass es mir leidtut.«

Ah, er hatte also recht gehabt.

Fynn schnappte sich beim Rausgehen eins der glänzenden Mitbringsel vom Königspalast in Yevel. Danach ging er in den Vorratsraum und nahm noch etwas Brot und Käse mit. Ruby hatte bestimmt Hunger, dachte er sich.

Als er zum Deck hochstieg, flatterte Nero sofort freudig auf ihn zu. Der Adler ließ sich auf seiner Schulter nieder und der Pirat musste einen leisen Schmerzensschrei unterdrücken. Die Krallen waren extrem scharf und der Adler alles andere als ein Fliegengewicht. Er brachte mehr Kilogramm auf die Waage als so manches Kleinkind aus einem Armutsviertel.

»Na?«, fragte Fynn und strich dem Tier über den Kopf. »War dein Hexen-Herrchen wieder mal ein Blödmann?«

»Ich kann dich hören!«, rief Scada über das gesamte Deck.

Er stand am Steuerrad.

»Ist ja auch kein Geheimnis, oder?« Fynn grinste. »Hat dich Eleanore wieder mal mit einem Stock verprügelt?«

»Regenschirm«, murmelte Scada, dessen männliche Ehre eindeutig angekratzt war.

»Schmerzt die Narbe von eurer ersten Auseinandersetzung immer noch?«, erinnerte Fynn ihn an den Tag, als Scada Eleanores Spazierstock zerbrochen hatte.

Fynn wollte Scada, der gerade einmal zwei Tage Teil der Mannschaft war, ausdrücklich vor einer Auseinandersetzung warnen. Doch Scada ließ nur großspurig verlauten, dass ein kleines Mädchen ihm keine Angst machen konnte. Tja, Eleanore hatte Scada mit einem Singsang an seinen Fehler erinnert, als sie ihn nach dem Kampf auch gleich wieder mit Nadel und Faden zusammengeflickt hatte.

Mit der Hand fuhr Scada über seine Brust. Unter dem Hemd lag die Narbe. »Dein Monsterchen ist mit der Verrückten hier entlangspaziert, als wäre es ein Schaugarten oder sonst was. Das seh ich sonst nur bei den reichen Bonzen.«

»Ruby ist kein Monster und Eleanore nicht verrückt«, korrigierte er seinen Navigator. »Rubys Aussehen ist nur etwas untypisch und Eleanore braucht noch etwas, bis sie akzeptieren kann, wer sie wirklich ist. Da ist sie ja nicht die Einzige an Bord.«

Scada verdrehte die Augen. Dann richtete sich sein Blick auf den Beutel, den Fynn mit sich führte. Die Brotkante lugte neckisch hervor.

»Du machst doch kein romantisches Picknick mit dem Drachending?«

»Ich kümmere mich nur ein wenig um sie«, gab Fynn offen zu. »So wie ich dich aus dem Gefängnis befreit und vor deiner Hinrichtung bewahrt habe. Oder fühlst du dich vernachlässigt? Magst du heute Abend mit mir ein intimes Dinner einnehmen?«

Fynn legte seine Hand auf Scadas Schulter und drückte aufmunternd zu. »Aye ... Nur wir zwei.«

Das machte den anderen Piraten nur noch rasender. »Griffel weg!«, schrie er und schlug Fynns Hand weg. »Lass mich mit deinem Blödsinn in Ruhe.«

Scadas miese Laune sprang nicht auf Fynn über. »Hast du Ruby gesehen?«, fragte er ihn. »Eleanore hat sie verloren.«

Nero breitete die Flügel aus und erhob sich mit einem Kreischen in die Lüfte.

»Sie sitzt nur im Krähennest und starrt vor sich hin«, erklärte Scada. »Ich habe sie mit dem Mistvieh im Blick.«

Fynn sah hoch. Nero umkreiste den Mastkorb.

Von unten konnte Fynn Ruby nicht sehen, aber Scada war mit dem Adler durchaus in der Lage, Dinge zu erkennen, die normale Menschen nicht wahrnehmen konnten.

»Danke schön.«

Fynn warf den Beutel über seine Schulter und kletterte die Strickleiter zum Korb hoch. Ruby sah nicht einmal auf, als der Pirat zu ihr in den beengten Holzkorb kletterte.

»Bist du nicht überrascht?«, fragte Fynn Ruby.

Sie antwortete mit einem Kopfschütteln. »Ich konnte dich und Scada unten reden hören.«

»Ach so?«, fragte er. »Da hast du aber gute Ohren.«

Ihre Sinne mussten wirklich gut sein. Er hörte gar nichts, bis auf den Wind, der pfeifend um sie herumstrich.

Rubys langes rot-oranges Haar wehte im Wind und verlieh ihr ein noch wilderes Aussehen als sonst. Man könnte fast meinen, dass sie brannte.

»Hier.« Schweren Herzens zog Fynn einen blauen Edelstein aus dem Beutel und streckte ihn Ruby entgegen.

Als ihr Blick auf den Stein fiel, weiteten sich ihre schlitzförmigen Pupillen.

Er grinste.

Noch deutlicher konnte sie ihre Freude nicht ausdrücken.

»Das ist der erste und letzte Edelstein, den du von mir bekommst«, ließ er verlautbaren. »Sieh es als deinen Anteil für den Einbruch, Prinzessin.«

»Was?« Ihre Stimme war ganz leise. »Der gehört mir?«

Fast schon ehrfürchtig nahm sie den eiförmigen Stein in die Hände und streichelte ihn behutsam mit den Fingern. Sie kuschelte sich sogar mit der Wange an den Stein, als wäre es eine Art Stofftier oder eine Puppe.

Er hatte schon mal gehört, dass Drachen auf Edelsteine versessen waren und ihre Schätze in großem Stil horteten. Früher waren ganze Piratenmannschaften umgekommen, weil sie eine Drachenhöhle ausrauben wollten. Wenn Fynn weiterhin über zwei intakte Augäpfel verfügen wollte, musste er das Diebesgut aus Yevel gut verstecken. Solange Ruby nicht wusste, dass er noch mehrere der Edelstein-Eier geklaut hatte, würde sie nicht vor Gier durchdrehen.

Durch den Anblick der seligen Ruby vergaß er sogar, ihr etwas zum Essen anzubieten. Erst als er versuchte seine Füße auszustrecken und ihm dabei der Sack umkippte, griff er nach dem Gewürzbrot.

»Hast du auch Hunger?«, fragte er die überglückliche Diebin.

Er brach ein Stück Brot ab.

Es stammte eigentlich von Anissas Vorräten, kurz nachdem sie in Yevel angelegt hatten. Er wusste, dass Anissa aufgrund ihrer Forschungen das Schiff nicht verlassen würde, und hatte ihr vorsorglich ein paar Dinge gekauft. Da sie die Stadt durch den kleinen Vorfall im Palast früher verlassen hatten, musste sich die ganze Crew nun ein paar Tage mit den wenigen Lebensmitteln, die sie noch hatten, begnügen.

Er würde Anissa später daran erinnern, ein paar Happen zu essen. Wahrscheinlich war sie so in den neuen Forschungen vertieft, dass sie nicht einmal gemerkt hatte, wie der neue Tag angebrochen war.

Mit der rechten Hand drückte Ruby den Stein noch enger an den Körper. Die linke Hand schnellte nach vorne und riss Fynn das Brot weg. Ähnlich wie beim Apfelkuchen stopfte sie das Brot mit wenigen Bissen in sich hinein. Er überließ Ruby ein Achtel eines Laibs Käse.

»Genieße das Brot und den Käse. Die Sachen sind auf dem Meer nicht lange haltbar«, erklärte er ihr, obwohl sie das Zeug schon längst verschlungen hatte und gar nicht mehr genießen konnte. »Später gibt es dann nur noch Trockenfleisch und Trockenfisch. Alles, was trocken ist.«

Aber Ruby interessierte die reduzierte Essensauswahl nicht.

»Wie ist das mit dem Adler?«, wollte sie neugierig wissen. »Kann Scada mit ihm irgendwie sehen? Er ist doch keine … Du-weißt-schon-was.«

Fynn lächelte. »Aye. Du kannst ruhig das Wort Hexe aussprechen. Hexe ist ja keine abwertende Bezeichnung und auf der See sind alle Menschen gleich. Niemand wird hier für Scada einen Scheiterhaufen errichten … Na gut, ich gebe zu, dass fast alle Scada abfackeln würden, aber nur, weil er so griesgrämig sein kann, und nicht, weil er von Hexen abstammt. Viele großartige Piraten waren Hexen. Zumindest bevor die Magie anfing nachzulassen und die meisten Hexen gefangen und verbrannt wurden.«

In seiner Heimat galten Hexen ebenfalls als Ketzer gegen die goldenen Götter. In seinem Heimatland war man aber schon ketzerisch, wenn man falsch atmete. Der Geruch von angekokeltem Fleisch und verbrannten Haaren hing praktisch immer in der Luft. Das war ein weiterer, Grund nie wieder das Land zu betreten und natürlich war da noch die kleine Sache mit der Königsfamilie. Das würde sonst unschön enden.

Als hätte er gewusst, dass über ihn geredet wurde, stürzte Nero aus dem Himmel herab und krallte sich unterhalb der kleinen Fahne in das Holz.

»Das ist übrigens sein Familiaris Nero.«

Das Tier und Ruby starrten sich eine Weile stumm an. Weder der Adler noch die Diebin blinzelte. Zeitgleich legten sie den Kopf etwas schief.

»Kannst du etwa mit Tieren reden?«, fragte Fynn sie erstaunt.

Sie schüttelte den Kopf. »Ne. Ich dachte nur, dass Nero intelligenter als Scada ist.«

Fynn lachte leise.

»Ist Nox dann auch eine Hexe?«, fragte sie ihn aus.

»Nox ist keine Hexe. Er hat ja keinen Familiaris.«

»Und was ist er dann? Was zur Hölle ist Eleanore? Und was bist du?«

Fynn Grinsen wurde breit. »Ich würde mal sagen, dass ich wahnsinnig attraktiv bin. Danke für das Kompliment, Prinzessin.«

»Ich habe dir aber kein Kompliment gemacht!«, fauchte sie ihn an.

»Nicht so schüchtern.« Er lachte vor sich hin. »Jetzt sei mal nicht so steif! Das war doch nur ein kleines Späßchen.« Er räusperte sich. »Meine ganze Crew besteht aus Menschen. Menschen mit besonderen Fähigkeiten. Die Linie zwischen Begabung und Magie ist manchmal hauchdünn. Das wirst du schon noch sehen.«

Ruby war da ja selbst keine Ausnahme. Sie war nur ein Mensch und dass sie gerade etwas verängstigt war, zeigte ihm dieses Menschsein deutlich auf: Sie klammerte sich zum Trost an ihren Stein.

»Es tut Eleanore übrigens leid«, richtete er ihr aus. »Ich kann mir vorstellen, dass es dich überrumpelt hat.«

»Es hat mich nur ein wenig erschreckt«, gab Ruby beschämt zu. Sie zog mit den Fingern Kreise über den Stein. »Ich habe schon öfters Mordlust gespürt. Drachentöter sind alles andere als nette Gesellen. Aber bei Eleanore …«

»Es ist ein bisschen überraschend«, stimmte Fynn ihr zu. »Du musst aber keine Angst vor ihr haben, zumindest solange du nichts gegen ihre Kleider sagst und ihre Frisur nicht durcheinanderbringst, wirst du ein langes und erfülltes Leben leben. Im Gegensatz zu Scada, der wohl durch eine Brosche durchs Gehirn einen verfrühten Tod finden wird.«

Ruby wechselte das Thema: »Darf ich hier oben schlafen?«, bat sie Fynn.

Der Pirat sah sich um. Das Krähennest war wirklich sehr beengt. Durch Scadas Fähigkeiten war die Truppe nicht auf einen Wachposten hier oben angewiesen. Während ein normaler Mensch mit Fernrohr vielleicht maximal fünfzehn Kilometer weit blicken konnte, war Scada in der Lage, mit Nero um die dreihundert Kilometer zu sehen.

Ruby störte hier oben wirklich niemanden und ihr war es sicher lieber, allein zu sein.

»Ich brauche nicht viel Platz und ich schlafe lieber hier als …«

»Bei mir?«, riet Fynn. »Oja, weil es so skandalös ist, da wir nicht verheiratet sind. Ich verrate dir etwas, Prinzessin.« Mit zwei Fingern hob er ihr Kinn an, sodass sie ihm in die Augen blicken musste. Ihre Pupillen waren immer noch geweitet. »Es gibt Dinge, die wirklich skandalös sind, aber nur, wenn man sich mit mir das Bett teilt.«

Rubys Kiefer knirschte. Sie wollte ihn am liebsten zerfleischen. Darüber brauchte sie kein Wort zu verlieren, das konnte er ihr ansehen.

Er gluckste erheitert. »Na gut, wenn es deinem Seelenheil guttut.« Er nahm den leeren Stoffsack und kletterte aus dem Mastkorb. »Genieße deinen letzten freien Tag noch, ja?«

»Wie meinst du das?«

»Du bist jetzt das Schiffsmädchen. Du musst hier für Unterkunft und Verpflegung natürlich ein paar Dinge erledigen.« Fynn zwinkerte. »Wenn du dich anstrengst, kannst du sogar im Rang aufsteigen!«

»Im Rang aufsteigen? Hast du …« Rubys Protest wurde vom Wind davongetragen.

VII.

Ruby

Als sich Ruby sicher sein konnte, dass Fynn nicht mehr auf dem Deck war, kletterte sie aus dem Mastkorb. Schweren Herzens ließ sie ihren Saphir zurück. Damit er jedoch nicht so einsam da lag, platzierte sie Onyx' Schlüssel und die kleinen Edelsteine, die sie Fynn im ›Kiesel‹ abgeknüpft hatte, daneben. Wenn sie jetzt auch noch die Steine aus ihrer Höhle für ihr Nest hätte …

Sie wollte nur kurz das Kissen und die Decke für ihren neuen Schlafplatz holen.

Oder sie konnte das Kissen nehmen und Fynn damit im Schlaf ersticken. Was erlaubte sich dieser Pirat überhaupt?

Ruby einfach als Schiffsmädchen zu bezeichnen! Sie würde keine Finger auf dem Schiff krummmachen! Sie war eine Gefangene! Eine Geisel! Keine Küchenmagd! Und erst recht keine Haushälterin!

Ruby schnaubte laut, weil sie innerlich kurz vor dem Überkochen stand.

Wenn sie eine andere Wahl gehabt hätte, wäre sie mit ihren Edelsteinen schon längst von hier abgehauen. Sie stand so kurz davor, sich einfach in das Beiboot zu setzen und zu Onyx ans Festland zurückzurudern. Blöderweise hatte sie sich nie damit beschäftigt, wie man mit Kompass und Karte über die offene See navigierte.

Dafür konnte sie ihren Namen sticken und Harfe spielen.

Sie sah auf ihre spitzen Krallen, die jede Harfenseite zerreißen würden und keine kleine Nadel halten konnten.

Genau das Falsche. Zehn Jahre Unterricht für nichts und wieder nichts.

Unter Scadas wachsamem Blick überquerte Ruby selbstbewusst das Deck.

Fynns Erzählungen nach zu urteilen, war er einfach nur unsicher und deshalb so mies drauf. Wenn Ruby sich nicht von ihm einschüchtern ließ, würde sie weiteren Ärger mit ihm aus dem Weg gehen können.

Ruby spitzte die Ohren, als sie die Treppe zum Untergeschoss runterschritt – oder wie immer das in Piratensprache hieß. Zu ihrem Glück hörte sie niemanden der Piraten. Sie waren wohl alle beschäftigt.

Ruby ging geradewegs in Fynns Zimmer oder Kajüte. Diesen Begriff kannte sie gerade noch aus ihrer Schulzeit. Da der Piratenkapitän ausnahmsweise mal nicht hier war, konnte Ruby in Ruhe sein Zimmer betrachten. Ob Fynn hier noch mehr Steine versteckt hatte?

Ruby versuchte den großen Globus zu öffnen – nur um darin Alkohol und Gläser vorzufinden. Sie knackte ein Truhenschloss mit ihren Krallen und durchwühlte die Holzkiste: Nur schmutzige Kleidungsstücke. Sie war in einem solchen Rausch, dass sie nicht einmal davor zurückschreckte, sich auf Fynns Bett zu stürzen.

Ihre Selbstbeherrschung reichte gerade einmal dafür aus, dass sie nicht die Federnmatratze aufschlitzte. Sie war viel zu weich, als das Edelsteine sich darin befinden würden. Sie tastete sie ein zweites Mal ab. Da war zu ihrem Pech tatsächlich nichts drin.

Als Nächstes setzte sich Ruby an Fynns Tisch. Leider lagen dort nur zusammengerollte Seekarten, unbeschriebenes Papier und Schreibsachen. Sie klopfte den Tisch ab. Nein, hier war auch kein Hohlkörper, um darin Sachen zu verstecken.

Wenn ich ein unverschämter und dummer Pirat wäre, fragte sich Ruby. Wo würde ich meine Edelsteine versteckt halten?

Auf dem Tisch brannte eine Öllampe, deren Flamme Fynn beim Verlassen des Raumes nicht gelöscht hatte. Ruby spielte mit ihren Fingern an der Flamme herum. Sie spürte, dass das Feuer warm war. Aber es tat ihr nicht weh. Es beruhigte sie sogar, dass auf dem Schiff ein kleines Feuer brannte, wenn um sie herum nichts als Wasser herrschte. Sie war wie dieses Feuer. Lodernd. Unbeugsam. Gefährlich. Und auch wenn die Lage um sie herum aussichtslos war, sie würde einsam weiterbrennen.

Ruby hielt ihre ganze Handfläche über die Flamme und ließ sich von ihr zärtlich streicheln.

Sie war so versunken in den Anblick der Flamme, dass sie ihre Umgebung nicht weiter wahrnahm. Sie hätte jeden, der sich annäherte, ohnehin gehört, bis auf eine Person.

Als sie nach einer Zeit wieder aufsah, blickte Nox sie von der Tür aus an.

»Aah!« Sie stieß einen erschrockenen Laut aus. Schnell fuhr sie von Fynns Stuhl hoch und marschierte auf ihren Schlafplatz zu. »Ich hol mir nur meine Sachen. Dann bin ich weg.«

Im Palast hatte Ruby nichts als Furcht vor Nox verspürt. Das war aber der brenzligen Situation geschuldet gewesen. Auf diesem Schiff wirkte er einfach nur wie ein etwas zu blasser, junger Mann.

Ruby war im Begriff, die Kajüte schleunigst wieder zu verlassen, aber Nox stellte sich ihr in den Weg.

Sie wollte schon Kampfhaltung einnehmen, als er nach ihrer Hand griff und ihre Handfläche und die Fingerspitzen genau betrachtete. Er untersuchte sie genauestens auf Verbrennungen. Aber ihre Haut war natürlich unverbrannt.

Etwas eingeschüchtert und peinlich berührt zog sie ihre Hand weg. »Feuer macht mir nichts«, erklärte Ruby Nox. »Ich bin …«

Er starrte sie nur weiterhin mit wachsamen dunklen Augen an.

Sie hatte bereits im Palast gemerkt, dass Nox stumm war, und das machte seinen Blick nur noch mysteriöser. Was er wohl dachte? Dass sie ein Monster sei?

Aber er selbst beherrschte die Macht, sich in den Schatten zu verstecken. Ruby kannte diese Magie nur allzu gut, aber sie hätte niemals gedacht, dass auch Menschen dazu in der Lage wären, sie anzuwenden. Vielleicht machte ihn das für sie so suspekt. Vielleicht überzog deswegen plötzlich eine Gänsehaut ihre Arme.

»Ich gehe jetzt«, ließ sie Nox wissen und schob sich an ihm vorbei aus dem Zimmer. Wieder stieg Furcht vor ihm in ihr auf. Sie versuchte ihn nicht zu berühren, als sie auf den Flur hinaustrat. Fast als befürchtete sie, dass seine Finsternis ihre Flammen löschen könnte.

Immer noch auf die Person fokussiert, die sie im Türrahmen zu Fynns Kajüte stehen gelassen hatte, lief sie in aller Eile fast gegen jemand anderen, der plötzlich vor ihr aufragte.

Zwei junge Männer blockierten ihr den Weg. Sie waren fast einen Kopf größer als Ruby und für ihr Alter schon recht muskulös gebaut. Noch viel erstaunlicher war allerdings ihr unglaublich ähnliches Aussehen.

Sie hatte noch nie Zwillinge gesehen, die fast identisch aussahen. Einer trug ein rot-grün gestreiftes Stirnband, welches das hellbraue lockige Haar bändigte, während der andere Zwilling silberne Ohrringe hatte.

Hoffentlich waren das nun alle Crew-Mitglieder. So langsam hatte Ruby genug davon, ständig neue Leute kennenzulernen.

»Hallo!«, begrüßten die Zwillinge Ruby mit einem großen Lächeln im Gesicht.

Ruby wich einen halben Schritt nach hinten zurück. Einer der beiden hatte doch tatsächlich eine Weinflasche in der Hand.

Wollten sie sie etwa damit noch mal niederstrecken?

So langsam hatte Ruby genug davon, dass man sie mit Flaschen niederschlug. Sie war bereit, den jungen Männern an die Kehle zu springen und sie ernsthaft zu verletzen.

Doch statt die Flasche zum Schlag zu erheben, reichte der Ohrring-Zwilling sie ihr. »Das ist Eleanores berühmter Wein«, sagte der andere. »Es gibt genau eine Flasche pro Tag. Wenn du mehr brauchst, musst du Rum trinken.«

Oh, sie wollten, dass Ruby sie nahm?

Sie drückte das Kissen enger an ihre Brust und griff mit der anderen Hand nach dem Alkohol. Danach wollte sie eigentlich wieder in ihr Nest, aber die beiden Piraten sahen sie erwartungsvoll an. Ihre braunen Augen waren ganz groß.

»War deine Mutter oder dein Vater der Drache?«, wollte Stirnband wissen.

»Was?«

Sie meinten doch nicht wirklich, dass Ruby eine Kreuzung aus Mensch und Drache war. Oder? Wie sollte das denn funktionieren?

Sie wollte gerade antworten, als der andere Zwilling dazwischenfuhr: »Wichtiger ist: Bist du aus einem Ei geschlüpft? Wie ist das so? Ich stell mir das ziemlich dunkel vor.«

»Ich ... Kein Drache«, brachte sie gerade noch hervor.

»Kannst du deshalb auch kein Feuer speien?«, wollte einer der beiden wissen. »Wir haben nämlich darauf gewartet, dass das Schiff abfackelt.«

»Nein.«

»Ist das in deinem Gesicht dann nur ein Hautausschlag?«

»Und die Augen! Wie kriegt man die so hin?«

Sie musste zugeben, dass sie sich in diesem Moment nach Fynn und seinen dummen Sprüchen sehnte. Er hätte die Zwillinge irgendwie abgewimmelt. Obwohl seine Anwesenheit natürlich auch wieder Nachteile gehabt hätte, wie ...

»Aye! Kian! Kjell!«, rief Fynn und schlenderte lässig den Gang entlang. »Bedrängt Ruby nicht so mit euren Fragen. Sie soll sich an Bord doch wohlfühlen.«

Sie entkorkte den Wein und trank ein paar großzügige Schlucke. »Ich geh jetzt wieder in mein Nest«, ließ sie die Piraten wissen.

»Bauen Drachen Nester wie Vögel?«, hörte sie noch einen der Zwillinge Fynn fragen. »Heißt das, dass sie uns Frühstückseier legen kann?«

***

Später am Abend lag Ruby in ihrem gemütlichen Nest. Sie hatte sich auf den großen Kissen zusammengerollt und die Decke als eine Art Dach umfunktioniert. Es war klein, aber besser als die Höhle. In der Dunkelheit und umgeben von ihren Edelsteinen fühlte sie sich zumindest ein bisschen wohler in ihrer Haut als noch einige Stunden zuvor.

Trotzdem zog Ruby ein Stück der Decke zurück, sodass sie den Sternenhimmel sehen konnte. Es sollte Ruby eigentlich nicht überraschen, dass das Himmelszelt auch über dem Meer so aussah wie auf dem Land. Aber wie konnte es nur genauso aussehen, wenn Ruby sich so anders fühlte?

Manchmal – wenn es im Wald ganz still war – war Ruby mit Onyx aus ihrer

Höhle gekrochen und sie hatten gemeinsam im Gras gelegen und die Sterne betrachtet.

Es gab Hunderte Geschichten über den Ursprung der Drachen und natürlich gab es auch die Geschichte, dass Drachen gemeinsam mit den Sternen entstanden seien.

»Darum ist Feuer das wichtigste Element für Drachen«, hatte Onyx ihr erklärt. »Sterne sollen nämlich nichts anderes als Feuerbälle sein.«

»Feuerbälle?« Ruby war misstrauisch. »Ich denke, dass Sterne mehr wie Edelsteine sind.« Sie streckte ihre Hand aus. »Warum funkeln sie sonst so verführerisch?«

Auch jetzt sah es so aus, als wäre der Himmel voller kleiner Diamanten. Doch Ruby hatte ausnahmsweise keine Lust, davon zu träumen, dass sie die Himmelsjuwelen stehlen konnte.

Als Ruby ihre Augen schloss, brannten sie vor ungeweinten Tränen.

VIII.

Ruby

Ruby war natürlich wenig begeistert, als Fynn ihr am nächsten Morgen tatsächlich einen alten Wischmopp und einen verbeulten Eimer mit Wasser in die Hand drückte. Der Mistkerl grinste über das ganze Gesicht. Warum zur Hölle verzog er die Mundwinkel immer so nach oben, wenn er sie sah? Das nervte Ruby ungemein.

»Auf dem Deck sind ein paar Blutspritzer, nachdem mein armer Stiefel – die Götter mögen ihn selig haben – und meine armen Zehen Bekanntschaft mit der Peitsche des Drachentöters gemacht haben«, erklärte ihr Fynn gut gelaunt und deutete zu den Kanonen. »Schrubb einfach mal kurz drüber, ja? Wenn du fertig bist, komm in meine Kajüte.«

»Was tust du, wenn ich mich weigere?«, provozierte Ruby den Piraten. »Bekomme ich dann nichts mehr zu essen? Kettest du mich wieder an? Hetzt du Eleanore auf mich? Oder Nox?«

Fynn machte einen Schritt auf sie zu und Ruby wechselte sofort in eine Angriffshaltung. Sie war bereit, das Ende des Stils in seine Magengegend zu stoßen. »Prinzessin, was willst du sonst den ganzen Tag machen?«, fragte er sie und wagte es, ihr gegen die Stirn zu tippen. »Mit deinen Edelsteinen kuscheln und Leute anknurren?«

Jedenfalls knurrte sie ihn jetzt an.

»Jeder an Bord hat hier auch seine Aufgaben«, erklärte er ihr. »Eleanore versorgt die Verwundeten und leider gibt sie dazu noch kostenlose Beratungen in Sachen Mode und Einrichtung. Anissa kümmert sich ebenfalls um Verletzungen und sie entwickelt neue Waffen. Scada ist dank Nero ein begabter Navigator. Nox kocht.«

Ruby musste Fynn an dieser Stelle unterbrechen: »Nox kocht?«, fragte sie nach. »Essen? Essen, das man wirklich essen kann? Das man auch essen will?«

Sie konnte sich nicht vorstellen, dass der Schattenmann tatsächlich der Schiffskoch war. In ihren Kopf passte das Bild eines Kochs, der Fleisch zubereitete und Gemüse hackte, einfach nicht zu einer Person wie Nox. Dafür wirkte er zu tödlich. Sie konnte sich nicht vorstellen, dass er sich stundenlang in die Schiffsküche stellte und Möhren schnitt und Kartoffeln für einen Eintopf schälte.

»Nein, er bereitet ungenießbares Menschenfleisch zu.« Fynn verdrehte die Augen. »Natürlich kocht er normales Essen. Er ist der Schiffskoch. Leider gibt es auf der See nur selten frisch zubereitete Mahlzeiten. Aber wenn wir an Land sind und jeden Tag frische Sachen kaufen können, dann kocht Nox von ausgefallenen Nudelgerichten bis zu schmackhaften Fleischspeisen alles für uns. Selbst Eleanore musste zugeben, dass die Spitzenköche in ihrem Anwesen nicht so gut kochen konnten.«

Ruby lief das Wasser im Mund zusammen. Sie dachte an all die Gerichte, die ihr früher immer aufgetischt worden waren: Fleisch mit feinen Gewürzen und so zart, dass man es kaum schneiden musste, und Desserts, die auf der Zunge zergingen und deren süßer Geschmack stundenlang im Mund verweilte. Von dem fruchtigen Wein wollte sie gar nicht erst anfangen. Ab und an hatte man ihr nämlich ein Glas zugestanden.

Sie war nun schon seit Jahren nicht mehr in den Genuss von richtigem Fleisch gekommen.

Kaninchenfleisch zählte nicht. Nach dem Fellabziehen war ihr schon meist die Lust aufs Fleisch vergangen und sie würgte das Essen nur noch runter. Wogegen Onyx das Tier am liebsten mitsamt Knochen verschlang.

»Er hat auch das Brot gebacken, dass du gestern und heute gegessen hast.« Fynn legte eine Hand auf seinen Bauch. »Aber reden wir bitte nicht weiter darüber. Ich kriege sonst noch richtig Hunger und die guten Vorräte sind jetzt schon so gut wie aufgebraucht. Wo waren wir? Ach ja, die Zwillinge kümmern sich um die Vorratsbeschaffung, die Kanonen und die weitere Instandhaltung des Schiffes.«

»Und was machst du?«, wollte Ruby wissen.

Bis auf den Titel ›Captain‹ hatte Fynn an Bord ja anscheinend nicht viel zu tun. Sonst könnte er sie nicht ständig mit seiner Anwesenheit nerven.

Sein Grinsen verschwand für einen kurzen Augenblick. »Es ist anstrengend genug, die Leute hier in Schach zu halten. Sonst wäre viel mehr Blut an Bord, als du jetzt wegputzen darfst. Also sei eine brave Putzfrau und mach das weg, ja?«

Das war es. Ruby war so sauer, dass sie den Besenstiel so lange bog, bis er in zwei Teile brach.

»Wenn der Mopp dann für dich handlicher ist, meine Liebe« war Fynns Kommentar zu dem kaputten Reinigungsgerät.

»Ich ramm dir den Stiel gleich in deine Augenhöhle«, knurrte Ruby ihn an. Provozierend erhob sie das Holzstück und zeigte damit auf Fynn.

Er seufzte nur. »Dann komm«, sagte er und deutete mit den Händen an, dass sie auf ihn losstürmen sollte. »Wenn du meinst, dass du mir damit wirklich gefährlich werden kannst.«

»Damit Nox mich dann wieder in die Mangel nimmt?« Ruby schüttelte den Kopf. »Nein danke.«

Fynn deutete auf die Sonne. »Es ist viel zu hell für ihn. An Sonnentagen ist er tagsüber nicht stärker als ein Durchschnittsmensch.«

Ruby grinste.

Fynn war so ein Idiot! Er plapperte noch all seine Geheimnisse aus! Nicht, dass Ruby sich darüber beschwerte ... Irgendwann würde er auf dem Boden liegen und sie winselnd um Gnade anflehen.

»Dann darf ich dich mit dem Stock wirklich verprügeln?«, schnurrte Ruby und leckte sich mit der Zunge über die Lippen. »Aber heul danach nicht, ja?«

Fynn zuckte locker mit den Schultern.

Ruby nahm diese Einladung zum Kampf dankbar an und rannte los. Der Trottel, der sich ein Piratenkapitän schimpfte, stand einfach nur da und ... Auf einmal lag Ruby am Boden. Die warme Mittagssonne schien ihr direkt ins Gesicht. Wie?, fragte sie sich. Wo? Was?

Kurz darauf spürte sie den Schmerz, der von ihrem Hals aus durch ihren ganzen Körper strömte. Sie musste die Zähne zusammenbeißen, um nicht lauthals loszuschreien.

Fynn beugte sich über sie. »Du bist viel zu impulsiv, Prinzessin«, begann er eine erniedrigende Lehrstunde. Sie konnte nicht einmal aufstehen, da all ihre Glieder vor Schmerz taub waren. »Du hattest doch auch einen Plan, wie du am besten in den Palast einbrechen kannst. Wenn du jemanden angreifst, musst du dir auch überlegen, was dein Gegner dir antun kann, und dir eine Gegenstrategie überlegen. Wenn jemand auf mich mit einem Holzstab losrennt, weiche ich natürlich zuerst aus und nutze die Zeit, um meinen Gegner auszuschalten, bevor er sich neu orientieren kann.«

Ruby hatte der Erklärung nur halb zugehört. Es interessierte sie nur eines: »Wie?«

»Ein präziser Schlag gegen die Hauptschlagader am Hals.«

»Und die Drachentöter?« Sie versuchte ihren Kopf zu drehen, aber jede Bewegung schmerzte so sehr, als würde die Haut jederzeit zerreißen und aufbrechen. »Du hattest doch Probleme mit ihnen! Wie kannst du mich nun mit nur einem Schlag niederstrecken?«

Fynn verdrehte die Augen. »Erinnere mich nicht. Da hatte ich einen miesen Tag. Ich glaube auch, dass der Wein im Bordell schon richtig schlecht war. Ich kann dir ja jetzt gestehen, dass ich auf den Weg zum Palast fast den ganzen Wein wieder ausgekotzt habe. Ich habe dir das damals vorenthalten, damit du nicht denkst, dass ich die Sache nicht ernst nehme.«

»Du bist einfach unmöglich.«

»Ja natürlich. Ich bin zu gut für diese Welt. Das weiß ich selber, Prinzessin.«

Ruby stieß eine Mischung aus genervtem Stöhnen und verzweifeltem Ausschrei aus.

»Wenn ich wieder aufstehen kann, mach ich das Deck sauber«, gab sich Ruby geschlagen. »Krieg ich das Blut einfach weg?«

»Natürlich«, antwortete Fynn. »Im Eimer ist Essig. Weich das Holz schön damit ein und schütte dann Wasser rüber. Dann wischst du noch einmal drüber und das Schiff ist so gut wie neu.«

Ruby drehte sich auf den Bauch und kroch wie eine Schlange zu den Kanonen. Eimer und Besen schubste sie immer vor sich her.

Ihre Wangen glühten vor Scham. Sie fühlte sich so unfassbar gedemütigt. Und dann war da noch dieses andere komische Gefühl. Sie entwickelte doch nicht gerade so etwas wie Respekt für Fynn?

IX.

Fynn

Als Ruby nach über einer halben Stunde immer noch nicht in Fynns Kajüte eingetroffen war, machte er sich langsam Sorgen um sein neuestes Crew-Mitglied. Es existierten zahlreiche Geschichten darüber, dass im Kristallmeer ungewöhnliche Ungeheuer leben sollten. Dabei sollte es sich nicht um Meerjungfrauen oder Sirenen handeln, sondern um richtige Seeungeheuer mit riesigen Tentakeln und rasiermesserscharfen Schuppen. Das arme Ungeheuer. Wenn es auf Ruby treffen würde, wäre es am Ende sicher total verängstigt.

Gerade als Fynn aufstehen wollte, erschien Ruby an der Tür. Sie wirkte etwas zerzaust und ihr Gesicht war noch rot.

»Tut dir noch etwas weh?«, fragte er sie besorgt.

Ruby hatte es ja eigentlich auf den Kampf angelegt. Sie hatte geglaubt, dass er nur große Reden schwang und sonst nichts draufhatte. An seinen Händen klebte schon so viel Blut – und leider nicht nur von Leuten, die es verdient hatten.

Er hatte keine Lust, vor Ruby als Nichtsnutz dazustehen, nur weil er nett zu ihr war. Alles, was er wollte, war, ihr etwas Starthilfe in ihr Leben als Piratin zu geben. Vor fast einem Jahrzehnt hatte man ihn auch nicht ganz freiwillig in das harte Leben eines Seeräubers geworfen. Er hatte das Bedürfnis, Ruby zu helfen, ausnahmsweise einmal ohne Hintergedanken – die bedingungslose Loyalität, die er von all seinen Untergebenen verlangte, ausgenommen.

»Nein.« Sie war immer noch ganz rot im Gesicht. »Ich habe nur noch nie geputzt«, gab sie zu. Ihr Blick wanderte an die Zimmerdecke. »Ich habe mich vielleicht etwas blöd angestellt.«

Er stand auf und ging zu ihr. Erst als er direkt vor ihr stand, fiel ihm auf, dass ihre Kleidung nasse Flecken aufwies und sie nach Essig stank. Wie bei allen dreizehn Weltmeeren hatte sie es geschafft, nass aus einer einfachen Putzaktion zu treten? Hatte sie im Putzwasser gebadet?

»Du riechst nach Essig.«

Sie kräuselte die Nase. »Danke. Das wäre mir nicht aufgefallen.«

»Hast du dich selber als Mopp benutzt?«

»Wenn du nur hier bist, um dich lustig zu machen, dann gehe ich wieder.«

»Bleib«, sagte Fynn ruhig, aber bestimmend. »Das war lediglich die erste deiner Aufgaben.«

Ruby stöhnte laut.

»Aber die letzte, bei der du Putzen musst.«

Aus ihrer Kehle klang wieder dieses animalische Knurren, das mehr an einen Drachen als an eine junge Frau erinnerte.

»Eleanore wusste am Anfang nicht mal, was ein Mopp ist, aber sie hat am Ende nicht wie ein altes Essigfass gemuffelt.«

Rubys Pupillen wurden so schmal, dass Fynn sie kaum noch erkennen konnte.

Oh, da war wer wirklich stinkig.

»Darf ich dir etwas Rum anbieten, Prinzessin?«, versuchte er galant das Thema zu wechseln. Er kehrte zu seinem Tisch zurück und öffnete den großen Globus, den er eigentlich nur gekauft hatte, weil er seinen Alkohol darin verstecken konnte. Mittlerweile bräuchte er ein neues Versteck, weil Scada seinen guten Rum schon längst gefunden hatte.

»Wenn du endlich mal aufhörst mich Prinzessin zu nennen«, zischte sie ihn an.

Ruby setzte sich ungefragt auf Fynns Tisch, überkreuzte die langen Beine und streckte die Hand lässig und gleichzeitig verlangend nach einem Glas Rum aus.

Das brachte Fynn zum Grinsen.

Als er ihr langsam ein Glas einschenkte, betrachtete er die dunkle Gestalt mit den feuerroten Haaren von oben bis unten.

Sie war auf eine wilde Art wunderschön. Er meinte sogar, dass ihre Augen, die Krallen und sogar die Schuppen zu ihrer ungestümen Attraktivität beitrugen.

Er mochte Männer und Frauen, in deren Adern statt Blut Feuer floss.

Fynn drückte Ruby ein Glas mit bernsteinfarbener Flüssigkeit in die Hand. Das war der beste Rum aus Reveria und eigentlich teilte er diesen überhaupt nicht gerne ...

»Hm.« Er tippte sich mit dem Zeigefinger ans Kinn. »Ich muss mir dann einen besseren Namen für dich überlegen.«

»Ich habe einen Namen«, sagte sie. »Ruby.«

»Ja, aber jeder nennt dich, Ruby. Du brauchst einen Kosenamen«, kokettierte er.

»Bitte nicht.«

Er beachtete ihren Einwand gar nicht. »Ich überleg mir was Schönes für dich.« Und um sie noch ein bisschen mehr zu reizen, stieß er mit seinem Glas gegen ihres. »Aber pass auf, dass du meinem Liebreiz nicht verfällst.«

Zum ersten Mal ertönte so etwas wie ein dumpfes Lachen aus Rubys Mund. »Darauf kannst du lange warten.«

Er griff sich mit einer Hand ans Herz. »Autsch. Wehrst du all deine Verehrer so harsch ab?«

Sofort wandelte sich die lockere Atmosphäre. »Halt den Mund«, zischte sie wie eine Giftschlange.

Fynn hob abwehrend die Hände. Dabei schwappte etwas Rum auf seinen Arm. Was hatte er denn nun schon wieder Falsches gesagt? Das waren doch nur so dahingesagte Albernheiten.

Fynn verdrehte die Augen und trank den Rum in einem Zug aus. Frauen! Egal ob mit oder ohne Schuppen, verstehen konnte er sie so oder so nicht.

Er goss sich noch mal ein Glas ein und fragte sich, warum Ruby nur so reagiert hatte. Hatte sie etwa einen Geliebten in Yevel? Oder hatte sie jemand verschmäht – vielleicht wegen ihres Aussehens?

Fynn grübelte und Ruby genoss stumm den Alkohol.

»Was bedeuten die komischen Zeichen auf der Weltkugel?«, wollte Ruby nach einigen Minuten unangenehmer Stille wissen.

Sie stand auf und deutete mit ihren schwarzen Krallen auf ein paar Länder.

Mehr als erleichtert erklärte Fynn ihr: »Die blauen Punkte markieren Länder, in denen wir schon waren und die Piraten oder jemandem aus der Mannschaft zumindest nicht gänzlich negativ gesinnt sind. Die drei roten Kreuze markieren die Länder, in die ich ganz sicher keinen Fuß mehr setzen werde.«

»Estarossa«, benannte sie eines der Länder, das rot gekennzeichnet war. »Ist das nicht dieses Land, das Piraten sogar mit offenen Armen empfängt? Hast du dort etwa eine Geliebte sitzen gelassen?«

Ach, sie durfte sich über sein Liebesleben lustig machen?

»Mein Herz gehört nur der See«, antwortete Fynn wahrheitsgemäß. »Estarossa ist Scadas Heimat. Darum können wir da nicht hin. Außer Scada wird uns irgendwann zu lästig. Dann wird er als hübsches Päckchen verschnürt und dort wieder ausgesetzt.«

»Er ist doch nicht etwa einer der vielen Prinzen?« Ruby schien ehrlich schockiert zu sein. »Aber ... Er hat so dreckige Füße.«

»In Estarossa gibt es keine Prinzen oder Prinzessinnen«, erklärte Fynn ihr, der angestrengt versuchte, nicht über die Sache mit der mangelnden Körperhygiene zu lachen. Es war leider zu wahr. »Es gibt den König oder die Königin, Bastarde und jede Menge Tote.«

Ruby wirkte etwas verlegen.

»Jetzt wird er dir ein bisschen sympathischer, oder?«, fragte Fynn nach. »Er hat Dutzende seiner Brüder und Schwestern umgebracht, aber nur, weil er dachte, dass sein ganzes, kurzes Leben nur aus töten oder getötet werden besteht. Er wurde dann ausgerechnet bei einem Fluchtversuch geschnappt und zum Tod am Galgen verurteilt. Als ich ihn damals das erste Mal gesehen habe, wusste ich, dass er nicht mehr viel zu verlieren hatte und für seine Freiheit einfach alles tun würde. Auch seinen Stolz runterzuschlucken und sich jemandem wie mir unterzuordnen.«

Ruby gab ein lang gezogenes »Hm« von sich.

»Und was ist mit Demetria?«, fragte sie und deutete auf die südlichen Kontinente. »Das Land kenne ich gar nicht.«

»Demetria.« Fynn räusperte sich. »Das Land der neuen Götter.«

»Oh«, machte Ruby. »Das ist doch dieses Land, das Jagd auf Piraten macht, oder?«

»Ja, Jagd auf Piraten und Jagd auf Ketzer. Die Leute in Demetria sind engstirnig, um es noch höflich zu formulieren. Ein perfektes Land für Sommerfrische mit der ganzen Familie, wenn man geröstet oder gepfählt werden will. Und Piraten hassen sie ganz besonders wegen der Sache mit den Prinzen des Landes.«

»Ah!« Ruby nickte. »Ich meine, mich zu erinnern, dass die Prinzen von Piraten umgebracht worden sind, oder?«

»Der Kronprinz ja und der jüngere Bruder wird immer noch vermisst. Aber ich als Pirat bin mir sicher, dass er schon vor Jahren gestorben ist. Das Leben auf der See ist nicht leicht.«

»Und woher stammst du?«, wollte Ruby dann wissen.

»Oh, jetzt schmeißt du dich aber wirklich an mich ran.« Er grinste. »Hier«, er deutete immer noch auf die südlichen Kontinente. »Solis. Direkt am Sonnenmeer.«

Mehr sagte er nicht. Und mehr schien die kleine Diebin auch nicht wissen zu wollen.

»Und nach dem Debakel hat sich auch Yevel für die Länder, die ich nie wieder betreten will, qualifiziert.«

Ruby verzog das Gesicht. Natürlich. Soweit er verstanden hatte, war Yevel nun mal ihre Heimat und das einzige Land, das sie kannte.

»Also plaudern wir die ganze Zeit nur?«, hakte Ruby nach. »Und trinken Rum?«

»Anissa wartet auf dich«, erklärte er ihr, obwohl er sich noch lieber mit ihr unterhalten hätte. »Sie will, dass du ihr bei ein paar Sachen hilfst. Sie hat mir versprochen, dass sie die Skalpelle heute ruhen lässt. Du hast also nichts zu befürchten.«

Auf einmal schrumpfte Rubys Ego, welches sie in Fynns Nähe nur zu gerne rausließ, etwas zusammen. »Anissa?«, fragte sie. »Die Ärztin?«

»Wissenschaftlerin«, korrigiert er sie. »Sie lässt auch Forscherin gelten. Ein Arzt war ihr Vater – über welchen du nie ein Wort verlieren solltest, außer du willst deine Leber außerhalb deines Körpers betrachten.«

Fynn klopfte Ruby zum Abschied noch mal aufmunternd auf die Schulter. »Hab Spaß.«

X.

Ruby

Kaum hatte Ruby Anissas Zimmer betreten, baute sich die schlanke kleine Frau selbstbewusst vor ihr auf. Sie musste ihren Kopf ganz in den Nacken legen, damit sie zu Ruby aufblicken konnte. In ihren dunklen Augen lag etwas versteckt, das Ruby gleichermaßen vertraut und abstoßend war.

Etwas verlegen wanderte Rubys Blick an Anissa Kleidung runter. Sie wollte nicht wie Eleanore klingen, aber der wenige Stoff, den sie am Leib trug, war nun mal … wirklich sehr wenig. Aber vielleicht sah Ruby das einfach so, weil sie nun mal gezwungen war, ihre Schuppen und Krallen unter langer Kleidung zu verbergen.

»Röcke sind in meinem Forschungszimmer unpraktisch und Hosen engen mich zu sehr ein«, antwortete Anissa auf eine Frage, die Ruby nicht gestellt hatte. »Wenn ich mit gefährlichen Substanzen hantiere, kleide ich mich natürlich anders.« Damit war das Thema aus ihrer Sicht erledigt. »Hat dir Fynn gesagt, wo mein Forschungszimmer ist?«, fragte sie statt einer ordentlichen Begrüßung.

»Nein«, antwortete Ruby zögerlich.

Anissa tippte ungeduldig mit dem rechten Fuß auf den Boden. »Wie hast du dann den Weg hergefunden?«

»Es riecht hier einfach etwas … seltsam.«

Am stärksten war natürlich der Geruch nach Verbranntem. Die komischen Dinge, die Anissa in Gläser gesteckt hatte, gaben nur noch einen schwachen süßlich-verwesenden Geruch ab. Dafür drehte sich Rubys Magen bei dem bloßen Anblick schon um.

Anissa nickte und drehte sich um. Wie bei Fynn stand auch in ihrem Raum ein wuchtiger Holztisch. Nur war er bei ihr an allen möglichen Stellen verbrannt, zerkratzt oder durch unbekannte Substanzen verfärbt.

»Ausgezeichneter Geruchssinn«, sagte sie und notiert etwas in einem kleinen Notizbuch. Die Seiten waren stark gewölbt, so als hätte sie schon einmal Wasser – oder eine andere Flüssigkeit – darauf verschüttet. Sie nutzte keine Schreibfeder wie Fynn, sondern einen ganz gewöhnlichen Kohlestift, der ihre Fingerspitzen schwarz verfärbte.

»Was soll das werden?«, verlangte Ruby zu wissen. »Bin ich nur hier, damit ich dein Versuchskaninchen werde?«

»Du bist mein Studienobjekt«, korrigierte Anissa Ruby.

»Und warum ist das besser?«

»Niemand hat gesagt, dass es besser ist.« Anissa seufzte schwer. Sie massierte sich mit Zeige- und Mittelfinger die Schläfen. Scheinbar war sie von dem Gespräch jetzt schon ermattet. »Hör mir zu: Ich bin mir ziemlich sicher, dass du nicht als diese Mischung aus Mensch und Drache geboren wurdest«, sagte sie ohne irgendeine Gefühlsregung in der Stimme. »Wenn du selber neugierig bist, was du alles kannst und was du wirklich bist, würde ich die Untersuchung gewissenhaft leiten. Das biete ich dir an.«

Rubys Herz setzte für einen Moment aus.

Natürlich hatte Anissa nur geraten, dass sie mal ein ganz normaler Mensch gewesen war, aber sie war überrascht, dass sie es mit einer solchen Sicherheit aussprach. Selbst Ruby vergaß manchmal, dass sie mal ein ›normales‹ Leben geführt hatte. Manchmal kam es ihr so vor, dass sie erst seit dem Feuer lebte.

»Ich bin nicht deine Freundin«, erklärte sie weiterhin streng. »Wenn du Freundschaft suchst, dann kannst du einfach weiterhin mit Eleanore Unsinn machen. Ich habe auch kein Interesse, mich mit dir gut zu stellen. Als ein Wesen, das wahrscheinlich durch Magie diese Gestalt angenommen hat, bist du mir mehr als nur suspekt. Denn Magie behindert die Wissenschaft. Erst seit die Magie am Aussterben ist, kann die Wissenschaft richtig aufblühen.«

»Findest du Magie schlecht?«

Anissa stieß ein abschätziges Lachen aus. »Magie ist Chaos. Wissenschaft unterliegt und hält sich auch an Regeln. Ich habe es gern, wenn ich weiß, worauf ich mich einstellen kann. Unordnung braucht keiner.«

Ruby war ein bisschen überfordert. Sie hatte sich weder mit Wissenschaft noch mit Magie je auseinandergesetzt. In Yevel gab es ein paar Hexen, aber diese legten lediglich Karten oder pendelten die Zukunft. Wissenschaftler oder Forscher gab es tatsächlich noch weniger. Im Hospital arbeiteten ein paar Ärzte, aber diese orientierten sich, was Heilmethoden betraf, an den Ergebnissen anderer Länder oder setzten bei kleineren Gebrechen die heilenden Kräfte von Edelsteinen ein. Als Ruby noch ein Kind war, hatte man ihre Bienenstiche mit Achat und ihre Halsschmerzen mit Kyanit behandelt. Für Anissa war das sicher nur Humbug.

»Willst du mich nicht nach einer Heilung fragen?«, bohrte Anissa nach. Ihre dunklen Augen fixierten Ruby so sehr, dass ihr etwas unwohl dabei wurde.

»Heilung?«, fragte sie verwirrt. »Von was?«

Ruby war schon seit Jahren nicht mehr krank gewesen.

Die Wissenschaftlerin deutete auf Wange und Augen. Es dauerte einen Augenblick, bis Ruby verstand, dass sie ihr ungewöhnliches Aussehen meinte.

»Man braucht eine Heilung doch nur, wenn man krank ist, oder?«, wandte Ruby ein. Sie sah ihre Verwandlung nicht als Krankheit oder Gebrechen. Schließlich war sie stärker als jemals zuvor. Wenn sie ein bisschen trainierte, würde sie mit Sicherheit auch Fynn überwältigen können. Und dann war da noch die Sache mit Onyx ... »Dadurch würde ich etwas verlieren, das mir sehr am Herzen liegt.«

»Interessant.« Auch hierzu notierte sich Anissa etwas. »Natürlich gibt es ohnehin keine Möglichkeit, die Auswirkungen von Magie zu heilen. Heilen kann man – wie du richtig bemerkt hast – ohnehin nur Krankheiten und soweit ich es beurteilen kann, hat die Magie viel zu viel von dir verändert. Du könntest blind werden. Deine Haut könnte sich in Streifen abschälen. Es wäre genauso wahrscheinlich, dass du einfach explodierst. Magie hält sich nun mal nicht an Regeln.«

Rubys Hals war ganz trocken. Als sie schluckte, bahnte sich fast ein Hustenanfall an.

Wenn die Magie eines Tages vollkommen verschwand ... Was passierte dann eigentlich mit Ruby? Würde sie wirklich, wie Anissa so trocken angemerkt hatte, einfach sterben?

Die Magie hatte ihren Körper auf eine Art und Weise verändert, die nicht erklärbar war. Wer wusste schon, was das alles wirklich bedeutete?

Sie hatte dem Tod schon ein einige Male direkt ins Auge geblickt, aber diese Ungewissheit, die Anissas Aussage mit sich brachte, beunruhigte sie auf eine ganz neue Weise.

»Ich sehe dich übrigens nicht als Monster«, erklärte Anissa. »Allerdings gibt es bis jetzt keine Bezeichnung, die auf dich zutreffend ist. Wenn es dich nicht stört, würde ich dich in meinen Aufzeichnungen als Drachenfrau bezeichnen. Das findest du doch nicht irgendwie abstoßend?«

»Was hast du mit den Informationen vor?«, fragte Ruby misstrauisch.

»Ich sammle Aufzeichnungen, um Aufzeichnungen zu haben«, erklärte sie. »Sie sind so etwas wie ... wie mein Schatz.«

Ruby dachte an ihr Nest. »Wie Edelsteine?«

»Wertvoller als Edelsteine.«

Ruby betrachtete das Buch genauer. Der Ledereinband war dunkelbraun und ansonsten auch unspektakulär. Die Seiten waren ungleichmäßig dick und vergilbt. Sie zweifelte stark daran, dass es wertvoller als ihre kleine Steinsammlung war.

»Du magst also Edelsteine?«, fragte Anissa. Als sie auf Ruby zukam, schnappte sie sich von einem Kleiderhaken eine helle Leder-Schürze.

»Wer mag Edelsteine nicht?«, verteidigte sich Ruby. »Sie sind wunderschön.«

»Würdest du deine Edelsteine gegen ein Schloss eintauschen?«, fragte Anissa. »Oder für eine lebenslange Versorgung mit den allerbesten Lebensmitteln? Gegen die wahre Liebe? Ewiges Leben?«

»Es sind *meine* Edelsteine.«

Das ›meine‹ knurrte Ruby fast schon. Natürlich würde sie ihre Steine gegen nichts eintauschen – außer sie würde noch mehr glänzende Dinge dafür bekommen.

»Du denkst wie ein Drache«, stellte Anissa mit Erstaunen fest. »Mich würde ja brennend interessieren, wie die frühere Ruby war.«

Ruby presste die Lippen fest aufeinander.

»Ich nehme ja an, dass die Verwandlung durch ein traumatisches Erlebnis ausgelöst wurde, was dich empfindlich für Magie gemacht hat, weshalb ich nicht genauer nachfragen werde. Die menschliche Psyche interessiert mich nur ;ufchen Elend vor mir liegst und heulst. Obwohl es natürlich interessant wäre, ob du noch so etwas wie Tränendrüsen besitzt.«

Bevor Anissas Worte ganz zu ihr durchdringen konnten, zog die kleine Frau bereits etwas aus einem der vielen Regale. Für Ruby sah es aus wie eine kleine Guillotine.

Mit einem zufriedenen Grinsen stellte Anissa es auf ihren Tisch. »Das ist ein kleines Folterwerkzeug, das ich mit acht Jahren entworfen habe. Ich weiß. Es ist nicht besonders kreativ.« Sie zuckte mit den Schultern. »Meine Jugendsünde.«

»Was ist das?«

»Eine Fingerguillotine. Sieht man das etwa nicht? Das Aussehen ist ziemlich eindeutig.«

»Schon«, gab Ruby zu. »Aber was macht man damit?«

»Fynn und ich nutzen es als Folterwerkzeug.«

»Dessen bin ich mir bewusst, aber was habe ich mit der Sache zu tun? Ich bin mir ziemlich sicher, dass meine Finger nicht nachwachsen, wenn du das versuchen willst, was ich denke.« Obwohl Ruby es nicht mit Sicherheit sagen konnte. Das Risiko war ihr zu hoch.

»Ich will nur versuchen eine klitzekleine Spitze deiner Krallen abzutrennen«, erklärte ihr Anissa. »Mit diesem Material kann ich weiterarbeiten.«

Ruby drückte ihre Hand an ihre Brust. »Meine Krallen sind doch kein Material.«

»Wer ist hier die Wissenschaftlerin? Du oder ich?«, fauchte Anissa aufgebracht.

Nach diesem plötzlichen Gefühlsausbruch, der Ruby auch etwas staunend zurückließ, räusperte sie sich. »Entschuldigung«, sagte sie. »Meistens sind meine Objekte nicht mehr so … lebendig. Es wird nicht wehtun und ich bin mir sicher, dass deine Krallen nachwachsen. Sie sind ja nichts anderes als Fingernägel. Ich brauche nur eine klitzekleine Probe.«

»Na gut«, stimmte Ruby dann ein. »Schließlich habe ich auch Interesse an den Ergebnissen.«

Anissa schenkte Ruby ein kleines Lächeln – wohl nur aus Zufriedenheit über ihre Entscheidung, körperlichen Schaden im Namen der Wissenschaft zu nehmen.

Rubys Magen zog sich beim Anblick des Folterwerkzeugs zusammen. Trotzdem streckte sie ihre Hand aus und platzierte ihren Zeigefinger.

Sie schloss die Augen und hörte kurz darauf, wie das kleine Eisenbeil die Luft zerschnitt.

»Das gibt es doch nicht«, rief Anissa aus. »Es ist doch tatsächlich kaputtgegangen!«

Nicht ein Kratzer war auf Rubys Kralle zu sehen, stattdessen war das Beil in mehrere Stücke zersplittert.

»Verdammt«, murmelte Anissa. »Aber faszinierend.« Sie griff nach Rubys Hand und befühlte gleichzeitig mit der freien Hand Rubys Schuppen.

Ruby zischte Anissa an, aber die Wissenschaftlerin war zu fasziniert, um Angst oder Furcht vor ihr zu verspüren. »Sind deine Schuppen etwa auch Edelsteine?«, fragte Anissa mehr zu sich. »Ich müsste die Härte ermitteln … Geologie ist nicht gerade mein Spezialgebiet. Aber … Edelsteine sind doch anorganisch.«

Eine ganze Zeit lang murmelte Anissa Sachen vor sich hin, die Ruby nicht ganz verstand. Dass ihre Schuppen wie Edelsteine aussahen und sich auch so anfühlten, war ihr natürlich schon lange aufgefallen. Das war aber nur reiner Zufall. Drachen brauchten einen starken Panzer, um zu überleben.

»Lass uns noch etwas versuchen!« Völlig fasziniert von ihrer Entdeckung – wenn man es als solche bezeichnen konnte – holte Anissa eine seltsame Metallbox hervor. »Setz dich hin.« Sie schubste Ruby fast auf den Tisch. »Und halte still, während ich die Elektroden an dir anbringe.«

»Die was?«, fragte Ruby, als Anissa ihr irgendwelche runden Papierstücke auf die Haut klebte.

Anissa hörte Ruby gar nicht mehr zu. »Das kribbelt jetzt vielleicht ein wenig. Es ist wichtig, dass du mir sagst, wenn du es nicht mehr aushältst, ja?«

***

Ein paar Stunden später riss Ruby die Tür zu Fynns Kajüte so kräftig auf, dass die Tür tatsächlich aus den Angeln gehoben wurde und zu Boden fiel. Dabei zerstörte sie zwei halb leere Flaschen Rum.

Ruby war das in diesem Moment mehr als nur egal.

»Du bist ein toter Mann!«, grollte sie wie eine dunkle Gewitterwolke nach einem viel zu sonnigen Tag. Rote Flecken waren auf ihrer Haut zu sehen, genau dort, wo Anissa die Elektroden angebracht und Strom durch ihren Körper gejagt hatte. »Wie würde es dir gefallen, wenn ich irgendwelche Experimente an dir durchführen würde?«

Fynn sah von seinem Tisch hoch und grinste sie anzüglich an. »Welche Experimente schweben dir da vor?«

Hätte sie die Tür nicht schon beim Eintreten kaputtgemacht, hätte sie sie jetzt laut zugeschlagen. So blieb ihr nichts anderes zu tun, als ihren Frust rauszuschreien.

XI.

Fynn

An Rubys viertem Tag an Bord des Blutenden Adlers versteckte sie sich erneut in ihrem Nest. Fynn rief nach ihr, aber sie rührte sich nicht. Als er besorgt nach ihr sehen wollte, warf sie eine leere Weinflasche nach ihm.

»Du hast Ruby verschreckt«, konfrontierte Fynn Anissa mit seiner Vermutung kurz darauf in ihrem Forschungszimmer.

Das Mädchen versuchte gerade ihre kleine Guillotine zu reparieren. Sie hing an ihrer ersten ›Erfindung‹.

»Für nichts und wieder nichts.« Anissa seufzte schwer. »Ich habe keine Probe für weitere Analysen und der Elektroschock-Test hat nur ergeben, dass sie ein bisschen robuster als der Durchschnittsmensch ist. Die Magie hat das Mädchen, das sie einmal war, komplett verschluckt.« Zum ersten Mal sah er so etwas wie Resignation in Anissas Augen. »Da gibt es für mich eigentlich nichts mehr zu forschen.«

»Du hättest trotz allem einfühlsamer mit ihr umgehen sollen«, warf Fynn ihr vor. »Sie ist auch nur eine junge Frau wie du.«

Kam es ihm nur so vor oder vergaßen seine Crew-Mitglieder immer wieder, dass Ruby nur ein junges Mädchen war und keine uralte Kreatur, dass sie trotz ihrer harten Schale verletzlich war?

Vielleicht erkannte er sich auch selbst zu sehr in ihr wieder.

»Oh, diesen Teil übernimmst du doch schon.«

»Was soll das heißen?«, fragte er genervt von ihrem Unterton.

Es war klar, was sie andeuten wollte. »Ich erinnere dich daran, dass ich beinahe das ganze Labor für dich einrichten ließ.«

»Um meine Forschungen voranzutreiben«, sagte Anissa. »Nicht, weil du mich als deine Mätresse wolltest.«

Fynn spürte Wut in ihm aufstieg. Nicht viel. Aber doch genug, dass seine Stimme noch angespannter als zuvor klang: »Eine solche Absicht hege ich nicht.«

Anissa zuckte nur mit den Schultern. »Wenn du mir damit unterstellst, dass ich mich täusche, obwohl ich doch immer recht habe: nur zu.«

»Sei mir nicht böse, meine Liebe«, sagte er mit gekünstelt freundlicher Stimme. »Aber wenn es um menschliche Gefühle geht, liebste Anissa, dann kennst du dich von uns allen am wenigsten damit aus.«

Anissa zuckte locker mit den Schultern. »Das ist mir hundertmal lieber, als mich von meinen Gefühlen ablenken zu lassen.«

Fynn war nicht genervt, als er wieder zum Deck hinaufstieg. Anissa redete einfach nur Blödsinn. Sie war ja fast noch ein Kind, auch wenn sie schlauer war als alle Menschen, die Fynn kannte.

»Ruby, komm raus«, schrie er zum zweiten Mal an diesem Tag zu ihr hoch. »Du kannst dich nicht die ganze Zeit da oben verkriechen.« Fynn wich erneut einer blind nach ihm geworfenen Weinflasche aus. »Muss ich dir deine Edelsteine wegnehmen?«

Damit landete auch die dritte und letzte Flasche auf den Boden des Schiffes. Ruby war damit praktisch unbewaffnet. Einen Edelstein würde sie nun wirklich nicht nach ihm werfen.

»Was hast du Ruby nun schon wieder angetan?«

Als Fynn dachte, dass es nicht mehr schlimmer kommen konnte, tauchte Eleanore auf. Keine Ahnung, wo das Mädchen ihre ganzen Kleider verstaute, aber das smaragdgrüne Kleid, das sie sich für den heutigen Tag ausgesucht hatte, war ein wahres Monstrum. Er hatte schon Schiffe gesehen, deren Durchmesser geringer als der ihrer Röcke war.

Obwohl kaum Sonnenstrahlen durch die Wolken fielen, begleitete sie auch heute ihr Sonnenschirm.

»Du hast ihr doch keine unangemessenen Avancen gemacht, oder?«, frage Eleanore und reckte die gepuderte Nase in die Luft. »Ein Mädchen ihres Standes würde niemals mit einem Piraten wie dir anbandeln.«

»Eleanore«, seufzte Fynn schwer. »Nicht auch noch d… Was heißt hier ›ihres Standes‹? Was hat sie dir denn erzählt?«

»Nichts, aber ich bin mir sicher, dass sie aus dem niederen Adel stammt.« Eleanore drehte den Schirm. »Eine Lady weiß, wenn sie einer anderen Lady gegenübersteht.«

»Der Schirm sieht übrigens ganz famos aus.«

»Den habe ich gefunden«, stritt sie Fynns unausgesprochene Anschuldigung ab.

Der Schirm sah sehr edel aus: Er war schwarz mit grauen Quasten und zusätzlicher Spitze am Ende. Es war kein Schirm, der unter fünf Silbermünzen kostete, und sicher kein Schirm, den irgendjemand liegen lassen würde, damit Eleanore ihn finden konnte.

»Gefunden«, wiederholte Fynn langsam, spielte regelrecht mit dem Wort im Mund – bis Eleanore gestand: »Neben einer niedergeschlagenen Frau.«

Er war zum einen erleichtert, dass sie nicht schon wieder Geld für Kleidung ausgegeben hatte. Zum anderen freute er sich, dass das Piratendasein auch endlich Wurzeln in ihrem Wesen schlug.

»Was unternimmst du nun wegen Ruby?«, fragte Eleanore und blickte zum Mastkorb hoch.

»Aye!«, rief er laut. »Willst du mit mir ein bisschen den Schwertkampf üben?«

Es dauerte zwar ein paar Sekunden, aber irgendwann erschien ein Schopf roten Haares.

»Ich kann dich da oben so schlecht verstehen«, rief er ihr weiter zu. »Aber wenn du Lust hast, dann komm einfach runter.«

Vorsichtig kletterte die junge Frau aus ihrem Nest. Er konnte sehen, wie sie ihre Unsicherheit auf dem Weg nach unten abstreifte – oder zumindest versuchte sie, sie vor ihnen zu verbergen: Kurz bevor sie sich Eleanore und Fynn zuwandte, straffte sie die Schultern, reckte den Hals und atmete noch einmal tief ein.

Er hatte immer das Gleiche getan, wenn er seiner alten Crew gegenübergetreten war. Zum Glück waren die Mistkerle fast alle am Galgen oder auf dem Scheiterhaufen gelandet, damit sich keiner mehr an seine Unsicherheit erinnerte.

»Wo ist mein Schwert?«, verlangte Ruby sofort.

»Eleanore?«, wandte er sich an die Beistehende, die ohnehin nichts zu tun hatte, als das Schiff zu verschönern.

»Fynn?«, provozierte sie ihn.

»Aye. Würdest du *deinem Captain* ein Schwert holen?«

»Würde ich das?«, spielte sie die Ahnungslose.

Fynn starrte sie auffordernd an, aber sie erwiderte seinen Blick mit der gleichen Intensität.

Manchmal fragte er sich, ob Eleanore die kleine Schwester war, die er nie haben wollte und die ihm der grausame Meeresgott für all seine Missetaten geschickt hatte.

Irgendwann gab Eleanore dann doch noch auf. »Ich hol Ruby das beste Schwert, das wir haben! Wenn sie dich dann fertigmacht, vielleicht lernst du mal, dass ich nicht deine Bedienstete bin!«

Mit diesen Worten stampfte Eleanore davon. Und wenn er sagte ›stampfte‹, dann meinte er das auch so. Dafür, dass sie sich sonst so damenhaft verhielt, machte sie beim Davongehen extrem viel Lärm. In der Ferne hörte er selbst Nero genervt kreischen.

Ruby stand drei Schritte vor ihm. Die Hände vor der Brust verschränkt und das Gesicht abgewandt blickte sie in den trüben Himmel. Man konnte denken, dass sie einfach nur abweisend war, aber Fynn war sich ziemlich sicher, dass sie ihre Unsicherheit vor ihm versteckte.

Die Versuche, die Anissa mit ihr durchgeführt hatte, waren nicht in Ordnung gewesen.

Fynn war schuld, dass es Ruby mies ging.

Er unterdrückte das Verlangen, sie in den Arm zu nehmen.

Hatte er in seinen Leben eigentlich schon mal jemanden in den Arm genommen? Nein. Genauso wenig, wie man ihn in den Arm genommen hatte. Er war sich nicht einmal sicher, wo er seine Hände platzieren sollte. Nicht, dass Ruby es für einen unlauteren Annährungsversuch hielt und ihn noch bewusstlos schlug.

»Schwertkampf?«, versuchte Ruby ein Gesprächsthema zu finden. »Warum das auf einmal?«

Dankbar dafür, dass sie ihm einen Ausweg aus der unangenehmen Stille lieferte, erklärte er ihr: »Wir segeln als Nächstes zur mittleren Totenkopfinsel. Es wäre vielleicht nicht schlecht, dir mal das Kämpfen beizubringen.«

Sie runzelte die Stirn. »Was ist denn diese Totenkopfinsel?«

Rubys Unwissenheit überraschte Fynn. »Du hast noch nie von den Totenkopfinseln gehört?«

Sie schüttelte den Kopf.

»Es gibt insgesamt fünf Totenkopfinseln auf der Welt«, erklärte Fynn. »Eine in den nördlichen Territorien, eine bei den südlichen Kontinenten, eine in den westlichen Gebieten, eine bei den östlichen Kontinenten und natürlich die Totenkopfinsel der mittleren Reiche, auf welche wir gerade zusteuern. Wie du dir denken kannst, sind das Inseln, auf denen sich hauptsächlich Piraten aufhalten. Auch wenn sie von der halben Welt gesucht werden, kann beispielsweise weder die Marine noch eine königliche beziehungsweise kaiserliche Armee sie dort verhaften.«

»Und warum?«, stellte sie genau die richtige Frage.

»Einige Piraten sind Freibeuter«, fuhr er mit seiner Erklärung fort. »Manche Königreiche oder Kaiserreiche beauftragen Piraten damit, die Schiffe verfeindeter Nationen zu plündern oder gleich zu versenken. Die Totenkopfinseln sind der perfekte Ort für Auftraggeber, den richtigen Piraten zu finden.«

»Du bist mit Sicherheit kein Freibeuter, oder irre ich mich da?«, wollte Ruby mit geweckter Neugier wissen.

Lächelnd verneinte er. »Ich halte mich von allem fern, dass mit Monarchien oder Kaiserreichen zu tun hat.«

»Warum das denn?«

Vielleicht würde sie sich noch mehr öffnen, wenn er ihr die Geschichte erzählte, dachte sich Fynn. Jetzt wäre der perfekte Zeitpunkt.

»Ich bin in Armut aufgewachsen«, erzählte er Ruby mit Wehmut in der Stimme. »Solis ist ein großes Land, aber nur die Leute, die an der Küste leben und dort Fischfang betreiben können, sind wirklich reich. Der Rest des Landes ist trocken und unfruchtbar. Es ist unmöglich, Landwirtschaft zu betreiben und die Viehzucht ist dementsprechend anstrengend und wenig ertragreich. Meine Eltern waren Bauern. Als ich gerade einmal zehn war, hat meine Mutter mich weggeschickt, damit ich es irgendwann besser habe als sie. Ihre Schwester war die oberste Kammerzofe der Königin und so konnte ich zumindest bei den königlichen Fischern landen. Ich habe dort Lesen und Schreiben gelernt, wenn du dich schon gefragt hast, warum ich das kann. Das war auch das einzig Gute. Ich wurde nur herumgeschubst oder geschlagen. Aber um das Ganze abzukürzen: Als ich die Chance bekam, mich Piraten anzuschließen, habe ich alles darauf gesetzt, Seeräuber zu werden. Ich wollte nicht mein ganzes Leben Fische fangen und ausnehmen. Hast du mal einen Fisch ausgenommen? Von den Schuppen bekommt man richtig raue Handflächen.«

»Das ist eine schöne Geschichte«, sagte Ruby. Ein wissendes Lächeln breitete sich langsam in ihrem Gesicht aus. »Wie lange hast du an ihr gearbeitet? Sie wirkt etwas angestaubt. Ich würde mir mal eine neue Fassung überlegen.«

Fynns eigenes Grinsen verrutschte für einen Augenblick. »Wie meinst du das denn?«

»Dass es eine schöne Geschichte ist«, erklärte die junge Frau. »Und mehr nicht. Wenn ich dir erzähle, dass ich von einem Drachen gebissen wurde und mich daraufhin verwandelt habe, würde es genau so sein. Nur eine Geschichte, die ich mir ausgedacht habe, damit ich ja nicht die Wahrheit erzählen muss.«

Fynn klatschte beeindruckt in die Hände. »Tja, ich glaube, es ist Pech, wenn zwei gute Lügner aufeinandertreffen.«

»Du plapperst immer viel, aber das war einfach zu viel«, bemängelte Ruby an seiner Ausführung. »Und du hast es zu sehr wie eine Geschichte aufgebaut: Der arme Fischerjunge, der zum Piraten aufstieg.«

»Verdammt.«

Er hatte Nox und Scada diese Geschichte erzählt und beide hatten ihm blind vertraut. Die anderen Mitglieder wussten nur, dass er angeblich aus Solis stammte, und hatten nie Interesse an seiner Geschichte gezeigt.

»Du wurdest Pirat, weil du ein Pirat werden wolltest«, sagte Ruby dann. »Weil du das, was zum Piratendasein gehört, liebst. Du bist deshalb kein Freibeuter, weil Kaiser und Könige eine genau gegensätzliche Lebensweise haben. Als Freibeuter wärest du nicht mehr frei.«

In diesem Moment konnte Fynn förmlich spüren, dass sich etwas zwischen Ruby und ihm veränderte. Etwas, dass er nicht benennen konnte. Es erinnerte ihn an Sonnenstrahlen auf seiner Haut und an das vertraute Schaukeln der See.

»Wo ich herkomme, glaubt man, dass niemand schlecht geboren wird.« Fynn grinste sie immer noch an. »Ich denke, darum bin ich so besonders. Ich war nicht nur schon immer so gut aussehend, sondern auch verdorben von Anfaŋg an. Vielleicht bin ich deshalb so attraktiv: Das Aussehen eines Engels, das Herz des Teufels. Irgendwo muss es ja ausgewogen sein.«

Ruby konnte darüber nur die Augen verdrehen.

Bevor er sich ernsthaft Sorgen um Eleanore machen konnte, kam diese laut vor sich hin schimpfend zurück.

»Weißt du, wie lange ich nach den Waffen gesucht habe?«, jammerte sie ihm ein Ohr ab. »So ein Saustall! Wir brauchen *unbedingt* ein Hausmädchen.«

»Ein Hausmädchen auf einem Piratenschiff?«, fragte Ruby.

Eleanore hatte mehrere Stichwaffen an einem Waffengurt befestigt. Schwert für Schwert rammte sie in das Holz des Schiffes. Sie hatte zwei normale Schwerter, einen Säbel und einen Degen mitgenommen. Wo zur Hölle kam der Degen her? Er erinnerte sich nicht daran, den jemals erbeutet zu haben.

»Die Lady darf zuerst wählen«, sagte Fynn und verbeugte sich leicht vor Ruby.

Diese griff natürlich sofort zum Zweihänder. Vermutlich dachte sie, dass das längste und breiteste Schwert sich auch am besten zum Kämpfen eignete.

Da sein eigenes Schwert in seiner Kajüte wartete, nahm Fynn den Säbel für die Lehrstunde.

»Greif mich mal an«, meinte er.

Das ließ sich Ruby nicht zweimal sagen. Die junge Frau stürmte mit einem kleinen Kriegsschrei auf ihn los. Natürlich verwendete sie nur eine Hand für ihr Schwert. Fynn sprang zur Seite und täuschte einen Angriff vor. Dadurch verlor Ruby das Gleichgewicht. Sie landete bäuchlings auf den Boden. Das Schwert schlitterte ein paar Meter von ihr weg.

»Der erste Schritt ist das richtige Schwert auch richtig zu verwenden«, erklärte er Ruby. »An deiner Stelle würde ich keinen Zweihänder verwenden.«

Beim Aufstehen knurrte Ruby. »Soll ich dann den langen Zahnstocher nehmen?«

»Nein.« Er zog den Degen aus dem Holz. »Ich werde den Degen nehmen und du den Säbel. Für eine blutige Anfängerin ist der eindeutig besser geeignet. Zudem ist der Säbel eine Hieb- und Stichwaffe.« Er streckte ihr den Griff der Waffe hin. »Versuch es mal. Er liegt dir auch sicher besser in der Hand.«

Misstrauisch griff Ruby nach der Klinge. Sie schwang – oder besser gesagt: fuchtelte – damit in der Luft rum. Von Sekunde zu Sekunde wurde der Ausdruck in ihrem Gesicht immer finsterer.

»Ah!«, schrie sie dann laut. »Das bringt ja sowieso nichts!«

Er konnte nur müde lächeln. Bei seinem ersten Schwerttraining hatte er genau so reagiert und sein Holzschwert aus Trotz auf den Boden geschmissen. Wenn er sich daran zurückerinnerte, konnte er sogar noch die schallende Ohrfeige spüren, die sein Lehrer ihm dafür verpasst hatte.

»Du brauchst nur noch etwas Übung«, sagte Fynn mit dafür umso sanfterer Stimme. »Greif mich noch einmal an.«

Ruby zögerte kurz.

Er hatte sich schon Hoffnungen gemacht, dass Ruby sich eine Strategie zurechtlegte, bevor sie ihn angriff, doch dann sprintete sie schon wieder los. Er verfluchte ihren Hitzkopf. Sie versuchte zwar ihn mit einem Sprung zu täuschen, aber Fynn reagierte schnell genug und rammte ihr den Schwertgriff in die Seite. Mit einem Schrei fiel sie erneut zu Boden. Sie rollte sich auf den Rücken.

»Ruby«, ermahnte er sie und richtete den Degen auf ihren Hals. »Lernst du eigentlich nie aus deinen Fehlern?«

Auf einmal drang so etwas wie ein Lachen an seine Ohren. Noch bevor ihm klar wurde, dass es Ruby war, schnellte ihre Hand nach vorne. Ruby zerbrach die Klinge mit ihren bloßen Krallen.

Dieses Mal war es Fynn, der von dieser Attacke so erstaunt war, dass er unvorsichtig wurde. Ruby kickte mit ihren Füßen gegen sein Schienbein. Er ging nicht gleich zu Boden. Das kam erst, als sie mit den scharfen Krallen nach seinem Arm griff und ihn ebenfalls auf den Boden riss.

Eine Zeit lang starrte Fynn nur in den grauen Himmel. Es dauerte einige Momente, bis er merkte, dass sein Schwertarm schmerzte.

Unter seinem weißen Leinenhemd zeichneten sich dunkelrote Spuren ab. Er schob seinen Ärmel hoch. Es waren drei Kratzer, die ganz schön bluteten, aber nicht genäht werden mussten. Der Schmerz war erträglich und mit etwas Teebaumöl und frischen Wollbinden würde er eine eklige und gefährliche Infektion verhindern können.

Aber er war sich sicher, dass sein Arm trotzdem etwas anschwellen würde. Hoffentlich war das wieder gut, bis sie die Totenkopfinsel erreichten. Er hatte ein paar Armdrücken-Wetten laufen, die er ungern verlieren würde.

»D-Das wollte ich nicht.«

Fynn war sich sicher, dass er sich das eben Gesagte nur eingebildet hatte – bis er beim Aufstehen in Rubys schuldbewusstes Gesicht blickte.

Da hatte er den Beweis, dass sie ihm – zumindest absichtlich – keinen Schaden zufügen wollte. Das war schon mal eine Verbesserung zu der Situation, als sie ihn kaltblütig in die tödliche Falle am Königspalast hatte laufen lassen.

»Lass mich mal sehen.« Eleanore beugte sich über Fynns Wunde. »Oh. Leider muss das nicht genäht werden. Ich hätte dir so gern ein paar Zeilen eingestickt, dass du es so verdient hast. Bringt es dein Blut in Wallung, wenn du junge Frauen verprügelst?«

»Eleanore!«, ermahnte er sie scharf. »Sei still!«

Sie schob ihre Unterlippe vor, hielt aber den Mund.

»Das war sehr gut«, lobte er Ruby. Er lachte leise. »Ich bin auch selber so dumm. Du brauchst kein Schwerttraining. Du selbst bist Waffe genug.«

»Ob das so gu–«

»Das war beeindruckend!«, stimmte Eleanore Fynn zu und ließ Rubys Zweifel keinen Platz. »Du brauchst aber unbedingt passende Handschuhe. Leder, weil es robust ist, aber unbedingt mit Spitze verkleidet, weil Spitze immer gut ist.«

Fynn hatte schon fast wieder seine blutende Wunde vergessen, bis sich etwas Scharfes und Schweres auf seiner Schulter niederließ. Fynn wurde kurz schwarz vor Augen und Nero stieß einen kleinen Freudenschrei aus.

Auch sein ›Herrchen‹ näherte sich der Truppe.

»Das hast du mit Absicht gemacht«, zischte Fynn Scada an.

»Vielleicht«, lächelte er dunkel. »Andererseits macht das Drecksvieh nicht alles, was ich sage.«

Fynn versuchte das Gesicht nicht zu sehr zu verziehen. Sonst würde sich Ruby nur noch mehr Sorgen machen.

»Was willst du?«

»In der Nähe ist ein Schiff«, informierte Scada seinen Captain. »Ich bin mir absolut sicher, dass es ein ganz normales Frachtschiff ist. Vielleicht sind noch ein paar Reisende an Bord, aber ich habe nichts erspäht, was uns Sorgen bereiten könnte.«

Fynn grinste trotz der Wunde über das ganze Gesicht. »Macht euch alle bereit, das Schiff zu entern.«

XII.

Ruby

Obwohl er gerade sein Leinenhemd vollblutete, grinste Fynn über das ganze Gesicht. Fynn grinste zwar die meiste Zeit über, aber dieses Mal lag ein aufgeregtes Funkeln in seinen dunklen Augen.

Wie aus dem Nichts tauchte Nox an Fynns Seite auf. Er nickte seinem Captain zu.

»Wie weit entfernt ist das Schiff?«, fragte Fynn Scada.

»Wenn wir mit Volldampf darauf zusteuern, denke ich, dass wir sie in etwas über einer halben Stunde eingeholt haben.« Er zuckte mit den Schultern. »Ich hätte ja schon früher was gesagt, aber du musstest ja deine Tanzübungen aufführen.«

»Eleanore, informiere die Zwillinge und Anissa«, beauftragte er die Adelige. »Ich werde mich in der Zwischenzeit kurz um meine Verletzung kümmern.«

»Darf ich mir dann von den Leuten auf dem Schiff ein hübsches Kleid ausleihen?«

»Leih dir aus, was immer du willst!« Fynn wirkte fast schon überschwänglich glücklich. »Wir holen uns alles, was brauchbar ist.«

Sogar Scada lächelte in diesem Moment.

Fynn drehte sich um und verließ das Bootsdeck. Ruby folgte ihm mit etwas Abstand in seine Kajüte.

»Willst du mir etwas sagen, *mein Juwel*?«, fragte Fynn. »Oder willst du mich nur wieder mit deinen Augen ausziehen?« Er knöpfte sich das Hemd auf. Er verzog etwas das Gesicht, als er den blutgetränkten Stoff über seine

Wunde zog. »Du hast nämlich jetzt gerade die Möglichkeit, mich tatsächlich zu entkleiden.«

»Mein ... Juwel«, wiederholte Ruby fassungslos. »Sag nicht, dass du mich jetzt so nennen willst!«

»Gefällt es dir nicht?«, fragte er.

Ruby fixierte das getrocknete Blut auf seiner gebräunten Haut, als er ein dunkles Fläschchen mit irgendeiner Flüssigkeit und helle Stoffbinden aus einem seiner Regale holte.

Es gefiel Ruby viel zu sehr. Das war ja das Problem.

»Nein«, log Ruby. »Es gefällt mir nicht.«

Fynn lächelte sie an. »Da sind wir wieder bei der Sache mit den guten Lügnern. Gut, dass wir das geklärt haben.«

Fynn goss etwas von der Flüssigkeit auf ein Stück Stoff, um damit seine Wunde zu reinigen. Auch wenn er versuchte, es nicht zu zeigen, konnte sie sehen, wie er sich vor Schmerzen auf die Unterlippe biss, damit er ja keinen Schrei oder ein Stöhnen von sich gab.

Ruby musste ihm nicht helfen. Er hatte sich das alles selbst zuzuschreiben. Wenn er sie nicht so provoziert hätte, hätte sie sich zurückgehalten.

Das ließ sie ihm auch noch mal wissen, als sie nach den restlichen Stofffetzen griff und begann sie fest um seinen Arm zu wickeln. Sie war darauf bedacht, dass sie ihn nicht berührte.

Warum tat er ihr auf einmal leid? Vor ein paar Tagen hätte sie ihn noch am liebsten von den Drachentötern aufschlitzen lassen und nun nagte das schlechte Gewissen an ihr.

»Das ist ein bisschen fest, mein Juwel.«

Sie zog noch einmal fester an den Bandagen.

»Passt schon«, krächzte Fynn. »Du machst das gut.«

»Es tut mir leid«, murmelte sie dann endlich.

»Halb so schlimm«, meinte der Pirat auf seine natürliche, lockere Art. »*Du* dürftest mir sogar den ganzen Rücken zerkratzen, mein Juwel.«

»Warum sollte ich deinen Rücken zerkratzen wollen?«, fragte Ruby ahnungslos.

Natürlich bot ihr der Rücken eine große Angriffsfläche, aber sie konnte ihm im Prinzip nur etwas Haut abschälen. Außerdem war es eine unpraktische Stelle. Wenn er Kleidung trug, dann ... Oh.

Erst als sie in sein Gesicht blickte und das schmierige Grinsen sah, wurde ihr bewusst, was er da angedeutet hatte. Sie lief dunkelrot an.

»Das ist unanständig!«, regte sie sich auf. »Du bist schamlos!«

»Ach ja?«, raunte er. »Du hattest die gleichen Gedanken. Also wirf mir nicht Schamlosigkeit vor. Außer du impliziert damit, dass du auch schamlos bist. Dann können wir gemeinsam unsere Lasterhaftigkeit ausleben.«

Plötzlich wurde Ruby bewusst, dass sie Fynn berührte. Dass ihre Haut an seiner lag. Ein komischer Schmerz durchzuckte ihren Körper und sie zog ihre Hand zurück.

»Wirst du die Leute auf dem Schiff töten?«, fragte Ruby ihn, bevor er ihre heftige Reaktion kommentierte.

Fynn lachte rau. »Du hast wirklich ein falsches Bild von Piraten, mein Juwel. Wir demolieren das Schiff. Wir fesseln und rauben sie aus. Dann lassen wir sie so weiter über das Meer schippern. Es kann vorkommen, dass sie sterben, aber sie können auch gerettet werden. Die See wird entscheiden.«

Ruby sagte nichts, aber das war genau das Bild, das sie von Piraten hatte.

»Du musst nicht mitmachen«, erklärte er ihr. »Du–«

Sie unterbrach ihn. »Haben die Juwelen?«

»Meistens kenne ich die Leute nicht, die ich überfalle«, merkte Fynn sarkastisch an. »Aber es kann schon sein. Aber wie Scada schon angemerkt hat, ist es in erster Linie ein Frachtschiff. Ich bin schon zufrieden, wenn wir unsere Vorräte aufstocken können.«

»Aber die Fracht könnten Juwelen sein!«, meinte Ruby ganz aufgeregt. »Ganze Kisten voll mit allen möglichen Kostbarkeiten!«

Fynn lachte ein raues Lachen. »Das ist sehr unwahrscheinlich, aber mir gefällt die Leidenschaft, mit welcher du dabei bist, mein Juwel. Du kannst gerne mit Eleanore das Schiff nach Kostbarkeiten durchsuchen. Ihr beide macht ohnehin ein gutes Team.«

Wenn Ruby schon gezwungen war, wie eine Piratin zu leben, dann würde sie das nutzen und ein paar Juwelen ansammeln. Oh, was Onyx erst für Augen machen würde, wenn Ruby mit Säcken voller Edelsteinen und Juwelen zu ihr zurückkehren würde!

»Da fällt mir ein, dass ich auch noch ein Geschenk für dich habe!«

»Juwelen?«, wollte Ruby von Fynn wissen. »Oder Edelsteine?«

Er schnalzte mit der Zunge. »Leider nein.«

Mit einem unterdrückten Stöhnen durchquerte Fynn den Raum. Neugierig verfolgte Ruby jede seiner Bewegungen.

»Anissa ist heute erst fertig geworden!«

Ruby fielen fast die Augen aus dem Kopf, als er sich mit ihrer Drachenmaske zu ihr umdrehte.

»Was?«, fragte sie ernsthaft überrascht. »Aber sie ging doch kaputt!«

Fynn nickte. »Ja. Darum sind hier auch überall deutliche Sprünge zu sehen.« Mit seinen Fingern zeichnete er die hellgrauen Linien auf dem schwarzen Holz nach. »Anissa hat einen experimentellen Klebstoff entwickelt. Er hält selbst extremen Wetterbedingungen stand. Macht das Material stärker als zuvor. Allerding hinterlässt er deutliche Spuren.«

Vorsichtig nahm Ruby die Maske entgegen. Einerseits hasste sie dieses Ding, weil es sie an das Drachenfest erinnerte, andererseits waren mit ihr auch Erinnerungen an Onyx verbunden.

»Ich dachte mir schon, dass dir etwas an der Maske liegt. Schließlich ist Yevel deine Heimat.«

Er ließ ihr eine Pause. Wahrscheinlich hoffte er darauf, dass sie ihm nun gestand, was im Land der Drachen mit ihr passiert war, aber Ruby schwieg weiterhin.

Stattdessen legte sie sich die Maske an, bereit, das Frachtschiff zu überfallen. Es war nicht das erste Mal, dass ihr eine Rolle aufgedrängt wurde. Wenn sie schon eine Diebin sein musste, dann konnte sie genau so gut eine Piratin spielen.

Fynn legte den Kopf schief. »Die Maske passt gut zu dir. Wobei du natürlich ohne Maske viel hübscher bist«, schmeichelte er ihr.

Sie konnte nur die Augen verdrehen, bis die Worte tiefer zu ihr durchdrangen.

Ruby hatte vor ein paar Tagen gehört, was er zu Scada gesagt hatte, als der blonde Pirat sie als ›Monsterchen‹ bezeichnet hatte.

Er sah sie nicht als Monster. Er sah sie als etwas anderes – und das machte ihr Angst. Sie hatte gelernt, dass es einfacher war, ein Monster zu sein.

»Wenn du schon so bereit bist.« Fynn kniete sich vor die riesige Truhe, in der er seine Kleidung aufbewahrte. »Dann mache ich mich auch mal hübsch.«

»Du bist doch schon hübsch genug«, kam es unbedacht über Rubys Lippen.

Sie meinte das natürlich sarkastisch. Das ganze Gefasel darüber, dass Fynn sich für die Krönung der menschlichen Schöpfung hielt, ging ihr ganz schön auf die Nerven.

Allerdings war Fynn so selbstverliebt, dass er den Sarkasmus in Rubys Kommentar nicht erkannte. Das merkte sie schon daran, wie er in seiner Bewegung innehielt.

»Nein, nein, nein«, sagte Ruby abwehrend, bevor er überhaupt den Mund aufmachte. »Nein, nein, nein!«

»Ich soll mich also nicht vollständig entkleiden?«, fragte Fynn, ohne sich zu ihr umzudrehen.

Ruby hielt sich die Hände vor die Augen. »Nein. Nein. Nein.«

Wenn er sich wirklich auszog, weil er ihren Spruch mehr als ernst nahm, dann würde sie schreien und ihn schlagen oder vielleicht sogar beides gleichzeitig.

»Mein Juwel«, schnurrte Fynn verführerisch. Auf einmal legten sich zwei Hände auf ihre Handgelenke und zogen sanft daran.

Fynn stand vor ihr. Vollkommen bekleidet.

»Auch wenn ich es immer bereue, die Avancen einer Frau oder eines Mannes zu verschmähen, wir beiden Hübschen müssen nun los und ein Schiff überfallen.«

Eines Mannes?, fragte sich Ruby.

»Ich liebe die See nun mal am meisten«, fuhr Fynn ungefragt fort. »Dafür, dass sie mir die Freiheit geschenkt hat. Und nun verlangt sie nach Blut und Gold. Also lass uns gehen.«

Diese Worte gaben Ruby erneut einen kleinen Einblick in Fynns dunkle

Seite. Eine Seite, von der sicher viele angewidert wären. Sie war sich sogar sicher, dass ihr Ich vor dem Feuer diesen Mann verabscheut hätte. Doch diese Ruby fand die Dunkelheit anziehend. Allerdings nicht auf die Art, die Fynn dachte und ihn dazu brachte sich dauernd entkleiden zu wollen.

Ruby begleitet Fynn zurück. Die ganze Mannschaft hatte sich nun auf dem Deck versammelt. Jeder trug einen Säbel bei sich – bis auf Eleanore, die ihren Schirm gegen einen eleganten Fächer getauscht hatte.

Ruby konnte auch schon das Frachtschiff ausmachen. Sie sah die Menschen an Bord, die hektisch umherrannten, weil sie genau wussten, was ihnen nun blühte.

»Ihr wisst, was ihr zu tun habt?«, fragte Fynn seine Mannschaft.

»Aye!«, kam es von den Männern und Frauen.

Ruby sagte nichts.

Kian und Kjell eilten zu den Kanonen. Ehe es jemand Ruby anraten konnte, hielt sie sich die Ohren zu. Trotzdem drangen die Geräusche der Kanonenschüsse wie Messer tief in ihre Gehörgänge.

Die Masten des gegnerischen Schiffes knickten ein wie Streichhölzer. Ruby konnte spüren, wie die Zerstörung Wellen auslöste und sogar das Piratenschiff leicht zum Schaukeln brachte. Dazu kam der Geruch von Schießpulver, der Rubys Nase unangenehm kitzelte.

»Pfui!« Eleanore wedelte sich Luft zu. »Ekelhaft!«

An Bord des Blutenden Adlers wurde es still, während es sich immer mehr dem Frachtschiff näherte. Die Zwillinge und Scada warfen etwas ins andere Schiff, von dem Ruby vermutete, dass es an Seilen befestigte Enterhaken waren. Anissa war die Erste, die leichtflüssig über ein Seil spazierte. Die Zwillinge und Scada hangelten sich etwas schwerfällig auf die andere Seite. Sie fragte sich schon, wo Nox war, aber nachdem sie einmal kurz geblinzelt hatte, stand der stumme junge Mann einfach an Bord des anderen Schiffes.

»Wir nutzen die Gangplanke«, sagte Fynn zu Ruby und Eleanore.

Er sprach es nicht aus, aber sie wusste, dass er es wegen seiner Verletzung nicht riskierte, wie die anderen ein Seil zu benutzen.

Die anderen Crew-Mitglieder hatten die Leute an Schiff schon zusammengetrieben, gefesselt und geknebelt, als Fynn mit den beiden Frauen an Bord kam.

Ruby musterte die ausschließlich männlichen Personen. Die ganze Mannschaft war um den Hauptmast gebunden worden. Sie zählte zwölf Mann, die alle ungefähr zwischen zwanzig und fünfzig Jahre alt sein mussten. Sie hatte gedacht, dass sie ängstlich sein würden, aber stattdessen blickten sie die Piraten mit hasserfüllten Augen an. Das war wohl nicht das erste Mal, dass sie von Piraten überfallen wurden.

»Ahoi«, begrüßte Fynn sie mit einem selbstverständlichen Lächeln auf den Lippen. »Ich bin Captain Fynn und – falls ihr es nicht bemerkt habt – meine Crew und ich werden das Schiff nun plündern. Macht es euch derweil doch bequem.«

»Komm mit!« Eleanore packte Ruby am Arm. »Wir sehen uns an, ob wir etwas Schönes finden können. Das macht bestimmt Spaß!«

Eleanore zog Ruby unter Deck. Die erste Tür war verschlossen, aber so etwas hielt die junge Adelige nicht auf. Ruby durfte mit ansehen, wie Eleanore die Tür mit ihrem Fuß eintrat.

»Uh!« Eleanore fächelte sich aufgeregt Luft zu. »Nur die besten Dinge werden hinter verschlossenen Türen aufbewahrt.«

Das, was Ruby und Eleanore erblickten, waren eine Menge einfacher Holzkisten. Ruby hatte aber immer noch die Hoffnung, dass irgendwo an Bord Juwelen waren.

Deshalb öffnete Ruby die erste Holzkiste schneller, als Eleanore es registrierte. Sie hob den Deckel leicht an und durchtrennte die Nägel mit ihren Krallen.

»Das ist ja praktisch!«, meinte die junge Frau nur.

Die beiden Frauen linsten in die Kiste. Ruby stöhnte, während Eleanore voller überschwänglicher Freude aufschrie.

»Das gibt es doch nicht!« Sie zog einen hellblauen Stoff aus der Holzkiste. »Schau dir doch diesen schönen Stoff an, Ruby! Das ist mit Sicherheit Stoff aus Ivoire!« Fast schon zärtlich schmiegte sich Eleanore an das Material. »So weich! Oh! Was ist da noch alles drin!« Die Adelige hüpfte vor

Freude und zog einen Stofffetzen nach dem anderen raus: Gelber Stoff, grüner Stoff mit roten Ornamenten … Ruby war das ziemlich egal. Sie machte sich über die nächste Kiste her, aber nur, um darin ebenfalls Stoff vorzufinden.

Eleanore war im Himmel. Ruby war genervt.

Von Kiste zu Kiste schwand Rubys Hoffnung darauf, irgendwelche Kostbarkeiten für ihr Nest zu finden. Nachdem sie alle geöffnet hatte, setzte sie sich in eine Ecke und schmollte. Sie kratzte Holzspäne vom Boden ab.

Kurz darauf stand aber Eleanore vor ihr.

»Schau mal!« Sie zeigte Ruby einen Stoff, der vom Schwarzen ins Dunkelrote überwechselte. »Soll ich dir daraus ein hübsches Kleid schneidern?«

»Ich finde Kleider nicht so praktisch«, sagte Ruby.

Wobei sie sich eingestehen musste, dass sie es vermisste, schöne Kleider zu tragen.

Eleanore machte eine wegwerfende Handbewegung. »Ach was. Ich mache es ganz eng anliegend, sodass sogar klobige Stiefel gut dazu aussehen.« Sie hockte sich zu Ruby, sodass sie einander in die Augen blickten. »Du braucht unbedingt ein paar neue Kleidungsstücke. Auch wenn ich mir schon vorstellen kann, dass Fynn dann noch mehr nach dir giert.«

Ruby verzog das Gesicht. »Sag das nicht«, flehte sie schon fast.

»Hast du Interesse an Fynn?«, fragte Eleanore. Sie hielt sich den Fächer vor den Mund, so als würden sie unanständige Geschichten austauschen. »Du warst vorher allein mit ihm in der Kajüte. Pflegt ihr schon eine Liaison?«

Das hatte sie nun davon, dass sie sich Sorgen um den dummen Piraten gemacht hatte.

»Ich mag Fynn nicht einmal wirklich«, sagte Ruby zu Eleanore. »Wenn er nicht wäre, wäre ich noch in Yevel.«

»Aber ich glaube, dass er dich mag.« Eleanore rückte näher an sie heran. »Ich habe schon öfter an Teerunden teilgenommen und die jungen Frauen haben dort immer über die Männer gesprochen, die ihnen den Hof machen. Manchmal sogar aus niedrigeren Ständen!«

»Und?«, fragte Ruby genervt.

»Es muss dir nicht peinlich sein, dass Fynn sich für dich interessiert. So etwas passiert nun mal.«

Ruby war sich sicher, dass Fynn einen Sinn dafür hatte, wenn über ihn geredet wurde. Denn genau in diesem Moment hörten die beiden Frauen Schritte und die Stimme des Piraten: »Ruby? Eleanore? Es ist Zeit aufzubrechen. Habt ihr etwas entdeckt?«

Diese ›Teerunde‹ war für Eleanore damit beendet. »Fynn!« Sie eilte auf ihn zu. »Wir müssen unbedingt den Stoff hier mitnehmen.«

»Hm.« Er betastete einen hellblauen Stoff mit goldenen Stickereien. »Wir könnten dafür einiges an Geld bekommen. Das scheint in Ivoire hergestellt worden zu sein.«

»Oder wir können schöne Kleider daraus machen.«

»Oh, dann hätte ich gerne ein Kleid mit diesem grellen orangenen Stoff«, meinte er spaßeshalber. »Damit meine Feinde mich nicht einmal ansehen wollen.«

»Ein schönes Jackett würde dir aber wirklich nicht schaden«, entgegnete Eleanore.

Die beiden Piraten waren so in ihr Gespräch vertieft, dass sie nicht merkten, dass sich ihnen jemand näherte. Ruby bemerkte, dass die Person sich ganz leise heranäherte, einen vorsichtigen Schritt nach dem anderen. Das ist keiner aus der Crew, stellte Ruby fest. Sie zögerte keinen weiteren Moment, als sie die Person ansprang.

Sie lag auf einem etwas älteren Mann, welcher einen Säbel in der rechten Hand hielt. Bevor er noch auf dumme Gedanken kam, rammte Ruby ihre Krallen in sein Handgelenk. Rotes Blut benetzte ihre schwarzen Nägel. Er schrie auf und ließ den Säbel los.

Fynn kickte die Waffe mit seinem Fuß weg.

»Scheint so, als hätten wir jemanden übersehen«, knurrte er. »Der Mistkerl hat sich versteckt und gewartet, dass er einem von uns die Kehle aufschlitzen kann.«

»Elendes Piratenpack!«, sagte der Mann und wollte Ruby ins Gesicht spucken. Sie konnte dem gerade noch ausweichen. Obwohl ihr Gesicht durch die

Maske verborgen war, konnte der Mann ihre schwarzen Krallen sehen. Seine Augen weiteten sich. »Und was bist du für ein Monster?«

Ruby knurrte den Mann an.

Dann geschah alles ganz schnell: Sie sah, wie eine Klinge die Kehle des Mannes mühelos aufschlitzte und das Blut daraus in einem hohen Bogen spritzte. Obwohl sie Fynn schon mehrmals damit gedroht hatte, ihm die Kehle aufzuschlitzen, hatte sie noch nie jemanden auf diese Art getötet. Es war eine Sauerei – und Ruby bekam das meiste Blut ab.

»Musste das sein?«, zeterte Eleanore, welche von dem Anblick der Leiche ungewöhnlich unberührt blieb. »Stell dir vor, dass Ruby ein wunderschönes Kleid getragen hätte. Das wäre jetzt total ruiniert.«

Erst in diesem Moment wurde Ruby klar, dass sie auf einer Leiche saß. Sie stand langsam auf, taumelte ein paar Schritte zurück und ausgerechnet gegen eine gewisse Person. Eine Person, die eindeutig nach Teebaumöl roch.

»Niemand nennt Ruby ungestraft Monster«, sagte Fynn und legte einen Arm um ihre Hüfte.

Diese Geste verwirrte Ruby. Sollte das andeuten, dass er sie beschützte? Sie hatte nur zwei Minuten vorher mit ihren Krallen dem Mann fast die Hauptschlagader aufgeschlitzt. Sie brauchte niemanden, der sie beschützte. Sie war stark genug.

Trotzdem erlaubte sie es ihm, seine Hand ein paar Momente dort ruhen zu lassen.

***

Den Rest der Plünderung erlebte Ruby wie in Trance. Die Piraten brachten einige Lebensmittel und Flaschen mit Alkohol, etwas Gold – keine Juwelen! – und fünf Kisten mit von Eleanore ausgewählten Stoffen an Bord des Schiffes: eine Kiste für Kleider, vier zum Verkauf.

Ruby beobachtete die Piraten von ihrem Nest aus, in welches sie nach dem Mord an dem Schiffsmann schnell geflüchtet war. Es war jedoch nicht die Bluttat, die Ruby nachhaltig beschäftigte. Sie spürte immer noch Fynns

Hand auf ihrer Hüfte. Diese ganz leichte Berührung machte sie verrückt. Sie trieb sie in den Wahnsinn.

Der Pirat erlaubte sich eindeutig zu viel!

Und dann war da noch der Wunsch, dass er sie länger berührte.

Sie schüttelte den Kopf und versuchte so ebenfalls den Wunsch nach Fynns Berührung abzuschütteln. Sie war es nun einmal nicht gewohnt, dass Menschen sie berührten. Schon vor dem Feuer war es so gewesen. Ihre Mutter war bei ihrer Geburt gestorben. Für ihren Vater war ihr Geschlecht ein Ballast – vielleicht sogar ein Ärgernis. Sie erinnerte sich nicht daran, dass er sie jemals umarmt hätte. Manchmal war es ihm schon zu viel gewesen, sie einfach anzusehen. Sie hatte Zofen gehabt, welche sie einkleideten und dabei manchmal flüchtig berührten. Aber irgendwie war das anders gewesen als Fynns Berührung.

Sie spähte über den Rand des Mastkorbes.

Der Pirat klopfte zuerst Scada auf den Rücken und fuhr dann einem der Zwillinge lachend durch die Haare.

Die Berührung von Fynn bedeutete nichts, redete Ruby sich ein. Fynn war ein Mensch, der seine dreckigen Griffel einfach gerne an anderen Leuten hatte. Es wäre vielleicht eine gute Idee, sich ein paar Tage von Fynn fernzuhalten.

Ruby beobachtete die Piraten an Deck weiterhin.

»Viel Erfolg!«, wünschte Fynn der Crew des Frachtschiffes. Er warf den gefesselten Männern einen stumpfen Dolch zu. Er landete gut drei Meter vom ersten Mann entfernt. Sie würden wohl Stunden brauchen, bis sich einer der Männer zu dem Dolch robben konnte.

»Ruby!«, rief Fynn dann zu ihr hoch. »Komm runter. Wir teilen die Beute auf.«

Ruby duckte sich in ihrem Nest. »Ich brauche nichts.«

Er schwieg einen Moment lang. »Wenn du auf deinen Anteil bei den Stoffen verzichtest, kannst du dafür einen Edelstein haben.«

Die Gier nach einem Schatz lockte Ruby mehr als bereitwillig zu dem Piraten. Das Verlangen nach dem Stein war nun einmal stärker, als ihr Vorsatz, sich von ihm fernzuhalten.

Fynn schenkte ihr sein strahlendes Lächeln. »Ich habe mir schon so etwas Ähnliches gedacht und diesen Stein gerade aus meinem Versteck geholt.«

Bei dem Anblick des Steines musste Ruby einen Freudenschrei unterdrücken. Fynn streckte ihr einen wunderschönen orangeroten Edelstein entgegen. Es sah fast so aus, als wäre ein loderndes Feuer im Innersten des Steins erstarrt. Wie alle Edelsteine fühlte er sich warm in ihren Händen an. So als wäre er ein lebendiges Wesen.

»Karneol«, schnurrte Ruby. »Wunderschön.«

»Ich oder der Stein?«, wollte Fynn wissen.

Fynns dummer Spruch brachte Ruby wieder in die Wirklichkeit zurück. Sie wollte sich schon wieder in ihr Nest zurückziehen, als Fynn sie mit einer anderen Verheißung lockte: »Willst du mit der Crew die erfolgreiche Plünderung feiern?«, fragte er sie. »Wir werden heute ein Festessen abhalten.«

Die letzten Tage hatte Ruby nur ein wenig Brot und Trockenfleisch zu sich genommen. Das war mehr, als sie sonst zur Verfügung hatte, doch die Verlockung eines Festessens ließ sie aufhorchen.

»Festessen?«, bohrte sie nach. »Was verstehen Piraten unter einem Festessen?«

Sie blickte kurz in Eleanores Gesicht. Ihr seliges Grinsen ließ sie darauf schließen, dass sie schon an einem Piraten-Festessen teilgenommen hatte oder dass sie immer noch von Kleidern träumte.

»Geduld, mein Juwel«, war alles, was Fynn dazu sagte. »Die Überraschung ist dann größer.«

»Haben Ruby und ich dann noch Zeit, uns für das Festmahl aufzuhübschen?«, fragte Eleanore. Ihre Wangen waren vor Aufregung ganz rot geworden.

Nur Eleanore konnte auf die Idee kommen, sich für ein Dinner mit Piraten aufhübschen zu wollen.

»Wenn ihr nicht zu lange braucht«, meinte Fynn dazu. »Du weißt ja, dass Piraten andere Tischmanieren pflegen.«

»Piraten haben gar keine Tischmanieren.«

Fynn grinste. »Genau.«

Eleanore führte Ruby tiefer in den Bauch des Schiffes. Ruby musste unbedingt jedes Zimmer, das sie noch nicht kannte, nach weiteren Edelsteinen umdrehen. Fynn hatte hier irgendwo noch mehr Steine vor ihr versteckt.

»Es ist nicht aufgeräumt«, versuchte Eleanore Ruby noch zu warnen, als die beiden Frauen durch die Tür schritten.

Das Zimmer war eindeutig dazu angedacht, mehr als zwei Personen zu beherbergen, aber der Krempel, der überall rumstand, verhinderte das. Sie erspähte Truhen, aus denen mehrere Kleider hervorquellten. Dann waren da noch riesige Mineralien, welche Ruby kaltließen, und Schneiderpuppen, die zum einen normale Gewänder trugen und zum anderen mit irgendwelchen wissenschaftlichen Geräten umwickelt waren. Sie folgte Eleanore zu einer weißen Schminkkommode. Das hörte sich einfach an, aber auf dem Boden lagen überall Bücher und Stofffetzen rum. Einmal trat Ruby auf ein Buch und schlitterte ein paar Zentimeter nach vorne.

Fynns Zimmer war sauber und ordentlich. Das hier war ein Schweinestall.

Eleanore fegte noch schnell ein paar Dinge von dem kleinen Hocker, bevor sie Ruby deutete, darauf Platz zu nehmen.

»Ich bin gleich wieder da!«, informierte Eleanore sie. »Ich hole schnell destilliertes Wasser.«

Ruby nickte. Sie legte die schwarze Maske ab und musterte sich im Spiegel.

Dieses Szenario erinnerte Ruby an den seltsamen Traum, den sie gehabt hatte. Rubys Mutter hatte ihr nie die Haare gemacht. Wie hätte sie das auch tun können? Was Ruby aber am meisten verletzte und ihr der Traum auch so grausam aufgezeigt hatte, war, dass sie nicht einmal wusste, wie ihre Mutter ausgesehen hatte. Es gab keine Gemälde, Porträts oder Skizzen. Wenn Ruby nicht auf der Welt wäre, hätte es kein einziges Anzeichen dafür gegeben, dass ihre Mutter je gelebt hatte.

Rubys Vater hatte den Namen ihrer Mutter nie in den Mund genommen. Man könnte nun vermuten, dass er den plötzlichen Tod im Kindbett nicht erwartet hatte und die Trauer ihn zerfraß. So wirkte er sicher auch auf Außenstehende. Aber Ruby wusste, dass ihm seine Frau schon immer egal gewesen war. Er hatte nur geheiratet, weil sein Stand es von ihm verlangte.

Weil er einen Nachfolger haben musste. Tja, das entlockte zumindest Ruby ein kleines Lächeln. Sie hatte schon neun Monate vor ihrer Geburt rebelliert, als sie sich entschlossen hatte, ihm auf keinen Fall den Gefallen zu tun, ein Junge zu werden.

»Rubinia«, wisperte sie den von den meisten längst vergessenen Namen ihrer Mutter.

»Hm?«, fragte Eleanore, die mit einer riesigen weißen Porzellanschüssel zurückgekehrt war. »Hast du etwas gesagt?«

Ruby schüttelte den Kopf. »Nichts.«

Eleanore stellte die Schüssel auf die Kommode. Darin befand sich frisches Wasser mit ein paar Spritzern Öl und ein paar Rosenblüten, die herrlich dufteten.

»Rosenwasser«, erklärte Eleanore. »Oder wie die Männer an Bord es nennen: Warum stinkst du so nach Blumen? Als würden Blumen stinken ...«

Ruby war mehr als dankbar sich endlich einmal ordentlich waschen zu können. Als sie in der Höhle gelebt hatte, hatte sie sich immer im kalten See gewaschen. Endlich mal wieder einen Waschhandschuh in ihren Händen halten zu können und Duftöle zu verwenden, war für sie ein nahezu unvorstellbarer Luxus. Zudem musste sie nicht aufpassen, ob sich ihr jemand näherte, um sie zu töten.

Sie wusch sich zuerst das Blut des namenlosen Mannes von den Krallen. Danach löste sie die Schnüre von ihrem Korsett.

Eleanore drehte sich um, damit Ruby sich entkleiden konnte.

Ruby stöhnte leise. Mit dem Wasser wusch sie sich mehr als nur Blut und Dreck von der Haut. Mit der hellbraunen Schicht verschwand auch etwas Anspannung.

»War das deine erste Leiche?«, fragte Eleanore nach einer Zeit der Stille. Ruby blickte zu der Adeligen. Sie hockte vor einer der Truhen und sortierte die Kleidung.

»Nein«, sagte Ruby kalt. »Ich habe in Yevel selbst einen Drachentöter umgebracht und in den Elendsvierteln gab es sehr viele ... Auseinandersetzungen. Kann sein, dass ich zwei oder drei Leute in Notwehr erstochen habe.

Ich weiß nicht, ob sie die Angriffe überlebt haben. Ich hatte keine Lust nachzusehen, nachdem sie mich fast umgebracht haben.«

Klang das hart? Emotionslos?

Sie konnte Eleanores Gedanken schon hören: *Eine Lady deines Standes sollte nicht so über Mord reden. Das ziemt sich nicht.*

»Ich habe mit dreizehn einen Mann umgebracht«, ließ Eleanore plötzlich anklingen. »Ich habe gedacht, dass ich sein Gesicht für immer in meinen Träumen sehen würde, dass ich mich von seinem Blut für immer besudelt fühlen würde. Stattdessen war ich danach sogar erleichtert.«

»Oh«, kam es von Ruby. Sie wusste nicht, was sie sagen sollte. Eleanore wollte eindeutig nicht getröstet werden, darum hörte sie ihr einfach weiterhin zu.

»Habe ich dir schon erzählt, woher ich komme?«

»Nein«, antwortete Ruby erneut.

»Es tut mir leid. Das war nicht sehr höflich von mir. Die Schuld daran trägt jedoch Fynn, der mir nicht die Zeit gelassen hat, mich richtig vorzustellen. Mein vollständiger Name lautete Lady Eleanore Marie Arren aus Ebonie.«

»Ebonie?«, hakte Ruby nach. »Das heißt ja, dass du auch aus dem mittleren Reich stammst.«

Tatsächlich grenzte Ebonie, das größte Land des mittleren Reiches, sogar an den Norden von Yevel. Es sollte ein schönes Land sein, das hatte Ruby zumindest gehört. Manchmal konnte es dort sogar schneien und man vermutete, dass in den Bergen, die Ebonie von den nördlichen Kontinenten trennte, noch einige Eisdrachen lebten. Die Drachentöter, die sich in die Berge begeben hatten, hatte man jedenfalls nie wiedergesehen.

»Genau«, pflichtete Eleanore ihr bei. »Mein Vater entstammt den alteingesessenen Adelsgeschlecht der Arrens. Ganz einfacher Geldadel, also nichts Besonderes.«

Natürlich überraschte es Ruby nicht, dass Eleanore dem Geldadel entsprang. Alles andere wäre ein Schock für sie gewesen.

Auf einmal änderte sich der Klang von Eleanores Stimme in etwas, das Rubys Brust einschnürte: »Er war ein Mistkerl«, wechselte sie zu der eigentlichen Geschichte zurück. »Ich will seinen Namen nicht einmal in den Mund nehmen. Aber leider war er auch ein guter Freund meines Vaters. Es gab diverse Gerüchte, dass er junge Mädchen bevorzugte. Aber natürlich wurde ihm nie etwas nachgewiesen. Er war der Gouverneur und sehr charismatisch, mit einer hübschen Frau und drei Kindern.« Sie machte eine kurze Pause. »Eines Tages war ich in der Stadt einkaufen. Meine Zofe hatte sich den Abend davor den Magen verdorben und wurde immer kränker. Deshalb wäre mein Ausflug eigentlich beendet gewesen, aber dann tauchte er auf. Natürlich fuhr ich ohne Bedenken mit ihm nach Hause, um ein paar alte Kleider seiner Frau anzuprobieren. Er hatte nämlich durch meinen Vater erfahren, dass ich für ein Geburtstagsfest ein smaragdgrünes Kleid suchte, aber es bestand gerade ein Engpass an grünen Stoffen. Von meiner Mutter musst du wissen, dass sie die Tochter einer bekannten Schneiderin war und bis zu ihrer Heirat selber teure Gewänder geschneidert hatte. Sie hätte das Kleid dann nach meinen Wünschen umgeschneidert.« Sie gluckste zufrieden. Das war ein Geräusch purer Glückseligkeit, welche sie empfand, wenn sie an Kleider dachte. »Ich wollte doch nur ein Kleid. Stattdessen berührte er mich an meinen Brüsten, am Bauch und ... Und ich nahm die Obstschale und schlug ihm den Schädel ein, bis nur noch Matsch übrig war ... Es war so leicht ... viel zu leicht.«

Ruby fiel das Schlucken schwer.

Sie wusste, dass diese Geschichte der Wahrheit entsprach und nicht nur eine Erzählung wie Fynns geschwindelter Lebenslauf. Fynn konnte seine Geschichte auswendig erzählen und er legte auch zu wenig Emotion in seine Erzählung. Er meinte, dass er nur seinen Charme brauchte, um Leute zu überzeugen. Wohingegen Eleanore immer wieder Pausen brauchte, überlegte, wie sie die Geschichte weitererzählen sollte.

»Ich weiß nicht, woher meine Kraft kommt. Ich habe den Verdacht, dass mein Stammbaum vielleicht nicht nur aus Menschen besteht.« Eleanore zuckte mit den Schultern. »Ich meine ... Irgendetwas muss ja anders sein. Selbst Fynn meinte, dass er so etwas noch nie gesehen hat.«

»Bist du deshalb hier?«, fragte Ruby. »Bist du auf dieses Schiff geflüchtet?«

»Was?«, schrie Eleanore fast schon angewidert auf. »Ich bin hierhin nicht geflüchtet. Ich wurde entführt. Außerdem ist der Mord nun schon vier Jahre her.«

»Aber wie …«

Ruby schloss den Mund wieder. Wie sollte sie das bloß formulieren? Warum war Eleanore nicht aufgeknüpft worden? Oder in die Sicherheitsverwahrung abgeschoben worden?

In Yevel ließ man schon vermeintliche Mörder schnell hinrichten. Wenn der Kopf ab war, ersparte man sich lästige Befragungen.

»Warum mein Kopf noch auf meinen Schultern sitzt?« Eleanore schnalzte mit der Zunge. »Ich hatte einfach … einfach nur Glück. Der Mistkerl hatte eine Menge Feinde. Darunter waren auch viele Politiker. Die Sicherheitswachen der Stadt fanden lediglich seine Leiche und die Tatwaffe. Es gab keine Zeugenaussagen, dass man mich mit ihm gesehen hatte, und meine Zofe war in ihrem Fieberrausch davon überzeugt, dass ich die ganze Zeit an ihrer Seite gewesen war. Natürlich hatte ich auch keinen einzigen Blutspritzer auf meinem wunderschönen Kleid. Hach, du hättest das Kleid sehen sollen. Burgunderrot mit goldener Spitze. Leider bin ich im Jahr darauf rausgewachsen.« Das zu kleine Kleid entlockte ihr einen traurigen Seufzer. »Wo war ich? Ach ja. So wie man ihn nicht verdächtigt hat, kleine Mädchen zu vergewaltigen, dachte auch niemand, dass ein kleines Mädchen einen Mann ermorden konnte. Dazu noch so eine Lady, wie ich es bin. Das wahre Drama war, dass ich dieses grüne Kleid aber nicht bekommen habe! Ich musste mich dann für safrangelb entscheiden. Safrangelb! Auf einem Geburtstag! Wenn ich das Kleid nicht so selbstbewusst getragen hätte, wäre ich die Lachnummer gewesen!«

Ruby verzog ihre Lippen zu einem Lächeln.

Die Situation war nicht witzig. Aber sie lächelte, weil sie Eleanore bewunderte. Als junges Mädchen hatte man Ruby Dinge eingeredet, die Eleanore sicher auch gehört hatte: *Sei immer brav, tue niemandem weh, ordne dich dem männlichen Geschlecht unter.* Ruby ballte die Fäuste. *Lass dich von den Männern retten.*

»Es hat sich aber etwas verändert …«, gab Eleanore mit Traurigkeit in der

Stimme zu. »Meine Eltern wussten, dass ich zur Tatzeit nicht zu Hause war. Ich glaube, dass sie sich durchaus bewusst sind, dass ich ihn umgebracht habe, und nie etwas gesagt haben, weil sie Angst haben, dass ich mich dadurch in jemand anderen verwandle und nicht mehr ihre Tochter bin. Solange sie es nicht aussprechen, ist es nie passiert.«

Oh.

»Ein paar Jahre später wurde ich dann von den Piraten verschleppt. Seitdem segle ich mit ihnen umher.«

Mehr musste Eleanore nicht sagen. Ruby konnte sich denken, warum sie sich als Gefangene bezeichnete und so tat, als wäre sie gekidnappt worden. Sie war an Bord des Piratenschiffes, weil sie eine Gefahr war.

Sie brauchte Zeit, sich einzugestehen, dass sie hier freiwillig war und mit hoher Wahrscheinlichkeit nie wieder in ihr altes Leben zurückkonnte. Sie hatte schon extremes Glück gehabt, dass sie mit ihrem ersten Mord mit dem Leben davongekommen war und nicht gehängt oder als Hexe verbrannt worden war.

Zu ihrem Pech – und es war schade in so einem Fall von ›Pech‹ zu reden – war Eleanore eine hübsche junge Frau. Es gab keine Garantie, dass sich nicht noch mal ein Mann an ihr vergehen wollte, in der Hoffnung, dass sie eine leichte und willige Beute war.

Ruby kam zum ersten Mal in den Sinn, dass es beim Piratensein vielleicht um mehr ging als nur um Gold und Juwelen.

»Bist du ausreichend bedeckt?«, wechselte Eleanore das Thema. »Ich habe frische Sachen für dich. Das andere sollten wir mal einweichen.«

Ruby wickelte ihr dreckiges Oberteil um ihren halb nackten Körper. Da es ein gestohlenes Oberteil für Männer war, war es ihr ohnehin viel zu groß. Sie hätte sich locker zwei Mal einwickeln können. »Du kannst dich umdrehen.«

»Das sind ungetragene Kleidungsstücke«, erklärte sie und streckte Ruby ordentlich gefaltete Kleidung entgegen. »Anissa hat ein paar Stücke gestohlen und ich habe mir ein paar Dinge ausgeliehen. Allerdings lagen sie nun gut ein halbes Jahr in der Truhe. Du kannst sie gerne behalten. Wir ziehen sie nicht an.«

Ruby probierte die gestohlene Ware gleich an: Das weiße Oberteil aus Baumwolle war viel zu kurz und entblößte einen Teil von Rubys Bauch. Links neben ihren Bauchnabel zog sich eine Spur von roten Schuppen und verschwand unter der dunklen Lederhose. Eines Nachts hatte ein Mann sie in einer Seitengasse einfach niedergestochen. Er hatte wohl gehofft, dass Ruby ein paar Münzen bei sich führte, aber sie hatte eigentlich nie Geld bei sich.

Dafür passte die dunkelrote Korsage perfekt.

»Warte!«, sagte Eleanore hilfsbereit. »Ich schnüre sie dir.«

Ruby und Eleanore brauchten etwas, um sich zu arrangieren. Ruby war beinahe zwei Köpfe größer als Eleanore. Irgendwann balancierte Eleanore auf dem Hocker.

»Du bist so groß«, merkte sie das Offensichtliche an.

Was Eleanore nicht wusste, war, dass Ruby vor dem Feuer mindestens einen Kopf kleiner gewesen war. Sie konnte sich nicht erklären, warum sie dadurch gewachsen war. Aber sie erinnerte sich an die Schmerzen, als ihre Knochen länger wurden, die Haut und Muskeln sich dehnten. Sie hatte geweint und geschrien, bis sie ohnmächtig wurde. Das Schlimmste war aber, als sie wieder zu sich kam und die Schmerzen sich wieder ins Unermessliche steigerten.

Es hatte Wochen gedauert, bis Rubys Körper sich wieder wie ihr eigener angefühlt hatte.

Nachdem Eleanore geübt ihre Korsage gebunden hatte, stellte sie sich vor Ruby hin und betrachtete ihr Werk. »Aber es steht dir«, meinte die junge Frau. »Du siehst wie eine richtige Piratin aus!«

Ruby verzog das Gesicht. Das wollte sie nun wirklich nicht hören.

»Sollen wir gehen?«, fragte Ruby.

»Nein!«, schrie Eleanore. »Deine Haare sind noch ein einziger Schweinestall!«

»Meine Haare oder dieser Raum?«, murmelte Ruby etwas genervt, da sie langsam Hunger bekam. Trotzdem setzte sie sich wieder brav auf den Hocker und ließ Eleanore ihr Werk verrichten.

Während die Lady Rubys Haare bürstete und ein paar einzelne Strähnen mit Haarklammern fixierte, rutschte aus Ruby eine Frage heraus, die sie sich schon lange stellte. Jedes Mal, wenn sich der Blick der beiden Frauen im Spiegel begegnete, lächelte Eleanore einfach.

»Findest du meinen Anblick nicht abschreckend?«, fragte Ruby sie.

»Hm?« Eleanore legte den Kopf schief. »Nun ja. Du hattest ja nichts dabei, als du auf das Schiff kamst. Wenn ich selber mehr als eine Bürste besitzen würde, würde ich dir eine leihen.«

»Nicht meine Haare«, fauchte Ruby etwas beleidigt. »Ich habe Schuppen, Eleanore. Ich habe die Augen eines Drachen. Die Krallen eines Raubtiers.«

»Ach das!« Sie bürstete Ruby weiter ruhig die Haare. »Ich bin nun schon fast ein Jahr an Bord und habe schon sehr vieles gesehen. Eines habe ich gelernt: Jeder blutet rotes Blut.«

Ruby starrte eine Zeit lang auf ihre Krallen. Fynn empfand sie als praktische Waffe. Anissa wollte mehr darüber forschen. Eleanore waren sie egal.

Als Ruby den Kopf wieder hob, starrte ihr zum ersten Mal ein Spiegelbild entgegen, das sie nicht aus tiefstem Herzen verabscheute.

XIII.

Fynn

Als Piratenkapitän hatte Fynn einige Aufgaben und Verpflichtungen. Meistens war die schwierigste Aufgabe, jeden einzelnen seiner Crew-Mitglieder am Leben zu erhalten. Das gestaltete sich nicht so leicht, da alle aus seiner Mannschaft nun einmal jung und wild waren. Wie oft mussten sie schon vor einem wütenden Mob davonlaufen? Wie oft hatte er in letzter Minute jemanden vor dem Galgen gerettet? Und natürlich die unangenehme Begegnung mit dem Einhorn, über die Fynn nur ungern nachdachte.

Darum fand Fynn, dass es nicht seine Aufgabe war, gestohlenen Hühnern hinterherzujagen. Deshalb sollten sich die Zwillinge, Scada und Anissa um die Tiere kümmern, während er seinen Spaß beim Zusehen hatte.

Er saß auf der Reling und versuchte angestrengt nicht schadenfroh zu lachen, als Scada bei der Hühnerjagd mit dem Kopf voran gegen eine Kanone knallte. Nero saß auf Fynns Schulter und der Pirat war sich sicher, dass sogar der Adler gelacht hätte. Stattdessen stieß er nur einen schrillen Laut aus.

»Scheißvieh!«, schrie Scada aufgebracht.

»Du Armer«, meinte Fynn. »Mit einem Wesen verbunden zu sein, dessen Hirn wohl die Größe einer Walnuss hat.«

»Du redest mit dem Vogel, oder?«

»Aye.«

Dass Scada nun wutentbrannt nach Fynn schlagen würde, war ihm klar. Er sprang von der Reling, wirbelte um Scada herum und fing dazu noch eins der frei laufenden Hühner. Triumphierend hielt er die rostbraune Henne in die Höhe.

Die Zwillinge klatschten, Anissa verdrehte die Augen und Scada wurde zornesrot im Gesicht. Die Henne gackerte zufrieden vor sich hin.

»Um dich mit mir messen zu können, musst du schon früher aufstehen«, sagte Fynn zu Scada. »Oder versuchen besser mit deinem Familiaris auszukommen.«

Fynn mochte vielleicht gewisse Fähigkeiten durch jahrelanges Schwerttraining errungen haben und seit fast einem Jahrzehnt ein Pirat sein – aber am Ende war er nur ein Mensch, der überhaupt keine Magie besaß. Er konnte nicht die Schatten kontrollieren wie Nox oder verfügte wie Ruby über die Kräfte eines Drachen.

Scada schöpfte sein Potenzial als Hexe nicht aus.

Fynn kannte sich sehr gut damit aus, wenn man seine Herkunft verkannte. Wenn es eine Möglichkeit gäbe, würde er nur zu gern die ersten 12 Jahre seines Lebens auslöschen, aber er nutzte das, was er dadurch erlernt hatte, schamlos aus.

Fynn ließ das Huhn wieder los. »Jetzt legt euch mal ins Zeug«, stachelte er seine Crew-Mitglieder an. »Braucht ihr länger als Eleanore für ihre Schönheitspflege?«

Laut vor sich hin pfeifend verließ er das Deck und stieg zur Schiffsküche hinab. Dort bereitete Nox bereits das Abendessen für die Crew zu. Es roch himmlisch nach ausländischen Gewürzen und gebratenem Fleisch, nach Knoblauch und warmem Brot.

»Ah«, seufzte Fynn. »Ich weiß nicht, was ich ohne deine Kochkünste machen würde. Na gut, ich würde ungenießbares Zeug essen.«

Nox schenkte seinem Kapitän ein kleines Lächeln.

Als er damals Nox begegnet war, hatte Fynn sich fast darauf verlassen, dass der stumme junge Mann das Amt des Ersten Maats anstreben würde. Stattdessen hatte er zu verstehen gegeben, dass er sich um die Verpflegung an Bord kümmern wollte – neben den Meuchelmorden verstand sich. Er hatte keine Lust, Fynns Stellvertreter an Bord und an Land zu sein.

Seit diesem Tag suchte Fynn immer noch nach seinem Ersten Maat.

Was haben wir vor?, fragte Nox.

Fynn huschte in der Zwischenzeit von einem Topf zum anderen und versuchte sich vorab etwas Essbares zu stehlen. Als Kapitän stand ihm nun mal der größte Anteil der Beute zu.

»Totenkopfinsel«, erklärte Fynn. Er warf ein Stück heißes Fladenbrot zwischen seinen Händen hin und her, in der Hoffnung, es etwas abzukühlen. »Stoffe verkaufen.«

Was ist mit Ruby?

»Ruby ist natürlich auch dabei.« Er zuckte mit den Schultern. »Auf der Totenkopfinsel kann sie so viele Leute für Edelsteine und Juwelen niederschlagen, wie sie will. Das wird ihr gefallen.«

Nox starrte Fynn stumm an. Der Piratenkapitän verzog das Gesicht. Er musste nichts sagen. Er musste nicht einmal mit seinen Händen gestikulieren.

»Wenn es so wie bei Eleanore ist, wird sie ein Mitglied«, erklärte er Nox. »Ich würde mich geehrt fühlen, wenn jemand mit ihren Fähigkeiten zu uns dazustoßen würde.«

Denkst du, dass sie eine Piratin sein will?

Fynn breitet die Arme mit einem breiten Lächeln im Gesicht aus. »Wer will kein Pirat sein?« Kurz darauf wurde er aber schon wieder ernst: »Ich glaube nicht, dass Ruby irgendwo hinkann. Wenn sie jemand versteht, dann die Mitglieder dieses Schiffes. Habe ich recht?«

Nox nickte leicht.

Er kannte die Geschichte all seiner Crew-Mitglieder – bis auf die von Nox. Vor einigen Jahren hatte Nox den bewusstlosen Piraten einfach gefunden und mitgenommen. Fynn war halb tot nach der Auseinandersetzung mit seiner alten Piratencrew an den Strand von Alahari, also an ein östliches Land, angespült worden. Er war wirklich knapp dem Tod entronnen und bis heute erinnerte Fynn sich nur bruchstückhaft an seinen Überlebenskampf auf dem Meer. Er wusste, dass ihm Mathias, der Erste Offizier von Captain Orion, einen schweren Schwerthieb verpasst hatte – den Hieb, dem er seine schlecht verheilte Narbe zu verdanken hatte. Danach war er mit seinem Sack voller Goldmünzen in das kalte Wasser des Schlangenmeers gestürzt. Wenn er sich an diesen Moment zurückerinnerte, konnte er fast das kalte Wasser der See spüren und das Salzwasser, das seine Lungen zum Brennen brachte. Der Schmerz von der klaffenden Wunde, die im Salzwasser brannte, hatte ihm das Bewusstsein geraubt.

Nox hatte ihn dann mehr tot als lebendig vom Meer angespült gefunden, die Arme immer noch fest um den Sack voll Gold geschlungen, wie er Fynn später mit Händen und Füßen erklärt hatte.

Die erste konkrete Erinnerung, die er bewusst aufrufen konnte, war die einer heruntergekommenen Hütte mit undichtem Dach, in der er auf einer abgewetzten Decke aufwacht war. Drei Tage lang hatte Fynn fiebernd und vermeintlich allein in der Hütte verbracht. Er nahm bedenkenlos das Essen und Trinken zu sich, das wie aus dem Nichts auftauchte. Das Fieber sank am vierten Tag. Am fünften Tag reparierte er das Loch im Dach mit einer Mischung aus Lehm und Stroh. Erst am sechsten Tag begann Fynn die Schatten in der Hütte zu bemerken. Schatten, die seltsam flackerten und die ungewöhnlich lebendig gewirkt hatten.

Nox war im nächsten Augenblick daraus hervorgetreten und nach dem ersten Schock hatte Fynn langsam begriffen, dass der Schattenjunge zum einen seine Sprache nicht sprechen konnte und zum anderen überhaupt keine Stimme besaß. Er war stumm. Zum Glück war Fynn durch seine Erziehung auch in der Lage, ein paar Sätze in irgendeiner östlichen Sprache von sich zu geben, die Nox nach zahlreichen Versuchen von Fynn irgendwann verstehen konnte.

Fynn hatte sich zusammenreimen können, dass Nox – der seinem Aussehen nach beurteilt kaum älter als Fynn sein konnte – als Einsiedler lebte. Aber bis heute wusste der Pirat nicht viel mehr über den mysteriösen jungen Schattenmann. Hatte er sich wegen seiner Kräfte von anderen Menschen ferngehalten? Aber warum? Im Gegensatz zu Ruby hatten seine Kräfte keinerlei Auswirkung auf sein Aussehen, außer dass er leichenblass war.

Fynn müsste lügen, wenn er behaupten würde, dass ihm seine Unwissenheit bezüglich Nox' Geschichte egal war. Wenn er die Hintergründe seiner Crew-Mitglieder kannte, wusste, was ihre Beweggründe waren, das Seeräuberleben zu begrüßen, dann konnte er besser mit ihnen umgehen. Aus diesem Grund hatte er Anissa ein Labor eingerichtet und ließ Eleanore in ihrer kleinen Traumwelt leben, in der sie von Piraten entführt worden war. Aber mal ehrlich gesagt: Wer würde Eleanore entführen und sie nicht am nächsten Tag freiwillig zurückgeben?

Ruby war ähnlich undurchschaubar wie Nox. Fynn fragte sich immer noch, warum die junge Frau unbedingt in den Königspalast einbrechen musste. Ihm war aufgefallen, dass sie den Schlüssel in ihrem Nest aufbewahrte, was ihn vermuten ließ, dass es sich vielleicht nur um den Schlüssel der Schatzkammer handelte. Das würde zu Ruby passen. Er konnte sich ein lebhaftes Bild davon malen, wie sie auf den Bergen von Juwelen herumkletterte und in einem Meer aus Edelsteinen herumschwamm.

Zumindest redete sich Fynn das ein. Er wurde das ungute Gefühl nicht los, das hinter Rubys Geschichte so viel mehr steckte.

Plötzlich stieß Nox ihn mit dem Ellbogen an.

Hilf mir mal, deutete der stumme Pirat. *Das Essen ist fertig.*

Mit den gestohlenen Hühnern waren sie – beziehungsweise Nox – in der Lage gewesen, mal etwas anderes als Fladenbrot zu backen. Es gab Suppe mit Gemüse und Hühnerfleisch.

Fynn hatte vielleicht keinen Ersten Maat, aber zumindest einen mehr als fähigen Koch und Meuchelmörder.

Direkt neben der Kochstelle stand ein wuchtiger Holztisch, der von vier Bänken flankiert wurde.

Fynn platzierte einen Weidekorb mit Brot auf dem Tisch und Nox hievte den großen Topf mit Suppe darauf.

»Ich könnte Eleanore dafür immer noch den Hals umdrehen«, murrte Fynn, als er feinstes Porzellangeschirr für die Crew bereitstellte. Jeder der weißen Teller war handbemalt mit verschiedenen Ornamenten. »Wer kauft Geschirr für eine Gold- und eine Silbermünze?«

Die Antwort lautete natürlich Eleanore, die das alte Geschirr einfach in die See geworfen hatte, weil sie sich weigerte davon zu essen. Sie hatte behauptet, dass sie davon Cholera bekäme.

Achtlos warf Fynn ein Teller nach dem anderen auf den Tisch.

»Meine Teller!«, kreischte Eleanore, die gerade hereingepoltert kam. »Pass doch auf, du dummer Pirat!«

Fynn stöhnte. Bei allen Göttern. Eleanore war wirklich ein Fluch!

Mit einem fiesen Spruch auf den Lippen drehte sich Fynn zu Eleanore um – und erstarrte. Hinter Eleanore stand zweifelsfrei Ruby, aber sie sah so verändert aus. Ihre viel zu großen und schmutzigen Kleidungsstücke hatte sie gegen frische Gewänder ausgetauscht, die sogar mehr von ihrer Haut und von ihren Schuppen zeigten. Wie Rosenblätter im Schnee hoben sich die drachenartigen, schimmernden Schuppen von ihrer cremeweißen Haut ab. Eleanore hatte ihr ein paar Strähnen geflochten und hochgesteckt. Das verlieh ihr ein noch wilderes Aussehen. Sie sah aus wie eine Piratin.

Ruby unterbrach Fynns Glotzen knurrend: »Starr mich eine Sekunde länger an und ich steche dir die Augen mit den Krallen aus.«

»Das bringt nichts, wenn sich der Anblick schon längst in meinen Kopf gebrannt hat, mein Juwel.«

Eleanore verpasste Fynn einen Schlag mit ihrem Fächer auf den Hinterkopf. »Schwerenöter«, zischte sie ungehalten.

XIV.

Ruby

Ruby drückte den Karneol enger an sich. Sie mochte Fynns Blick nicht. Wenn er sie so ansah, zog sich etwas in ihrem Inneren schmerzvoll zusammen.

Nox musterte sie kurz mit uninteressiertem Blick und wandte sich dann wieder dem gebratenen Fleisch zu. Fynn aber schien nicht genug von ihrem Anblick bekommen zu können. Sie hätte ihre Maske nicht in ihrem Nest lassen sollen.

Eleanore hatte bei der Schminke aber auch wirklich übertrieben. Ruby hätten frische Kleidung und ein halbwegs gepflegtes Aussehen locker gereicht. Aber die junge Adelige hatte ihre Haare dann noch geflochten und teilweise hochgesteckt. Danach hatte sie ihr noch die Augen mit einem Kohlstift umrandet und noch schnell roten Lippenstift hergestellt.

»Ich benutze ja selber wenig Schminke«, hatte sie Ruby erklärt. »Bei mir sieht das gleich nach Harlekin aus, aber bei dir ... gefährlich.«

»Danke schön«, fauchte Ruby.

»Nein! Nein. Versteh mich nicht falsch, Ruby. Ich meine die gute Art von gefährlich.«

»Es existiert eine gute Art von gefährlich?«

Eleanore lächelte. »Natürlich. Alles hat mindestens zwei Seiten.«

Und nun stand sie in der Schiffsküche und sah nach der ›guten Art von gefährlich‹ aus. Es war ihr schrecklich unangenehm.

»Lass diesen Schlafgemachblick bleiben.« Eleanore schlug Fynn erneut mit dem Fächer. »Hast du überhaupt kein Benehmen?«

»Aye. Ich bin doch ein Pirat.«

Der Fächer knallte erneut gegen Fynns Schulter. Ruby war sich sicher, dass sie ihm gerne gegen den Kopf geschlagen hätte, aber dazu war sie leider zu klein.

Wenn Ruby nicht gewusst hätte, dass sie sich auf einem Piratenschiff befand, hätte sie Fynn und Eleanore fast für Geschwister gehalten, oder eher Stiefgeschwister, denn sie sahen einfach zu unterschiedlich aus.

»Ruby«, sagte Fynn und streckte schon den Arm nach ihr aus. Sie duckte sich und krabbelte zur Sitzbank, die am weitesten von dem Piraten entfernt war. In Wirklichkeit sahen ihre Bewegungen viel geschmeidiger aus, aber Ruby fühlte sich im Moment wie ein kleines Kind, das vor unangenehmem Besuch flüchtete.

Ruby würde sich von Fynn fernhalten. Nicht, dass er sie wieder berührte. Ruby hatte auf die harte Art gelernt, dass man sich an alles gewöhnen konnte. Sie wollte sich auf keinen Fall an seine Berührungen gewöhnen.

Ruby umklammerte mit ihrer rechten Hand den Stein, der ihr Wärme schenkte und Halt gab. Mit der linken Hand angelte sie sich ein warmes Fladenbrot. Sie würde sich ausschließlich auf das Essen konzentrieren.

Zum Glück war Eleanore bei ihr: »Wie findest du die Teller?«, fragte sie und setzte sich Ruby gegenüber. »Die habe ich in Reverie ausgesucht. Wenn wir mal irgendwo Tee auftreiben, muss ich dir die Teetassen mit passenden Untersetzern zeigen.«

»Wir haben Teetassen?«, fragte Fynn überrascht.

»Oh.« Eleanore schlug sich die Hand vor den Mund. »Nein. Ich habe mich verplappert.«

»Wir haben Teetassen«, wiederholte Fynn. Er stieß einen Laut aus, der ein Lachen sein sollte, aber nicht im Geringsten erheitert wirkte. »Wir sind Piraten mit Teetassen und schönem Essgeschirr. Wie habe ich das nur verdient?«

Eleanore schien die Ironie in Fynns Stimme nicht wahrzunehmen. Sie hörte nur das, was sie hören wollte. »Du könntest jetzt mal sagen: Danke, liebe Eleanore.«

Fynn hüstelte gereizt.

Dann stürmte auch schon Scada zur Tür rein. »Ich mach dich kalt«, begrüßte er Fynn knurrend. Ruby fragte sich, warum er kleine Federn in den Haaren hatte. Stammten die etwa von Hühnern?

»Das war eine unnötige Arbeit«, stimmte Anissa Scada überraschend zu. »Weißt du, was ich in der Zeit alles hätte erforschen können? Aber nein. Ich musste Hühner einfangen.«

Ruby lauschte dem Streitgespräch interessiert, während sie ein wenig schadenfroh an einer Hühnerkeule knabberte.

Das zarte Fleisch trieb ihr beinahe Freudentränen in die Augen. Hatte Essen schon immer so gut geschmeckt?

»Wenn euch mein Führungsstil nicht passt, könnt ihr ja eine Meuterei anfangen«, meinte Fynn leichthin. »Das würde ich gerne mal sehen.«

»Das würden wir nie wagen Capt'n«, kam es von einem der Zwillinge. Ruby konnte die beiden immer noch nicht unterscheiden.

Das war das erste Mal, das Ruby die ganze Mannschaft auf einmal betrachten konnte. Sie fragte sich, ob sich das Piratenschiff gerade ganz von alleine steuerte. Ihr war schon aufgefallen, dass es viel moderner war als die meisten Schiffe in Yevel. Was Ruby zum Grübeln brachte, war die Frage, wie so einfache Piraten wie Fynns Crew sich so ein teures und modernes Schiff leisten konnten. Es war unwahrscheinlich, dass sie es einer anderen Crew abgeknöpft hatten. Das wäre viel zu aufwendig und das Schiff war dafür in einem viel zu guten Zustand.

Die anderen Piraten nahmen um den Tisch Platz. Es wurde viel Alkohol aufgetischt und Ruby bemerkte am Rande, dass Fynn sich gleich eine ganze Flasche Rum angelte.

Die Piraten griffen hungrig nach Brot und Fleisch und leerten die Suppen so gierig aus den Töpfen, dass die Flüssigkeit überschwappte.

Nur Eleanore saß da und benutzte ordentlich Löffel, Gabel und Messer. Sie hatte die Augen geschlossen und versuchte wohl auszublenden, dass Piraten keine Tischmanieren besaßen.

Der kleine Raum war plötzlich so gefüllt von Leben im Kontrast zu ihrer Einsamkeit, die sie in den letzten Jahren als ständigen Begleiter akzeptiert hatte, dass Ruby ganz klamm ums Herz wurde. Wenn sie ihre Hand ausstreckte, konnte sie jeden einzelnen der Piraten berühren.

Plötzlich fiel Ruby auf, dass die beiden jungen Männer am Tisch sie unverhohlen anstarrten. »Was ist?«, fragte sie genervt.

»Wir haben nur gewettet, ob du Fangzähne hast«, gestanden die Zwillinge ehrlich.

»Junge Damen haben keine Fangzähne«, zischte Eleanore aufgebracht. »Euer Benehmen lässt wieder einmal stark zu wünschen übrig.«

»Streng genommen«, begann Anissa, »besitzt sie Fangzähne. Aber auch normale Menschen haben etwas, das ich als Fangzähne bewerten würde. Durch die Evolution haben sich die Zähne immer mehr zurückgebildet. Wer braucht heute noch Reißzähne, wenn das Essen im besten Fall sogar vorgekocht serviert wird? Bei Ruby sind sie etwas spitzer und ausgeprägter, weil sie mehr Raubtier ist.«

»Junge Damen sind keine Raubtiere, Anissa.« Eleanore nahm eine Stoffserviette – sie war die Einzige mit einer – und tupfte sich die Lippen ab. »Mach dich nicht lächerlich.«

»Was willst du jetzt?«, konterte Anissa deutlich gereizt. »Ich denke nicht, dass du dich mit Dingen auskennst, die über Kleider, Kosmetik, Klatsch und Bälle hinausgehen.«

Eleanore hob pikiert die Nase. »Dafür habe ich Manieren.«

Anissa gluckste. »Die braucht man natürlich dringend als Piratin auf einem Piratenschiff.«

Eleanore zeigte mit dem Messer auf Anissa. Ihre Mordlust strömte durch den ganzen Raum. Scada fiel eine Hühnerkeule aus dem Mund und Nox schien immer dunkler zu werden. Als würde er sich in die Schatten zurückziehen wollen. »Ich. Bin. Keine. Piratin.«

Anissa wirkte angespannt, aber in ihrem Gesicht konnte Ruby ablesen, dass sie keinen Rückzieher machen würde. Sie würde sogar lieber einen Stich mit dem Messer einstecken.

»Wir nehmen jetzt mal schön Eleanore das Messer aus der Hand.« Fynn war der Einzige, der keine Angst verspürte und ihr die Waffe aus der Hand nahm. Er tauschte das Messer mit einem vollen Glas aus. »Hier, die im Frachtschiff hatten auch Sekt an Bord.«

»Ui!«, kam es von Eleanore, deren Laune sich gleich merklich hob. »Und wo sind die dazu passenden Sektgläser?«

»Wehe, du kaufst welche!«, mahnte Fynn.

Eleanore nippte an dem hellgoldenen Getränk. »Aber aus schönen Gläsern würde es sehr viel besser schmecken.«

»Du bist die Einzige, die den Sekt trinkt.«

»Ruuuuuby!«, rief Eleanore und zeigte auf sie. »Ruby trinkt sicher den Sekt mit mir.«

»Ich … Ich habe noch nie Sekt getrunken«, gab Ruby zu.

»Oh!«, rief Eleanore entzückt aus. »In Ebonie war Sekt der letzte Schrei. Hier!«

Eleanore ließ ihre guten Manieren sausen. Sie kniete sich auf den Tisch, um Ruby ihr Glas gegen die Lippen drücken zu können. Plötzlich prickelte es angenehm in ihrem Mund.

»Das schmeckt gut«, gab Ruby zu. »Etwas herb, aber eine nette Abwechslung.«

Eleanore grinste über das ganze Gesicht. Ihr Lächeln war wie eine ansteckende Krankheit, denn auf einmal verspürte auch Ruby die Lust, ihre Mundwinkel anzuheben.

»Gehen zwei Piratinnen auf der Totenkopfinsel Sektgläser einkaufen.« Anissa stöhne. »Leider kein Witz.«

»Mach mal Platz«, blaffte Scada Eleanore an.

»Geht das auch in höflich?«, konterte sie, aber rutschte etwas zur Seite.

Der blonde Pirat knallte seine Hand auf den Tisch. In seiner anderen Hand schwenkte er eine Flasche Rum. »Jetzt bist du auch dran.«

Rubys Nägel krallten sich in das Holz. Sie hatte den Bauch voll mit Essen. Wenn Scada meinte, dass er sich jetzt mit ihr auf einen Kampf einlassen musste, dann war er klar im Nachteil.

Fynn schüttelte den Kopf. »Scada. Nein.«

»Doch«, beharrte der Pirat auf eine Auseinandersetzung. »Bringt ihr auch eine Flasche.«

»Was?«, fragte Ruby verwirrt. Wollte Scada sie etwa nicht angreifen?

»Macht doch, was ihr wollt!« Fynn hob die Arme an und machte eine wegwerfende Handbewegung. »Auf dem Meer kann man Leichen wenigstens leicht entsorgen.«

Statt einer körperlichen Auseinandersetzung bekam Ruby eine Flasche Rum vorgesetzt. Auf einmal standen auch Eleanore und Anissa hinter ihr.

Die Forscherin flüsterte ihr leise ins Ohr: »Du weißt sicher, dass dein Körper Alkohol viel besser verträgt als ein Mensch. Auch wenn er ein Pirat ist und dementsprechend Alkohol gewohnt ist: Er wird gegen dich verlieren.«

»Also soll ich aufgeben?«, riet Ruby.

»Bei den Göttern!«, rief Anissa aus. »Auf keinen Fall! Trink den Mistkerl unter den Tisch.«

»Am Tag, nach dem ich mit Scada getrunken habe, habe ich mich so schlecht gefühlt.« Eleanore seufzte gequält. »Eine Lady sollte sich nicht so fühlen müssen.«

»Hast du Angst?«, fragte Scada herausfordernd.

Ruby grinste. Sie hatte Todesangst in ihrem Leben verspürt. So lange und so intensiv, dass sie sich dadurch verändert hatte. »Ich *bin* die Angst.«

***

Fünf Rumflaschen später sah Scada nicht mehr so frisch aus. Seine Augen wollten ihm schon zufallen und er brachte keine zusammenhängenden Sätze mehr aus dem Mund.

»Denk … Ne … Aufgeben …«

Ruby war etwas warm. Ansonsten hatte der Alkohol keine besondere Auswirkung auf ihren Körper. Oder etwa doch?

Sie betastete ihr Gesicht. Grinste sie etwa? Warum?

Die restlichen Crew-Mitglieder standen um Scada und Ruby. Sie tranken alle selber und sangen irgendwelche Piratenlieder. Ruby hörte heraus, dass es eigentlich nur um Frauen, Rum und Schätze ging. Und natürlich um die See. Ruby war aufgefallen, dass Fynn dann am lautesten mitgrölte, wenn das Lied Passagen wie ›Seemanns Braut ist die See‹ oder ›Das Meer gibt niemanden zurück‹ beinhaltete.

»En Mall no«, lallte Scada. Er stand auf und fiel zu Boden.

»Er lebt noch«, stellte Anissa fest, die zu ihm geeilt war. Sie maß seinen Puls an der Hand. »Aber ich kann jetzt schon mal diagnostizieren, dass er morgen nicht arbeiten kann.«

»Das wird auf die meisten morgen zutreffen«, lallte Fynn. Er stieg über Scadas fast leblosen Körper. »Und die Gewinnerin ist Ruby!«

Ihre Finger betasteten erneut ihr Gesicht. Sie lächelte immer noch.

Ruby war eine gute Diebin. Das lag einerseits daran, dass sie sich lautlos aus dem Staub machen konnte. Diese Fähigkeit nutzte sie nun aus, um dem lebhaften Treiben zu entkommen.

Wie immer flüchtete sie sich in ihr Nest. Sie legte ihren Karneol zu den anderen Steinen und streichelte sie liebevoll. Ruby musste sich richtig anstrengen gegen die Tränen anzukämpfen. Sie hatte hier ihren Spaß, aß und trank, während Onyx auf Hilfe wartete.

Sie sollte sich nicht mit diesen Piratenpack wohlfühlen.

Eine Zeit lang saß Ruby in ihrem Nest. Ließ sich von der Dunkelheit und der Einsamkeit trösten, die ihr beide so bekannt waren.

»Hui-ui-ui.« Fynn dunkler Schopf tauchte vor ihr auf. »Ich bin gerade total beeindruckt von meinen Kletterkünsten, die selbst im betrunkenen Zustand herausragend sind.«

Mit diesen Worten fiel Fynn kopfüber in den Mastkorb.

Ruby zischte und zog die Beine an, damit nicht einmal ihre Stiefelspitze mit Fynns Körper in Berührung kam.

»Geht es dir gut, mein Juwel?«, fragte Fynn, der sich schon extrem schwer damit tat, sich in seinem Zustand in dem Mastkorb aufzurichten.

»Alkohol macht mir nichts«, sagte Ruby. Wieder ein Mal ein Beweis dafür, wie unmenschlich sie geworden war.

Am Ende beschloss Fynn, sich einfach rücklings hinzulegen. »Die Sterne sind so schön«, säuselte er.

Ruby verdrehte die Augen. Der Pirat hatte eindeutig zu viel getrunken. Womöglich erinnerte er sich morgen gar nicht mehr an das Gesagte.

»Drachen sollen von den Sternen kommen«, erinnerte sich Ruby an die

Geschichte von Onyx. »Feuer ist das wichtigste Element für Drachen und Sterne sollen ja pures Feuer sein.«

»Oh.« Fynn lag eine Weile stumm neben ihr und betrachtete das Sternenzelt. Ruby dachte schon fast, dass er in seinem Rausch eingeschlafen war. »Vielleicht bist du deshalb auch so schön.«

Ruby entfuhr ein seltsamer Laut. Einerseits Empörung, andererseits fühlte sie sich aber auch irgendwie geschmeichelt.

»Ich bin keine Frau, die einen Mann sucht«, legte sie die Karten auf den Tisch. Hoffentlich sah Fynn nicht, wie rot sie war. Das hier war ihr so unangenehm.

»Oh. Dann findest du Eleanore anziehend?«

»Was? Nein.« Das hatte er nun wirklich falsch verstanden. »Ich bin an keinem Heiratsarrangement interessiert.«

Vor einigen Jahren, die sich aber für Ruby wie eine halbe Ewigkeit anfühlten, hatte sie wie wohl wie fast jedes junge Mädchen von einer Hochzeit geträumt. Sie hatte aber eingesehen, dass sie niemals heiraten würde. Niemand würde ein Monster, wie sie es geworden war, heiraten wollen. Eine Zeit lang hatte das an ihr genagt. Insbesondere, wenn sie durch die Straßen von Yevel gegangen war und auf junge Verliebte getroffen war.

Und dann hatte sie eines Tages festgestellt, dass es nicht so schlimm war. Sie hatte Onyx. Eine wahre Freundin. Freundschaft war wichtiger als irgendein Eheversprechen, welches von Monat zu Monat an Gewichtung verlor.

Obwohl ... Der Pirat war wohl ohnehin nicht für die Ehe geschaffen. Sie konnte sich denken, dass sich dieser Pirat nur für ihren Körper interessierte. Vielleicht empfand er ihre nicht ganz menschliche Art als Reiz. Sie fand es gar nicht einmal so unwahrscheinlich, dass er mit ihr als Eroberung vor anderen Männern prahlen wollte. Ruby hatte in ihrer Zeit im Armutsviertel gelernt, wie die Welt wirklich war. Wie Menschen wirklich miteinander umgingen und wie grausam sie sein konnten, besonders wenn so etwas wie Zuneigung ins Spiel kam.

»Heirat wird überbewertet«, sagte Fynn. »Das Einzige, das daran Spaß macht, ist die Hochzeitsfeier und die Hochzeitsnacht. Alkohol und Sex kann man doch auch viel leichter haben.« Er grinste sie an.

»Du bist unmöglich!«, zischte sie und spürte, wie sie noch mehr errötete.

»Aye.«

Das alles entwickelte sich in eine Richtung, die Ruby gar nicht behagte. Darum wechselte sie schnell das Thema, bevor Fynn noch auf dumme Gedanken kam. Es war schlimm genug, dass sie solche närrischen Ideen hatte.

»Du warst also kein Fischerjunge?«, fragte sie ihn. »Was warst du dann?«

»In meinem Herzen war ich schon immer ein Pirat.«

»Und vorher?«, versuchte Ruby nachzubohren.

In der Hinsicht waren sich Ruby und Fynn sehr ähnlich. Beide wollten nicht über ihre Vergangenheit reden.

»Hmm ...«, sagte er nur. »Vorher war ich unglücklich.«

Sie stöhne laut. Das war nicht das, was sie wissen wollte. »Wo hast du gelebt?«

»Natürlich in den südlichen Kontinenten. Ich dachte, mein wundervoller Teint wäre Indiz genug.«

»Aber du sprichst die Sprache des mittleren Reichs.«

Fynn nickte. »Warum so überrascht? Wer spricht diese Sprache nicht?«

Da hatte Fynn auch wieder recht. Alle Crew-Mitglieder konnten die Sprache des mittleren Reiches sprechen und verstehen, auch wenn ab und zu ein starker Dialekt durchblitzte. Eleanore war davon ausgenommen, da sie selber aus dem mittleren Reich stammte, und Nox war ohnehin nicht in der Lage zu sprechen.

»Ich bin müde, mein Juwel«, murmelte der Pirat. »Wir können miteinander kuscheln, aber für alles andere bin ich nicht fit genug. Lass uns das auf Morgen verschieben.«

»Was meinst du mit alles andere?«, fragte Ruby nach.

»So unerfahren«, lächelte er schelmisch. »Dafür, dass du sonst so ungestüm bist. Das gefällt mir.«

»Lustmolch«, zischte sie ihn an.

Als Antwort kam nur ein leises Schnarchen.

Verdammt. Jetzt musste sie sich auch noch ihr Nest mit diesem dummen Piraten teilen!

Sie sammelte all ihre Edelsteine zusammen und zog sie ganz eng an ihren Körper. Sie wollte nicht, dass Fynn ihren Schatz berührte.

Fynn sollte gar nichts von ihr berühren, denn sie hatte Angst, dass es ihr gefiel.

XV.

Ruby

Als Ruby am nächsten Tag erwachte, war der Mastkorb leer. Fynn war verschwunden. Sie zählte kurz ihre Edelsteine. All ihre Steine waren noch da. Sie verdrehte genervt die Augen. Fynn hätte ihr als Morgengabe zumindest einen weiteren Edelstein dalassen können, wenn sie schon unfreiwillig ihr Nest mit ihm teilen musste.

Ruby schoss das Blut in die Wangen.

Oh, ihr Götter! Sie hatte doch tatsächlich mit Fynn übers Heiraten gesprochen!

Sie hatte ihm indirekt gesagt, dass sie ihn nicht heiraten wollen würde, was implizierte, dass sie darüber nachgedacht haben musste.

Anscheinend vertrug sie Alkohol in der Menge dann doch nicht so gut. Das würde auch erklären, warum sie wie ein Stein geschlafen und nicht einmal bemerkt hatte, dass der Seeräuber sich aus dem Staub gemacht hatte.

Sie würde Fynn erklären müssen, dass sie es ganz anders meinte. Er durfte sich nichts darauf einbilden, dass sie darüber nachgedacht hatte, eine Heirat mit ihm einzugehen, weil sie am Ende sowieso zum Entschluss gekommen war, dass es das Schlimmste war, was sie tun konnte. Sie hatte in ihrem Leben noch nie wirklichen Kontakt mit Männern in ihrem Alter gehabt. Zudem hatte man ihr eingebläut, dass sie einen völlig Fremden als Ehemann akzeptieren musste. Da war es doch nicht überraschend, dass sie auch einen dahergelaufenen Piraten kurz als Heiratskandidaten in Betracht zog.

Das Wichtigste war, dass sie zum Schluss gekommen war, dass Fynn nur ein idiotischer Pirat war.

Wenn sie wirklich noch Lust zum Heiraten gehabt hätte, dann müsste Fynn sich erst hinter einem Dorftrottel anstellen.

Ruby machte sich auf dem Weg zu Fynns Gemach, um ihm genau diese Argumentationskette genauestens darzulegen.

Fynn lächelte nicht wie erwartet, als Ruby seine Kajüte betrat. Er saß vor seinem Schreibtisch, den Kopf auf dem Tisch, die Hände ausgestreckt. Er sah tot aus – oder ...

»Du hast einen Kater«, stellte Ruby fest.

»Ja«, krächzte er. Er sah nicht einmal hoch. »Vielen Dank, dass du mich darauf hingewiesen hast. Das wäre mir sonst nicht aufgefallen.«

»Bist du zumindest ein wenig aufnahmefähig?«, zischte sie ungehalten. »Ich will mit dir etwas wegen gestern Nacht klären. Nicht, dass du dir was einbildest.«

»Mein Herzensjuwel, ich erinnere mich an gar nichts mehr.« Er hob den Kopf gerade so an, dass er nicht mehr gegen den Schreibtisch murmelte. Seine Augen waren stark gerötet und glasig.

»Ich wäre fast aus dem Mastkorb gefallen, weil ich mich nicht erinnert habe, hochgeklettert zu sein.«

Oh. Das war natürlich gut. Dann musste sie wenigstens kein peinliches Gespräch mit ihm führen.

»Wir sind uns doch im Mastkorb nicht ... nähergekommen, oder?«, fragte Fynn nach.

»Oh, ihr Götter!«, rief sie aus. »Nein. Nein. Nein.«

Fynn versuchte zu grinsen, aber es fiel ihm deutlich schwer. »Aye. Gleich ein dreifaches Nein. Das ist mehr als eindeutig.« Fynn verschränkte die Arme unter seinem Kinn. »Ich hätte es wahnsinnig schade gefunden, wenn ich mich nicht mehr an unsere romantische Zusammenkunft erinnert hätte.«

Ruby biss die Zähne fest aufeinander. »Darauf kannst du lange warten.«

»Lange ist ein möglicher Zeitraum.« Er stöhnte. »Zum Beispiel sind die drei Stunden, die ich nun schon unter dem Kater leide, viel zu lange.«

Ruby schwieg.

Das war das Beste, was sie tun konnte, da sie sonst wieder nur Blödsinn redete. Erschwerend kam dazu, dass Fynn nun wieder halbwegs nüchtern war und sich nur liebend gern an irgendwelchen Kleinigkeiten festklammerte und Ruby die Worte im Mund verdrehte.

»Und was habe ich dann gestern bei dir im Nest gemacht?«, fragte der Pirat neugierig.

»Wir haben nur geredet.«

»Über was?«

»Über die Sterne.«

Fynn runzelte die Stirn. »Sterne?«

»Wir haben nur über alte Legenden und Sagen geredet«, wiederholte Ruby für ihn. »Drachen sollen von den Sternen gekommen sein.«

»Oh, vielleicht kommt daher deine überirdische Schönheit.«

Sie stöhnte laut. »Fang nicht schon wieder damit an. Deine leer dahingesagten Schmeicheleien berühren mich nicht.«

»Aber es stimmt!«, erklärte er. »Wenn ich meine Crew-Mitglieder nach Attraktivität bewerten müsste, wärst an erster Stelle du, dann Scada, Eleanore, Nox, Anissa und den letzten Platz müssen sich leider die Zwillinge teilen. Dass ich aber über euch allen stehe, muss ich nicht noch mal erwähnen, oder?«

»Hast du Scada etwa auch die ganze Zeit angeflirtet?«, wollte Ruby wissen. Sie war angeekelt, weil er wirklich mit allem und jedem flirten musste. Wahrscheinlich machte er nicht mal vor Rumflaschen und seinem eigenen Spiegelbild halt. Nein, Ruby war sich sogar ziemlich sicher, dass er seinem eigenen Spiegelbild Komplimente machte.

»Ein bisschen.« Er zuckte mit den Schultern. »Er war nicht wirklich interessiert.«

»Das bin ich ja auch nicht!«, schrie Ruby fast.

»Ich bin mir ziemlich sicher, dass dem nicht so ist.« Fynn verzog das Gesicht vor Schmerz. »Ich kriege gerade ganz schlimme Kopfschmerzen. Glaub mir, das tut mir fast so weh wie dir, mein Juwel, aber kannst du mich vielleicht zwei oder drei Stunden schlafen lassen? Dann bin ich wieder ganz fit und kann jedem deiner Wünsche entsprechen.«

»Mein Wunsch ist, dass du selbst von der Planke gehst.«

In einem ersten Impuls wollte Ruby sich zum Gehen wenden, bis ihr klar wurde, dass sie sich etwas an Fynn rächen konnte. Jetzt, da er ihr so hilflos ausgeliefert war.

»Weißt du.« Ruby redete lauter als sonst. Sie hopste auf Fynns Schreibtisch und der Pirat stöhnte laut auf. »Du hast einen so tollen Spitznamen für mich. Du brauchst auch unbedingt einen.« Sie legte den Kopf schief und dachte vor sich hin pfeifend nach. »Ich finde, dass dein Spitzname zu meinem passen sollte.« Sie stupste ihn mit dem Ellbogen an. »Würde dir das nicht gefallen?«

»Du bist durchtrieben und böse«, murmelte Fynn mit geschlossen Augen. »Normalerweise gefällt mir das an dir, aber mein Kater bringt mich gerade um.«

»Nein«, säuselte Ruby mit honigsüßer Stimme. »Ich bin doch diejenige, die dich töten will. Ich lasse nicht zu, dass ein bisschen Alkohol dir das Licht ausknipst.« Sie klopfte Fynn auf den Rücken. »Wir waren bei dem Spitznamen, mein Lieber. Hm. Was passt zu ›mein Juwel‹? Wie wäre es mit ›mein Stein‹?«

»Wie bitte?«

»Ein ordinärer Stein. Passt doch, oder?«

»Ordinär. Ordinär? Ordinär!«, brauste Fynn auf. »Oh, mein Juwel, an mir ist absolut nichts ordinär-äh.«

Der Pirat musste sich die Hand vor den Mund halten, weil er kurz davorstand, sich auf seine Landkartenrollen zu übergeben.

»Du hasst mich. Du hasst mich gerade wirklich ein wenig.«

»Ein bisschen.«

Ihrer Meinung nach hasste sie ihn leider viel zu wenig.

Ruby spielte mit der Globus-Schänke, die dabei ein nerviges Quietschen von sich gab. Rubys Ohren schmerzten, aber Fynns genervtes und gequältes Stöhnen machte das alles wieder wett.

»Hast du hier irgendwo eine Schiefertafel, mein Stein?« Sie bewegte ihre Finger auf und ab, so als würde sie Klavier spielen. »Ich will da was ausprobieren.«

»Mein Juwel, ich kann wirklich nicht mehr und glaube mir, das sage ich sonst nie.« Fynn stöhnte. »Beschäftige dich heute selber ein wenig. Das ist schließlich unser letzter richtiger Tag auf See.«

»Wie bitte?«, fragte Ruby verdutzt.

»Die Winde waren uns sehr gewogen«, erklärte Fynn mit müder Stimme. »Wenn wir Glück haben, legen wir morgen früh an.«

Rubys Herz klopfte vor Aufregung schneller. Sie würden morgen schon auf der Totenkopfinsel anlegen? Irgendwann hatte sie das Zeitgefühl verloren. Sie war nur ein paar Tage an Bord gewesen, aber es hatte sich viel länger angefühlt. Auch wenn sie zugeben musste, dass die letzten Tage sehr schnell verflogen waren und sie sogar ein bisschen so etwas wie Spaß verspürt hatte. Aber was verstand Ruby schon von ›Spaß‹?

Der war jetzt auch vorbei, denn sie brauchte nun ganz dringend Gold, um einen anderen Piraten auf der Insel zu bestechen, dass er sie zurück nach Yevel brachte. Natürlich konnte sie es wie bei Fynn machen und den Unglücklichen mit dem eigenen Gold bezahlen, aber wenn er selber kein Geld bei sich trug, war Ruby aufgeschmissen. Sie hatte nicht die Zeit, jeden Piraten auf Vermögen zu prüfen.

Als Ruby sich wieder Fynn zuwandte, merkte sie, dass er bereits eingeschlafen war. Dann würde sie eben das Schiff nach Edelsteinen umdrehen und vielleicht fand sie dabei auch ein wenig Gold.

Rubys erstes Ziel war die Schiffsküche. Sie hatte gestern dort mit den anderen zum ersten Mal gegessen und dabei keine Zeit gehabt, mögliche Verstecke aufzudecken. Zudem wollte sie noch so ein leckeres Fladenbrot von gestern haben. Zu ihrem Pech fand sie in der Küche Scada und Eleanore vor. So konnte sie unmöglich in den Schränken und Schubladen nach Schätzen suchen, ohne dabei verdächtig zu wirken.

»Ahoi«, grüßte Scada sie. Er lag immer noch auf der gleichen Stelle, an der er gestern gestürzt war, und er schien auch nicht aufstehen zu wollen.

Eleanore saß am Tisch und lehnte mit dem Rücken gegen die Schiffswand. Sie war ganz blass. Das dunkle Haar klebte an ihrer schweißnassen Haut. Sie hielt mit einer Hand einen Topf gegen ihren Oberkörper, von dem Ruby leider ganz genau wusste, warum sie ihn brauchte.

»Ruby!« Eleanore fächelte sich mit der anderen Hand Luft zu. »Du solltest dich besser von mir fernhalten. Ich glaube, ich habe mich erkältet.«

»Du hast gestern nur gesoffen«, kommentierte Scada. Man konnte aus seiner Stimme heraushören, dass er die Augen verdrehte. »Wenn du endlich mal kotzt, geht es dir besser.«

Eleanore warf ihren Fächer neben Scadas Gesicht. Der Pirat zuckte etwas zusammen.

»Das sind untragbare Anschuldigungen, die du da von dir gibst, Piratengesindel. Schlag dich mit dem Fächer selbst«, befahl sie. »Ich bin zu unpässlich. Ich habe etwas mit dem Magen.«

»Leck mich.«

Sie schnaubte und gab dabei einen kleinen Laut von sich, der viel Verachtung in sich trug. »Ich lehne diese Avance höflich ab.«

»Das ist keine Avance!«, schrie Scada fast. »Glaub mir, auf diesem Schiff gibt es keine einzige Frau, die mich irgendwie interessiert. Das ist traurig, weil mich Fynn so richtig für die Crew gewinnen konnte, als er mir gesagt hat, dass er auch Weiber aufnimmt.« Immer noch am Boden warf er die Arme in die Luft. »Und was habe ich bekommen? Eine Monsterbr–«

Bevor Scada etwas sagte, dass er ohnehin nur bereuen konnte, ließ Ruby ein scharfes Küchenmesser rechts neben seinem Ohr fallen. So eine kleine und subtile Drohung hatte noch nie jemandem geschadet.

Der Pirat riss die Augen erstaunt auf, war aber weit weniger schockiert als erwartet. Wahrscheinlich war das nicht das erste Mal, dass er durch seinen Charme in so eine Lage geraten war. Es würde sie jedenfalls nicht überraschen.

»Ich gebe ja schon Ruhe«, murrte Scada. Er blickte zu Ruby hoch. »Kannst du mir Brot und Rum geben? Wenn ich aufstehe, dreht sich alles um mich.«

Ruby hielt seinem Blick stand.

»Bitte«, fügte er nach einer Zeit hinzu.

Sie grinste. Das hörte sich doch schon gleich viel netter an.

Nicht ganz ohne Hintergedanken schmiss sie Scada ein Brot auf die Brust und stellte eine Flasche Rum neben ihn. Dabei ließ sie ihre Hand unbemerkt über seine Hosentasche streifen. Sie spürte keine Goldmünzen.

»Ich lasse euch dann mal wieder allein«, sagte Ruby. »Die Chancen, dass ihr euch gegenseitig an die Gurgel geht, sind heute ohnehin gering.«

Eleanore hatte das Gesicht im Topf vergraben. Ruby deutete ihre seltsamen Bewegungen als zustimmendes Nicken.

Fynns Kajüte hatte also keine Edelsteine mehr zu bieten. Die Küche war besetzt. Sie war ausnahmsweise einmal höflich und durchsuchte Eleanores und Anissas Zimmer nicht. Wo sollte sie nun als Nächstes hin? So groß war das Schiff ja nicht. Deshalb beschloss sie als Erstes die Räume aufzusuchen, in die sie noch nie einen Fuß gesetzt hatte.

Als Erstes lief sie geradewegs in den Maschinenraum. Der riesige Verbrennungsofen nahm beinahe den ganzen Platz ein. Ansonsten lag nur langweilige Kohle rum. Sie nahm ein Stück des schwarzen Gesteins.

»Hättest du etwas mehr Glück in deiner Existenz gehabt, wärst du ein Diamant geworden«, sagte sie. »In dieser Form bist du aber total wertlos für mich.« Sie legte den Kopf schief. »Selig sind die, die in der richtigen Umgebung geboren worden sind, oder? Ich hatte da auch kein Glück.«

Achtlos warf sie die Kohle auf den Haufen zurück.

Danach musterte sie den Ofen. Es war ein riesiges Teil mit goldener Legierung und Röhren, die davon wegführten. Ruby kannte sich mit Maschinen nicht wirklich aus. Der Palast von Yevel hatte über ein modernes Heizsystem und elektrisches Licht verfügt, aber sie hatte sich nie näher mit der Technik dahinter beschäftigt. Anissa würde vor Unglauben ganz sicher außer sich sein, wenn sie jemals davon erfahren würde.

Die letzten Jahre hatte Ruby aber ohnehin in einer Höhle wie jene der Menschen vor Tausenden von Jahren zugebracht. Sie musste mit Wehmut zugeben, dass sie heiße Bäder vermisste. Als Kind war ihr die Hitze sehr schnell zu viel geworden, aber nun hielt sie es viel besser aus. Wenn es ihr zu kalt wurde, wurde sie sogar müde und träge.

Ruby setzte sich vor den Ofen. Ihre Haut berührte fast das Metall. Ein normaler Mensch hätte diese Hitze niemals ausgehalten, aber sie kam dabei nicht einmal ins Schwitzen.

Feuer bedeutete Wärme und Geborgenheit.

Ruby seufzte entspannt auf. Schade, dass sie den Ofen nicht stehlen konnte.

Sie war so entspannt, dass ihre Sinne zwar Schritte und Gemurmel vernahmen, ihr Körper aber nicht reagierte.

»Du magst Feuer, oder?«, fragte eine männliche Stimme.

Ruby erschrak schrecklich. Sie sprang auf die Beine und taumelte gegen einen Kohlehaufen.

Die Zwillinge standen vor ihr. Der Stirnband-Zwilling hatte eine Schaufel in der Hand.

»Wir müssen nachheizen«, erklärte er ihr. »Lass dich von uns nicht stören.«

»Oh. Gut.«

Ruby wollte den Raum schon wieder verlassen, als sie mitbekam, wie der andere Zwilling aus Neugier den Ofen mit seinem Finger berührte.

»Au!«, schrie er und zog die Hand sofort zurück. »Das Teil ist sauheiß!«

»Ich kann mich nicht verbrennen«, erzählte Ruby den beiden, bevor sie auf eine noch viel blödere Idee kamen. Sie wollte nicht dran schuld sein, wenn jemand ein Körperteil verlor.

Die Zwillinge hatten die Luke des Verbrennungsofens bereits geöffnet. Ruby nahm ein Stück der Kohle und demonstrierte den beiden, dass sie mitten in das Feuer hineingreifen konnte.

Sie zog ihre Hand unverbrannt, nur etwas rußig, heraus.

»Krass!«, staunten die beiden jungen Männer mit großen Augen. »Das ist ja stark!«

Das Erstaunen der beiden zauberte Ruby ein kleines Lächeln ins Gesicht. Sie wischte sich den Schmutz an der Hose ab.

»Kein Wunder, dass Captain Fynn so begeistert von dir ist!«, meinte der Ohrring-Zwilling.

»Fynn ist von etwas anderem begeistert«, murmelte Ruby. Aber sie wollte die unschuldigen Zwillinge nicht über Fynns Lasterhaftigkeit aufklären.

Selbst Ruby, die Menschen eigentlich aus tiefstem Herzen verabscheute, musste zugeben, dass die beiden irgendwie süß waren.

»Wolltet ihr nicht nachheizen?«, fragte Ruby und deutete auf den Ofen. Sie kannte sich zwar nicht aus, aber sie konnte sich denken, dass mehr Feuer eine schnellere Ankunft auf der Pirateninsel bedeutete.

»Ist es dir unangenehm, auf einem Schiff zu sein?«, fragte Stirnband, während sein Bruder die Kohle schaufelte.

»Ein bisschen«, gab Ruby zu.

Aber das lag nicht daran, dass sie Angst vor Wasser hatte, wie die Zwillinge es wohl vermuteten. Das lag vor allem an einem gewissen dunkelhaarigen Piraten, der nur dazu da war, ihr den Aufenthalt unangenehm zu gestalten.

»Scada sagt immer, dass wir mit unseren Fragen nur nerven.«

Ruby zuckte mit den Schultern. »Das geht schon in Ordnung. Scada ist ja auch nervig. Ich würde mir nicht so viele Gedanken über seine Meinung machen.«

Die Zwillinge grinsten sie freudestrahlend an.

»Freust du dich schon auf die Totenkopfinsel?«

»Ihr wisst ja nicht wie«, antwortete Ruby mit Unterton in der Stimme. »Ich kann es nicht erwarten.«

»Kian und ich stammen ja von der Totenkopfinsel des mittleren Reichs«, sagte der Zwilling, der dann wohl Kjell war. Hoffentlich konnte sie sich jetzt endlich merken, wer wer war.

»Wir segeln also zu euch nach Hause?«, fragte Ruby nach.

»Unser richtiges Zuhause ist die See«, antwortete Kjell.

Die beiden hörten sich schon wie Fynn an. Hoffentlich färbte er nicht noch weiter ab.

Obwohl Ruby nicht fragte, erklärte Kjell: »Wir sind Piratenkinder. Unser Vater war Pirat und unsere Mutter bis zu unserer Geburt auch. Wenn man auf der Totenkopfinsel geboren wird, muss man spätestens mit fünfzehn auf einem Piratenschiff anheuern. Das ist so etwas wie ein … Ritual.«

»Brauch«, verbesserte Ruby ihn.

»Genau!«, nickte Kjell.

Das war zumindest mal eine Hintergrundgeschichte, die weder etwas mit Mord noch mit Unterdrückung zu tun hatte. Sie waren Piraten, weil sie nun einmal nichts anderes kannten. Das erklärte auch, warum sie trotz allem ein Stück Unschuld behalten hatten.

Kian legte sein Kinn auf das Ende der Schaufel. »Und wie war das bei dir?«, fragte er. »War die Mutter oder der Vater der Drache? Wir haben hier noch eine kleine Wette laufen.«

»Ich habe eine menschliche Mutter und einen menschlichen Vater«, sagte Ruby. Wobei einer davon wirklich ein Monster ist, dachte sie verbittert.

»Oh«, kam es von den beiden. »Wo sind die beiden jetzt?«

»Meine Mutter ist tot und mein Vater ... ich denke, dass er bald tot sein wird.«

Schließlich war sie nur noch eine Seereise von Onyx entfernt.

»Das tut uns leid«, kam es synchron von den beiden.

Ruby winkte ab.

»Aber das erklärt nicht, warum du die Schuppen hast.«

»Oder die Krallen.«

»Die Augen.«

»Die Hitzebeständigkeit.«

»Und die roten Haare.«

»Oh, die Haare hatte ich schon immer so«, sagte Ruby und zwirbelte eine Strähne um den Zeigefinger. »Das ist meine Naturhaarfarbe.«

»Krass«, kam es erneut von den Zwillingen.

Hatten die beiden etwa noch nie eine rothaarige Frau gesehen? Natürlich war es die seltenste Haarfarbe auf der Welt, aber die beiden waren unter Weltreisenden aufgewachsen.

»Und woher kommt das andere alles?«, fragte Kian.

»Magie«, antwortete Ruby. »Das alles ist Magie.«

Tatsächlich war das die Antwort, die die beiden zufriedenstellte. Anissa hatte ohnehin schon herausgefunden, dass der einzige Grund für Rubys Aussehen und Fähigkeiten Magie sein musste. Warum sollte sie also noch ein Geheimnis daraus machen? Mehr mussten sie ja nicht wissen. Wenn sie mehr verriet, musste sie alles erzählen: von ihrer Herkunft, über Onyx bis zu ihrem Plan, Yevel in einen Haufen Asche zu verwandeln für das, was die Stadt und ihre Bewohner ihr angetan hatten.

»Dann sehen wir uns beim Abendessen wieder!«, sagte Kian zu ihr. »Bis später, Ruby!«

»Bis … später«, wiederholte Ruby zögernd.

Als sie den Heizraum verließ, fühlte sie sich auf einmal so leicht. Noch nie in ihrem Leben hatte sie so etwas empfunden. Das war seltsam. Wurde sie vielleicht doch krank? Die ganze Seeluft und der Alkohol schlugen ihr doch auf das Gemüt.

Ruby spazierte weiter im Bauch des Schiffes herum. Sollte sie noch nach weiteren Edelsteinen suchen? Oder sich gemütlich in die Küche setzen und das gestrige Fladenbrot essen? Vielleicht war sie sogar so gnädig und hielt Eleanores Haare zurück. Ihre Aufenthalte im Elendsviertel hatten sie abgehärtet: Eleanore konnte sich ruhig ihre Seele aus dem Leib kotzen und Ruby wäre trotzdem in der Lage, ihr Essen zu genießen.

Ihr Plan wurde jedoch jäh zunichtegemacht. Eine kalte Hand legte sich auf ihren Mund und zog sie in einen vollgestellten Raum. Sie schlug mit ihren Krallen wild um sich, schien aber nichts zu erwischen. Das ließ sie darauf schließen, dass nur eine Person hinter dem Angriff stecken konnte …

Nach ein paar Sekunden ließ Nox sie frei.

»Was willst du von mir?«, knurrte sie und wechselte in die Angriffsposition. Sie wusste, dass sie ihm mit Sicherheit unterlegen war, aber diese Unsicherheit wollte sie ihm nicht zeigen.

Nox hob beide Hände, zeigte ihr seine Handflächen und schüttelte den Kopf.

»Wir wissen beide, dass du keine Waffen brauchst«, zischte sie ihn an. »Genauso wenig wie ich.«

Sie hob eine Hand und fuhr mit der Zunge über ihre spitze Kralle.

Nox schüttelte immer noch den Kopf. Er deutete irgendetwas mit seinen Fingern, aber Ruby verstand ihn nicht. Sie konnte doch keine Gebärdensprache.

Der stumme Mann deutete irgendwann auf seine Augen und dann auf Rubys.

»Ich habe dich nicht gesehen?«, mutmaßte Ruby.

Er nickte mit einem kleinen Lächeln. *Ja.*

»Und da meintest du, dass du mich einfach mal von der Seite schnappen und in einen … in den Vorratsraum ziehen kannst?«

Der stumme Mann verzog etwas das Gesicht. Scheinbar schien er zu verstehen, warum Ruby etwas angepisst war.

»Was willst du von mir?«, fragte sie ihn direkt. »Ich habe noch wichtige Dinge zu erledigen.«

Nox trat zur Seite. Auf dem Boden stand eine angezündete Öllampe.

»Ich scheine nicht zu verstehen«, sagte Ruby. »Was willst du mir damit sagen?«

Sie standen in einem Raum, der mit höchster Wahrscheinlichkeit der Vorratsraum war. Hinter Nox befanden sich stapelweise Eichenholzfässer. Direkt daneben befand sich ein Holzregal mit Glasflaschen. Das war wohl Eleanores Weinvorrat. Irgendwo im Raum lagerten Trockenfleisch, Gewürze und Knoblauch, das konnte sie mehr als deutlich riechen.

Nox zeigte mit dem Finger auf die Kerze.

Das machte die Sache wirklich schon viel deutlicher ...

»Ich geh dann wieder.«

Ruby wollte sich schon umdrehen, als sich schwarze Schlingen um ihre Handgelenke legten und sie zurückzogen. Die Dunkelheit verschluckte Ruby und raubte ihr das Augenlicht. Sie konnte auch nicht schreien. Jeder Laut, den sie von sich gab, wurde von der endlosen Schwärze verschluckt. Sie schlug blindlings wild um sich, aber es brachte nichts. War sie gerade hingefallen? Da befand sich kein Holz mehr unter ihren Füßen. Da war nichts, gar nichts mehr.

Obwohl sie bestenfalls nur eine Minute von den Schatten umhüllt war, fühlte es sich wie eine Stunde an. Rubys Inneres wollte sich zusammenrollen und einfach nur vergehen. Sie kannte diese Art von Dunkelheit nur zu gut. Diese Dunkelheit, mit der die Kälte kam. Die Kälte, mit der der Tod kam. Dann gab es nur noch eines ...

Feuer!, kam es Ruby. Feuer konnte sie noch retten! Feuer hatte sie bisher nie im Stich gelassen. Aber wie?, fragte sie sich. Die Elemente waren unberechenbar. Sie konnte Flammen nicht einfach beschwören. Feuer ließ sich nicht so einfach unterwerfen. Wasser und Luft hätten ihr auf einem Piratenschiff sicherlich leichter zu Diensten gestanden, weil ...

Die Kerzenflamme!

Oh.

O nein.

Das war kein Angriff. Das war nicht einmal eine Falle. Das war einfach nur ein Versuch, Rubys Kräfte einzustufen, nachdem Nox gesehen hatte, dass sie unverletzt ins Feuer zu greifen vermochte.

Wenn sie in diesem Moment in der Lage gewesen wäre, ein Wort zu sagen, hätte sie Nox darüber aufgeklärt, dass ihre Kräfte in dieser Hinsicht begrenzt waren. Die Magie hatte genug damit zu tun gehabt, sie äußerlich zu verändern. Für richtige Magie war nicht viel übrig geblieben.

Aber wenn sie nichts tat, würde Nox sie vielleicht noch viel länger in der Schwärze schmoren lassen.

Ruby atmete tief ein und versuchte sich die Kerzenflamme vor ihrem inneren Auge vorzustellen. Dazu kamen ihre Gefühle, wenn sie vom Feuer umgeben war: Geborgenheit, die ihren Herzschlag beruhigte, und Freude, die ihr neuen Lebensmut gab. Und ja vielleicht war darunter auch so eine Emotion, die Liebe ähnelte.

Die Flamme wurde heller. Das war es.

Die Dunkelheit klärte sich auf. Aus irgendeinem unerfindlichen Grund lag Ruby am Boden und starrte zu Nox hoch.

Nox klatschte mit einem breiten Grinsen im Gesicht. Damit konnte sich Nox gleich hinter Fynn im Grinsen-Wegkratzen einreihen. Die beiden Männer hatten das eindeutig verdient.

»Das hättest du auch etwas sanfter angehen können«, zischte sie ihn wie eine Furie an und versuchte wieder auf die Beine zu kommen. Sie fühlten sich immer noch wackelig an. »Oder mich zumindest warnen. Achtung. Es wird jetzt etwas dunkel.«

Dann hätte es womöglich nicht geklappt, deutete sie seine Gesten.

»War's das?«, fragte sie. Es kostete sie jeden Funken Selbstbeherrschung, ihm nicht augenblicklich die Kehle herauszureißen.

Er schüttelte den Kopf.

Oh, wenn er sie jetzt noch mal in diese verdammte Dunkelheit schickte, dann ...

Er reichte ihr etwas Leichtes, das in einem hellblauen Stofftuch verpackt war.

Mit einem Knurren riss sie ihm das Geschenk oder was auch immer aus der Hand. Sie betrachtete ihn immer noch misstrauisch. Mit ihren Krallen schlitzte sie das Tuch auf. Ihr Mund klappte auf. »Sind das Schokoladenkekse?«

Nox nickte.

»Weißt du.« Sie schlang einen Keks runter. »Vielleicht bin ich heute gnädig.« Ein weiterer Keks wanderte in ihren Magen. »Bin ich glücklich.« Sie schlug die Hand vor den Mund. »Vergiss, was ich gerade gesagt habe!«

Ruby hätte nicht gedacht, dass sie in ihrem Leben noch mal in den Genuss von Schokolade kommen würde. Schokolade war wohl das teuerste Lebensmittel, das es auf der Welt gab. Es war ein absolutes Luxusgut. Wahrscheinlich hatte das Frachtschiff auch davon an Bord gehabt.

Die Schokolade löschte all ihren Zorn aus und machte ihre Zunge dabei etwas zu locker.

»Hast du deine Kräfte etwa auch von einem Drachen?«, fragte Ruby neugierig.

Verdammt! Sie hatte ihm zu viel verraten. Aber wie sollte er es den anderen erzählen? Ruby bezweifelte, dass er mit ihnen über so etwas kommunizieren konnte.

Nox' Stirnrunzeln war ihr Antwort genug.

»Es gibt Schattendrachen«, erklärte sie ihm. »Sie haben nachtschwarze Schuppen und können genau das, was du auch kannst. Vielleicht sogar noch mehr. Ein ausgewachsener Schattendrache kann den Tag zur Nacht machen, und das tagelang.«

Seine Augen wurden groß vor Unglauben.

Das bekräftige Rubys These, dass er doch nicht so mächtig wie ein Drache war.

»Können meine Kekse und ich dann gehen?«, fragte sie. »Mehr als ein kleines Leuchtfeuer kriege ich sowieso nicht hin.«

Die Antwort war ein Kopfschütteln.

Sie seufzte. »Versteh mich nicht falsch. Ich kann nicht mehr tun. Glaubst du nicht, dass ich meine Kräfte ansonsten schon längst mal eingesetzt hätte?« Sie malte mit dem Finger ein paar Zeichen in die Luft. »Holz, Yevel, Fynn. Es gäbe so viele Dinge, denen ich gerne mal etwas Feuer unter dem Hintern machen würde.«

Nox tat so, als würde er mit einer Hand ein Buch halten, und deutete mit der anderen darauf. Sie brauchte etwas, um zu verstehen, was er ihr damit sagen wollte.

Du brauchst Lehrstunden.

»Du willst also so etwas wie ein Lehrer für mich werden? Warum willst du mir helfen?«, fragte sie argwöhnisch. »Ich gehöre nicht zur Crew. Unser gemeinsamer Weg oder wie man es nennen will, wird bald zu Ende gehen.«

Nox deutete auf sich selbst.

»Weil es dir ähnlich ging?«

Ja.

»Du hattest keinen, der dir deine Kräfte erklärt? Keine Eltern? Andere Verwandten? Von wem auch immer du die Kräfte geerbt hast?«

Nein.

Ruby hatte zumindest Onyx, die Ideen hatte, zu was Ruby alles fähig war. Sie hatten versucht, ob sie Feuerholz entfachen oder Leute einfach in Flammen aufgehen lassen konnte.

Vor heute war nie etwas passiert.

»Probier doch einfach, mir noch etwas beizubringen«, schnurrte sie. »Das würde ich gerne sehen.«

Mit diesen Worten spazierte sie mit den Schokoladenkeksen davon, um weitere Edelsteine zu suchen.

XVI.

Fynn
Da Fynn den ganzen Tag verschlafen hatte, war er mitten in der Nacht hellwach. Der Pirat saß an seinem Schreibtisch und erledigte ein paar Vorarbeiten für die Insel. Er erstellte gerade eine Einkaufliste für die Zwillinge. Da die beiden noch nicht so gut lesen konnten, schrieb er extragroß und versuchte die Gegenstände auch daneben hinzumalen. Leider war er genau so gut als Maler wie Eleanore als Lehrerin für die Zwillinge.

Nox tauchte ohne Vorwarnung im Zimmer auf. Obwohl Fynn es eigentlich gewöhnt sein müsste, zuckte er etwas zusammen. Um diese Uhrzeit schlief seine Crew normalerweise.

»Versteht man, dass das Wein darstellen soll?«, fragte er seinen Schiffskoch. Er zeigte auf die Pergamentrolle. »Das ist eine Flasche. Dann trinken die Strichmännchen die Flasche und tanzen.«

Das ist doch bei jedem alkoholischen Getränk so.

»Hattest du schon mal Absinth aus Solis?«, fragte Fynn Nox. Sein Koch schüttelte verneinend den Kopf. »Man bekommt davon solch albtraumhafte Visionen, dass man sich in einer Ecke zusammenrollt und sehnsüchtig darauf wartet, dass man wieder nüchtern wird.«

Wer trinkt so etwas?

»Es ist perfekt für Mutproben unter Jugendlichen«, erklärte Fynn. »Ich habe den Absinth selbst aber noch nie getrunken. Ich lass mir doch meine gute Laune nicht durch Alkohol verderben.«

Nox schwieg eine Zeit lang.

Du könntest Weintrauben hinzeichnen.

»Ah, darum bist du auch der Koch hier an Bord!« Fynn verbesserte die Liste. »Besser?«

Zwei Trauben allein sehen nach ... Brüsten aus.

»Jetzt sind es drei!«

Das sieht immer noch obszön aus.

Fynn fuhr sich durch die Haare. »Ich bin nun mal Pirat und kein Maler. Ich sag den Zwillingen einfach, dass sie Wein kaufen sollen, weil Eleanore und Ruby sonst sauer werden. Ich glaube, das reicht als Erinnerungsstütze. Sollen Kian und Kjell auch was für dich besorgen?«

Der Koch zählte ein paar Dinge auf, die Fynn bereitwillig notierte: Mehl, Salz, Pfeffer, Schmalz, eingelegtes Gemüse und Obst.

»Könntest du eingelegtes Obst zeichnen?«, fragte Fynn Nox. »Ohne, dass es obszön aussieht?«

Nox verdrehte die Augen. Trotzdem kam er zum Schreibtisch und nahm Fynn die Schreibfeder aus der Hand.

»Habe ich etwas verpasst, während ich ... unpässlich war?«, erkundigte er sich.

Innerhalb einer Minute hatte Nox etwas aufgezeichnet, das mit nichts vergleichbar war, das Fynn je gesehen hatte. Es sah wie etwas aus, das ein einjähriges Kind gemalt hatte.

Gut. Er würde die Zwillinge extra zu sich rufen lassen, um ihnen die seltsamen Dinge auf der Liste zu erklären. Im schlimmsten Fall müssten sie sonst auf der nächsten Seereise hungern.

Es war nichts los, antwortete Nox dann auf seine Frage.

»Was hat Ruby so gemacht?«

Nox lächelte wissend. *Auf diese Frage habe ich gewartet.*

»Warum?«, mimte Fynn den Ahnungslosen. »Wenn du wie Anissa damit implizieren willst, dass Ruby eine Sonderbehandlung bekommt, dann liegst du falsch. Ich kann mir nur denken, was alle anderen in der Zwischenzeit getrieben haben.« Er zählte an seinen Fingern ab. »Ich bin mir ziemlich sicher, dass Eleanore und Scada sich beleidigt haben, weil Eleanore nicht einräumen wollte, dass sie einen Mordskater hat. Anissa hat gelesen. Die Zwillinge haben gearbeitet. Du hast Schokoladenkekse gebacken.«

Nox riss vor Verwunderungen die Augen weit auf. *Woher weißt du das?*

»Ich kann die Schokolade riechen. Bekomme ich auch welche?«, fragte Fynn dann direkt. »Es ist Jahre her, dass ich auch nur einen kleinen Bissen Schokolade hatte.«

Der Koch breitete ein Stück Stoff aus. Darauf befanden sich die wohl köstlichsten Kekse, die Fynn je bestaunen durfte. Gut, musste Fynn aber dann einräumen. Als Pirat hatte er generell nicht oft Kekse gesehen.

Ich habe Ruby auch welche überlassen, erzählte Nox dann. *Ich habe mich mit ihr unterhalten.*

»Hat sie dir etwas über sich erzählt? Oder über Yevel?«

Sie hat mit mir über Drachen geredet. Sie kennt sich erstaunlich gut mit Drachen aus.

»Wundert dich das denn?«

Nox schüttelte den Kopf, aber dann hielt er in der Bewegung inne. *Es gibt kaum noch Drachen. Glaubst du, dass sie einen Drachen ... persönlich kennt?*

»Ich habe mir schon gedacht, dass Drachen sie vielleicht großgezogen haben«, verriet Fynn Nox seine Gedankenspielerein.

Der Piratenkapitän lehnte sich in seinem Stuhl zurück und schloss die Augen. Er genoss den Geschmack der Schokolade auf seiner Zunge. Es würde höchstwahrscheinlich Jahre dauern, bis er wieder in den Genuss kommen würde.

Nach einer längeren Genusspause fuhr er fort: »Und ihre Ersatzeltern wurden dann von Drachenjägern getötet. Das würde ihr Hass auf das Land erklären.«

Das wäre im Rahmen des Möglichen, stimmte Nox seinem Captain zu.

»Aber?«, las er heraus.

Ihre Fähigkeiten kommen nicht von irgendwoher.

»Fähigkeiten?«, wiederholte Fynn. Hatte er diese Geste gerade falsch gedeutet oder was genau meinte Nox mit ›Fähigkeiten‹?

Ich beziehe mich nur auf ihre Sinne und Reflexe.

»Mhm.«

Irgendwie glaubte Fynn nicht, dass Nox nur das damit gemeint hatte. Aber er vertraute einfach darauf, dass er es ihm aus einem guten Grund verheimlichte. Obwohl ›verheimlichen‹ es nicht ganz traf. Nox schien etwas über Ruby zu ahnen, dass er vielleicht auch nicht richtig ausdrücken konnte.

Was für ein glücklicher Zufall, dass die Pirateninsel mehr zu bieten hatte als nur Lebensmittel, Alkohol und Waffen.

Ganz kurz empfand Fynn es als falsch, dass er in Rubys Vergangenheit stochern wollte. Er selbst würde jeden köpfen, der es wagte, genauere Untersuchungen über sein altes Leben anstellen zu wollen.

Aber bei Ruby …war er einfach zu neugierig. Und er wollte ihr helfen.

Denn Fynn war überzeugt, dass Ruby viel glücklicher sein würde, wenn sie ihre Vergangenheit ein für alle Mal hinter sich lassen würde. Manche Menschen wurden von der Vergangenheit nur unterjocht und endeten irgendwann gebrochen. Fynn wollte das mit allen Mitteln verhindern.

»Du kannst nun in Ruhe schlafen gehen«, sagte Fynn. »Ich werde das Schiff sicher in den Hafen steuern.«

Der Pirat stand langsam auf. Als er seinen Kopf in Richtung eines Bullauges drehte, sah er am Horizont die dunkelrote Sonne aufgehen. Das Farbmeer sah wie immer wie ein lebendiges Gemälde aus: Grün, Blau, Rot, Gelb und Schwarz. Es sah aus, als hätte eine Künstler Ölfarbe ins Meer gekippt. Irgendwie romantisch.

Alleine?, wollte Nox wissen.

Fynn grinste. »Ich wecke mein Helferlein auf.«

***

Fynn stupste die schlafende Ruby mit seinem Zeigefinger an der Schulter an. »Aufwachen, mein Herzensjuwel«, flötete er überaus motiviert. »Ich will dir etwas zeigen.«

Ruby hatte sich zum Schlafen ganz klein zusammengerollt. Sie presste den orangen Stein, den er ihr als Letztes überlassen hatte, selbst im Schlaf fest an ihr Herz.

Ein Edelstein müsste man sein, beneidete Fynn das Stück Gestein. Sie könnte mich auch so eng an ihre Brüste pressen. Ich hätte absolut nichts dagegen.

Ob er einfach mit dem Stein Plätze tauschen konnte?

Er versuchte die Umarmung zu lösen, da schlug Ruby die Augen auf. Ihre Pupillen wurden so dünn wie Nadeln. »Was machst du da?«, wollte sie mit einem unfreundlichen Knurren wissen. »Willst du meinen Stein klauen?«

»Nein.«

»Und was hattest du sonst vor?«

»Ich glaube, mein Juwel, dass es besser ist, wenn ich das für mich behalte«, erklärte er schelmisch. »Sonst regst du dich nur umso mehr auf.«

Ruby runzelte vor Verwirrung die Stirn. Man konnte genau feststellen, wie ihr klar wurde, was Fynn wirklich vorgehabt hatte. Ihre Nägel bohrten sich so tief ins Holz, dass sogar Holzspäne abfielen.

Fynn schluckte schwer. Wenn er sich vorstellte, dass das irgendwann seine Haut sein könnte ...

Langsam setzte sie sich in ihrem Nest auf. »O Götter«, stöhnte Ruby nur. »Fynn!«

»Wenn ich nur jedes Mal eine Goldmünze bekommen würde, wenn das jemand in meiner Nähe stöhnte. Ich könnte mein Piratendasein an den Nagel hängen und mir eine Burg kaufen.«

»Hast du schon mal von dem Sprichwort gehört, dass man einen schlafenden Drachen nicht wecken sollte?«, knurrte Ruby ihn an.

»Nö.« Fynn grinste. »Geht das in die Richtung, dass dann etwas Gutes passiert?«

»Genau«, schnurrte sie herausfordernd. »Und zwar mir. Indem ich die Chance bekomme, dir die Kehle rauszureißen.«

Ihre Hände schnellten an seinen Hals. Nicht in Tötungsabsicht – das war nur gespielt –, aber auf andere hätte das sicher bedrohlich gewirkt. Fynns Hände legten sich umso zärtlicher um ihre Handgelenke. »Ich will dir die Totenkopfinsel zeigen, mein Juwel.«

Der blöde Stein lag nun sogar auf ihrem Schoss.

»Was?«, fragte sie verwirrt. »Deswegen hast du mich geweckt?«

»Aye. Im Morgengrauen ist die Insel wunderschön. In der Mittagssonne ist sie eher ein bisschen versifft, um ehrlich zu sein.«

Sie drehte sich um. »Nacht.«

»Willst du nicht ausnahmsweise mal freiwillig mit mir etwas unternehmen?« Fynn seufzte. »Ich kann dich nicht jedes Mal mit Edelsteinen bestechen.«

»Kannst du nicht?«, fragte sie. Sie drehte ihr Gesicht zu ihm und klimperte mit den Wimpern.

»Ich will dich nicht jedes Mal mit Steinen bestechen müssen«, verbesserte er sich. »Wir kennen uns jetzt schon ein paar Tage und glaub mir, sonst zieren sich die Frauen nicht so.«

Ruby schnaubte laut und in voller Missgunst. »Vielleicht, weil du diese Frauen mit Gold bezahlst?«

»Mein Juwel«, raunte Fynn. »Ich bezahle niemanden für seine Dienste. Jemand mit meinem Aussehen hat alle Hände voll zu tun, seine Verehrer abzuwi–«

»Wenn du dein Schandmaul mal für ein paar Sekunden hältst, komme ich mit«, unterbrach Ruby ihn harsch.

»Hörst du, wie still ich bin?«

»Nein.«

Fynn schwieg für ein paar Sekunden. »Jetzt?«

Ruby kam langsam auf die Beine. »Lass uns gehen. Je schneller es vorbei ist, desto schneller kann ich wieder schlafen.«

»So etwas hat noch nie jemand in meinem Leben zu mir gesagt«, meinte er mit einem anzüglichen Grinsen, das Ruby eigentlich nicht falsch interpretieren konnte.

Aber tatsächlich runzelte sie nur verwirrt die Stirn.

»Schon gut, mein Juwel«, er wollte ihr auf die Schulter klopfen, aber sie fletschte bedrohlich die Zähne. »Irgendwann wirst du meine ganzen Späße aus Erfahrung verstehen.«

Fynn kletterte aus dem Mastkorb und die Holzleiter hinunter. Ruby schien das viel zu lange zu dauern, denn einige Meter vor dem Boden sprang sie über Fynn hinweg einfach ab. Und nicht nur das: Sie schlug in der Luft sogar einen Salto, bevor sie auf ihren Füßen landete. Sie gab dabei nicht einen einzigen Laut von sich. Stattdessen grinste sie ihn von unten herausfordernd an.

»Angeberin«, murmelte er mit einem kleinen Lächeln im Gesicht.

»Beeil dich mal«, meckerte sie dann gleich wieder.

Jetzt ließ Fynn sich erst recht Zeit.

»So …« Ruby sah Fynn ungeduldig an, während er zum Rand des Schiffes schritt. »Was ist jetzt so toll an dieser dummen Piratenin–« Ruby brach abrupt ab. In diesen Moment hatte sie sich zur Insel gedreht und wurde, wie so viele vor ihr, von ihrem Anblick in Bann gezogen.

Die Totenkopfinsel des mittleren Reichs unterschied sich nicht wirklich von den anderen vier Pirateninseln auf der Welt. Sie waren allesamt ringförmig mit einer breiten Öffnung, in die man mit dem Schiff direkt reinsegeln konnte. Es gab keinen Hafen, denn die ganze Insel war ein einziger Hafen. Auf der anderen Seite der Anlegestellen befanden sich die ganzen Geschäfte, Häuser und andere Etablissements, die man gerne aufsuchte, wenn man wochenlang auf See gewesen war.

Aber das, was Ruby so ins Staunen brachte, war, wie man das ursprünglich zerklüftete Gelände in eine florierende Piratenstadt verwandelt hatte. Vom Meer aus sah man die verschiedenen Häuser am äußeren Rand der Insel. Jedes Holzhaus sah anders aus: Manche waren schief, manche klein und manche riesig. Da waren alte und neue, in hellem und dunklem Holz. An vielen Stellen war eindeutig ein weiteres Haus auf dem Dach eines anderen errichtet worden, aber man hatte gar nicht versucht sich am Grundriss des anderen Gebäudes zu orientieren.

Aus einigen Fenstern drang bereits – oder noch – elektrisches Licht.

Die überwiegende Dunkelheit versteckte das marode Holz und die ganzen Meeresablagerungen von verschiedenen Tieren, die an den Rändern der Insel immer weiter hochkletterten.

Es gefiel Ruby. Das konnte Fynn an ihren Pupillen erkennen und der Art, wie ihre Krallen über das Holz der Reling strichen. Das war pure Erregung.

Wahrscheinlich stellte sie sich gerade vor, wie sie in den ganzen Häusern nach Juwelen suchen oder wie sie sich den Wind durch die Haare an der höchsten Stelle der Inselstadt wehen lassen konnte. Da würde er ihr gerne

Gesellschaft leisten. Da oben befand sich schließlich die beste Taverne der Insel. Der Rum schmeckte wie Honig mit einer herben Note.

»Na, sprachlos, mein Juwel?«, fragte er und stellte sich direkt neben sie.

Der Anblick war für Fynn ganz nett. Er mochte die Insel, weil es guten Alkohol gab und die Crew es schätzte, wenn sie sich von der ganzen Zeit auf See erholen konnte – und wenn es nur ein paar Tage waren. Wogegen er am liebsten noch länger auf dem Meer bleiben würde.

»Mhm«, war Rubys einzige Antwort.

Fynn legte den Kopf schief.

Es würde ihr gar nicht auffallen, wenn er seine rechte Hand an ihre Hüfte legte und ganz behutsam …

»Du willst deine rechte Hand verlieren, oder?«, fragte Ruby mit einem verführerischen Unterton, in dem gleichzeitig auch Gefahr mitschwang. Für ihn war das verlockender als Sirenengesang.

»Hätte ich dich dann«, er hob seine rechte Hand und bog seinen Zeigefinger, »am Haken?«

Zugegeben, der Spruch war wirklich dämlich.

Ruby wurde rot im Gesicht. Er hätte aber nicht gedacht, dass ein so alberner Spruch sie so wütend machte …

Doch dann erbebte ihr ganzer Körper. Sie taumelte zwei Schritte zurück und bog ihren Oberkörper nach vorne.

O Götter, was war nun los? Ging es ihr nicht gut?

Völlig unerwartet brach ein Schwall Gelächter aus ihr heraus. Fynn war so schockiert, dass er sich in diesem Moment nicht einmal daran ergötzte, dass er sie tatsächlich zum Lachen gebracht hatte.

»Das findest du lustig?«, wunderte er sich nur.

Ruby gackerte noch ein paar Sekunden vor sich hin.

Wenn er charmant war und mit ihr flirtete, verzog sie kein einziges Mal die Lippen, aber das brachte sie zum Lachen? Er hatte damit nur überspielen wollen, dass er wieder abgeblitzt war.

»Oh, passt es dir nicht, was ich als witzig empfinde und was nicht?«, fauchte sie ihn dann gleich wieder an.

»Versteh mich nicht falsch, mein Juwel, aber ich würde es bevorzugen, wenn du öfters lachen würdest«, erklärte er. »Nicht nur, weil du einerseits viel hübscher aussiehst, sondern auch, weil du dann nicht so einen Blödsinn von dir geben würdest.«

Ruby antwortete mit einem Schimpfwort, aber Fynn konnte es nicht hören. Das Schiff war nun an der Einfahrt der Insel. Von einem Holzbalken hingen mehrere Seile ins Schiff. Fynn griff nach einem abgewetzten Seil und zog kräftig daran. Mehrere Glocken über ihnen begannen dröhnend zu läuten.

»Was machst du denn da?«, fauchte Ruby.

Sie hielt sich die Ohren zu.

»Wir kündigen uns natürlich an«, antwortete er. »Glaubst du, dass wir kostenlos anlegen dürfen?«

Fynn eilte zum Steuerrad und legte einen Hebel direkt daneben um. Dieser sorgte dafür, dass das Schiff nur noch mit Windkraft vorangetrieben wurde.

Das Schiff glitt deutlich langsamer tiefer in die Insel hinein. Schon bald tauchte das erste Haus auf der linken Seite auf. Es war klein, bot im besten Fall gerade mal genügend Platz für zwei Personen. Direkt vor dem Gebäude befand sich eine große Holzfläche ohne Geländer. Dort stand ein einziges einsames Pult.

Aus dem Haus torkelte ein müder Mann, der nur eine helle Lederhose trug, welche ihm tief auf den Hüften saß. Dunkle Locken standen von seinem Kopf ab. Am auffälligsten waren aber die tiefen Augenringe. Mit seiner blassen Haut wirkte sein Gesicht fast wie ein Totenschädel mit Haaren.

Ruby stieß ein Fauchen aus und drehte sich weg, damit er ihr Gesicht mit den Schuppen nicht sehen konnte.

»Ahoi«, grüßte Fynn ihn.

»'hoi«, nuschelte der andere Pirat. Er fuhr sich durch das vom Schlaf zerzauste Haar. »Name?«

Er konnte die Augen kaum offen halten, als er ein dickes, in Leder eingebundenen Buch aus dem Pult zog.

»Captain Fynn des Blutenden Adlers mit seinen sieben Männern beziehungsweise Frauen«, kündigte sich Fynn an. »Der Aufenthalt beträgt maximal drei Tage.«

Es dauerte eine ganze Weile, bis der Schreiberling Fynns Mannschaft im Buch gefunden hatte.

Der junge Mann massierte sich mit zwei Fingern die Schläfen. »Das ist ein Crew-Mitglied mehr als beim letzten Mal«, stellte er fest und gähnte. »Mhmm.«

»Aye.«

»Das macht dann zwei Silbermünzen.«

»Aye«, stimmte Fynn zu. Während er sich insgeheim dachte, dass das Ganze immer nur teurer wurde. Fynn zog zwei glänzende Münzen aus seinem Beutel und warf sie ihm zu.

Der Schreiberling fing sie nicht auf.

»Was war das denn?«, wollte Ruby wissen, als das Schiff seinen Weg ganz langsam fortsetzte. Mit erstaunlicher Schnelligkeit hatte sie ihre Maske aus ihrem Nest geholt und sich aufgesetzt.

»Ich habe nur die Anlegegebühren bezahlt«, erklärte Fynn. »Die Insel muss schließlich auch irgendwie Geld einnehmen. Wenn wir schon mal bei den Eigenheiten der Insel sind ... Ich habe dir ja noch gar nicht die Verhaltensregeln erklärt.«

»Verhaltensregeln?«, echote Ruby. »Ist das dein Ernst? Piraten haben Regeln?«

»Eigentlich hast du ja recht. Piraten haben keine Regeln, mein Juwel, genau darum haben sich ein paar ... Vorschläge für ein reibungsloses ... Zusammenleben ergeben.«

»Da waren so viele Denkpausen in deinem Satz, dass ich mir nun überhaupt keine Sorgen mehr mache«, meinte Ruby sarkastisch.

»Ich passe auf dich auf.«

»Ich. Brauche. Keinen. Aufpasser. Ich brauche niemanden.«

Es schien fast so, als hätte Fynn einen wunden Punkt getroffen. Vielleicht war sie auch noch etwas in Rage, weil sie der letzte Annäherungsversuch doch etwas ... angemacht hatte.

Er versuchte das Thema elegant auf ein anderes umzuleiten.

»Willst du mir helfen, den Anker legen zu lassen, mein Juwel?«, fragte er mit honigsüßer Stimme. »Ich könnte etwas Hilfe gebrauchen.«

Sie zuckte locker mit den Schultern. »Warum nicht? Ich habe nichts Besseres zu tun, da ich sicher nicht mehr zum Schlafen komme.«

Fynn lachte laut. »Oh, das höre ich wiederum öfters.«

XVII.

Ruby

Es stellte sich heraus, dass Fynn Rubys Hilfe nicht brauchte. Der Pirat musste lediglich einen Hebel umlegen und der riesige Eisenanker tauchte von selbst in das Wasser. Oder zumindest würde er das tun, wenn er das Wasser in den nächsten Stunden auch irgendwann mal erreichte …

»Das dauert ein paar Minuten«, erklärte er ihr. »Es ist etwas ramponiert, seit wir in Estarossa einen kleinen Zwischenfall hatten. Anissa hat die passenden Ersatzteile noch nicht bekommen.«

»Und wie soll ich dir jetzt helfen?«

Sollte sie klatschen? Ein begeistertes ›Ah‹ und ›Oh‹ von sich geben? Ihm war es wahrscheinlich am liebsten, wenn sie ihm sagte, was für ein tolles Mannsbild er doch war, weil er einen Hebel bedienen konnte.

»Leiste mir einfach nur Gesellschaft, mein Juwel.« Er hievte sich mühelos auf die Reling des Schiffes und klopfte neben sich auf das Holz. »Setz dich zu mir. Dann erzähle ich dir in der Zwischenzeit ein paar Dinge über die Insel.«

»Und wenn ich hier stehen bleibe, kannst du das nicht tun?«

Natürlich war seine Antwort ein schelmisches Grinsen. »Ich fürchte nein, dann bin ich leider nicht imstande, dir ein paar *lebenswichtige* Details zu verraten.«

Ruby stöhnte. Trotzdem nahm sie keine Armlänge neben ihm Platz. Das nutzte Fynn schamlos aus, indem er sich um neunzig Grad drehte und sie im Schneidersitz lümmelnd angrinste. Er schaukelte von einer Seite zur anderen.

Das wäre eigentlich der perfekte Moment. Sie könnte Fynn kaltblütig abstechen. Es wäre ein Leichtes, unbemerkt ihren Dolch aus ihrem Stiefel zu ziehen, ihm die Halsschlagader aufzuschneiden und ihn dann noch im Wasser zu versenken. Er hampelte gerade auch so herum. Ein kleiner Schubs und er wäre Fischfutter.

Ab jetzt konnte sie alleine weitermachen. Wie immer. Sie brauchte Fynn und die Crew nicht mehr. Das nächste Piratenschiff war in Sichtweite. Ach, was redete sie da? Da waren mindestens ein Dutzend Schiffe vor ihr.

Sie berührte den versteckten Dolch unter dem Leder ihrer Stiefel.

»Hast du keine Angst, dass ich die günstige Gelegenheit nutze, um dich ein für alle Mal aus der Welt zu schaffen?«, fragte sie ihn direkt.

»Das wäre sogar besser für die Welt«, lachte Fynn. »Aber nicht besser für dich. Darum mache ich mir da wenig Sorgen.«

»Warum sollte es nicht gut für mich sein?«, fragte Ruby verwirrt.

»Weil du mich vermissen würdest, mein Juwel.«

Sie stieß ein lautes »Ha!« aus.

Meinte er das ernst?

Damit lag Fynn so falsch. Als er sie vor ein paar Minuten erst berührt hatte, war ihr sogar ein Schauer über den Rücken gelaufen. Nicht direkt ein *kalter* Schauer, der ihr das Blut in den Adern gefrieren ließ. Etwas anderes. Aber es war sicher nicht gut.

»Was gibt es denn nun so Wichtiges über die Insel zu wissen?«, fragte Ruby. Sie fuhr den Umriss des Dolches mit ihrem Finger nach.

»Es gibt eigentlich zwei Regeln«, sagte Fynn und hob die Hand. Er streckte einen Finger aus. »Erstens: Auf der Insel wird nicht getötet.«

»Was?«

»Es heißt ›Wie bitte‹, wie oft muss ich das denn noch sagen?«, besserte Fynn sie aus, als wäre er irgendein reicher Spross aus gutem Hause. »Du hast schon richtig gehört: Mord ist auf der Insel verboten. Körperverletzungen gehen natürlich in Ordnung. Das heißt natürlich auch, dass nur Dolche und andere kleine Messer erlaubt sind.«

»Aber warum?«

Fynn zuckte mit den Schultern. »Ich nehme mal an, dass die meisten Piraten sich sonst zur Begrüßung gleich erschießen oder aufspießen würden.«

»Und daran halten sich alle?«

»Aye.«

»Und die zweite Regel?«

Er streckte einen weiteren Finger aus. »Stehlen ist auf der Insel erlaubt, aber man rührt nichts auf fremden Schiffen an. Deine Edelsteine sind auf dem Schiff also sicher.«

Das hätte Ruby beruhigt, wenn sie die Absicht gehabt hätte, ihre Steine auf dem Schiff zu lassen.

»Kennst du jemanden von den Piraten hier?«, fragte Ruby mit ernsthafter Neugier. Sie deutete auf die anderen Schiffe. Jedes dieser Schiffe konnte ihr Ticket zurück zu Onyx sein.

Fynn drehte den Kopf, wippte noch intensiver hin und her.

Nur ein klitzekleiner Stups und er fiele sieben Meter ins kalte Farbmeer.

»Ich glaube eins davon gehört Captain Aurelio und eins dem Pir–« Er wurde etwas weiß im Gesicht. Auch sein aufgeregtes Hin- und Herwackeln hörte abrupt auf.

»Was?«

»Ich glaube, ich habe das Schiff einer ... einer meiner ...« Er fuhr sich nervös durch das dunkle Haar. »Einer ehemaligen ... Bekanntschaft gesehen. Genau. Das klingt gut.«

Also eine verflossene Liebschaft, reimte sich Ruby zusammen.

»Wie kann man eine ehemalige Bekanntschaft haben?«, stocherte Ruby herum und mimte dabei die Ahnungslose.

»Indem man sich einmal sehr gut ... kannte und dann fast seinen linken Finger verliert, weil man ihren Bruder geküsst hat.«

Auch wenn Ruby nicht viel Erfahrung mit zwischenmenschlichen Beziehungen hatte – insbesondere die der romantischen Natur –, erkannte sie, dass Fynn ein riesengroßer Idiot in dieser Hinsicht war.

»Zu meiner Verteidigung«, begann Fynn und auch hier wusste Ruby instinktiv, dass er es nur noch schlimmer machen würde. »Ich habe nicht gewusst, dass Ophelia es ernst meinte. Ich dachte, dass es nur eine lockere Verbindung wäre. Hey, jetzt sieh mich nicht so verstört an.«

»Ich bin eher entsetzt«, erklärte Ruby. »Ausgerechnet ihren Bruder?«

»Aye …« Er fuhr sich mit einer Hand über den Nacken. »Kapitän Jonathan der Schwarze hat eine gewisse Ausstrahlung, die ich ebenso attraktiv fand wie Ophelias eisblaue Augen. Es war ein einziger riesengroßer Fehler«, gestand er sich dann ein. »Bist du eifersüchtig, mein Juwel?«

»Wa– Wie bitte?«

»Du magst sicher nicht Geschichten über meine vergangenen Liebschaften hören.«

Da hatte Fynn recht. »Es interessiert mich wirklich nicht, mit wem du schon intim warst und mit wem nicht.«

»Du willst es nicht hören, weil es dich rasend vor Eifersucht macht«, schlussfolgerte Fynn wieder einmal total falsch. »Ich werde versuchen dich nicht weiter damit zu belästigen.«

»Gut.«

Ruby warf einen Blick zum Anker. Er war nun im Wasser verschwunden, aber sie hatte noch nicht gehört, dass er auf den Grund gestoßen war.

»Warum hast du eigentlich keinen Piratennamen?«, fragte Ruby dann.

»Hm?«

»Schwarzbart oder Säbelzahn«, sagte Ruby. »Fynn der Rote, Narbenfynn oder von mir aus auch Fynn, der nicht weiß, dass man nicht mit der näheren Verwandtschaft der Geliebten anbandeln soll.«

»Aye, letzteres wäre vor dem ganzen Vorfall praktisch gewesen«, murmelte Fynn leise dazwischen.

»Du hast ja nicht mal einen Nachnamen, oder?«

»Die wenigsten Leute im Armenviertel haben einen Nachnamen.«

»Du stammst nicht aus einem Armenviertel«, sagte Ruby entschieden. »Captain Fynn«, sprach sie ihn zum ersten Mal mit seinem Titel an. »Klingt dir das nicht zu unspektakulär? Zu nett? Wer soll schon vor Angst erzittern, wenn Captain Fynn angreift?«

»Aye. Ich verstehe, was du meinst.« Fynn starrte über Ruby hinweg ins Meer. »Ich will, dass mein Name in naher Zukunft einmal furchteinflößend ist. Dass jeder weiß, dass Kapitän Fynn ein furchtloser Pirat ist, mit dem man sich nicht anlegen soll. Das Gleiche gilt natürlich auch für meine Crew.«

»Ein ehrgeiziges Ziel.«

»Aye. Mein Kopfgeld beträgt momentan ganze 100 Goldmünzen, was meiner Meinung nach schon eine ganz schöne Summe ist. Vielleicht ist es durch den Einbruch in Yevel wieder gestiegen.«

Mit 100 Goldmünzen wäre eine Familie mit mehreren Kindern ihr ganzes Leben lang versorgt.

»Natürlich nichts im Vergleich zu den fünf Piratenlords und -ladys«, ließ Fynn ganz nebensächlich fallen.

»Wer?«, fragte Ruby.

Sie hatte noch nie gehört, dass es unter den Piraten welche gab, die sich selber als Lord oder Lady betitelten.

»Die fünf Piraten mit dem höchsten Kopfgeld werden automatisch zu einem Piratenlord beziehungsweise einer Piratenlady«, erzählte Fynn Ruby. »Momentan gibt es zwei Piratenlords und drei Ladys.«

»Und was machen die so?«

»Im Prinzip sind sie natürlich immer noch Seeräuber.« Fynn blickte bei seiner Erzählung immer noch in die Ferne. »Durch ihr hohes Kopfgeld werden sie aber weder von der Regierung noch von anderen Piraten gejagt oder überfallen. Kaum. Ab und an gibt es ein paar Idioten, die meinen, dass sie sich mit ihnen anlegen können.«

»So mächtig sind sie?«

Fynn nickte langsam. Ruby fragte sich, ob er sich schon mal mit einem Lord oder einer Lady angelegt hatte – oder ob er lediglich kurz eine Liaison mit einem von ihnen gepflegt hatte.

»Hohes Kopfgeld komm nicht von ungefähr, mein Juwel.« Er lächelte sie an. »Ich bin der Kapitän von diesem Haufen und habe ein Kopfgeld von 100 Goldmünzen. Lady Elizabeth die Blutige hat ein Kopfgeld von 100 Milliarden Goldmünzen.«

Ruby schluckte schwer. Ihre Augen wurden groß. »Es gibt so viele Goldmünzen?«

Fynn lachte. »Keine Ahnung. Ich denke nicht, dass das Kopfgeld jemals ausgezahlt werden wird.«

»Willst du dann auch ein Piratenlord werden?«, fragte Ruby.

»Ich will vieles, mein Juwel«, antwortete Fynn ihr kryptisch. »Aber leider bekommt man nicht alles, was man will. Ich habe schon sehr viel von dem bekommen, was ich mir gewünscht habe.« Er streckte seine Hand aus und fuhr mit seinen Fingern über das schwarze Holz der Maske. »Willst du die Maske nicht an Bord lassen?«

»Nein.«

Warum zur Hölle tat Fynn immer so, als würde Ruby die Maske nicht brauchen? Sie erinnerte sich an den geschockten Ausdruck des Drachentöters und sogar an Illias, der ihr als Kind sogar ab und an Bonbons geschenkt hatte. Als er sie in seinem letzten Moment so gesehen hatte, hatte sie auch ohne Worte erkannt, dass er sie als Monster sah.

Auch wenn Ruby sich in einem Spiegel länger betrachten konnte – alle anderen sahen immer noch ein Monster.

»Nun ja, andererseits bin ich ja auch etwas erleichtert«, erklärte Fynn mit heiterer Stimme. »Stell dir vor, ein anderer Mann würde sich auf der Insel in dich verlieben. Ich darf ihn dann ja hier nicht einmal umbringen.«

Das Schiff ruckelte leicht, als der Anker endlich festen Boden erreichte.

Fynn sprang auf. »Ich muss mich umziehen und die Crew aufwecken. Kannst du mir einen Gefallen tun und das bei Eleanore und Anissa übernehmen? Anissa hat mir dabei schon mal die Nase blutig geschlagen und ich will heute gut aussehen. Weich einfach nach rechts aus, ja?«

Damit ließ er sie allein.

Ruby blieb noch ein paar Minuten regungslos auf der Reling hocken. Sie sagte sich selber, dass sie nur nervös war und ihr Herz deswegen so schnell schlug.

Teil 3

Der Preis der Krone

Welches Mädchen will keine Prinzessin sein? Die Antwort auf meine rhetorische Frage ist simpel: Jede, die weiß, was es bedeutet, eine Prinzessin zu sein.

Prinzessinnen sind bemitleidenswerte Geschöpfe. In den meisten Monarchien unserer Welt sind sie nicht mehr als Zuchtstuten ohne eigenen Willen. Wie lebendigen Puppen zieht man ihnen schöne Kleider an und malt ihnen mit Gewalt und Drohungen ein Lächeln ins Gesicht. Wahre Liebe und Freiheit sind ihnen unbekannt.

Sei keine Prinzessin. Kröne dich selber zur Königin. Eine wahre Königin braucht keinen König.

Überlegungen der Historikerin Celica Vanderblod, Band 11: Herrschaftsstrukturen

I.

Ruby

Nachdem Ruby Eleanore und Anissa mit einem herumliegenden Besenstiel geweckt hatte, bereitete sie sich selbst für den Landgang vor. Sie entwendete einen großen Beutel aus der Vorratskammer, in den sie all ihre Edelsteine und ihren Schlüssel einpacken wollte. Sie machte sich damit schon mal darauf gefasst, das Schiff ein für alle Mal zu verlassen.

Eigentlich hätte sie nur wenige Sekunden für diese Aufgabe gebraucht, aber aus irgendeinem seltsamen Grund waren ihre Bewegungen langsam. Sie hielt bei jedem Stein inne und streichelte ihn liebevoll.

War das etwa Wehmut, die sie verspürte?

Aber warum?

Ruby lehnte sich in ihrem Nest zurück und blickte der blass-orangenen Sonne entgegen, die sich auf dem Weg zum höchsten Punkt des Himmelszelt machte.

Im Grunde war die Zeit an Bord des Piratenschiffes nicht so schlimm gewesen, gestand sie sich ein. Man hatte sie – bis auf die paar Stunden am Anfang – nicht eingesperrt, aber wenn sie ehrlich zu sich war, hätte sie mit Sicherheit die Mannschaft angegriffen. Es war eine kluge Idee gewesen, sie anzuketten, bis ihre Wut abgeklungen war. Man hatte ihr dafür sogar zu essen gegeben und einen Schlafplatz überlassen. Das war mehr, als die Bewohner von Yevel für sie getan hatten.

Das Schlimmste, das man ihr angetan hatte, war, dass man sie schutzlos Fynns Werben überlassen hatte. Aber es gab weitaus schlimmere Dinge. Damit wollte sie aber nicht andeuten, dass Fynns Annäherungsversuche nicht unangenehm und unangebracht waren. Sie waren nichts anderes als unangenehm und unangebracht. Kaum schmeichelnd. Gar nicht schmeichelnd, korrigierte sie sich schnell in Gedanken.

Ruby richtete ihre Maske, die Fynn vor Kurzem noch berührt hatte. So ein dummer narzisstischer egoistischer Pirat.

Als Letztes nahm Ruby den Schlüssel in die Hand. Ihr Herz raste immer noch wie wild.

Seit sie auf diesem Schiff aufgewacht war, war ihr oberstes Ziel, so schnell wie möglich von diesem Piratenpack wegzukommen, aber nun … Nun verspürte sie dieselbe kräftezehrende Unruhe, als sie Onyx verlassen hatte.

Sie grub ihre Krallen ins Holz. Warum?

Sie mochte zwar aussehen wie ein Monster, aber sie besaß immer noch menschliche Gefühle. Im Moment hasste sie diese Emotionen, denn sie brachten immer wieder die eine Frage in ihr auf: Sollte sie ausgerechnet Fynn bitten, sie wieder zurück nach Yevel zu bringen?

Sie könnte Fynn fragen – aber sie kannte ihn gut genug, um zu wissen, dass es bedeutete, dass sie ihm den Grund für den Einbruch in den Palast verraten musste.

Sie könnte ihn anlügen, aber sie war sich sicher, dass er die Lüge sofort durchschauen würde. Seine Worte hallten in ihrer Erinnerung wieder: »Tja, ich glaube, es ist Pech, wenn zwei gute Lügner aufeinandertreffen.«

Ihr blieb also nur die Wahrheit: Der Turm. Das Feuer. Der Drache. Einfach alles.

Sofort verkrampfte sich ihr Herz schmerzhaft. Ruby legte eine Hand auf ihre Brust, um sich zu beruhigen.

Wenn sie Fynn das alles erzählte, das war ihr klar, dann würde sich etwas zwischen ihnen unwiderruflich verändern. Das machte Ruby im Moment am meisten Angst und das, obwohl sie schon so viele furchtbare Dinge erlebt hatte. Sie hätte niemals gedacht, dass man auch vor anderen Dingen wie Gefühlen Angst haben konnte.

»Mein Juwel!« Fynns Ruf weckte Ruby aus ihren Grübeleien. »Es ist Zeit aufzubrechen! Komm runter!«

Ruby schulterte den Beutel und kletterte einhändig den Mast herunter.

Auf dem Deck hatte sich die ganze Mannschaft versammelt. Ihr Blick fiel sofort auf Fynn. Er trug seinen langen schwarzen Piratenmantel mit den goldenen Knöpfen. Aber was war das für ein schrecklicher Hut? Er war schwarz, dreieckig und zur Krönung war daran noch eine riesige rote Feder befestigt.

»Ruby«, schnurrte Fynn. »Bitte zieh mich nicht weiter mit deinen Blicken aus. Das ist mir unangenehm vor meiner Crew.«

Ruby war so verstört von dem Hut, dass sie seine Neckereien überhörte. »Was ist das da auf deinem Kopf?«

»Eine modische Sünde«, stimmte Eleanore ihr zu und fächelte sich Luft zu. Ihr knallorangenes Kleid mit goldenen Verzierungen aus festem Brokatstoff gefiel ihr nicht, aber es war besser als das scheußliche Ding auf Fynns Haupt.

»Er ist nur angepisst, weil ein paar Leute mal meinten, dass Scada der eigentliche Kapitän ist«, erklärte Anissa beiläufig. »Darum zieht er sich auf den Inseln immer so ... piratenmäßig an. Damit jeder, der ihn sieht, ja auch gleich weiß, dass der Idiot, der so aussieht, als würde er sich nur verkleiden, wirklich ein Piratenkapitän ist.«

»Weil ich einfach zu gut aussehend für einen Piraten bin?«, hakte Fynn ein.

Anissa zuckte nur mit den Schultern. »Wenn du das meinst.«

»Ruby findet mich attraktiv.«

Ruby wollte es verneinen, aber dann lief sie Gefahr, dass Fynn diese Lüge aufdeckte. O ihr Götter, was dachte sie gerade? Und ihr Schweigen machte sie erst recht verdächtig!

Doch dann kam ihr Eleanores Neugier zu Hilfe. »Was hast du in dem Beutel?«, fragte sie. Sie kniff die Augen zusammen. »Und woher hast du dieses hässliche Teil? Das ist doch keine Damentasche.«

»Ich nehme meine Steine mit«, erklärte Ruby.

»Warum?«, fragte Fynn.

»Glaubst du wirklich, dass ich meine Sachen hier unbewacht lasse?«

»Hm.«

Da es keine Lüge war, wurde Fynn auch nicht misstrauisch.

Ruby brauchte noch etwas Zeit, um sich zu entscheiden. Vielleicht würde sie heute noch auf ein anderes Schiff gehen – oder vielleicht würde sie das vor Kurzem noch Undenkbare tun und Fynn bitten, ihr zu helfen.

Sie hatte ja alle Zeit der Welt – aber wie lange hatte Onyx noch?

Jede Sekunde, die Ruby verstreichen ließ, war eine Schaufelladung Erde mehr auf ihrem Sarg.

Ich beeile mich, Onyx, dachte Ruby. Aber ich kann mir nun einmal keinen weiteren Fehler mehr leisten.

Wie Fynn bei ihrer kurzen Trainingseinheit schon gesagt hatte: Manchmal ließ sie sich zu sehr von ihren Emotionen leiten. Genau deshalb war sie ja erst auf diesem Schiff gelandet.

Scada schien langsam ungeduldig zu werden. »Dann können wir ja endlich los.«

Fynn schüttelte den Kopf. »Aye. Sag nicht, du hast jetzt schon ein paar Frauen für die ... die unterhaltsame Gestaltung deines weiteren Aufenthaltes erspäht.«

Scada nickte mit einem breiten Grinsen im Gesicht, das die Frauen Ruby, Eleanore und Anissa zeitgleich dazu brachte, die Augen zu verdrehen.

»Es gibt Hexen, die ihre Kräfte dazu nutzen, die Welt Stück für Stück zu verändern«, stichelte Anissa. »Du benutzt deine Magie, um Frauen aufzugabeln.« Sie schüttelte angewidert den Kopf. »Du könntest das Morden in deinem Heimatland stoppen.«

Scada zuckte locker mit den Schultern. »Interessiert mich nicht. Mich interessiert aber, was ein paar leicht bekleidete Frauen heute noch so vorhaben.«

»Du bist widerlich«, war Anissas Kommentar, dem Ruby nur zustimmen konnte.

Grinsend breitete er die Arme aus. »Stich mich doch ab! Kannst du das hier nicht? Schade. Du hast wohl einen Pechtag.«

»Reißt euch zusammen!«, zischte Fynn seine Crew-Mitglieder an. »Wenn ihr euch wieder mal wie ein Haufen Kinder benehmt, wirft das ein schlechtes Licht auf mich.«

Damit schien das Vorgeplänkel auf dem Schiff erledigt zu sein. Fynn schritt erhobenen Hauptes über den Holzsteg auf die Insel. Ruby merkte erst, dass sie ihm wie ein Schoßhündchen folgte, als er sie ansprach: »Soll ich deine Hand halten, mein Juwel?«, fragte er und grinste sie an. »Dann gehst du auf der Insel nicht verloren.«

Desinteressiert verschränkte Ruby die Hände vor der Brust – und vor ihrem Beutel mit Edelsteinen.

»Wo gehen wir hin?«, fragte sie den Seeräuber.

»Wir sehen uns die Steckbriefe an.« Als er Rubys fragendes Gesicht sah, führte er aus: »Die größte Taverne auf der Insel heißt ›Der singende Pirat‹. Irgendwann hat man angefangen an der Außenwand aus Holz aktuelle Steckbriefe aufzuhängen. Das ist über die Jahre dann immer größer und aktueller geworden. Man erfährt durch die aufgehängten Steckbriefe auch, wer gestorben ist oder ob es bald einen neuen Lord oder eine neue Lady gibt.« Fynns Hand wanderte auf Rubys Schulter. »Und heute schauen wir, ob wir deinen Steckbrief erspähen, mein Juwel. Es gibt nicht viele neue Piraten. Wir werden ihn schnell finden.«

Ruby riss sich von Fynn los. Dort, wo er sie berührt hatte, breitete sich unter ihrer Haut etwas Seltsames aus. Sie konnte fühlen, wie sich in ihrem Inneren Wärme ausbreitete. Das Gefühl kam so plötzlich, dass sie erschrak.

»Ich bin keine Piratin«, knurrte sie deswegen gereizt.

»Du hast auch gesagt, dass du keine Diebin seist«, erinnerte er sie an ihr erstes Gespräch. »Dass sich der Großteil meiner in Yevel erbeuteten Edelsteine jetzt in deinem Besitz befinden, spricht für sich. Ich will nur sagen, dass du eine ausgezeichnete Piratin wärst, mein Juwel.«

»Aha«, sagte Ruby unbeeindruckt. »Bis jetzt habe ich aber noch nichts allzu Piratiges getan.«

Sie hatte sich nur die Edelsteine gekrallt, Fynn in seiner Überheblichkeit verletzt und einen Matrosen angesprungen. Wahrscheinlich gehörte das alles nur zu Fynns Plan, sie um den kleinen Finger zu wickeln: Schmeicheleien und noch mehr Süßholzgeraspel. Für was hielt er Ruby? Für eine holde Jungfer, die auf ihren Prinzen wartete?

Da war er zu spät dran.

»Das Potenzial ist da«, meinte Fynn lediglich zu Rubys Einwänden. »Und–«

Fynn gab einen seltsamen schrillen Laut von sich. Er blieb abrupt stehen und Kjell rannte fast in seinen Kapitän rein. Der bemerkte davon nichts.

Eleanore schirmte mit einer Hand die Sonne ab. »Oh! Ist das bei den Steckbriefen nicht Ophelia?«, fragte sie. »Hallo, Oph–«

Fynn schnappte Eleanore von hinten und hielt ihr eine Hand vor den Mund. »Psst!«, ermahnte Fynn sie. »Kein Wort.«

Ruby reckte den Kopf, um das arme Geschöpf zu erspähen, das Fynns Charme schon einmal verfallen war. Eine einzige Piratin stand vor einem riesigen und schiefen Holzgebäude. Wie der Pirat erklärte hatte, war die ganze äußere Wand mit Plakaten vollgepflastert. Die Piratin studierte genauestens einen Steckbrief nach dem anderen. Dann riss sie einen Zettel von der Wand und warf ihn achtlos auf den Boden.

Ophelia war eine wirklich schöne Frau, das musste Ruby zugeben. Sie war für eine Frau extrem groß und schlank. Ihr langes blondes Haar reichte ihr bis zum Hintern. Das bodenlange rote Kleid war von der Sonne schon sehr ausgeblichen. Das darüberliegende dunkelbraune Korsett schien jedoch neu zu sein. Eigentlich hätte Fynn verhindern wollen, dass Ophelia auf ihn und seine Mannschaft aufmerksam wurde, aber durch Eleanores Begrüßung drehte sie ihren Kopf nun zu ihnen.

Ophelia hatte nur noch ein Auge. Dort, wo ihr linkes Auge sein sollte, befand sich eine schwarze Augenklappe.

Das mit schwarzem Kajal umrandete rechte Auge wurde schmal.

Eine normale Reaktion, wenn man Fynn erblickte. Ruby konnte Ophelias Feindseligkeit nachvollziehen.

Ihre Lippen formten stumm seinen Namen. »Fynn.«

Die Piratin schritt langsam auf Ruby zu. Noch nie in ihrem Leben hatte Ruby jemanden gesehen, der sich so elegant bewegte wie Ophelia. Eine solche Geschmeidigkeit erwartete sie auf dem purpurroten Teppich eines königlichen Balls, nicht auf dem Kiesweg auf einer Pirateninsel.

»Das ist Fynns ehemalige Geliebte Ophelia«, wollte Eleanore Ruby noch als Erklärung zuflüstern.

»Fynn hat mir bereits von ihr erzählt.«

»Ihr habt über Fynns Verflossene geredet?« Das schien Eleanore in Verlegenheit zu bringen, da sie sich noch mehr Luft zufächerte. »Wie eklatant.«

Dass Fynn die Angelegenheit mit Ophelia immer noch unangenehm war, merkte sie, als der Pirat versuchte sich hinter Ruby zu verstecken.

Ophelia schnaubte. »Ist das dein Ernst, Fynn? Benimm dich nicht so kindisch.«

»Ich bin nicht kindisch«, stritt Fynn ab. Er legte beide Hände auf Rubys Schultern. Ihr Inneres war in Aufruhr, aber sie versuchte sich nicht darauf zu konzentrieren. »Ich wolle dir nur gleich Ruby vorstellen, mein neuestes Crew-Mitglied.«

Bei dieser miesen Ausrede konnte Ophelia nur eine Augenbraue hochziehen. Trotzdem streckte sie Ruby ihre Hand zur Begrüßung entgegen.

Ruby schüttelte sie.

Fynn zog so scharf die Luft ein, dass sie es sogar auf ihrem Nacken spüren konnte. Was? Was hatte dieser dumme Pirat jetzt schon wieder?

»Aye«, sagte Ophelia daraufhin und blickte über Ruby hinweg Fynn an. »Hast du dir wieder eine Adelige aufgegabelt?«

»Wäre das denn schlecht?«, fragte Eleanore pikiert.

Fynn trat vor. »Mein Juwel, man fasst der anderen Person zur Begrüßung an den Unterarm.«

Er wollte das an Ophelia demonstrieren. Die Piratin nutzte ihre Chance und zog einen Dolch aus ihrem Mieder, der eindeutig auf Fynns Schlagader am Hals abzielte. Ruby reagierte blitzschnell und stoppte den Dolchhieb mit ihren Krallen. Ihre unmenschlichen Nägel wurden von den Lederhandschuhen vollständig bedeckt. Ophelia würde also denken, dass sie unter dem Leder irgendwelche spitzen Waffen versteckt hatte.

Ruby genoss Ophelias erstaunte Miene, die sich in leichten Schrecken wandelte, als Ruby den Dolch einfach wie ein Streichholz zerbrach.

Wenn hier jemand das Recht hatte, Fynn abzustechen, dann war das Ruby allein.

Zu Rubys Verwunderung war Fynn so gar nicht darüber erstaunt, dass seine ehemalige Geliebte ihn umbringen oder zumindest ernsthaft verletzen wollte. Er wollte das Thema wechseln – und machte es nur viel schlimmer …

»Wo ist denn dein Bruder?«, fragte er als wäre dies ein normaler Plausch zwischen Bekannten.

»Warum fragst du das denn? Damit du ihm wieder die Zunge in den Hals stecken kannst?«, blaffte sie ihn an. »Oder geht es dieses Mal direkt miteinander ins Bett?«

Das war so unangenehm, dass Ruby ein paar Schritte nach hinten machte. So zog sie sich aus der Schusslinie und fügte sich in die gaffende Reihe an Crew-Mitgliedern ein.

»Du bist also noch nicht über die Sache hinweg?«, fragte Fynn erstaunt nach.

»Jungs.« Anissa wandte sich an die Zwillinge. »Prägt euch Fynns Verhalten ganz genau ein. Damit ihr nie die gleichen Fehler bei einer Frau macht.«

»Oh, ich bin über *dich* hinweg, Fynn«, knurrte sie. »Trotzdem kann ich mich noch darüber ärgern, was für ein Mistkerl du bist und wie dumm ich mal war. Wenn ich dich erledige, erspare ich vielen jungen Frauen und Männern Ärger und Kummer.«

Danach herrschte eine unangenehme Stille zwischen allen Piraten. Es traute sich nicht einmal ein anderer Seeräuber an der Gruppe vorbei, weil Ophelia so viel Antipathie ausstrahlte, dass man Angst hatte, sie würde einen im Vorbeigehen barhändig k. o. schlagen.

»Ich mag dein Kleid«, kommentierte Eleanore wie aus dem Nichts. »Ich habe dir doch gesagt, dass Kleider dir stehen.«

Dieser Kommentar sorgte dafür, dass Ophelia lächelnd den Kopf schüttelte.

»Aye. Danke schön, Lady Eleanore.« Sie knickste sogar leicht vor der Adeligen. Sie blickte Ruby und die anderen kurz entschuldigend an – alle bis auf Fynn. »Es tut mir leid, dass ich so feindselig war. Ich habe eine anstrengende Woche hinter mir.«

»Was ist denn passiert?«, fragte Fynn merklich besorgt.

»Wir hatten kurz vor den Blumeninseln ein unangenehmes Treffen mit ein paar Leuten von der Marine. Einige unserer Männer liegen im Hospital. Es kann Wochen dauern, bis sie sich erholt haben.«

»Jonathan geht es doch gut, oder?«

Ophelia warf ihren abgebrochenen Dolch Richtung Fynn. Da er das mehr als verdient hatte, grinste Ruby nur, als der blöde Pirat getroffen wurde. Ophelia konnte gut zielen.

Fynn rieb sich die Stirn. »Ich hätte mich auch nach deiner Gesundheit erkundigt, Phe, aber du stehst vor mir und siehst sehr gesund aus.«

»Jonathan kümmert sich um die ›Weinende Mary‹ – unser Schiff«, fügte sie für Ruby hinzu. Danach sprach sie wieder zu Fynn. »Du weißt, sie ist die einzige Frau, die er anfasst, und er lässt auch keinen anderen an sie ran. Darum kümmere ich mich die Woche um die Steckbriefe.« Ophelia deutete auf die Wand. »Ihr könnt mir auch gerne ein bisschen Spendengeld dalassen, weil ich eure neuen Steckbriefe auch noch aufhängen muss.«

»Aye, zeig mir mal Rubys Steckbrief.«

Ophelia schenkte Fynn und Ruby einen gewissen – sprich abschätzigen – Blick. Ruby ahnte, dass sie sie für ihre Nachfolgerin in Fynns Bett hielt.

Das war nun wirklich mehr als nur ein bisschen unangenehm.

Die Piratin drehte sich um, um Fynns Wunsch zu erfüllen.

»Vor ihr hast du Angst, aber dass ich dir die Haut von den Knochen kratzen könnte, lässt dich völlig kalt«, murmelte Ruby gut hörbar für den betroffenen Piraten.

»Wir schäkern ja nur miteinander, mein Juwel. Ophelia würde mir am liebsten wirklich ein paar Dinge vom Körper schneiden.«

Dieses Mal unterließ es Ruby, Fynn darüber aufzuklären, dass sie auch nicht mit ihm schäkerte.

Ophelia kehrte mit vier Steckbriefen zurück. »Scada, Anissa und natürlich Kapitän Fynn. Euer Kopfgeld ist angestiegen.« Sie überreichte jedem der Piraten das betreffende Blatt Papier. Ruby spickte auf Fynns Zettel. Darauf stand ganz groß ›Gesucht‹. Darunter befand sich eine gut getroffene Skizze der Person, das Kopfgeld und die Phrase »Tot oder lebendig«.

»350 Goldmünzen.« Fynn sah von seinem Steckbrief auf. »Mein Kopfgeld hat sich mehr als verdreifacht.«

Ophelia zuckte mit den Schultern. »Du bist der erste Pirat, der so dumm war, in den Palast von Yevel einzubrechen.«

»Da ist doch wohl ›furchtlos‹ das bessere Wort.«

»Nein.« Ophelia wandte sich zu Ruby. Sie streckte Ruby ihren verknitterten Steckbrief entgegen »Ich habe den Steckbrief zur Seite gelegt, weil ich dich noch nie gesehen habe: die Frau mit der schwarzen Drachenmaske. 150 Goldmünzen. Tot oder … Oh. Nur tot.«

Dieses Mal raste Rubys Herz nicht. Nein. Es fing an langsamer zu schlagen. Und jeder Schlag tat ihr weh. Jeder Schlag raubte ihr etwas Kraft. Sie spürte, wie warmer Angstschweiß sich auf ihrer erkalteten Haut bildete.

Warum stand auf ihrem Steckbrief lediglich ›tot‹? Sie sah zu Scada und Anissa. Bei Scada war nur ›lebendig‹ vermerkt, was aber nicht weiter verwunderlich war, wenn man bedachte, dass die Bewohner von Estarossa ihn einen grausamen Tod sterben sehen wollten.

»Wer stellt diese Steckbriefe aus?«, fragte Ruby Ophelia aufgebracht. »Wer gibt sie in Auftrag?«

Sie zuckte mit den Schultern. »Unterschiedlich. In den meisten Fällen die Marine oder die Seewacht des betroffenen Landes. Es gibt auch Länder, die nichts davon haben, da–«

»Und der König?«, bohrte Ruby panisch nach. »Kann der König eines Landes auch bestimmen, was man auf so einem Stück Papier lesen kann?«

»Natürlich kann auch der König so etwas in Auftrag geben«, sagte Ophelia dazu. »Aber ihr seid ja auch bewusst in den Palast eingebrochen und habt damit gerechnet, dass die Königsfamilie das nicht so toll finden wird. Oder wart ihr besoffen?«

»Ein bisschen«, gab Fynn zu und hielt deutend zwei Finger hoch.

»Aye.« Ophelia stemmte die Hände in die Hüfte. »Ich muss dann noch fast einhundert Steckbriefe durchgehen. Dann noch einen angenehmen Aufenthalt.«

»Phe …«, begann Fynn, aber die junge Piratin hatte sich bereits abgewandt.

Er ließ die Schultern hängen. Kommentarlos ließ er ein paar Silbermünzen in einen Kelch neben der Steckbrief-Wand fallen.

Scada lachte laut. »Ich wollte eigentlich gleich nach dem Aussteigen abhauen, aber die Szene mit Wilhelm war das allemal wert.«

»Wer?«, fragte Ruby.

»Na, der gerade eben. Er hasst dich immer noch abgrundtief«, kommentierte Scada und klopfte Fynn auf die Schulter. »Warum musstest du auch mit zwei Brüdern anbandeln?«

»Sie«, verbesserte Fynn. »Ophelia ist eine Frau und ich würde dich bitten, sie nicht mehr Wilhelm zu nennen. Sonst kannst du dich dem erlauchten Eunuchenkreis der Blumeninseln anschließen. Dafür werden entweder ich oder Ophelia sorgen.«

Scada schnaubte. »Gut. Ich habe verstanden.«

»Ophelia sieht in einem Kleid so gut aus!«, plapperte Eleanore immer noch begeistert von sich hin.

»Ich hoffe, die Begegnung mit Ophelia hat keinen bitteren Nachgeschmack hinterlassen«, sagte Fynn zu Ruby.

»Ich wusste auch vorher schon, dass du ein Idiot bist«, sagte Ruby schnippisch. »Das musste mir dein … deine ehemalige Geliebte nicht noch einmal vor Augen führen.«

»Es tut mir echt leid, dass ich ihr das Herz gebrochen habe«, fuhr Fynn mit seinem Monolog fort. »Ophelia verdient mehr als nur eine halbherzige Entschuldigung. Wenn ich nur endlich wüsste, wie ich meinen Fehler bei ihr wiedergutmachen könnte und sie auch merkt, dass es mir wirklich aus tiefster Seele leidtut.«

Wenn auch Ruby nichts dazu sagte, so musste sie für sich zugeben, dass das nett war.

»Ich bin dann mal im Bordell«, verabschiedete sich Fynn bei Ruby. »Bis später, mein Juwel.«

»Hab Spaß«, rutschte es aus Ruby raus, bevor seine Worte in ihrem Gehirn angelangt waren.

Warte … Er ging wohin?!

II.

Fynn

Fynn war so etwas wie ein Stammgast in Bordellen. Nicht in einem bestimmten, sondern in allen Bordellen in allen Ländern, die er in seinem jungen Leben bis jetzt besucht hatte. Zwei Jahre lang hatte er sogar Untersetzer aus den verschiedenen Etablissements gesammelt, bis er diese Sammelleidenschaft für dämlich empfunden hatte: Andere brachten Geschlechtskrankheiten aus Bordellen mit und er Untersetzer?

Daraufhin hatte er seine Sammlung ins Meer geschmissen. Sollten sich doch die Meerjungfrauen und Meermänner an den zweideutigen Karikaturen erfreuen.

Das Hauptbordell dieser Pirateninsel hatte er allerdings noch nie aufgesucht.

Von außen hätte das Freudenhaus auch ein Wirtshaus oder eine Bank sein können. Es war nur ein weiteres Gebäude mit einer schiefen Holzverkleidung, das schon bessere Tage gesehen hatte. Der einzige Unterschied bestand darin, dass es viel mehr Fenster gab und ein paar voneinander abgetrennte Balkone. Dort erspähte Fynn ein paar leicht bekleidete Frauen und Männer. Sie alle riefen ihm lockend zu:

»Ahoi!«

»Wenn du diesen Tag nicht vergessen willst, dann verlange nach Tiara!«

»Hey!«

»Zu dritt macht es am meisten Spaß, oder?«

»Mein Schöner!«

Fynn lächelte ihnen zu und tippte an seine Hutspitze, bevor er das Bordell betrat.

Im Inneren des Hauses stieg ihm sofort ein so dermaßen süßer Parfümgeruch in die Nase, dass seine Augen davon tränten. Natürlich waren Bordelle durch die ganzen Opiumpfeifen stickig und man versuchte den Geruch nach Schweiß und anderen Körperflüssigkeiten zu überdecken, aber dieses Parfüm war zu viel des Guten.

Er nahm seinen Hut ab und versuchte damit den Geruch zu vertreiben. Die Duftpartikel legten sich trotzdem reizend auf seine Schleimhäute. Er hustete.

Bevor Fynn wieder richtig sehen konnte, hatte sich schon eine Angestellte des Hauses bei ihm untergehakt.

»Ah, was für ein schöner junger Mann«, schnurrte sie. Er spürte, wie sie über seine Brust strich. »Mein Name ist Naa'Fir. Und wer bist du, Matrose?«

Der Tränenschleier legte sich so schnell, wie er gekommen war, und er erkannte die Umrisse einer Frau mit rabenschwarzen Haaren, die nicht viel älter war als er. Sie trug ein durchsichtiges rotes Kleid, das ziemlich alles von ihrer dunklen Haut entblößte.

»Erstens.« Fynn war etwas gereizt. »Ich bin Kapitän Fynn.«

Er schnalzte mit der Zunge und setzte sich seinen Dreispitz wieder auf. »Und für so etwas gehe ich doch nicht ins Bordell, meine dunkle Schönheit«, sagte er etwas versöhnlicher und löste sanft ihren Arm. »Für das körperliche Vergnügen zahle ich nicht.«

Er ließ Naa'fir ratlos stehen.

Das Bordell war im Moment ziemlich leer. Viele der Hausangestellten rauchten auf großen Liegen oder lümmelten auf Kissenbergen herum. Sie zogen an Opiumpfeifen oder nippten an Kristallgläsern mit rotem Wein, der ihren Lippen einen schönen hellroten Glanz verlieh.

Fynn hatte gehört, dass die Bordelle der Pirateninsel besonders beliebt waren. Viele Dirnen vom Festland versuchten auf den Inseln Arbeit zu finden, da die Bezahlung besser war und sie sich auf einer Insel voller Piraten tatsächlich sicherer fühlten. Der Piratenlord Xerxes war als Kind einer Prostituierten und eines unbekannten Freiers in einem Freudenhaus groß geworden.

Er wachte nun so gut er und seine Flotte es konnten, über die fünf großen Bordelle auf den verschiedenen Inseln.

Nachdem Fynn schon der ersten Liebesdienerin eine solche Abfuhr verpasst hatte, betrachteten die anderen ihn vorsichtig.

»Hallo, Captain.« Eine glockenhelle Stimme drang auf einmal wie aus dem Nichts zu ihm. Er neigte den Kopf nach rechts und entdeckte eine große Frauengestalt in einem dunklen Nebengang. Sie streckte die Hand aus und lockte ihn näher zu kommen. Je näher er kam, desto klarer konnte er ihre Figur ausmachen. Eine wunderschöne Frau mit weißen Haaren und roten Augen. Sie wirkte vollkommen alterslos auf ihn. Ihre glatte Alabasterhaut gab keinen Aufschluss über ihr wahres Alter. Als wäre das noch nicht zu viel Weiß gewesen, war sie zudem noch in einen schneeweißen Seidenkimono gehüllt.

Sie führte eine elegante dunkelblaue Opiumpfeife an ihre zartrosa Lippen. »Mein Name ist Euphemia«, stellte sie sich ohne Umschweife vor. Hellgrauer Rauch stieg fast schon lasziv tanzend beim Reden aus ihrem Mund auf. »Meinem Mann und mir gehört dieses kleine, aber feine Freudenhaus.«

Klein, aber fein?, wunderte sich Fynn. Das Etablissement verfügte über mindestens drei Stockwerke. Wenn man die Grundfläche bedachte, dann kam man auf um die vierzig Gästezimmer.

Fynn nahm seinen Hut ab, drückte ihn gegen seine Brust und verneigte sich. »Aye, Mylady.«

Euphemia kicherte leise. »Du hast gute Manieren. Aber du brauchst dich bei mir wahrlich nicht einzuschmeicheln. Ich habe mit so vielen Piraten zu tun – ich bin die rauen Umgangsweisen gewohnt. Zudem wird das, was du von mir willst, mit Schmeicheleien nicht billiger. Ich bin dafür schon zu lange im Geschäft.«

Fynn richtete sich mit zusammengekniffenen Lippen wieder auf. Er hatte gehofft, dass er hier ein paar Goldmünzen sparen konnte, aber die Bordelle auf der Pirateninsel waren wohl auch nicht billiger als auf dem Festland.

»Ich geleite dich zu meinem Gemache. Folge mir.« Erneut nahm sie einen Zug aus ihrer Pfeife und drehte sich um. »Ich habe heute noch viel zu tun, also überlege dir genau, was du fragen willst.«

»Dann weißt du, warum ich hier bin?«

Er stand so nah neben ihr, dass der Opiumrauch sein Gesicht streichelte. »Hier muss man seine Augen und Ohren überall haben, oder?«

Fynn grinste. »Genau.«

Während andere in Bordellen das körperliche Vergnügen im Austausch für Geld suchten, holte Fynn sich Geheimnisse oder Informationen von den Dirnen, die andere eben vor, während oder nach dem Liebesakt verrieten. Nichts lockerte die Zunge mehr als vollmundiger Wein und eine Frau oder ein Mann zwischen den Schenkeln. Zumindest war das bei den meisten so.

»Es ist selten, dass so junge Piraten wie du kein Interesse an meinen Mädchen zeigen.« Hörbar atmete sie den Rauch aus. »Wäre dir ein junger Mann lieber gewesen?«

»Ich bin nicht so wählerisch«, gestand Fynn Euphemia. »Hautfarbe oder Geschlecht.« Krallen oder Schuppen, dachte er. »Das ist für mich nebensächlich.«

»Mhm. Du bist ein interessanter junger Mann.«

Euphemias Gemach am Ende des Ganges wirkte wie jedes andere Zimmer, allerdings nur von außen betrachtet. Das Innere war mit purpurnen und roten Stoffen verkleidet, die dem ganzen Zimmer einen verruchten, aber heimeligen Anstrich verliehen. Ihr Bett war kein Bett im eigentlichen Sinne, sondern eine Ansammlung von Polstern und Decken. Fynn fragte sich, wie viele Leichen unter dem Berg aus Stoff und Daunen verborgen waren. Vielleicht hing deshalb dieser übertrieben süße Geruch penetrant in der Luft.

Wenigstens sahen die drei mit Blattgold verkleideten und mit dunkelblauem Stoff bespannten Diwane bequemer aus.

»Ahoi«, erklang eine tiefe Stimme aus dem Bett.

Tatsächlich erspähte Fynn erst jetzt eine dunkle Männergestalt, die in den Untiefen des Bettes vergraben war.

»Lord Xerxes«, erschrak Fynn. Er verbeugte sich hektisch. Sein Dreispitz fiel mit einem dumpfen Geräusch zu Boden. »Mögen Ihnen die dreizehn Weltmeere immer gewogen sein.«

Fynn war kein Freund des festländischen Adels, aber diese Piratenlords und -ladys hatten ihre Titel nicht von irgendwoher. Es war nicht das Blut in ihren Venen, sondern ihre Taten, die ihnen einen Sonderstatus in dieser Welt eingebracht hatten.

»Aye.« Xerxes stieß ein raues Lachen aus. »So einen höflichen jungen Burschen habe ich schon lange nicht mehr gesehen. Bist du ein Pirat oder ein Adelsjunge auf Abwegen?«

Fynn verzog beleidigt das Gesicht. Doch als er sich wieder mit seinem Hut in einer Hand aufrichtete, grinste er den Lord falsch an. »Aye. Ich bin nur ein Pirat, der Achtung vor einem älteren und begabteren Meister hat.«

Den kleinen Seitenhieb konnte Fynn dann auch nicht unterlassen. Xerxes war vielleicht nur ein Jahrzehnt älter als er. Die vielen Tattoos auf seiner dunklen Haut ließen den Piratenlord viel älter wirken, als er eigentlich war.

Zu seinem Pech – oder war es Glück? – überhörte der Lord Fynns kleine Beleidigung und antwortet nur »Aye«.

Eines musste Fynn sich aber widerwillig eingestehen: Lord Xerxes war wirklich durchtrainiert. Er lümmelte in dem Berg aus Kissen und entblößte dabei seinen durchtrainierten Oberkörper.

Fynn schüttelte den Kopf, um jegliche unpassenden Gedanken aus seinem Kopf zu vertreiben. Er war nicht hier, um Euphemia in den Ausschnitt oder Lord Xerxes auf den Waschbrettbauch zu starren.

Deshalb wandte sich Fynn schnell von Euphemias Kunden ab und steuerte auf einen Diwan zu. Oh, und was erblickte er da? Wehrlose Weinflaschen auf einem Tischchen vor den Liegeplätzen.

»Der Wein ist immer noch kostenlos, oder?«, fragte er und entkorkte dabei schon mal eine Flasche.

Wenn Fynn schon sein Gold für Informationen aus dem Fenster schmeißen musste, dann wollte er sich wenigstens ordentlich betrinken.

»Bedien dich nur«, meinte Euphemia, wobei Fynn schon das erste Glas auf ex geleert hatte.

Mit einem gefüllten zweiten Glas und der Weinflasche in der anderen Hand machte es sich Fynn auf der Liege bequem.

Zu seinem Erstaunen gesellte sich neben Euphemia auch Xerxes zu ihm.

»Ähm«, begann Fynn. »Was wird das hier?«

»In diesen Wänden bin ich nur ein Ehemann«, sagte Xerxes und wickelte eine von Euphemias hellen Strähnen um seine Finger. Euphemia grinste voller Glück. »Ich hoffe, es macht dir nichts aus, wenn ich euch etwas lausche.«

Das war wahrlich eine Überraschung.

Er hatte nicht gewusst, dass Lord Xerxes verheiratet war. Eigentlich kannte Fynn keinen Piraten, der den Bund der Ehe eingegangen war. Es gab schon einige bekannte Pärchen, die schon lange zusammen waren und gemeinsam Furcht und Schrecken verbreiteten, aber Ehe? Die interessierte Seeräuber eigentlich nicht …

Und dann wurde Fynn etwas Furchtbares klar: Xerxes hielt Fynn für keine Gefahr. Darum verriet er ihm auch, dass er eine Frau hatte, was ja eigentlich ein Druckmittel war.

Fynn knirschte mit den Zähnen. Xerxes hatte keine Angst, dass Fynn dieses Wissen einmal gegen ihn benutzen würde. Das schnürte das zornige Feuer in seinem Bauch noch weiter.

Fynn bereute es zum ersten Mal, ein Freudenhaus aufgesucht zu haben. Er hätte die Zeit auch besser nutzen können, indem er Ruby die Stadt gezeigt hätte. Vielleicht wäre die Diebin ihm rettungslos verfallen, wenn er sie an die besonderen Plätze der Insel geführt hätte wie die Galgen-Allee, in welcher man die Galgenschlingen der gefürchtetsten Piratenlords des Jahrhunderts in eigens dafür gepflanzten Bäumen aufgehängt hatte. Nein, das war selbst für Ruby zu morbide. Vielleicht sollte er ihr den Springbrunnen im Innenhof der neusten Taverne zeigen, den mit den Steinfiguren kopulierender Pärchen? Ja, dafür würde Ruby ihn wahrscheinlich ohrfeigen.

Die Pirateninsel war nun mal nur bei Sonnenaufgang romantisch …

»Nun …« Euphemia vertrieb für einen kurzen Moment alle Gedanken an Ruby aus seinem Kopf, als sie mit ihren schlanken Fingern über seine nackten Arme strich. »Nimm doch Platz, mein verehrter Kunde.«

Euphemia füllte ein weiteres Glas mit Wein und reichte es Fynn, der zu seiner Verwunderung schon auf dem Diwan lag.

Seine Crew hatte recht: Bei schönen Frauen – aber auch bei gut aussehenden Männern – hatte sein Gehirn mit Aussetzern zu kämpfen.

Euphemia und Xerxes belegten die anderen Liegeplätze.

Sie blies mit dem Rauch auch eine Frage aus dem Mund: »Wie kann ich dir nun helfen?«

»Ich brauche Informationen zum Königreich Yevel.«

Fynn wusste, dass er gar nicht mehr versuchen brauchte, noch etwas aus Ruby herauszukriegen. Wenn sie nicht aus freien Stücken darüber reden wollte, dann versuchte Fynn es selbst herauszubekommen. Das hatte bei Scada und Anissa schließlich auch geklappt.

Er war davon überzeugt, dass er ihr so helfen konnte.

Jemand wollte sie tot sehen, und zwar jemand der nicht einmal die Genugtuung erleben wollte, sie eigenhändig zu töten. Jemand wollte, dass Ruby ein für alle Mal aus dieser Welt verschwand.

Und das würde Fynn nicht zulassen.

Ruby war schließlich ein unentbehrliches Mitglied seiner Crew. Er würde jeden töten, der es wagte, eine Hand gegen sie zu erheben.

Euphemia klopfte mit der Pfeife viermal leicht gegen den Tisch. Fynn wusste, was das zu bedeuten hatte. Er legte vier Goldmünzen auf den Tisch. So ein Wucher!

»Yevel. Das Land der Edelsteine. Das Land der Drachen.« Euphemia starrte zur Decke hoch. »Ich habe gehört, dass erst vor Kurzem ein Pirat in den Palast eingebrochen ist.«

Fynn hob seine Hand. »Ja, das war meine Wenigkeit.«

Als Xerxes' Gesichtszüge etwas entgleisten, musste Fynn einfach grinsen. Tja, er hatte ihn wohl zu früh als ungefährlich eingestuft.

»Warum hast du das getan?«, wollte der Piratenlord wissen. »Und wie hast du das überhaupt geschafft?«

Fynn legte sich auf den Rücken, überkreuzte die Beine und ließ sich Zeit, als er einen Schluck Wein trank. Jetzt sollten die beiden ihn mal lange unverhohlen anstarren und einsehen, dass Fynn talentierter war, als sie dachten. So vorteilhaft es auch war, wenn man als ungefährlich eingestuft wurde, so kratzte es doch immer an seinem Ego.

»Ich bin in den Palast eingebrochen, weil ich einfach Lust darauf hatte.«

Das war ziemlich nah an der Wahrheit. Dass Ruby einen weiteren Anreiz für den Coup geliefert hatte, musste ja keiner wissen. Besonders jetzt, wo jemand es auf ihr Leben abgesehen hatte. »Ich bin doch noch jung, da tut man unüberlegt ein paar Dinge. Besonders, wenn man in einem Bordell viel Wein getrunken hat und auch noch rumgeprahlt hat, dass man jetzt gleich ein paar Edelsteine vom König klaut. Es war aber gar nicht mal so einfach, an einem Stück wieder rauszukommen.«

»So schlau und gewitzt wie der dunkle Gott«, bewunderte Euphemia ihn.

Fynn zwinkerte. »Aber mindestens dreimal hübscher.«

Xerxes' Miene war nicht zu deuten. »Was hat dich überhaupt nach Yevel geführt?«

»Ach, nichts Besonderes«, winkte Fynn mit einer Hand ab und verschüttete dabei etwas Wein. Gut, dass der Stoff so dunkel war. Da sah man die Flecken nicht. »Meine Crew und ich haben in Ivoire vom Drachenfest gehört und das hat uns neugierig gemacht. Wir wollten eigentlich nur ein paar Feiernde ausrauben.«

Fynn hatte sogar in seinem Heimatland im Süden Geschichten vom Drachenfest mitbekommen. Nicht, dass man das Fest dort gutgeheißen hatte. Spaß war ja eine Sünde.

Wenn Scada und die Zwillinge nicht geradezu gebettelt hätten, nach Yevel zu segeln, wäre er niemals auf die Idee gekommen, das Fest zu besuchen.

Und er hätte Ruby nie kennengelernt …

War das wirklich erst ein paar Tage her? Es war fast so, als kannte er Ruby schon sein halbes Leben lang.

»Ich würde nun gern mehr über Yevel wissen«, sagte Fynn und schwieg über das, was er dort erlebt hatte. Er fragte nicht einmal direkt nach den Drachen.

»Es ist eine Monarchie«, sagte Euphemia. »Seit Jahrhunderten wird das Land von einem König, also von einem männlichen Mitglied der Königsfamilie regiert.«

»Eine absolute Monarchie«, fügte Xerxes hinzu. »Das bedeutet, dass der Herrscher al–«

»Aye, ich weiß, was das bedeutet«, unterbrach Fynn Xerxes unabsichtlich etwas zu harsch. »Ich bin ja nicht blöd.«

»Oh.« Euphemia schenkte Fynn Wein nach. Das besserte seine Laune aber nur ein wenig. »Verzeih meinem Mann. Er ist nicht gerade der Typ Pirat, der seine Nase in Bücher steckt, wenn man ein Buch nicht direkt in sein Gesicht wirft.«

»Was gibt es noch über Yevel zu wissen?«, bohrte Fynn nach. Er wusste, dass Xerxes und Euphemia mehr Gold aus ihrem begrenzten Wissensstand herausschlagen wollten.

»Juwelen und Drachentöter – dafür ist das Land bekannt.«

Das wusste Fynn auch. Das wusste fast jedes Kind auf diesem gottverdammten Planeten. Dafür hatte er also vier ganze Goldmünzen ausgegeben?

Ein Stöhnen konnte er beim besten Willen nicht unterdrücken.

»Es gibt Gerüchte, dass der König Drachen gefangen hält«, sagte Xerxes dann. Der Lord grinste Fynn überlegen an. »Junge, du musst früher aufstehen, wenn du meinst, dass du undurchschaubar bist. Ich werde dir erzählen, was ich von anderen Piraten gehört habe, aber das hat seinen Preis.«

»Wie viel?«, fragte Fynn.

»Weitere vier Goldmünzen.«

Damit wäre dann fast sein gesamtes Geld weg. Aber blieb ihm etwas anderes übrig?

Er schmiss die vier Münzen auf den Tisch.

Xerxes lächelte und nickte ihm zu. »In Yevel residiert König Gentian von Yevel mit seiner Frau Königin Florentine und ihrem gemeinsamen Sohn Viorel.«

Was waren das denn für seltsame Namen?

»Und?«

»Nun ja, man weiß praktisch nicht viel über die Familie«, sagte Xerxes. »Selbst die Bewohner des Landes wissen kaum etwas über ihren Herrscher.«

»Ein Fluch«, sagte Euphemia und nickte. »Da will jemand nicht, dass etwas an Außenstehende dringt.«

Fynn glaubte an Magie. Schließlich hatte er Scada, Nox und Ruby in seiner

Crew, eine Sirene wollte sein Gehirn schlürfen und ein Einhorn hatte ihn abgestochen. Aber ein Fluch, der über ein ganzes Königreich gelegt worden war?

»Dass der König Drachen gefangen hält?«, mutmaßte Fynn.

Oder experimentierte der König? War Ruby ein Versuchskaninchen gewesen? Das würde ihr Aussehen erklären, aber nicht, warum sie einen Schlüssel gestohlen hatte …

»Da fällt mir ein …« Zum ersten Mal, seit er das Bordell betreten hatte, legte Euphemia die Opiumpfeife beiseite. »Vor ein paar Jahren hatte ich mal einen Kunden.« Ihre Augen starrten ins Leere oder die Vergangenheit. »Auch er war einige Tage zuvor in Yevel gewesen. Er erzählte mir, dass er in einem Wald einen hohen Turm gesehen hatte, der in Flammen stand. Er wollte mir auch weismachen, dass er einen schwarzen Drachen beobachtet hatte, der versucht hatte, den Turm zu zerstören. Ich hielt es lediglich für eine Horrorgeschichte«, schloss sie die Erzählung. »Ich dachte, dass er mir etwas Angst einjagen wollte, damit ich mich enger an ihn anschmiegte oder ihn für seinen Mut bewunderte. Drachen sind heutzutage ja noch seltener als Einhörner.«

Ein kalter Schauer überkam Fynn. Das war keine Geschichte gewesen, da war er sich sicher.

Er überspielte es jedoch mit einem glucksenden Lachen. »Ein Drache? Ein Turm? Klingt ja wie in einem Märchen.«

»Er erzählte mir aber auch, dass er in die nächste Taverne gegangen sei und dort einigen Leuten von seinen Erlebnissen berichtet hätte. Sie haben ihn alle ignoriert.«

»Drachen existieren noch. Egal, was manche Menschen meinen. Ich hatte vor zwei Jahren mal eine unangenehme Begegnung mit einem Meeresdrachen.« Sich an diesen Zusammenstoß erinnernd, stöhnte der Piratenlord. »Was für ein Monstrum! Es hat mir das halbe Schiff zerstört und drei meiner besten Männer mit in die schwarze Tiefe gerissen. Aber es hatte wunderschöne blaue Schuppen.« Ein fast schon sehnsüchtiger Blick schlich sich in das Gesicht des Lords. »Wie Edelsteine.«

»Wie Edelsteine«, wiederholte Fynn, dem auf einmal ganz schlecht war.

»Hast du dich schon mal gefragt, woher Yevel so viele Edelsteine hat?« Xerxes grinste übers ganze Gesicht. »Eine Horde wilder Drachentöter versteht nichts von der Edelsteingewinnung. Dafür haben sie sich darauf spezialisiert, so mächtige Wesen wie Drachen umzubringen und den größten Nutzen daraus zu ziehen.«

»Ihr wollt doch nicht damit andeuten, dass all die Edelsteine in Yevel ...«

Das fast volle Weinglas fiel Fynn aus der Hand und hinterließ dunkelrote Flecken auf dem weißen Steinboden. Es sah aus wie Blut.

»Es tut mir leid«, sagte Fynn, dessen Kopf immer noch von der neuesten Erkenntnis schwirrte.

Konnte das wahr sein? Waren alle Edelsteine Schuppen von Drachen? Wenn das wirklich der Wahrheit entsprach, dann wusste Ruby nichts davon. Dafür war sie zu sehr auf diese Steine fixiert.

»Du bist ja ganz bleich geworden.« Euphemia kam auf Fynn zu und zwickte ihm aufmunternd in die Wange. »Willst du nicht noch etwas bleiben?«, fragte sie und kehrte die Scherben mit ihren Lederstiefeln unter die Liegebank. »Mein Mann und ich hätten nichts dagegen, wenn du uns noch etwas Gesellschaft leistest.«

Eigentlich wäre das Angebot schon verständlich genug gewesen, Euphemia hätte es sich sparen können, auch noch Fynns obersten Hemdknopf aufzuknöpfen.

Was als Nächstes geschah, konnte Fynn selber kaum glauben. Besonders, da ihm angeboten worden war, sein Bett mit einem gut aussehenden – wenn auch unsympathischen – Piratenlord zu teilen, aber das war für das Schäferstündchen ja nebensächlich.

»Nein danke, meine verehrte Lady.« Er löste ihre Hand von seinem Knopf. »Es gibt da eine junge Frau, wegen der ich dieses Angebot ausschlagen muss.«

»Wie schade.« Euphemia schob ihre Unterlippe schmollend vor. »Bist du dir sicher, dass sie es wert ist? Sie wird schließlich nie davon erfahren.«

»Ja.« Zum ersten Mal in seinem Leben wurde Fynn nicht wegen Alkohol rot im Gesicht. »Mir wird gerade erst bewusst, dass sie mir viel bedeutet.«

Euphemia stieß einen schon beinahe herzzerreißenden Seufzer aus. Sie war es nicht gewohnt, dass man sie verschmähte.

»Gut«, sagte sie. »Aber lass mir dir dann noch einen kleinen Tipp geben, da dir der Wein scheinbar nicht so bekommen ist: Wenn du noch mehr über Yevel erfahren willst, dann geh zum alten Sargmacher. Seit Kurzem bewohnt ein Historiker die zweite Etage.«

Fynn nickte. »Ich danke dir.«

»Nicht dafür, mein Schöner, nicht dafür ...«

III.

Ruby

Ruby sah Fynn noch lange schweigend nach.

Doch mit jedem Herzschlag machte sich ein fremdartiges Gefühl in ihrem Inneren breit. Es war so, als würde jemand ihr Herz mit heißen Eisennadeln durchstochern, während alles andere zu Eis erstarrte. Aber dann brach das Feuer in ihr wieder aus.

O nein, redete sich Ruby ein, dass war nur gesunde Wut.

Und warum kümmerte es ausgerechnet Ruby, was Fynn machte?

Sie zog an ihrem Beutel.

Sie und ihre Edelsteine würden ganz bestimmt einen Piraten finden, der nicht so ein ekelhafter Hallodri war wie Fynn.

Genau als Ruby das dachte, taumelte ein völlig betrunkener Seeräuber aus der Taverne und stürzte ins Meer. Niemand half ihm, als er mit dem Gesicht nach unten ins offene Meer trieb.

Ruby stöhnte.

Warum hatte sie es noch mal für eine gute Idee gehalten, Piraten in ihr Problem zu involvieren? Ach ja, weil ihr ursprünglicher Plan beinhaltete hatte, dass sie die Piraten als Ablenkung missbrauchte und sie für ihre Zwecke opferte.

Dass sie nun auf einer Insel voller Piraten gelandet war, war nun wirklich mehr als Pech. Niemand wirkte hier besonders vertrauensvoll.

»Fynn ist so ein abartiger Lüstling«, kommentierte Eleanore den Abgang ihres Kapitäns. »Er lässt nie ein Bordell aus.«

Ruby hoffte, dass er sich irgendeine Geschlechtskrankheit einfing, die sein Gehirn langsam und vor allem schmerzhaft auffraß.

»Heute ist so wenig los!«, merkte Eleanore an. Sie hakte sich bei Ruby unter. »Lass uns die Marktstände entlangflanieren. Vielleicht finden wir ein paar Sachen, die das Schiff verschönern.« Sie hielt sich den Fächer vor den Mund. »Oder einfach etwas für uns.« Mit einem Grinsen klopfte sie auf einen dunkelblauen Stoffbeutel, der mit einem goldenen Gürtel an ihrem Kleid befestigt war. Darin waren eindeutig einige Goldmünzen, die einen verführerischen Klang von sich gaben. »Wir haben letztes Mal wirklich gute Beute gemacht. Fynn war sehr großzügig bei dem Anteil der Crew ... Nicht, dass ich ein Teil davon wäre«, fügte sie noch schnell ergänzend hinzu. »Das ist eine Entschädigung. Eine glückliche Geisel ist eine gute Geisel. Und zum Glücklichsein kaufen wir uns jetzt was.«

Ruby fixierte lange den Geldbeutel.

Selbst so eine von Natur aus begabte Killerin wie Eleanore würde es nicht gleich merken, wenn sie ihr den Beutel stahl. Sie musste sie nur beim Einkaufen kurz ablenken und einfach mit dem Gold wegrennen. Eleanore konnte vielleicht gut kämpfen, aber sie war nicht imstande, sich so geschmeidig zu bewegen wie Ruby. Hier in dieser Stadt mit all den verwinkelten Gassen und schiefen Häusern könnte sie innerhalb weniger Sekunden auf dem Dach eines Hauses stehen. Niemand würde sie so leicht fangen können. Aber ...

Aber sie würde Eleanore nicht bestehlen.

Eleanore hatte dieses Glänzen in ihren Augen gehabt, als sie Ruby von ihren Einkaufsplänen erzählt hatte. Sie war sich fast sicher, dass sie so aufgeregt war, weil sie mit Ruby Zeit verbringen durfte.

Darum konnte sie weder Eleanore bestehlen – noch jetzt schon verschwinden.

Ruby seufzte.

Warum war Menschsein eigentlich so anstrengend? Mit Onyx hatte sie mehr wie ein Drache gehaust. Es war einfacher gewesen. Man musste nur auf sich selbst achten.

Was würde passieren, wenn sie wieder bei Onyx war?

»Ich schließe mich euch an«, verkündete Anissa überraschenderweise. Sie hatte die Hände hinter dem Nacken verschränkt. »Vielleicht finde ich auch etwas Brauchbares.«

»Ein Kleid?«, fragte Eleanore.

»Ich wiederhole: etwas *Brauchbares.*«

»Ein Kleid.« Eleanore zuckte mit den Schultern. »Hast du dir bei deinem letzten Experiment das Trommelfell beschädigt?«

Ruby blickte sich um. Die männliche Belegschaft des Schiffes war wie weggezaubert. Scada stieg wohl gerade Frauen nach, die Zwillinge erledigten etwas für Fynn und Nox war ohnehin nie wirklich zu sehen.

Rubys Lust auf den Einkaufsbummel verflog. Sie hatte immer noch nicht ganz überwunden, wie Anissa sie untersucht und studiert hatte. Ruby fand die Neugier der Zwillinge ganz süß und Scada war von Natur aus griesgrämig und etwas engstirnig, aber bei Anissas Forschungsdrang, der fast schon an Besessenheit grenzte, fühlte sie sich unwohl. Sie musste jeden ihrer Schritte bedenken und alles Gesagte dreimal durch ihren Kopf gehen lassen, aus Angst, dass Anissa mit ihrem Scharfsinn etwas bemerkte.

Anissa würde niemals herausfinden, wer Ruby wirklich war. Das war unmöglich. Selbst die Bewohner von Yevel hatten sie längst vergessen …

»Meine Lieben, lasst uns gehen«, sagte Eleanore und zog Ruby sanft in eine Richtung. »Wer weiß, wie viel Zeit uns bleibt, bevor wieder irgendjemand einen handfesten Streit vom Zaun bricht und wir frühzeitig aufbrechen müssen.«

»So wie du letztes Mal?«, stichelte Anissa.

»Was ist denn passiert?«, wollte Ruby neugierig wissen.

»So ein alter Sack hat Eleanore am Arsch gepackt und sie hat ihn mit zwei Dolchen durch die Handflächen an die Wand genagelt und–«

»Flegelhaftes Benehmen toleriere ich nun einmal nicht«, unterbrach Eleanore.

»Da bin ich ja auch absolut deiner Meinung«, stimmte Anissa ihr zu. »Weißt du, wie oft ich schon berührt wurde, weil manche Idioten meinen, von der Wahl meiner Kleidung auf meine Lust, mit ihnen ins Bett zu steigen, schließen zu können?«

Selbst Ruby, die immer darauf achtete, sich ausreichend zu verhüllen, damit niemand ihre Schuppen oder Krallen sah, war schon mehrfach von Männern angegrapscht worden. Denen genügte anscheinend schon ein Blick auf ihr rotes Haar – und ihr genügten deren gebrochene Nasen.

»Ich habe ja echt kein Problem damit, eine Frau zu sein«, sagte Anissa. »Aber ich habe ein ernsthaftes Problem damit, wie andere Frauen sehen und mit ihnen umgehen.«

»Aber man darf doch andere mit Dolchen angreifen, oder?«, fragte Ruby. »Haben sich die anderen Piraten der Mannschaft dann eingemischt oder wie ist der Streit eskaliert?«

»O ja, das Ende.« Anissa stöhnte laut, als sie sich daran erinnerte. »Eleanore hat ihm dann noch eine Flasche Rum über den Schädel gezogen, die einhundert Goldmünzen wert war.«

»E-einhundert?!«, wiederholte Ruby fassungslos. »Waren in der Flasche Blattgold und Juwelen?«

»Nein«, sagte Eleanore leise. »Er war wohl einfach nur alt und in irgendeinem Fass gelagert worden, dessen Holz es heute gar nicht mehr gibt. Woher sollte ich das auch wissen? Wenn eine Axt griffbereit gewesen wäre, hätte ich mich auf jeden Fall für diese entschieden.«

»Der Gastwirt hat uns aus der Taverne direkt aufs Schiff gejagt«, erzählte Anissa weiter. »Und um es noch viel schlimmer zu machen, hat Scada den Wirt vom Schiff direkt ins Meer geschubst.«

Eleanore war immer noch etwas kleinlaut: »Aber er hat überlebt. Der Schweinehund, der seine Hände nicht bei sich behalten konnte, leider auch. Ich habe aber gehört, dass er das eine Woche später bei Ophelia auch versucht hat und seitdem nur noch einen Zeigefinger besitzt.«

Ruby mochte Ophelia immer mehr, obwohl sie sich immer noch fragte, warum jemand wie sie wegen dem beendeten Verhältnis mit Fynn so enttäuscht war. Sie konnte doch froh darüber sein, dass sie ihn los war!

Die drei Frauen kamen an verschiedenen Häusern vorbei. Sie waren allesamt in einem besseren Zustand als die Baracken im Elendsviertel Yevels, aber es gab kein einziges Haus mit einem heilen Fenster. Manchmal konnte Ruby sogar erkennen, was sich darin befand: Eine Waffenschmiede, aus deren Richtung beständige Hammerschläge erschallten; ein Juwelier, bei dessen Anblick es Ruby unter den Krallen juckte, und ein normaler Gemischtwarenhändler. Bei Letzteren meinte sie durch die dreckigen Fensterscherben sogar die Zwillinge erkennen zu können.

Kurz darauf tauchten auch schon die ersten Marktstände auf. Auf der rechten Seite der engen Straße drängte sich ein schiefes Haus an das nächste – auf der linken Seite reihte sich ein Stand an den anderen. Die Marktstände waren in keinem besseren Zustand als die Häuser, aber die bunt geflickten Stoffdecken strahlten einen gewissen Charme aus.

Ruby zuckte knurrend zusammen, als ein Marktschreier seinen Fisch lautstark anpries. Aber es wirkte: Sie hätte ihm liebend gern einen Fisch abgenommen, um ihm damit ins Gesicht zu schlagen.

Anissa steuerte instinktiv auf einen Stand mit seltsamen Fläschchen zu. Ruby wurde natürlich zu einem Stand mit … Oh. Ihre Augen wurden riesig; ihre Finger zuckten unkontrolliert.

Auf einem unscheinbaren Tisch waren Tausende von kleinen Edelsteinen aufgereiht. Manche waren zu langen Halsketten verarbeitet worden, andere zu grässlich aussehenden Steintierchen. Aber das war Ruby egal.

»Hämatitgranataquamarinbernsteinlapislazulichrysokoll.« Ruby musste Luft holen. »Ich will alles.«

Sie streckte gierig ihre Hände aus.

Der dicke Händler besaß die Dreistigkeit, ihr mit einem Holzstab auf die ausgestreckten Finger zu klopfen. Seine schnellen Reflexe überraschten die Diebin. »Finger weg«, schnaubte er. »Hier wird nichts angefasst, bevor es nicht gekauft wurde.«

Ihr Instinkt, der mehr auf das Leben als Drache, als das als Mensch ausgelegt war, sagte ihr, dass sie dem Händler die Kehle aufschlitzen und mit den Edelsteinen abhauen sollte. Eleanore zuliebe hielt sie sich zurück. Ruby war sich ziemlich sicher, dass es Eleanore nicht störte, wenn sie ein kleines Blutbad anrichtete, aber sie hatte die Befürchtung, dass das Blut unglücklich spritzte und Flecken auf dem Kleid der schwarzhaarigen Adeligen hinterlassen würde. *Das* würde Eleanore ihr übelnehmen.

Anissa war neben Ruby aufgetaucht. »Wenn es wenigstens interessante Mineralien wären … Aber das ist ja nur Schmuck und anderer Firlefanz.«

»Dürfen wir die Kette mit den schwarzen Steinen mal sehen?«, fragte Eleanore in einem höflichen Tonfall, der auf einer Insel voller Piraten unangebracht war.

Der Händler schien sie dadurch aber für eine bessere Kundin als Ruby zu halten, da er ihr sogar mit einem Lächeln die besagte Kette entgegenstreckte. Und er grinste ihr dabei auch noch unverhohlen in den Ausschnitt.

»Findest du die nicht schön, Ruby?«, fragte Eleanore, die das Starren des alten Sacks gar nicht zu bemerken schien. »Was ist das für ein Stein?«

»Ony–«

Ruby verstummte sofort. Sie war mit dem Schwarz des Edelsteines sehr vertraut. Es war eine Schwärze, wie sie sonst nur der Nachthimmel aufwies.

Dieses Mal war Ruby schneller als der Händler. Sie drehte ein paar schwarze Steinkugeln mit den Fingern, während der Händler sie beschimpfte. Das war ihr im Moment herzlich egal. Ruby verspürte nicht das warme Gefühl, welches sie normalerweise fühlte, wenn sie Edelsteine berührte. Handschuhe hin oder her – die Wärme der Steine drang sonst immer bis in ihr Inneres. Aber hier fühlte sie absolut gar nichts.

»Die sind falsch«, erklärte Ruby, als sie sich ganz sicher war.

Sie nahm eine Perle zwischen ihre behandschuhten Finger und zermalmte sie mit ein wenig Kraft. »Glas.«

Eleanore keuchte erschrocken auf, während Anissa nur die Augen verdrehte und näselnd verkündete: »Das hätte man mit ein paar Chemikalien auch beweisen können.«

Der Händler wurde auf einmal ungewöhnlich ruhig. Ein paar andere Piraten reckten schon neugierig die Hälse. Wenn es sich herumsprach, dass er gefälschte Waren an den Mann oder die Frau brachte, wäre er sicher ruiniert.

»Meine Freundin und ich wollen die richtigen Juwelen«, verlangte Eleanore. »Und für die erlittene Schmach verlangen wir zudem einen ordentlichen Rabatt.«

In diesem Augenblick war Ruby froh, dass sie ihre Maske trug. Nicht nur, weil sie ihre Schuppen versteckte, sondern auch, weil sie die sich ausbreitende Röte auf ihren Wangen verbarg.

Freundin. So hatte Ruby noch nie jemand genannt.

Onyx nannte Ruby eigentlich immer Herrin, bis Ruby sie daran erinnerte, dass sie eigentlich Freundinnen waren. Dass ihr eigentliches Dienstverhältnis schon lange aufgelöst war und beide gleichgestellt waren.

Ruby traf die Sehnsucht nach Onyx mit voller Wucht. Sie hielt immer noch die Kette mit den gefälschten Onyx-Perlen in der Hand. Feiner Glasstaub regnete auf den Boden, als sie mehrere Perlen in ihrer Faust zerdrückte.

In diesem Moment fällte Ruby den einzigen Entschluss, der für sie in ihrer Lage Sinn ergab. Sie würde Fynn bitten, sie zurück zu Onyx zu bringen, selbst wenn sie ihn aus dem Bordell von einer nackten Frauen- oder Männerbrust wegziehen musste. Augen zu und durch, sagte sich die Diebin. Sie würde Fynn sogar von ihrer Vergangenheit berichten – egal wie weh es tat. Ruby war mehr als nur ihre Vergangenheit. Ihre Vergangenheit war Asche und ihre Zukunft war Feuer.

Ob Fynn ihrer Erzählung glaubte, stand natürlich auf einem anderen Blatt …

»Gefällt sie dir etwa nicht?«

»Hm?«

Eleanors Frage ließ Ruby aus ihrer Grübelei hochschrecken.

Die Adelige hielt ein Samthalsband mit einem schwarzen Spinell hoch. Um den Stein waren filigrane Ranken aus Silber angebracht worden.

Aber warum streckte sie es Ruby so entgegen? Sie hatte doch bemerkt, wie gut ihre Augen waren. Ruby erkannte auch auf großer Entfernung, dass es ein schönes Schmuckstück war.

»Ich denke, dass es super zu deiner Maske passt und zu deinen …« Sie wurde leiser. »Krallen.«

»Für mich?«

»Für Anissa ja mal nicht«, kam es etwas schnippisch von Eleanore.

»Ich will meine Salzsäure«, murrte die Forscherin. »Nur ein kleines Fläschchen. Ich teste es auch an niemanden vom Schiff.«

»Und ich nehme diese hübschen Rubin-Ohrhänger!« Eleanore hielt sich ein Paar wunderschöner Steine an die Ohren. »Der schwarze Stein hat meine Haarfarbe und dieser hier deine. Ist das nicht fantastisch?«

Anissa kommentierte das mit Würgegeräuschen. »Dafür gibst du jetzt dein ganzes Gold aus?«, stichelte sie.

»Ja und?« Eleanore zuckte mit den Schultern. »Und was hast du dir gekauft?«

Anissa hielt eine Flasche hoch. »Ethanol. Salzsäure war leider ausverkauft. Darum habe ich noch ziemlich viel Gold übrig.«

»Super.« Eleanore klatschte leise. »Was macht man damit?«

»Hörst du mir nie zu, wenn ich dir abends etwas aus den Büchern vorlese?«

»Nicht wirklich.« Eleanore warf den Händler das Gold zu.

Anissa stieß einen frustrierten Laut aus.

»Ich helfe dir, Ruby!«, gurrte Eleanore freudig, als sie bemerkte, dass Ruby mit ihren Krallen Schwierigkeiten beim Anlegen der Kette hatte. Der Verschluss war zu filigran und Rubys Krallen mehr aufs Töten oder Verletzen ausgelegt.

»Geh ein bisschen in die Knie«, sagte Eleanore. Innerhalb weniger Sekunden hatte die Adelige Ruby die Kette umgelegt.

Mit ihren Fingern strich Ruby über den glatten Stein. Früher hatte man sie mit solchen Schmuckstücken überschüttet – kein einziges war ihr geblieben.

Das machte Eleanores Geschenk noch bedeutender für sie.

»Danke schön.«

Als Reaktion darauf umarmte Eleanore Ruby von hinten. Es fühlte sich so ungewohnt an. So seltsam. Ruby hatte keine Ahnung, was sie nun tun sollte.

Darum sagte sie einfach das Erstbeste, das ihr einfiel: »Ich würde gerne ins Bordell gehen.«

Eleanore ließ sie abrupt los. »Oh … In Ordnung?«

»Ich muss mit Fynn reden.«

»Ich denke, es geht mich nichts an«, begann Eleanore zögerlich. »Aber warum? Warum so plötzlich? Bist du etwa …« Ihre Stimme wurde wieder unnötig leiser. »Eifersüchtig, weil er sich mit anderen vergnügt?«

»Wie kommst du denn auf so eine hirnrissige Idee?!«, fauchte Ruby – ertappt, weil sie wohl wirklich ein bisschen Eifersucht verspürt hatte. »Mir liegt schon länger etwas auf dem Herzen. Leider hat er sich gleich ins nächste Hurenhaus begeben, statt mir die Möglichkeit zu bieten, mit ihm zu reden.«

»Über was willst du denn mit unserem Kapitän reden?«, fragte Anissa neugierig.

»Ein persönliches Anliegen«, sagte Ruby knapp. Doch auf Anissas und Eleanores fragendes Starren musste sie antworten: »Ich will mit ihm nur etwas besprechen. Hört auf, so dreckig zu grinsen oder ich kratz euch eure Lippen weg.«

»Fynn und Ruby wären schon irgendwie ein süßes Paar, oder?«, flüsterte Eleanore Anissa zu.

Zu blöd, dass Ruby es mehr als deutlich hören konnte.

»Am Anfang ging es mir am Arsch vorbei«, kam es gewohnt ungeschönt von Anissa. »Aber je länger ich darüber nachdenke, desto lieber würde ich das Endergebnis sehen.«

»Ich höre euch laut und deutlich«, klärte Ruby die Piratinnen auf.

Anissa zuckte mit den Schultern. »Dann müssen wir es dir ja nicht mehr ins Gesicht sagen.«

Und Ruby würde die Frauen nicht über ihre wahre Absicht aufklären. Dann sollten sie doch denken, dass sie so verblendet war und Fynn ein Liebesgeständnis darbringen würde.

»Können wir endlich gehen?«, fragte Ruby. »Es ist dringend.«

Anissa war die Erste, die den weiteren Weg einschlug. Ruby und Eleanore folgten ihr. »Ich war noch nie in einem Bordell.«

»Ich auch nicht«, sagte Ruby. Es hatte sie nie interessiert.

»Könnte spaßig werden«, meinte Anissa grinsend. »Ich habe gehört, dort gibt es den besten Wein. Wir könnten doch alles auf Fynn anschreiben lassen. Verdient hätte er es.«

»Ich kann natürlich auch nichts dagegen unternehmen, wenn ich mitgeschleift werde«, stimmte Eleanore dem Plan zu.

»Dann wisst ihr auch nicht, wo sich auf dieser Insel das Freudenhaus befindet?«, fragte Ruby.

»Nein«, meinte Anissa. »Aber wie schwierig kann es schon sein, es zu finden?«

***

Eine Stunde später hatten die drei Frauen immer noch keine Ahnung, wo auf dieser verdammten Insel das Freudenhaus war. Die drei waren allesamt sehr unterschiedlich, aber in einem waren sie sich ohne Worte einig: Sie würden den Weg zum Bordell finden, ohne sich herabzulassen, irgendwen zu fragen.

»Ich glaube kaum, dass sich das Freudenhaus so weit am Ende der Insel befindet«, sagte Ruby und biss von ihrem Fleischspieß ab. Anissa hatte ihr und Eleanore Fleisch mit Gemüse und Obst am Spieß ausgegeben. Eleanore hatte ja ihr Geld für Schmuck aus dem Fenster geschmissen und Ruby hatte sich gleich in Edelsteinen aufzahlen lassen, die sie niemals hergeben würde.

»Kannst du mit deinem Drachengehör nicht irgendetwas hören oder mit deinem Geruchssinn etwas riechen, das auf ein Freudenhaus hindeutet?«, fragte Anissa. Ihre Nase war von der Sonne schon ganz rot.

Ruby schloss die Augen und konzentrierte sich auf ihre anderen Sinne. Sie versuchte einen süßen Duft aufzuspüren oder schrilles Gelächter wahrzunehmen. Aber da war nichts.

»Nein«, sagte Ruby dann.

Eleanore stieß einen leisen Schrei aus. »Können wir nicht einfach zurück ans Schiff gehen und warten, bis Fynn wiederkommt?«

Ruby biss die Zähne aufeinander. »Na gut.«

Hätte sie ihre Gefühle ein bisschen besser unter Kontrolle gehabt, wäre es nie so weit gekommen. Sie hätte Fynn schon an Bord fragen sollen. Warum war sie nur so dumm? Die Antwort kannte sie: Sie wollte nicht schon wieder von einem Mann abhängig sein. Bis jetzt hatte ihre Abhängigkeit nur Unglück für sie bedeutet.

Gerade als sie umkehren wollten, stellten sich ihnen drei Piraten in den Weg.

»Seid ihr die drei Schlampen, die unseren Deal mit André versaut haben?«, knurrte einer der Piraten und ließ einen langen, schmutzigen Dolch aus seinem Hemdsärmel in seine Hand gleiten.

»Ich denke, er meint den Händler, der uns die falschen Steine andrehen wollte«, erklärte Anissa unnötigerweise.

»Was für eine äußerst unschmeichelhafte Bezeichnung!«, regte sich Eleanore sofort auf. Sie plusterte die Wangen, bis sie wie ein Eichhörnchen aussah. »Wir sind Damen – und zwei von uns sind sogar waschechte Ladys!«

Ruby bemerkte, dass sie ihren Fächer sorgfältig in ihrem Handbeutel verstaute. Es würde wohl auf einen Kampf hinauslaufen. Ruby verschlang den Rest ihres Spießes. Nicht, dass sie in der Auseinandersetzung auch noch Essen verschwendete!

»Ich habe einen Vorschlag.« Anissa breitete die Arme aus. »Ihr entschuldigt euch bei uns und dann haut ihr ab, ja? Niemand kommt zu Schaden.«

Natürlich lachten die drei Männer die jungen Frauen nur aus.

Dieses dreckige Lachen brachte Ruby zum Knurren.

Anissas Stimme wurde finster. »Ich mag es nicht, wenn man sich über mich lustig macht.«

Sie schleuderte den Eisenspieß nach dem mittleren Piraten. Dieser war wirklich so dämlich und wehrte ihn mit dem Ellbogen seiner Hand ab. Ruby nutzte dies aus, um ihn zu rammen. Sein Schädel krachte gegen eine Gebäudewand und er sank bewusstlos zu Boden.

Als Ruby sich umdrehte, erblickte sie Eleanore, die einem Piraten mit ihrem Arm einen harten Schlag verpasste. Mit der abgetrennten Handschelle, die nach wie vor an ihrem Handgelenk befestigt war, konnte sie ihm damit leicht die Nase brechen.

»IIH!« Kreischend sprang Eleanore nach hinten. »Ich werde das nie wieder tun! Wie das spritzt! Ist das eklig. Ist das eklig. Ist das … Ich brauche ein Taschentuch! Sofort!«

Während Eleanore mit einer Hand versuchte sich ein Taschentuch aus ihrer Handtasche zu angeln, ergriffen die zwei Piraten, die noch dazu in der Lage waren, die Flucht.

»Sag mal, Anissa«, fragte Ruby. »Steht die Sonne komisch oder ist es normal, dass du zwei Schatten hast?«

Der unnormale Schatten wurde größer und nahm langsam eine männliche Gestalt an. Ruby blinzelte kurz und schon stand Nox unter ihnen.

Eleanore erschrak. »Wo kommst du denn her?«

»Wie lange verfolgst du uns schon?«, fragte Ruby.

»Schon eine Weile«, übersetzte Anissa seine Gesten. »Und da meintest du nicht, dass du uns vielleicht helfen könntest?«, attackierte Anissa ihn gleich.

Ihr habt meine Hilfe doch nicht gebraucht.

»Wir suchen schon seit zwei Stunden das Bordell!«, schrie die Wissenschaftlerin.

Warum sucht ihr das Freudenhaus?

Ruby nahm an, dass die letzte Geste – zwei verschlungene Zeigefinger in Bewegung – wohl Bordell bedeutete. Fynn hatte eine Zeichensprache entwickelt, die das Wort Bordell enthielt – warum überraschte sie das nicht? Sie war sich sicher, dass es auch Gesten für Begriffe wie Geschlechtskrankheit gab.

»Wir suchen Fynn«, erklärte Ruby.

Der ist wohl noch im Bordell.

»Weißt du, wo das Bordell ist?«

Ja. Kommt mit.

Ruby schulterte ihren Beutel, von dem sie fast schon vergessen hatte, dass sie ihn überhaupt mit sich führte.

»Wartet.«

Sie ließ ihre Schätze auf den Boden gleiten – nur dass es nicht ihre Schätze waren. In Rubys Beutel befanden sich lauter Steine. Graue Steine.

Ganz langsam sickerte die Erkenntnis in Rubys Gehirn. Ihr Blickfeld verschwamm. Sie hörte die anderen etwas rufen, aber die Worte drangen nicht mehr in ihr Bewusstsein.

Ihre Edelsteine waren weg.

Onyx' Schlüssel war weg.

IV.

Fynn

Es war nicht leicht, sich auf der Pirateninsel zurechtzufinden. Es gab viele verworrene und winzige Gassen, durch die sich Piraten mit viel Appetit nicht zwängen konnten. Durch so eine musste Fynn sich schlängeln, um zum Haus des Sargmachers zu gelangen. Als er an den zwielichtigen Typen dachte, erschauderte er leicht. Jeder Pirat war zwielichtig – das kam mit dem Beruf des Seeräubers –, aber der Sargmacher übertraf sie an Obskurität. Niemand kannte seinen richtigen Namen, weshalb er eben nur mit seiner Berufsbezeichnung angesprochen wurde. Zudem maß er jeden Piraten, der einen Fuß auf die Insel setzte, gleich mal für einen Holzsarg aus.

Als Fynn vor seinem Geschäft stand, bestätigte sich seine Vermutung, dass der Sargmacher nicht auf der Insel war. Die Fensterläden waren geschlossen. Es war kein Hämmern zu hören.

Mit Sicherheit war er auf einer Massenhinrichtung von Piraten irgendwo auf dem Festland.

Welch ein Glück! Ruby hätte ihm wahrscheinlich den Kopf abgebissen, wenn er sie ungefragt für eine Holzkiste vermessen hätte.

Bei dem Gedanken an die rothaarige Schönheit breitete sich ein wirklich erquickliches Gefühl in seinem Inneren aus.

O ihr Götter, warum habt ihr mich nur mit der Zuneigung zu so einer monströsen Frau bestraft?

Die Antwort war, weil er es verdient hatte. Ob das nun gut oder schlecht war, wusste er selber nicht. Das würde ihm nur die Zukunft zeigen können – und auf die freute sich der Seeräuber.

Das alles tat er schließlich auch nur für Ruby. Damit er sie endlich besser verstehen konnte.

Fynn betrat das Geschäft des Bestatters. Die Tür war nicht abgesperrt, weil es hier nicht mehr als Holz und alte Werkzeuge zu holen gab.

Mit dem Schienbein ertastete er einen halbfertigen Sarg.

»Ah! Du verdammter Hundesohn!«, schrie Fynn.

Es war verdammt dunkel im Laden und im Gegensatz zu Ruby hatte er keine Drachenaugen.

Sein Gefluche hatte aber zumindest dem Historiker seine Ankunft angekündigt. Eine Tür wurde aufgerissen.

»Wer macht da so einen Krach?!«, schrie zu Fynns Überraschung eine helle Frauenstimme. »Ich kann hier so nicht arbeiten!« Die Person stampfte knarzige Holzstufen hinab. »Ich hoffe, dass einer der Toten auferstanden ist. Ich habe mir das Zimmer über diesem Geschäft ausgesucht, weil es nicht besonders ... belebt ist.«

Fynn hatte einen Historiker erwartet. Doch stattdessen trug eine junge Frau den hellblauen Mantel, den diese Zunft auszeichnete.

Als sie sich suchend im Untergeschoss umblickte, schlug sie die Kapuze zurück. Sie hatte kinnlanges rotes Haar. Etwas heller als Rubys, aber dafür gerade und glatt. Am auffälligsten war die schwarze Schminke auf ihren Lippen. Sie sah wie flüssige Tinte aus. Und noch etwas fiel ihm auf: Sie war absolut unbewaffnet. Sehr ungewöhnlich für jemanden, der sein Geld inmitten von Piraten verdingte.

»Bist du der Unruhestifter?«, fragte sie Fynn direkt. Ihre grünen Augen waren mit Kajal dick umrandet. »Hier gibt es kaum etwas zu holen. Meine Bücher sind alles Faksimile.«

»Aye. Ich bin nicht an den Büchern interessiert«, erklärte Fynn ihr. »Beziehungsweise eigentlich schon, aber bis ich die Informationen habe, die ich brauche, werde ich grau – und graue Haare stehen mir nun mal gar nicht. Ich will meine Zeit nicht mit unnötigen Dingen vergeuden.«

»Sieh mal an, ein Pirat, der seine Klappe nicht halten kann«, kommentierte die Historikerin gehässig. In ihren grünen Augen spiegelte sich die Abschätzigkeit, die auch in ihrer Stimme lag. »Und der sich auch noch für attraktiv hält.«

»Ich bin attraktiv und charismatisch«, verbesserte Fynn sie. »Und du bist?«

»Nicht weniger attraktiv, aber Charisma geht mir am Arsch vorbei.« Sie grinste ihn an. »Mein Name ist Celica Vanderblod.« Sie vollführte einen kleinen Knicks. »Ich bin die Historikerin der Blumeninseln und seit Kurzem biete ich auch hier meine Dienste an.«

Der Beruf des Historikers war eigentlich immer eine reine Männerdomäne gewesen. Er hatte noch nie davon gehört, dass eine Frau sich dafür entschieden hatte, ein solches Einsiedlerleben zu führen. Historikern war es nicht gestattet, dass sie eine Familie hatten oder Kinder bekamen. Das würde sie nur von ihrem Beruf ablenken.

In den meisten Fällen war das ohnehin kein Problem, denn die meisten Historiker waren von Natur aus seltsam.

Aber es gab ja auch immer mehr Piratinnen wie Anissa, Eleanore und Ophelia und natürlich Ruby.

Ihm war das alles egal, solange er von dieser Historikerin die Informationen bekam, die er brauchte.

»Die Blumeninseln sind sehr fortschrittlich, was die Gleichberechtigung beider Geschlechter betrifft.« Sie schenkte ihm ein falsches Lächeln. »Willst du dich noch weiter unbeliebt machen?«

»Ich habe doch nichts gesagt.«

»Aber ich kenne diesen Blick«, sagte Celica schnippisch. »Komm mit.« Sie deutete die Treppe ins Obergeschoss hoch. »Lass es uns schnell hinter uns bringen. Ich habe viel zu tun.«

»Ich bitte darum«, murmelte Fynn schlecht gelaunt.

Er war nicht mehr in der Laune, Celica Honig um den Mund zu schmieren, damit er ein paar Münzen sparen konnte.

Fynn folgte Celica die alte Holztreppe zu ihrem Reich hinauf.

Dabei wehte ihm ein Zitrusduft in die Nase. Ihr Parfüm spiegelte ihre wunderbare Persönlichkeit wider.

»Ich weise dich darauf hin, dass du nun mein Reich betrittst und du dich solange an meine Regeln halten wirst«, sagte Celica streng. »Sonst hast du mit Konsequenzen zu rechnen.«

Fynn knurrte leise.

»Ich hätte gerne eine mündliche Zustimmung.«

»Ja. Ja.«

Vor Fynn öffnete sich das Zimmer der Historikerin. Das ganze Obergeschoss schien nur aus einem Raum zu bestehen – und der war voll mit Büchern. Er sah nirgendwo auch nur ein Stückchen Wand hervorlugen. Die meisten Werke hatten einen braunen Ledereinband und hoben sich nur ein wenig von den unter dem Gewicht der Bücher gebogenen Regalbrettern ab.

Nach der dritten Bücherverbrennung hatte selbst die Bibliothek von Demetria weniger Bücher in ihrem Repertoire.

Irgendetwas stimmte hier nicht. Fynn hatte ein ganz komisches Gefühl im Magen, als er Celica zu einem einsamen Schreibtisch folgte. Er hatte noch nie einen Historiker aufgesucht, aber irgendetwas sagte ihm, dass die junge Frau etwas Unnatürliches an sich hatte.

Die ausgestopfte Krähe auf ihrem Schreibtisch änderte seine Meinung nicht, ganz im Gegenteil. Das Vieh hatte unnatürliche Glasaugen, die jeder seiner Bewegungen zu folgen schienen.

Er konnte den Blick nicht von dem Vogel abwenden und setzte sich deshalb fast neben den Holzstuhl. Hatte die Krähe etwa gerade den Kopf bewegt?

Neben der unheimlichen Krähe war auch noch ein altes Schachspiel aufgebaut, das in vollem Gang zu sein schien. Die Figuren wirkten schon sehr bespielt, die Farbe blätterte überall schon stark ab.

»Wollen wir eine Runde spielen?«, fragte Fynn in einem letzten Versuch, sie etwas zu bezirzen.

Celica lachte – sie lachte ihn aus. »Ich glaube kaum, dass du ein ernst zu nehmender Gegner bist.«

Fynn versuchte zu lächeln, aber seine Gesichtsmuskeln verkrampften unter der Anstrengung, sich nicht vor Verärgerung zu verziehen.

»Ach ja?«, presste er zwischen zusammengebissenen Zähnen hervor.

Zugegeben, er war nicht sonderlich gut im Schach. Als Kind hatte er ein paar Partien gegen seinen Lehrer spielen müssen und eigentlich immer verloren. Schon damals hatten Kartenspiele seine Aufmerksamkeit mehr erregt. Er war fasziniert davon, wie leicht man andere Menschen austricksen konnte. Er hatte das Gesehene gerne aufs Schach angewendet, aber der Lehrer hatte ihn jedes Mal erwischt und mit einem Stock verprügelt.

Celica nahm ihm gegenüber Platz. »Würdest du dich bitte einmal vorstellen?« Sie zeigte zudem auf ihren Kopf. Ein Zeichen, dass er seinen Hut abnehmen sollte.

Sie tat nun so, als wäre *er* unhöflich.

»Aye«, knurrte er. »Ich bin Kapitän Fynn.«

»Noch nie gehört«, sagte Celica. *Autsch.* »Kein Nachname?«, hakte sie nach.

Sie zog eine Schublade am Schreibtisch heraus und legte einen Stapel Papier, Tinte und eine Schreibfeder vor sich hin.

»Straßenkinder aus Solis haben nun mal keine Nachnamen.«

»Ah, Solis.« Sie schloss die Augen und legte den Kopf schief. »Aber ... Ich bin mir ziemlich sicher, dass Straßenkinder den Nachnamen Solis tragen dürfen. Als Zeichen, dass sie Kinder des Landes der Sonne sind. Damit müsstest du eigentlich Fynn Solis heißen.«

Diese Historikerin schien wirklich viel zu wissen. Dabei war sie nur etwa fünf Jahre älter als er.

»Aye«, stimmte Fynn ihr zu. »Allerdings bin ich nun ein Pirat: Ein Kind der See. Es wäre falsch, wenn ich den Namen einer Stadt tragen würde, in der ich lediglich unwichtige zwölf Jahre meines Lebens zugebracht habe.«

»Mhmm.«

Fynn musste die Zähne fest aufeinanderbeißen, um ihr nicht einen blöden Spruch an den Kopf zu werfen. Es war selten, dass ihn jemand so zur Weißglut brachte. Er konnte seinen Charme nicht bei ihr einsetzen und damit war er praktisch unbewaffnet.

»Ich suche Informationen über das Königreich Yevel«, kam Fynn dann zum Punkt. »Ich will nur ein paar Dinge wissen. Ich habe nicht mehr viel Gold.«

Celicas Augen wurden ganz eng. »Ich nehme kein Gold. Was soll ich mit Gold anfangen?«

Er hielt den Mund. Sonst unterstellte sie ihm noch, dass er keine rhetorischen Fragen verstand. »Was willst du sonst als Lohn?«

»Etwas Zeit und eine Geschichte.« Sie schob das Papier und die Schreibsachen zu ihm. »Du kannst sicher schreiben, oder?«

Fynn nickte knapp. »In südlicher Sprache?«

»Egal.« Sie zuckte mit den Schultern.« »Schreib einfach, was dir einfällt«, wies Celica ihn vage an. »Ein bisschen was über dich und deine Reisen als Pirat. Verrate mir etwas von deiner Crew. Ich liebe Geschichten.«

Oh, eine Geschichte würde sie bekommen!

Sie würde eine wunderbare Lügengeschichte bekommen, vielleicht mit ein paar wahren Elementen. Er tauchte die Feder in die schwarze Tinte. Kurz wurde ihm schwarz vor Augen, was er allerdings auf den weinreichen Bordellbesuch schob. Manche Trauben waren echt heftig.

Er konnte nicht leugnen, dass ihn das mit Ruby mitnahm. Irgendetwas Schreckliches musste ihr in Yevel zugestoßen sein, weshalb sie sich niemandem anvertrauen wollte.

Celica lugte auf sein Papier. »Interessant«, murmelte sie. »Ein Straßenjunge aus Solis, der die Handschrift einer edlen Dame aus Ebonie hat.«

»Aye. Eine wunderschöne Handschrift, welche zu meinem wunderschönen Äußeren passt.«

Celica verdrehte angesichts Fynns Selbstverliebtheit die Augen. »Also. Mit was kann ich dir dienen? Geschichte, Geografie, Geologie, Flora, Fauna–«

»Die Geschichte von Yevel«, unterbrach Fynn die Historikerin.

»Ah. Lass mich nur schnell ein Buch holen. Yevel ist ein Land, über welches es kaum Aufzeichnungen gibt. Ich studiere es nur ungern, da alles sehr vage ist.«

Sie erhob sich von ihrem Platz. Zielstrebig strebte sie ein Regal etwas rechts von ihrem Schreibtisch an.

»Laut einer Sage wurde Yevel vor Jahrhunderten gegründet, als ein König eigenhändig einen Drachen erlegte«, erzählte sie mit dem Rücken zu ihm. »Das erste Mal in der Geschichte der Menschheit. Eine andere Quelle behauptet, dass eine junge Prinzessin einen Pakt mit einem Drachen geschlossen hat.«

Da sie zu klein war, um das gewünschte Buch zu erreichen, musste sie sich eine kleine tragbare Holztreppe holen.

»Yevel ist das wohl reichste Land der Welt«, sagte sie und wiederholte das, was er schon wusste und was auch Euphemia ihm gesagt hatte. Sie balancierte wie eine edle Tänzerin auf den Fußspitzen. »Eine patriarchische Monarchie. Prinzessinnen sind nichts wert. Man setzt sie eigentlich nur zur Brautwerbung für den zukünftigen König ein. Das ist eigentlich alles, was ich weiß. Suchst du etwas zu einem bestimmten Zeitpunkt?«

»Mich interessiert alles, was in den letzten 20 Jahren passiert ist.«

Das Buch, das Celica ihm präsentierte, war ernüchternd dünn. Ob er darin Antworten finden würde?

Die Historikerin schlug das Buch auf. »Vor ungefähr 20 Jahren hat das Königspaar geheiratet«, sagte Celica nach kurzer Zeit.

Das war Fynn so was von egal.

»Ungefähr zwei Jahre später brachte die Königin – deren Name nicht einmal erwähnt wird – ihre Tochter zur Welt.«

»Tochter? Eine Prinzessin?« Fynn runzelte die Stirn. »Ich dachte, dass es nur einen Kronprinzen gibt.«

»Ah, stimmt!« Celica hob den Zeigefinger. »König Gentian ist in zweiter Ehe verheiratet. Das wird gern weggelassen.«

»Warum?«

»Wegen der Tragödie natürlich«, sagte Celica, als wäre es eine Selbstverständlichkeit.

»Ich weiß nicht, wovon du redest.«

»Prinzessin Amarantha Rubinia Scarlett von Yevel. Sie würde heute ungefähr achtzehn sein.« Celica wirkte sichtbar betrübt. »Eine weitere Prinzessin, die ihrer Zukunft beraubt wurde.«

Fynns Gesicht war ganz heiß geworden. »Amarantha«, wiederholte er den Namen einer längst vergessenen Prinzessin. »Prinzessin Amarantha von Yevel.«

In ihm regte sich eine leise Vorahnung. Aber das konnte nicht wahr sein. Das konnte einfach nicht stimmen.

Celica schlug mit dem Buchrücken auf Fynns Finger. »Schreib schneller.«

»Ja«, knurrte er. »Wenn du mir endlich erzählst, was diese Tragödie ist und warum ich noch nie davon gehört habe. Oder zumindest, warum Prinzessin Amarantha scheinbar zu einem Geist geworden ist.«

»Sie wurde zur Brautwerbung für den nächsten König von Yevel ausgewählt. Arme Seele«, sagte Celica mit so etwas wie Mitgefühl in ihrer Stimme. »Vielleicht war es gar nicht so schlecht, dass sie damals gestorben ist.«

»Amarantha ist tot?«

Celica nickte. Ihr Blick war auf das gelbliche Pergament gerichtet. »Ist das erstgeborene Königskind ein Mädchen, so wird sie, sobald sie das sechszehnte Lebensjahr erreicht hat, in einen Turm gesperrt.«

»Der brennende Turm«, murmelte Fynn leise. Er hatte schon geahnt, dass es kein Märchen war.

»Yevel erkennt nur einen König an, der in seinem Leben bereits einmal einen Drachen getötet hat. Darum wird von dem Brautwerber gefordert, dass er den Drachen tötet, der die Prinzessin bewacht. Der besagte Drache hat jedoch alle fünf Brautwerber getötet, bevor er auch die junge Prinzessin zerfleischt hat. Danach brannte er den Turm nieder.«

Fynn wartete, dass noch etwas kommen würde. Wer hatte den Drachen getötet? Wie sehr hatte man um Amarantha getrauert?

»Das war's?«, hakte Fynn nach. »Das war die Geschichte von Prinzessin Amarantha?«

»Das war's«, wiederholte die Historikerin.

»Was ist mit dem Drachen passiert?«, fragte Fynn. »Es sind fünf Ritter umgekommen und es war den Menschen egal?« Er erinnerte sich an Euphemias Worte. »Liegt das an dem Fluch? Ein Fluch, dass niemand darüber sprechen kann?«

»Ein Fluch?« Celica lachte. »Ja. Vielleicht mag es auf den ein oder anderen so wirken. Den Menschen von Yevel war es nach der kurzen Trauerphase einfach egal. Der König war immer noch recht jung und konnte weiterregieren. Auch die fünf Brautwerber wurden betrauert, allerdings schämten sich die Familien sicherlich auch dafür, dass sie den Drachen nicht erledigen konnten.

Menschen vergessen Tragödien nun einmal schnell. Es gibt ja auch kaum Aufzeichnungen über die erste Königin. Ich denke, dass sie bereits im Kindsbett verschieden ist.«

Zwischen Fynn und der Historikerin breitete sich Schweigen aus. Dem Piraten schwirrten zu viele Gedanken im Kopf herum: Der brennende Turm. Die Prinzessin. Der Drache. Feuer.

Das waren einfach zu viele Zufälle. Zu viele Dinge, die ganz nach Ruby klangen.

Doch leider hatten diese Antwort nur mehr Fragen aufgeworfen: Warum war Ruby nicht zu ihrem Vater zurückgekehrt – wenn sie noch am Leben war? Warum hatte sie Schuppen? Und warum ließ ihn die Tatsache, dass sie eine Prinzessin war, so kalt?

Irgendetwas war an der Sache faul und das beunruhigte Fynn.

»Ich kann dir auch noch gerne etwas über die neue Königsfamilie von Yevel vorlesen«, bat die junge Frau an. »Wie gesagt, mit Amarantha endete die königliche Linie nicht.«

»Nein danke«, lehnte Fynn ab. »Ich habe meine Antwort.«

»Ach, ist das so?«, fragte Celica neugierig.

Verdammt! Fynn hatte einmal kurz nicht aufgepasst!

»Darf ich dann deine Geschichte lesen?«

Er hätte spätestens jetzt misstrauisch werden sollen, als die kratzbürstige Historikerin auf einmal so nett zu ihm war. Stattdessen schob er ihr zwei vollgeschriebene Pergamentseiten zu.

Mit einem breiten Grinsen im Gesicht las sie eine kurze Zeit still vor sich hin. Doch dann drang ein Glucksen aus ihrer Kehle, dass zu einem dunklen Kichern wurde.

»Du bist also in Prinzessin Amarantha verliebt, ja?«, fragte sie ihn und hielt sich wie ein schelmisches Kind die Hände vors Gesicht, während sie kicherte.

Der Schock nahm ihm kurz die Stimme. »Wo– Was?« Er räusperte sich. »Prinzessin Amarantha ist tot.«

»Prinzessin Amarantha ist momentan ein Teil deiner Crew. Du hast sie als Diebin ›Ruby‹ in Yevel kennengelernt.«

Fynn sprang auf und wollte ihr das Geschriebene aus der Hand reißen.

»Bleib sitzen. Ich will in Ruhe weiterlesen.«

Celica machte eine Handbewegung und Fynn wurde von einer unsichtbaren Macht auf den Stuhl zurückgeschleudert.

»Du bist eine Hexe«, erkannte der Seeräuber viel zu spät.

Zum ersten Mal seit ewiger Zeit verspürte er so etwas wie Panik. Er war schon einigen Hexen begegnet und Scada war schon seit mehr als einem Jahr Teil seiner Crew, aber das, was Celica gerade getan hatte ... Er hatte nicht gewusst, dass Hexen zu so etwas imstande waren. Das ging weit über vage Weissagungen und kleine Tricksereien mit den Elementen hinaus.

»Mhm«, machte Celica, die immer noch wie gefesselt das Pergament studierte. Sie kraulte der vermeintlich ausgestopften Krähe den Kopf. Das schwarze Mistvieh stieß ein lautes Krächzen aus. »Das ist übrigens Enyo.«

Fynn schwieg – aus Verärgerung über seine eigene Dummheit. Diese konnte nun ihm und Ruby den Kopf kosten.

»Du hast eine interessante Crew«, war das Fazit. »Ein geflohener Prinz aus Estarossa; ein junger Mann, der die Schatten beherrscht; eine Adelige mit monströser Kraft; eine viel zu intelligente junge Frau und Zwillinge mit Seemannsblut. Und natürlich unsere Prinzessin, die scheinbar mit den Fähigkeiten eines Drachens von den Toten auferstanden ist.«

»Woher weißt du das alles?«, fragte Fynn.

»Magische Tinte und eine Schreibfeder, in der ich eine von Enyos eigenen Federn eingearbeitete habe.« Das Vieh krächzte zustimmend. »Es ist ein magischer Bann, der die Wahrheit aus einer Person lockt.«

»Ich habe gedacht, dass die Magie am Aussterben ist«, murmelte Fynn mehr zu sich. Das war wohl ein fataler Fehler gewesen.

»Oh, die Magie ist nicht am Aussterben.« Sie lachte ein tiefes, unheilvolles Lachen. »Das sagen sich die Menschen, damit sich keiner davon bedroht fühlen muss. Nach den Hexenverbrennungen hatten die meisten Hexen, die nur geringe Fähigkeiten hatten, Angst, Magie zu wirken. Die wirklich mächtigen lebten natürlich weiter und konnten an ihren magischen Fähigkeiten feilen.«

»So wie du?«

Celica nickte. »Weil du mir so eine schöne Geschichte geschenkt hast, will ich dir auch eine kleine Geschichte erzählen.« Sie lehnte sich im Stuhl zurück. »Mein Vater war ebenfalls Historiker – von ihm habe ich alle Bücher geerbt. Er war sehr interessiert an Magie, weil er sie als normaler Mensch natürlich nicht nutzen konnte. Deshalb suchte er sich eine Frau.«

»Eine Hexe«, mutmaßte Fynn.

»Mein Vater wollte studieren, wie Hexen Magie wirken und wo ihre Grenzen sind. Er hat mich stundenlang trainieren lassen. Am Tag musste ich versuchen die Elemente zu beherrschen und nachts musste ich Bücher wälzen. Schlafen konnte ich eigentlich nur, wenn ich vor Hunger ohnmächtig wurde. Aber ich wurde von Tag zu Tag mächtiger, bis ich schließlich die Macht hatte, sein Herz mit einer einzigen Bewegung anzuhalten.«

Sie streckte ihre Hand aus.

Fynn spürte so etwas wie eine eisige Hand, die durch seine Brust griff und sich um sein Herz legte. In diesem Moment konnte Celica fühlen, wie unnatürlich schnell sein Herz schlug.

»Warum erzählst du mir das?«, keuchte Fynn.

Der Griff löste sich.

»Du hast doch auch eine Hexe auf dem Schiff«, sagte sie. »Es gibt nach der Hexenverbrennung nur noch wenige von uns. Es wäre schön, wenn er sein magisches Potenzial ebenfalls nutzen würde.«

Fynn war nun völlig verwirrt. »Das heißt, dass du mich einfach so gehen lassen wirst?«

»Denkst du etwa, dass ich dich hierbehalte, mäste und dich vielleicht sogar auffresse?« Sie sah nun richtig erbost aus. »Du hast vielleicht altertümliche Vorstellung von uns Hexen.«

Sie hob den schwarzen König vom Schachbrett.

»Ich bin nicht deine Feindin, Alfonse.«

Fynn spürte, wie sein Herz für einen Schlag aussetzte. Der nächste Schlag war um so unangenehmer. Er zitterte leicht.

»W-wie hast du mi-ich gerade genannt?«, fragte er mit brüchiger Stimme.

Sie lächelte. »Wie schon gesagt, du hast mir ein paar nette Details über deine Crew überlassen und natürlich auch über dich.«

Fynn wollte seinen Dolch ziehen und Celica damit attackieren. So hatte er es mit jedem gemacht, der seine wahre Identität kannte.

»Du bist dämlich«, sagte die Hexe nur und streckte ihren Arm aus. »Bis bald.«

Fynn wurde aus dem Zimmer geschleudert. Er flog rückwärts aus dem Zimmer, die Treppe hinab und aus dem Haus des Sargmachers.

Der Aufprall auf der Straße drückte sämtliche Luft aus seiner Lunge. Doch das war nicht genug, als er sich erheben wollte, gaben seine Füße sofort nach. In seinem Kopf hämmerte ein unerträglicher Schmerz.

Bei den Göttern! Solche Kopfschmerzen hatten ihn nicht mal nach seiner ausgiebigsten Sauftour geplagt.

Er blieb liegen und starrte dem Nachthimmel entgegen.

Nacht?, wunderte sich Fynn. So lange war er doch gar nicht bei Celica gewesen.

Selbst als er Schritte auf dem Kies hörte, machte der Pirat keine Anstalten aufzustehen.

»Leute!«, schrie Kian. »Der Capt'n ist mir gerade vor die Füße geknallt.«

Er öffnete seine Augen. Tatsächlich war es das vertraute Gesicht des Zwillings, das ihm entgegenblickte. Er schloss die Augen kurz. Beim nächsten Blick hatte sich die ganze Crew um ihn versammelt und auch Ophelia und …

»Jonathan«, schnurrte Fynn. Seine Stimme klang belegt. »Du siehst gut aus.«

Der angesprochene Pirat zog nur eine Augenbraue hoch.

Das tat fast so weh wie die Kopfschmerzen. Auch wenn er nichts mehr von Jonathan wollte.

Er konnte gerade noch einem Fußtritt von Ophelia ausweichen.

»Au. Au. Au«, fluchte der Pirat. »Ich habe so Kopfschmerzen.«

»Du bist widerlich, Fynn«, spuckte die Piratin ihm entgegen. »Du lässt dich zwei Tage nicht blicken und fällst uns dann besoffen vor die Füße.«

»Ich bin nicht betrunken«, stritt Fynn ab. »Ich hatte ... Was?«, fragte er. »Zwei Tage?«

»Ich würde so gerne den Alkoholgehalt in seinem Blut messen«, säuselte Anissa eine Spur zu verträumt.

Fynn stöhnte. Celica! Was hatte sie am Anfang zu ihm gesagt? Dass ihre Bezahlung eine Geschichte und etwas Zeit war. Er hatte das falsch verstanden! Sie hatte ihm etwas von seiner Zeit gestohlen.

»Ihr versteht mich falsch. Ich war bei der Historikerin der Insel«, versuchte er sich zu erklären. Er deutete mit dem Finger auf die schmale Gasse zum Sargmacher.

»Da ist nur eine Wand«, sagte Eleanore.

»Was?« Er hob den dröhnenden Schädel.

Tatsächlich war da nur eine Ziegelwand. Keine Gasse weit und breit.

»Diese verdammte Hexe«, fluchte Fynn. »Ich werde sie umbringen!«

Er suchte in der Menge nach Ruby. Als er ihre schwarze Maske erblickte, vollführte sein Herz einen freudigen Hüpfer. Sie sah immer noch genauso aus. Natürlich, sagte er sich. Es hatte sich ja nichts an ihr geändert, nur weil er jetzt wusste, dass sie eine Prinzessin war. Sie war immer noch die schöne Frau mit den Haaren aus Feuer.

»Ruby.« Er streckte eine Hand nach ihr aus. »Ich muss mit dir reden.«

»Red doch mit deinen Huren!«, schrie sie ihn an und stampfte von dannen.

Wie süß. Sie war eifersüchtig.

»Meine Füße sind wie Grießbrei«, lächelte Fynn die verbleibende Gruppe an. »Möchte mir jemand von euch netterweise aufhelfen?«

Ophelia stellte eine Gegenfrage: »Gehen wir auf ein Bier?«

»Hey, ich würde gerne mitkommen«, rief Fynn, der liegen gelassen wurde. »Hallo?«

***

Ruby

Nur für eine kurze Zeit ließ sich Ruby von ihrer Angst lähmen. Sie fühlte sich wehrlos wie zu der Zeit, als sie im Turm gewesen war. Ihr Herz gefror zu einem Klumpen Eis. Sie hatte Onyx' Leben durch ihren dämlichen Fehler verwirkt. Sie allein war schuld.

Doch dann verwandelten sich ihre Angst und ihr Selbsthass in Feuer. In eine Wut, die alles verschlang, die das Eis, das ihr Herz kurzzeitig lähmte, nicht nur schmolz, sondern lichterloh brennen ließ.

Sie zerdrückte einen der Steine mit ihrer bloßen Hand. Wer immer ihre Schätze und Onyx Schlüssel gestohlen hatte – ihn würde das gleiche Schicksal erwarten. Sie würde nichts als Asche und Staub von ihm übrig lassen.

»Ruby?« Eleanore hockte sich neben sie auf den Boden. »Was is–« Ihr blick fiel auf den falschen Beutel und die normalen Steine darin. »O nein.«

»Was ist denn?«, fragte Anissa.

»Rubys Edelsteine sind weg!«, erklärte Eleanore. »Aber wie ist das nur möglich?«

»Das ist alles meine Schuld«, sagte Ruby und kam schwankend auf die Beine. Der Schock und die Wut beeinträchtigten ihre Bewegungen. »Es kann sein, dass wir schon beim Einkauf bestohlen wurden. Ich war von den anderen Edelsteinen zu sehr abgelenkt.«

»Dann war es meine Schuld«, murmelte Eleanore. »O Ruby, es tut mir so leid. Das wollte ich nicht.«

Ruby schüttelte den Kopf. »Es war meine eigene Gier. Wenn hier jemand die Schuld trägt, dann ich.«

»Wir könnten auch einfach Fynn die Schuld zuschieben«, meinte Anissa. »Wie üblich.«

Das entlockte Ruby nicht mal ein Zucken im Gesicht. Es war ihre Schuld, dass sie Onyx zurückgelassen und die Zeit an Bord des Schiffes zu sehr genossen hatte. Sie hätte früher mit Fynn reden müssen, aber ihr dummer Stolz hatte das verhindert.

Eleanore sprang auf. »Wir müssen Rubys Steine zurückholen!«

Rubys Kehle war trocken. »I-ich brauche den Schlüssel«, sagte sie. »Er ist wichtiger.«

»Der Schlüssel?«, wiederholte Anissa. »Welcher Schlüssel? Warum schleppst du einen Schlüssel mit dir rum?«

Ruby ließ die falschen Steine liegen, als sie aufstand. »Ich habe einen magischen Schlüssel aus dem Königspalast gestohlen«, klärte Ruby die zwei Frauen und Nox auf. »Er war mit den Edelsteinen im Beutel. Ich brauche ihn dringend zurück. Er ist mir wichtiger als die Edelsteine.«

Ohne Onyx hätte es Ruby niemals aus dem Turm geschafft – wenn sie jetzt ihre Steine und den Schlüssel zurückwollte, musste sie sich auch anderen anvertrauen.

Es fiel ihr aber deutlich schwer und sie konnte den drei Crew-Mitgliedern dabei auch nicht in die Augen sehen.

»Warte mal«, sagte Anissa. »Du bist für einen Schlüssel in Yevel eingebrochen? Glaub mir, man kann mit Leichtigkeit jeden Schlüssel nachmachen.«

Ruby schüttelte den Kopf. »Er ist magisch.«

»Genau deshalb ist Magie scheiße.«

»Ich habe eine Frage!« Eleanore hob die Hand, als würde sie im Unterricht sitzen. »Du bist für einen magischen Schlüssel in einen Plast eingebrochen, der von Drachentötern bewacht wird?«

»Was ist hier die Frage?«

»Warum?«, fragte Eleanore. »Warum hast du dich für den Gegenstand in eine solche Gefahr gebracht? Kann man damit etwas Besonderes aufschließen? An deiner Stelle hätte ich mich mit anderen Dingen bereichert. Da gab es sicher auch mit Gold verzierte Spiegel, kostbare Elfenbeinkämme oder ein umwerfendes Kleid!«

Sie drückte ein imaginäres Kleidungsstück an sich und drehte sich im Kreis. So begeistert war sie von der Idee.

Ruby könnte über ihren wahren Anreiz schweigen. Verschweigen oder lügen – wie sie es seit Jahren tat, um zu überleben.

»Meine Freundin Onyx ist ein Drache«, erklärte sie den Piraten scheu. »Schon seit sie ein kleiner Drache war, gerade einmal aus dem Ei geschlüpft, hat man ihre magischen Kräfte mit einer Kette unterdrückt. Solange man die Kette nicht durch den Schlüssel löst, ist sie … an einen gewissen Ort in Yevel gebunden.«

Sie hatte Onyx nie ein Versprechen gegeben, ihre Geschichte für sich zu behalten, aber es fühlte sich trotzdem komisch an, anderen Menschen zu erzählen, dass es noch lebende Drachen in Yevel gab. Ruby hatte früh gelernt, dass man Menschen nicht trauen konnte.

Die Drachentöter waren in der ersten Zeit fast täglich durch den Wald gestreift und hatten versucht Onyx aufzustöbern. Sie war erst 20 und damit sehr jung für einen Drachen, die Jahrhunderte alt werden konnten, und dazu kam die Halskette. Das war der Grund, weshalb die Krieger so ein leichtes Spiel mit den Drachen hatten. Sie waren alles nur Feiglinge, die mit Magie auf junge oder kranke oder gefangene Drachen losgingen und sich dann Helden nannten.

Dass sie nur einfache Tölpel waren, bewiesen sie mit ihrer Unwissenheit. Sie hatten nicht einmal bemerkt, dass Onyx ein Schattendrache war. Ein Drache mit nachtschwarzen Schuppen und der Fähigkeit, die Schatten wie eine Marionettenspielerin zu ihren Gunsten zu nutzen und sogar selber die Dunkelheit herbeizurufen.

Sie war wie Nox – nur noch viel mächtiger. Der Pirat war im Prinzip nur ein kleines Kind, das versuchte einen Erwachsenen nachzuahmen. Man konnte grob erkennen, was das Kind versuchte zu imitieren, aber es kam nicht im Geringsten an die Finesse von einem erfahrenen Erwachsenen ran. Onyx' magische Kräfte als ein geborener Schattendrache waren nahezu unvorstellbar.

Die Drachentöter hatten Onyx unterschätzt. Sie war trotz der magischen Fesseln immer noch stark. Sie hatten Ruby unterschätzt. Sie war nicht tot und ihr Hass brannte unaufhaltsam wie ein Waldfeuer. So lange das Land existierte und sie nährte, so lange würde dieses Wutfeuer nicht erlöschen.

Ein seltsames Geräusch riss Ruby aus ihren Gedanken an Onyx.

»Das ist j-ja schrecklich!«, schluchzte Eleanore. Sie hatte das Gesicht in den Händen vergraben. »Der arme Drache!«

Das Geschluchze der Adligen fügte Ruby noch mehr innerliche Schmerzen zu.

Sie vermisste Onyx so schrecklich. Das Gefühl von schwarzen Schuppen auf ihrer menschlichen Haut, wenn sie sich aneinandergekuschelt hatten, und Onyx Stupsgesten, die man wohl mit menschlichen Umarmungen vergleichen konnte. Sie vermisste die Sicherheit der dunklen Magie, die Onyx gewirkt hatte, um Ruby und sich selbst vor den anderen Menschen zu verstecken.

Ruby hatte versucht, nicht zu oft an Onyx zu denken, aber nun kamen all der Schmerz und die Sehnsucht mit einer Wucht zurück, die Ruby fast in die Knie zwang.

Eleanore fiel Ruby um den Hals, just in dem Moment, als ihre Beine nachgeben wollten. Nun, da sie schon eines ihrer größten Geheimnisse ausgeplaudert hatte, erlaubte sie sich auch die Schwäche, sich an Eleanore zu lehnen. Es waren zwar nicht Onyx' warme Schuppen, aber tatsächlich war diese menschliche Berührung auch irgendwie tröstlich. Hm, wer hätte gedacht, dass auch menschliche Haut so schön warm sein konnte?

Ruby erlaubte sich nur wenige Sekunden, bevor sie Eleanore von sich schob.

»Versteht ihr jetzt, warum ich alles für den Schlüssel getan habe?«, wandte sie sich an die drei Piraten. »Warum ich Fynn angeheuert habe? Ich würde alles für Onyx tun. Sie ist alles, was ich habe.«

Eleanore hatte zwar keine Tränen geweint, aber ihre Augen waren ganz rot. »Warum hast du uns nicht früher davon erzählt? Du willst doch zurück zu deiner Drachenfreundin, oder? Sie vermisst dich sicher auch!«

»Weil man wildfremden Menschen nun mal nicht die gesamte Biografie auf die Nase bindet«, erklärte Anissa Eleanore. »Außer man ist eine bestimmte Adelige aus Ebonie, die eine ganze Piratencrew damit in den Schlaf reden kann.«

Eleanore drehte den Kopf nach hinten zur Forscherin. »Ich wollte mich nur vorstellen«, sagte sie verstimmt. »Das ist höflich. Ich kann nichts dafür, dass du unter Barbaren aufgewachsen bist.«

»Wie bitte?«, brauste Anissa auf. »Ich will auf keinen Fall die Bauerntrampel aus meinem Kaff in Schutz nehmen, aber du implizierst damit, dass ich deren Verhalten nachahme, und das kann ich nicht auf mir sitzen lassen.«

Normalerweise merkte man gar nicht, dass Anissa aus einem der östlichen Kontinente stammte, aber gerade kam ihr Akzent sehr stark hervor.

Eleanore schüttelte enttäuscht den Kopf. »Ich kann nicht fassen, dass du mit mir streitest, obwohl es Ruby gerade nicht so gut geht.«

Anissa stieß einen leisen Schrei aus. Eleanore hatte dieses Wortgefecht mit Leichtigkeit gewonnen.

»Geht es dir nun besser?«, fragte die Adlige wieder an Ruby gewandt. »Umarmen sich Drachen eigentlich? Ich weiß nicht, wie Drachen sich aufmuntern.«

»Ein kräftiger Stupser mit der Schnauze gegen die Brust wäre jetzt schön«, säuselte Ruby leise – eigentlich sollte es Eleanore gar nicht hören. Aber die Adelige hatte ein gutes Gehör für Dinge, die man nur mit vorgehaltener Hand flüsterte.

Man musste Eleanore hoch anrechnen, dass sie zumindest versuchte, sich auf Drachenart auszudrücken. Es endete nur eben in einem Nasestupsen gegen Rubys Brüste.

»Und warum hast du den Schlüssel eigentlich nicht an Bord gelassen?«, fragte Anissa eine Spur zu hochnäsig. »Fynn hat dich extra noch mal darauf hingewiesen. Bereite dich schon mal darauf vor, dass er dir das vorhalten wird.«

Selbst Nox pflichtete bei: *Er wäre dort sicher gewesen.*

Ruby biss sich auf die Innenseite ihrer Wange. Sie wusste doch selber, dass es besser gewesen wäre, ihre Schätze an Bord zu lassen.

»Vielen Dank dafür, Lady Offensichtlich«, brach Eleanore beinah gleich den nächsten Streit vom Zaun.

Du vertraust Piraten nicht.

Die drei Seeräuber sahen Ruby abwartend an. Unter deren Blicken nickte sie zustimmend. Eigentlich rechnete sie fest damit, dass die drei Piraten sie ausschelten würden, aber die erwartete Predigt blieb aus.

»Aye, aber hatten wir alle nicht einmal Vorurteile gegenüber Piraten?«, fragte Anissa und erntete ein zustimmendes Nicken von Nox und Eleanore.

Ruby hatte das Verständnis der drei eigentlich gar nicht verdient. Aber das zeigte ihr, dass sie die einzig richtige Entscheidung getroffen hatte, als sie ihnen Onyx' Geheimnis anvertraut hatte.

»Dann lasst uns mal den Obertrottel suchen, oder?«, fragte Anissa in die

Runde. »Fynn hat vielleicht eine Ahnung, wer andere Piraten auf der Insel bestiehlt.«

Zum Bordell geht's da lang.

Nox führte die kleine Gruppe an.

Eleanore hakte sich wie immer bei Ruby unter. »Darf ich Onyx dann eigentlich kennenlernen?«

»Was?«

»Wie sind Drachen eigentlich so drauf?«, fragte Eleanore. »Ich bin einmal einem Einhorn begegnet und das war so süß! Ich durfte sogar darauf reiten. Bis Fynn den ganzen Spaß verdorben hat.«

»Drachen sind–«, begann Ruby, kam aber prompt ins Stocken. Wie konnte sie Eleanore das erklären? Ruby kannte nur Onyx und Erzählungen von anderen. In Büchern hieß es, dass Drachen grausame Monster waren, aber Onyx hatte Ruby selbstlos gerettet. Natürlich legitimierten die Drachentöter ihre Taten damit, dass sie Drachen als schreckliche Kreaturen hinstellten, die in Menschen nur Nahrung sahen.

»Eigentlich wie Menschen«, endete Ruby den Satz nach langer Zeit des Überlegens. »Vielleicht sogar besser als Menschen«, fügte sie leise hinzu.

»Drachen sind also intelligente Wesen?«, mischte sich Anissa ins Gespräch ein. »Erzähl mir mehr«, säuselte sie. »Wie hast du dich mit ihr verständigt? Gesten?«

Ruby zuckte mit den Schultern. »Onyx versteht die Menschensprache.«

»Aber Menschen verstehen eigentlich nicht, was Drachen sagen«, merkte die Forscherin aus. »Eigentlich. Du bist eine Ausnahme, oder? Der erste Mensch, der die Sprache der Drachen auch versteht.«

Ruby verzog das Gesicht. Genau deshalb mochte sie es nicht, mit Anissa zu reden. Wenn es so weiterging, würde sie auch noch die restlichen Puzzlestücke zusammenfügen und sich erklären können, warum Ruby überhaupt Kontakt zu einem Drachen hatte.

»Ja«, gab sie widerwillig zu.

»Du kannst es ändern«, sagte Anissa. »Das Verhältnis von Menschen und Drachen.«

»Wie bitte?«

»Hast du nie daran gedacht?«, fragte Eleanore. »Vielleicht gibt es dann wieder mehr Drachen! Wenn sie erst mal merken, dass sie nicht nur gejagt werden, sondern dass Drachen und Menschen sogar Freunde werden können, kommen sie vielleicht aus ihren Verstecken.«

Ruby musste zugeben, dass sie noch nie an so etwas gedacht hatte. Sie wollte Rache. Sie wollte, dass ganz Yevel für das bezahlte, was Onyx und ihr angetan wurde.

Aber was würde passieren, wenn sie ihre Rache endlich bekam? Wie würde ihr Leben danach aussehen?

Vor ihrem inneren Auge tauchte eine ganz kurze Szene auf, die sie sofort als kurzen Anfall von Wahnsinn, ausgelöst durch die Hitze auf der Insel und die Sorge um Onyx, abstempelte. Blöderweise schien diese Szene so etwas wie Widerhaken zu besitzen und heftete sich in Rubys Gedächtnis fest: Ein starker Wind, der mit ihren Haaren spielte. Das Geräusch von Onyx' Krallen auf Holz. Und dieses verdammte Grinsen, das ihr Herz schneller zum Schlagen brachte.

»Du bist ja auf einmal ganz blass!«, merkte Eleanore an.

»Ich glaube, ich kriege einen Hitzschlag.«

»Hm?« Eleanore sah nach oben. »Aber es ist doch bewölkt.« Sie rieb sich über die Arme. »Es ist auch richtig kalt geworden.«

Die Piraten und Ruby marschierten eine ganze Weile über die Insel. Ruby hoffte, dass einer der vorbeikommenden Piraten Fynn war, den man für sein Verhalten aus dem Bordell geworfen hatte. Doch es waren nur irgendwelche Seeräuber und Seeräuberinnen. Viele von ihnen waren wirklich gut aussehend, musste Ruby sich eingestehen. Junge Männer mit gepflegten Bärten und schöne Frauen mit glänzenden langen Haaren, die selbstbewusst ihre Weiblichkeit mit ihrem Piratensein vereinten.

Und dann …

»Scada?«, fragte Ruby und blieb stehen.

Der blonde Pirat war gerade wie aus dem Nichts aus einer Seitengasse erschienen und fast in die kleine Gruppe gerannt.

»Hübsche rote Bäckchen«, höhnte Anissa mit einem abschätzigen Blick auf ihn. »Benutzt du neuerdings Rouge oder haben dir gleich zwei Damen eine geklatscht?«

»Ich schminke mich«, log Scada aus Scham.

»Bist du etwa auch auf den Weg ins Bordell?«, wollte Eleanore wissen.

»Eigentlich schon, aber ich habe kein Geld bekommen«, knurrte Scada. »Ich hatte bei Fynn noch einige Schulden. Und was heißt hier ›auch‹? Was habt ihr denn im Hurenhaus vor? Ab fünf Personen kriegt man eine kleine Orgie zum Spitzenpreis. Wenn ich mich anschließen dürfte, dann–«

Eleanore verpasste Scada mit ihrem Fächer einen Schlag auf den Mund. »Lass die Spinnerei. Wir suchen nur den Kapitän.«

Der Pirat fuhr sich über den Mund. Er jammerte nicht einmal, was Ruby darauf schließen ließ, dass er es gewohnt war, dass eine Frau nach der anderen auf ihn einschlug. »Warum das?«

»Die arme Ruby wurde bestohlen!«

Scada musterte Ruby kurz. »Hat man kommen sehen«, meinte er nur. »Warum nimmst du auch dein magisches Artefakt mit auf die Insel? Normale Diebe gibt es hier reichlich und Hexen lieben solche Gegenstände.«

»Wie meinst du das?«, fraget Ruby. »Woher weißt du, dass mein magischer Schlüssel fehlt?«

»Ich kann das halt erspüren«, erklärte Scada wortkarg. »Ihr würdet das nicht verstehen.«

»Magie«, erklärte Anissa überflüssigerweise. »Du kannst magische Gegenstände erfühlen, oder? Natürlich. Du bist ja eine Hexe. Eine schlechte Hexe, die schlechteste die ich kenne, aber immerhin.«

»Wenn ihr mich nervt, könnt ihr alleine das Teil suchen«, grummelte Scada schlecht gelaunt.

»Bitte«, nahm Ruby das Wort ungern in den Mund. Sie packte Scada am Hemdsärmel. »Ich brauche den Schlüssel wieder. In Yevel ist meine beste Freundin angekettet.«

»Ist das so eine Art Fetisch?«

Ruby stöhnte laut. »Sie ist ein Drache.«

Scada schien über das Geständnis kaum überrascht zu sein.

Er konnte Magie spüren und so fand er es sicher auch nicht weiter seltsam, dass Ruby eine Freundschaft zu einem Drachen pflegte.

»Es gibt fünf magische Artefakte auf der Insel«, erklärte Scada. »Ich kann nicht sagen, welcher der Schlüssel ist, nur, dass sich die Menge nicht verändert hat. Ich kann auch spüren, wo sie sich ungefähr befinden.«

»Das heißt, wenn wir die Objekte überprüfen, finden wir den Schlüssel«, fasste Nox für alle zusammen. »Das hört sich doch nach einem Plan an.«

Ruby atmete erleichtert auf. Aber dass ausgerechnet Scada die Lösung für ihr Problem war ...

Anissa schlug die Hände in gespielter Bestürzung vor den Mund. »Scada, sag nicht, dass du zu etwas nützlich bist!«

Scada rieb mit den Daumen seiner rechten Hand über die anderen Finger. »Meine Hilfe kostet euch aber etwas.«

»Wenn du mir hilfst, hast du etwas gut bei mir«, sagte Ruby. »Nenn mir einfach deinen Preis.«

Ruby hatte auch immer noch eine Schuld bei Fynn zu begleichen – obwohl sie langsam das Gefühl bekam, dass sie sie schon längst eingelöst hatte.

Im Gegensatz zum Piraten platzte Scadas Wunsch gleich aus ihm raus: »Bei mir klappt es momentan nicht so bei den Frauen.«

»Nein. Nein. Nein.«

»Lass mich ausreden!« Er schüttelte den Kopf. »Ich will nur, dass du so tust, als würdest du mich attraktiv finden, wenn ein paar interessante Frauen in der Nähe sind. Nachfrage ist gut für den Markt, wenn du verstehst, was ich meine.«

»Ich verstehe leider, was du meinst«, murmelte Ruby. So tief musste sie also für ihre eigene Dummheit sinken?

Für Onyx, sagte sie sich. Alles für Onyx und dafür, dass sie ihre Flügel noch einmal in ihrem Leben benutzen konnte.

»Na gut«, stimmte sie ihm zu. »Ich opfere mich. Aber du fasst mich nicht an und wenn du versuchst mich zu küssen, war's das mit deinen Lippen.«

»Bäh. Als wärst du mein Typ.«

Ruby klatschte in die Hände. »Wie schön, dass wir einmal einer Meinung sind.«

***

Eine sehr spärlich bekleidete Frau hielt einem dämlich vor sich hin grinsenden Mann die Tür zum Bordell auf. Dabei strömte ein unglaublich heftiger Geruch aus dem Etablissement und umfing Ruby. Ihre Augen fingen unkontrolliert an zu tränen. Ihre besseren Sinne waren hier mehr Fluch als Segen. Durch den Tränenschleier sah sie gerade mal, dass Nox sie zu einem großen Gebäude geführt hatte. Standen da halb nackte Menschen auf dem Balkon?

In diesem Moment kitzelte der ekelhaft süße Geruch auch ihre Nasenlöcher. Ruby musste sofort mehrmals niesen.

»Gesundheit. Gesundheit. Gesundheit. Gesundheit. Gesundheit!«, kam es von Eleanore. »Gesundheit. Ist da jemand gegen Bordell-Geruch allergisch?«

»Esch ischt zu viel Parfüm«, schnupfte Ruby. Selbst ihre Ohren beschlugen nun. »Wenn ich nur einen Fuß reinsetze, dann niese ich noch mein Hirn aus den Nasenlöchern.«

»Igitt!«, war Eleanores Reaktion. »Doch nicht in aller Öffentlichkeit. Das ziemt sich doch nicht.«

Ruby nahm an, dass es Nox war, der ihr ein Taschentuch reichte. Sie konnte nur einen verschwommenen dunklen Schatten ausmachen.

So etwas Ekelhaftes hatte sie noch nie gerochen! War das Opium? In Yevel nahm man eher normalen Tabak, da Opium verdammt teuer war.

»Ich kann da nicht reingehen«, schnupfte Ruby. »Ihr müsst Fynn ohne mich suchen. Aber wenn ihr ihn findet, dann verpasst ihm mal eine kräftige Ohrfeige von mir.«

»Bis später!«, verabschiedete sich Scada.

»O nein. Du bleibst hier.« Anissa stellte sich ihm in den Weg. »Du lässt dich nur von den Damen ablenken. Wenn jemand da reingeht, dann ich.«

»Und ich?«, wollte Eleanore wissen.

»Für den Notfall könntest du deinen ... speziellen Fächer vom Schiff holen«, schlug Anissa vor. »Du bist damit unauffällig.«

»Aber der ist auf der Insel doch verboten!«

»Wir werden ihn auch nur in einer absoluten Notsituation einsetzen. Aber die Diebe haben sich lautlos an uns drei angeschlichen. Ich nehme an, dass es sich nicht um so leichte Gegner wie die Idioten von vorhin handelt. Die Wahrscheinlichkeit, dass sie ebenfalls eine Hexe bei sich haben, ist sehr hoch. Wir müssen auf alles vorbereitet sein.«

»Aber ich wollte mir das Bordell so gerne ansehen«, murmelte Eleanore enttäuscht. »Also ... Ich meine ... Eine junge Dame wie ich ist in einem Bordell sicherer als auf diesen piratenverseuchten Straßen.«

Scada konnte über das Gesagte nur den Kopf schütteln.

»Wir können doch später mal irgendwo anders ein Freudenhaus aufsuchen«, schlug Ruby vor.

Eleanores Augen weiteten sich vor Vorfreude auf diesen unpassenden und geschmacklosen Ausflug. »Wenn du das schon vorschlägst, muss ich wohl einwilligen. Es schickt sich nicht, wenn eine Dame alleine so ein Etablissement aufsucht.«

Ruby lächelte kurz.

Was tat sie denn da? Sie machte schon wieder Pläne für eine Zeit nach ihrer Rache. Dabei hatte sie sich doch schon vor Jahren von den Menschen abgewandt. Onyx war das einzige Wesen, das ihr jemals so etwas wie körperliche und seelische Wärme geschenkt hatte. Bis jetzt, als diese Gruppe Piraten beschlossen hatte, einen Drachen zu retten, den sie nicht einmal kannten.

»Verrückte Weiber«, murmelte Scada leise, aber Ruby konnte es trotz leichtem Rauschen in beiden Ohren hören.

Allmählich verflog ihr Unwohlsein. Sie konnte schon fast wieder klar sehen.

»Dann gehen wir drei schon mal in die Taverne da vorne«, sagte der blonde Pirat und deutete auf ein Gebäude am Ende der Straße, von dem Ruby gedacht hatte, dass es leer stand, weil es so schief und die einzige Fensterscheibe eingeschlagen war.

»Sonst noch was?«, fauchte Ruby ihn an. »Dir ist nicht klar, dass das verdammt wichtig ist, oder?« Sie stach ihm mit dem Zeigefinger gegen die Brust.

Er verzog den Mund ein wenig vor Schmerz. Am liebsten hätte sie sein durchaus ansehnliches Gesicht mit ihren Krallen bearbeitet. »Hier steht ein Drachenleben auf dem Spiel. Wenn du das so leicht auf die Schulter nimmst, dann hau einfach wieder ab. Wir kriegen das auch ohne dich hin.« Sagte sie, obwohl sie genau wusste, dass sie ohne Scada wahrscheinlich die ganze Insel fünfmal umdrehen mussten, bevor sie auch nur den Hauch einer Spur hätten.

»Ich meine, dass der erste Gegenstand in der Taverne ist«, erklärte Scada überraschend ruhig. Rubys Gezicke ließ ihn ganz kalt. Das war seltsam für ihn. »Du, Nox und ich können ja schon mal die Lage checken.«

Die Lage oder den Alkohol?, wollte Ruby schon wieder eine Runde Gehässigkeit verbreiten. Sie biss sich aber noch rechtzeitig selbst auf die Unterlippe.

Anissa nickte zustimmend. »Wir kommen nach, so bald wir unsere Aufträge erledigt haben.«

»Brecht keine Rauferei vom Zaun«, fügte Eleanore hinzu. »Noch nicht. Wartet auf uns.«

Ruby musste sich mit den Händen vor der Maske wegdrehen, als Anissa das Hurenhaus betrat und noch einmal die Mischung aus süßlichem Parfüm, Opium und Dingen, die sie nicht wissen wollte, über sie hinwegrollte.

Scada schrie ihr zu: »Beeil dich, Drachenweib.«

»Wie hast du mich gerade genannt?«, grollte Ruby.

Der Pirat war schon ein paar Schritte in Richtung Wirtshaus gegangen und winkte ihr ungeduldig zu. Nox war wahrscheinlich schon wieder in die Schatten abgetaucht. Am Himmel kämpfte sich die Sonne nämlich gerade mühsam aus den Wolken hervor.

»Drachenweib«, wiederholte Scada und Ruby fragte sich, ob er vielleicht einen dringenden Todeswunsch hegte. Doch dann nahm das Gespräch eine interessante Wendung. »Dein Drache ist doch auch ein Familiaris, oder?«

»Nein«, antwortet Ruby, die sehr überrascht von dieser Frage war. »Ich bin keine Hexe. Onyx ist meine Freundin.«

»Oh.«

Scada schien nicht zu wissen, was er jetzt sagen sollte. Er hatte wohl vielleicht sogar gehofft, dass Ruby wie er war.

Auch Ruby wusste nicht, was sie jetzt sagen sollte. Man musste bei ihr jedoch berücksichtigen, dass sie die letzten Jahre in einer Höhle mit einem Drachen verbracht hatte. Drachen konnten zwar mit einer Mischung aus Knurr- und Klicklauten miteinander kommunizieren, aber Worte hatten sie nicht gewechselt.

Ruby hatte deshalb immer noch einige Defizite in puncto menschlicher Kommunikation aufzuholen.

Nero, der die ganze Zeit wie ein Geier über den beiden kreiste, stieß einen schrillen Schrei aus, um die unangenehme Stille zu durchbrechen.

»Das Drecksvieh macht mir nur Probleme«, knurrte Scada dann in der gewohnten grummelnden Tonlage mit seinem üblichen finsteren Gesichtsausdruck. »Kannst froh sein.«

Da Scada für seine Verhältnisse in Plauderlaune zu sein schien, musste Ruby ihm eine Frage stellen: »Stimmt es wirklich, dass Hexen sterben, wenn der Familiaris stirbt?«

Das erstaunte die Hexe. »Woher weißt du das?«

»Ich kenne aus alten Büchern ein paar Legenden.«

In Yevel glaubten manche Leute an die alten und manche an die neuen goldenen Götter. Es lief zwar nicht ohne die ein oder andere Reiberei ab, aber im Grunde wurden beide Glaubensrichtungen akzeptiert. Am meisten glaubten die Yeveler nämlich immer noch an Juwelen und Gold. Deswegen war Ruby auch mit den Sagen und Legenden über die alten Götter aufzuwachsen, welche in vielen Ländern schon von den Gläubigen der neuen Gottheiten als ketzerische Erzählungen betitelt wurden.

Besonders die Erzählung über den Ursprung der Hexen fand sie schon immer irgendwie faszinierend. Die Naturgöttin Vicae wurde von allen anderen Göttern gemieden. Sie war launisch, flatterig und wechselhaft. Sie war weder so gutmütig wie der Sonnengott noch stets gerecht wie der Todesgott.

Auf einen heißen Sommer ließ sie einen nassen Herbst und dann einen eiskalten Winter folgen, nur um im Frühjahr die Welt wieder zu erwärmen.

Sie erschuf zwar nicht die Menschen, aber dafür alle Tiere. Dort tobte sie sich ebenfalls aus und erschuf verschiedene Säugetiere, Fische, Vögel, Insekten und Monster.

Trotzdem fühlte sie sich den Menschen näher als ihresgleichen. Sie verbrachte mit ihren Geschöpfen Jahrhunderte unter den Menschen. Und irgendwann verliebte sie sich. Sie – eine Göttin – verliebte sich in einen Menschen. Das war noch keinem der anderen Gottheiten passiert. Doch die Göttin merkte schnell, dass das Leben ihrer Geliebten begrenzt war. Schnell waren ihre Jahre vergangen. Deshalb bat sie den Todesgott Hel sie zu verschonen. Nur einen einzigen Menschen sollte er vor dem Schicksal aller bewahren. Doch der Gott lehnte ab. Er würde sie holen, wie er jeden Menschen holte.

Die Göttin blieb nur eine einzige Möglichkeit. Sie verwandelte ihre Geliebte in ein Tier.

Ruby hatte schon viele Versionen der Legende gelesen und immer wurde ein anderes Lebewesen genannt. Einmal war es eine Katze, dann eine Krähe und dann wieder eine Ratte.

Wichtig war, dass der Todesgott so keine Macht mehr über sie hatte. Die Göttin konnte zwar nicht mehr mit ihr sprechen und musste auf Liebkosungen verzichten, aber so konnten die beiden zusammen sein. Für immer, wie es in den Geschichten hieß.

Die Kinder der Göttin – Hexen genannt – hatten alle eine besondere Beziehung zu einem Tier. So mussten sie nie allein sein. Man sagte, dass diese Bindung tiefer als eine Freundschaft und stärker als eine Liebesbeziehung war. Wenn einer der beiden starb, würde der andere kurz darauf an einem gebrochenen Herzen aus der Welt scheiden.

Bis jetzt hatte Ruby aber nicht mitbekommen, dass Scada Nero besonders mochte. Schließlich war das alles nur eine alte Sage.

Scada zuckte mit den Schultern. »Keine Ahnung. Ich habe keine Lust, es auszuprobieren. Es ist schlimm genug, dass das Vieh und ich länger als ein normales Menschenleben aneinandergekettet sein werden. Es nervt.«

»Was nervt?«, fragte Ruby interessiert nach.

Den folgenden Knurrlaut fasste Ruby als ein »Alles« auf. »Ich wollte das nicht – weder das Tötungsspiel in meinem Heimatland noch diese Fähigkeiten. Oder dieses Leben als Pirat, das mir als allerletzter Strohhalm geblieben ist.«

Diese ehrlichen Worte von Scada überraschten Ruby. Die beiden hatten auf dem Schiff kaum ein Wort gewechselt und nun schüttete er ihr das Herz aus. Nun ja, für Scadas Verhältnisse war das auf jeden Fall ein emotionales Geständnis. Und irgendwie freute es Ruby, dass er sich ihr anvertraute.

War das normal für Menschen? Schloss man so etwa Freundschaften? Oder versuchte er sie mit diesen Details zu manipulieren? Damit er ihr bei der nächsten Gelegenheit dann in den Rücken fallen konnte?

Menschen waren so furchtbar kompliziert.

»Ich weiß übrigens, dass dein Aussehen von Magie herrührt«, erwähnte er beiläufig. »Im Gegensatz zu den anderen erkenne ich Spuren von Magie instinktiv. Vergiss das nicht.«

Ruby blieb mitten auf der Straße stehen. Ein Pirat rannte in sie rein, aber sie spürte den Zusammenprall gar nicht.

»Breitest du jetzt deine Flügelchen aus, legst ein riesiges Ei oder warum stehst du jetzt so blöd in der Gegend rum?«

»Du wusstest also von Anfang an, warum ich so aussehe?«, fasste Ruby zusammen. »Und du hast weder Fynn noch Anissa was gesagt?«

Erneut kam nur ein Achselzucken von dem Piraten. »Weder der Captain noch Anissa verstehen, was es heißt, wenn Magie einem so ins Leben pfuscht. Im Gegensatz zu uns dreien.«

»Drei?«

Scadas Schatten wurde größer und dabei schrecklich unförmig. Während der Pirat stillstand, wand sich der Schatten hin und her. Es sah aus, als fühlte er sich unwohl.

»Glaubtest du wirklich, dass man so geboren wird?«, fragte Scada sie und deutete auf den schrumpfenden Schemen. Er hob abwehrend eine Hand. »Und nein, ich kann dir bei keinem magischen Problem helfen. Ich weiß kaum etwas über Magie, da ich auf Estarossa zu sehr damit beschäftigt war zu überleben.«

Ruby hatte noch so viel Fragen an Scada, aber sie nickte nur und behielt sie für sich. Dafür war keine Zeit und Scada schien nicht der Typ zu sein, der sich Fragen offen und ehrlich stellte. Er verriet nur etwas über sich, wenn er in der Stimmung dazu war.

»Würdest du dich jetzt bitte wieder in Bewegung setzen?«, zeterte Scada genervt an ihr herum. »Wir brauchen deinetwegen für einen Weg von zwei Minuten fast eine Stunde! Ich dachte, dass es dringend ist?«

Damit drehte sich der Pirat wieder um. Ruby schritt schweigend neben Scada und Nox, der sich immer noch in seinem Schatten versteckte, zum Wirtshaus. Drinnen schien es außergewöhnlich ruhig zu sein. Es war auch wirklich klein. Ruby schätzte von außen, dass es vielleicht zehn Piraten Platz bieten konnte.

»Mal sehen, welches Arschloch wir jetzt aufmischen werden«, sagte Scada und schritt durch die Flügeltür. Er schien vergessen zu haben, dass er nicht alleine war, da eine Holzklappe Ruby fast ins Gesicht knallte.

Das Innere überraschte die junge Frau: Es war wie angenommen zwar sehr klein, aber es war hübsch anzusehen. Viel besser als das Innere des ›Kiesels‹ in Yevel. Zwar hatte hier ebenfalls schon die ein oder andere Barschlägerei Spuren an der Inneneinrichtung hinterlassen, aber Ruby war sich sicher, dass es hier sauberer war. Auch der Geruch war ganz akzeptabel.

»Das gibt es ja nicht«, wunderte sich Scada.

»Hm?« Ruby erspähte zur selben Zeit ein familiäres Gesicht. »Ist das da vorne nicht Ophelia?«

Nox, der nun wieder seine menschliche Gestalt angenommen hatte, nickte.

Die Piratin saß alleine an einem der wenigen Tische und drehte gelangweilt einen Bierkrug hin und her.

Scada schien kein Kurzzeitgedächtnis zu besitzen, da er sofort auf sie zueilte, ohne auf Eleanore und Anissa zu warten, wie sie es abgemacht hatten. Auch Ruby hatte die Abmachung längst wieder vergessen. Sie dachte nur an den Schlüssel.

Ophelia bemerkte natürlich sofort, dass die Truppe auf sie zukam. »Scada!« Sie nickte ihm zu. »Und Ruby – habe ich das recht in Erinnerung?«

»Hast du Fynns Hausdrachen die Edelsteine und einen Schlüssel geklaut?«, platzte es rüpelhaft aus Scada heraus.

»Hausdrache?«, wiederholte Ophelia verwirrt. »Edelsteine? Schlüssel? Von was redest du da, Scada?« Sie stöhnte. »Ist das schon wieder so eine Geheimnachricht von Fynn? Sag ihm, er kann mich mal am Arsch lecken. Und wenn er wieder das Schandmaul raushängen lässt und das in einen unanständigen Witz verwandelt, dann brich ihm bitte umgehend die Nase. Danke.«

Beim Reden hatten sich Ophelias Finger immer mehr um den Krug verkrampft, bis ihre Fingerknöchel weiß hervortraten.

Aber das war im Moment für Ruby nebensächlich. »Hausdrache?«, brauste sie auf. Sie kickte mit ihren Fuß nach Scadas Schienbein. Sie versteckte dadurch, dass es nicht die Bezeichnung als Hausdrache war, die sie so in Rage versetzte. Die Beifügung, dass er sie als Fynns Hausdrachen betitelt hatte, machte sie so wütend.

Sie war niemandes Besitz. Und erst recht nicht Fynns.

»Aua!«, schrie der Pirat und sprang von ihr weg. »Für was war das denn? Ich probiere dir hier zu helfen und deinen Schlüssel zu finden.«

»Davon merke ich gerade herzlich wenig«, fauchte Ruby ihn an. Auch wenn sie Scada nun ein bisschen sympathisch empfand, das mit Fynn ging ihr unter die Haut.

Nox stellte sich zwischen den beiden Streithähnen auf. Er hob beschwichtigend die Arme und sah zunächst Scada und dann Ruby in die Augen. Er brauchte keine Worte, um die erhitzten Gemüter der beiden zu beruhigen.

Ruby schnaubte und drehte sich zu Ophelia. Wenn sie Ruby nicht schon vorher für Fynns neue Geliebte gehalten hatte, tat sie es jetzt auf jeden Fall.

Ruby erwartete, dass ihr Ophelia mit einem Messer an die Kehle springen oder ihr zumindest einen hasserfüllten Blick entgegenwerfen würde.

Doch die einzige Emotion, die sich in Ophelias Augen spiegelte, war Mitleid.

Das war noch viel, viel schlimmer.

»Ihr unterstellt mir also, dass ich Ruby bestohlen habe?« Als Ophelia klar wurde, was Scada ihr vorwarf, wurden ihre Lippen so dünn wie ein Strich. »Denkt Fynn so über mich? Großartig ...« Sie begann zu murmeln. »Dass er mich so hinstellt ...«

»Fynn hat ausnahmsweise nichts damit zu tun«, erzählte Scada. »Er ist gerade nicht auffindbar. Er weiß selbst noch nichts von der Sache.«

Ophelia kannte Fynn gut: »Das heißt, dass der alte Hurenbock wieder mal im Bordell rumhängt.«

»Rück einfach den magischen Gegenstand raus, ja?«, spielte sich Scada auf. »Gegen uns drei hast du absolut keine Chance.«

Ophelia seufzte nur. Dann griff sie in einen schwarzen Beutel, welcher an ihrer Hüfte mit einem Ledergurt befestigt war. Es war nicht Rubys Schlüssel, den sie auf den Tisch legte. Es war ein kleines Holzkästchen. Bevor Ruby fragen konnte, klappte sie es mit dem Zeigefinger auf. Es war nur ein stinknormaler Kompass.

»Den hattest du vorher noch nicht dabei«, merkte Scada an.

»Nein. Den bewahre ich meistens in meinem Zimmer auf.« Ophelia lehnte sich im Stuhl zurück. »Ich schleppe ihn nicht dauernd mit mir rum, da er praktisch nutzlos ist. Ich behalte ihn nur aus Sentimentalität – und um mir vor Augen zu führen, dass ich eine Idiotin war.«

»Ich dachte, du spürst magische Gegenstände auf«, wandte sich Ruby an Scada.

»Das ist auch ein magischer Kompass«, erklärte die Piratin. »Ich habe ihn vor ungefähr einem Jahr einer Hexe abgekauft.«

Das weckte Rubys Neugier. »Was kann der? Führt der einen zu dem Gegenstand, den man am meisten begehrt? Oder zum größten Schatz aller dreizehn Weltmeere?«

Ophelia lächelte schwach. »Nein. So ein Gegenstand wäre von unvorstellbarem Wert. Dieser Kompass führt genau zu einem persönlichen Schatz – wobei diese bestimmte Sache von Wertgegenständen über einen bestimmten Ort bis zu einer Person alles sein kann ... Hast du so einen noch nie gesehen? Die gibt es fast überall auf der Welt zu kaufen.«

»Das ist Ramschware, die Hexen verkaufen, wenn sie wirklich in Geldnot sind«, ergänzte Scada für Ruby. »Wenn der Schatz – wie immer er auch aussehen mag – zerstört wird oder der Person nicht mehr wichtig ist, zerspringt der Kompass in all seine Einzelteile.«

»Er ist praktisch wertlos«, fasste Ophelia noch einmal zusammen.

»Nun, das war mal dann ein Schuss ins Blaue«, sagte Scada, anstatt sich bei der Piratin für die falsche Verdächtigung zu entschuldigen.

Aber Ruby war das nicht egal. Sie boxte ihm gegen den Arm.

»Au! Was hab ich jetzt schon wieder gemacht?«

Sie deutete mit dem Kopf vage in Ophelias Richtung und hoffte, dass Scada ihre weit aufgerissenen Augen und ihre zusammengepressten Lippen richtig deuten würde. Tat der dumme Pirat aber nicht.

»Entschuldige dich bei ihr«, fauchte sie dann. »Ich habe in einer Höhle gehaust, aber bei den alten Göttern, ich habe viel bessere Manieren als du je haben wirst.«

»Du hörst dich schon wie Fynn an«, war Scadas Kommentar, was ihm noch einmal einen Schlag gegen den Oberarm einbrachte.

Das Endergebnis war ein »Es tut mir leid, Ophelia«, welches man aber nur mit viel Fantasie als Entschuldigung deuten konnte.

Zumindest nickte Ophelia ihnen versöhnlich zu. Dann starrte sie ihren Kompass an, als wäre er … na ja, Fynn. Eine Mischung aus Ärger und Melancholie war überdeutlich in ihren Gesichtszügen zu erkennen. Vielleicht lag das aber auch am Alkohol, den sie getrunken hatte, bevor Nox, Scada und Ruby aufgetaucht waren.

Das Dreigespann zog sich ohne Verabschiedung zurück. Tatsache war, dass diese Station ein Reinfall gewesen war. Mit jeder Minute wurde Ruby wütender. Wenn sie die Kerle in die Finger kriegen würde, konnten sie sich auf was gefasst machen.

***

Zu ihrem Pech erwarteten Anissa und Eleanore sie mit einer weiteren schlechten Neuigkeit vor dem Bordell. Wenigsten hatten sich nun auch die Zwillinge eingefunden. Sie standen hinter Eleanore und sahen besorgt aus.

»Wir haben gerade die Vorräte ins Schiff geladen, als Eleanore aufgetaucht ist«, sagte Kjell. »Rubys Sachen sind also weg?«

Ruby nickte grimmig.

»Und Fynn ist nicht mehr im Bordell!«, informierte Anissa die restliche Crew. »Er ist wohl mit der Bordellmutter gleich in ihr Separee abgerauscht. Eine gewisse Zeit später hat er den Laden wieder verlassen.«

»Handelte es sich dabei sicher um Fynn?«, hakte Ruby hoffnungsvoll nach.

»Ein Angestellter hat einen unglaublich schönen Mann mit südlichem Teint und einem unglaublich hässlichen Hut auf dem Haupt gesehen.«

»Jap. Das ist Fynn.« Ruby grummelte. »Dann packen wir das Ganze einfach ohne ihn an.«

Für diesen Vorschlag hätte Ruby ein einstimmiges Nicken von der Crew erwartet, doch die Piraten wandten ihre Blicke ab.

»Was ist los?«, verlangte Ruby zu erfahren. »Ihr habt doch nicht Angst davor, dass Fynn euch ausschimpfen wird, oder?«

Ein paar schüttelten die Köpfe. »Nein«, sagte Anissa. »Aber ohne Fynn laufen die Dinge meist aus dem Ruder.«

»Ich bin mal fast mit einem Pinguin in einem Bierfass ertrunken«, gab Eleanore beschämt zu.

»Nox und ich mussten zwei Tage als Hausmädchen bei Adeligen in Caratara arbeiten«, grummelte Scada. »Zwei Tage. In einem Kleid. Bis uns Fynn rausgeboxt hat.«

Eleanore seufzte. »Mir tun die Kleider leid.«

»Braune Dienstmädchen-Uniformen?«

»Verbrennt die Fetzen«, änderte Eleanore schnell ihre Meinung.

Ruby seufzte schwer. »Die Sache in der Taverne ging also klar und jetzt zieht ihr alle den Schwanz ein?«

»Ich habe gehofft, dass Fynn aufkreuzen und uns helfen würde«, gestand Scada kleinlaut. »So läuft es bei uns immer ab.«

»Dann muss sich etwas ändern.« Selbstbewusst stemmte Ruby die Hände in die Hüften. »Was Fynn kann, das kann ich auch. Womöglich viel besser als euer Captain, der immer gleich ins nächste Bordell rennt.«

Kian salutierte. »Aye-aye, Capt'n Ruby.«

»Lass das«, fauchte sie. »Ich springe nur vorübergehend für euren inkompetenten Kapitän ein. Ich ziehe daraus nur meinen eigenen Nutzen.«

Sieh dich an, Ruby, sagte sie zu sich selbst. Was bist du? Eine Prinzessin oder eine Piratin?

Weder noch.

Sie war nur eine junge Frau, die gerade einen bestimmten Piraten verprügeln wollte.

Ruby schritt mit erhobenem Haupte so lange die Straße entlang, bis sie merkte, dass sie nicht einmal wusste, wo sie hingehen musste.

»Scada, weis uns doch mal den Weg«, sagte sie und unterdrückte ein ›Bitte‹, damit sie sich autoritärer anhörte.

Darin war sie schon mal ganz gut.

***

Ruby verdrehte die Augen so lange, bis sie Kopfschmerzen bekam, als der Weg zum zweiten und dritten Gegenstand sie erneut in eine heruntergekommene Spelunke führte. Das Lokal ›Zum Fliegenden Lamm‹ war eine Bruchbude, wie Ruby sie aus ihrem Heimatland kannte.

Sie übergab sich fast, als sie beim Eintreten in etwas stieg, das wie ein halb verdautes Abendessen aussah.

»Bei den alten Göttern und bei den neuen!« Eleanore fächerte sich stärker Luft zu. »Können wir das hier schnell erledigen?«

Zu ihrem Glück eilte der Wirt gleich zu ihnen, weil er sie für zahlende Gäste hielt. Mit einem Lächeln, das ihm noch ein drittes Kinn zauberte, zeigte er ihnen einen Tisch, der sich von selber decken konnte. Eindeutig ein magischer Gegenstand und eindeutig nicht, was sie suchten.

Das hatten aber zwei Crew-Mitglieder schon wieder vergessen. Die Zwillinge hatten bereits am Tisch Platz genommen und stopften sich mit Fleisch und Brot voll.

»Den habe ich so nem Bengel aufm Festland abgekauft«, erklärte der Wirt mit starkem westlichen Akzent. »Hat wohl Tischler gelernt und das war alles, was er von seinem Meister dann bekommen hat. Der hat drei Goldmünzen von mir bekommen und ist gleich ins nächste Hurenhaus abgerauscht. Das war das Geschäft meines Lebens.«

Ruby beachtete ihn nicht. »Dafür sind wir aber nicht hier!« Sie stampfte mit einem Fuß auf den Boden. »Jungs! Jungs! Hört ihr mir überhaupt zu?«

»Gleich, Capt'n!«, rief Kian ihr zu.

»Willst du auch ein Stück magisches Hühnchen?«, bot Kjell ihr an und streckte ihr ein Hühnerbein entgegen. »Das ist saulecker.«

»Der Drache würde jetzt gerne an deinem Beinchen knabbern«, entgegnete Ruby mit zuckersüßer Stimme, die zeigte, dass sie kurz vor einem Wutanfall stand.

Der Wirt streckte seine fleischige Hand in Rubys Richtung aus. »Das macht dann sechs Silbermünzen.«

»Das ist Wucher!«, beschwerte sich Anissa. »In normalen Läden zahlt man vielleicht eine Silbermünze pro Person!«

»Dafür darf man bis zum Umfallen speisen.« Ungeduldig fuchtelte der Wirt mit seiner Hand umher. »Darf ich also bitten, ja?«

»Wir haben kein Geld mehr!«, riefen die Zwillinge. »Haben uns Süßkram damit gekauft.«

Ruby sah die anderen an – beziehungsweise eigentlich nur Nox, der als einziger der Bande vielleicht noch etwas Geld übrig hatte. Doch er schüttelte verneinend den Kopf.

»Äh. Wir haben kein Geld mehr«, sagte Ruby zum Wirt. »Jungs! Spuckt aus, was ihr gerade esst, und kommt her, um euch bei dem Mann zu entschuldigen! Sofort.«

Ruby versuchte dem Wirt mit einem Lächeln zu beschwichtigen. Dem verging aber das Lächeln bei dem Anblick der völlig ausgebrannten Piraten. Ruby machte schon einmal einen Schritt nach hinten. Die Zeche prellen war nichts, was sie in Yevel nicht auch schon mal gemacht hatte. Wenn man auf der Pirateninsel Geschäfte machte, rechnete man das doch sowieso in die Buchhaltung ein, oder?

»Aye. Zum Glück hab ich damals nicht nur den Tisch erstanden.«

»Wie meinen …?«, fragte Ruby.

»Vertreib die Zechpreller aus meiner Kneipe!«

Bevor Ruby fragen konnte, wem er diesen Auftrag erteilt hatte, schwang sich hinter der Theke ein Knüppel hoch. Sie rieb sich ungläubig über die Augen. Ein schwebender Knüppel? Drehte sie jetzt vollkommen durch?

»Weg da!«

Scada konnte Ruby gerade noch zur Seite wegschubsen, bevor der Knüppel hart gegen die Wand schlug, nur wenige Zentimeter von der Stelle entfernt, an der eben noch ihr Kopf gewesen war. Das lebendige Holz knallte zu Boden. Etwas Putz bröckelte von der Mauer.

Der Hieb hätte Ruby sicherlich nicht getötet, aber das Teil hätte selbst sie locker k. o. schlagen können. Ein kalter Schauer überkam sie, als sie merkte, dass das Ding am Boden wieder zu zucken begann.

»Alle mir nach!«, befahl Ruby mit einer eindeutigen Handbewegung und rannte aus dem Wirtshaus.

»Das ist keine gute Idee«, kam es als Einwand schreiend von Anissa. »Das Ding kann nicht alle verfolgen. Wir sollten uns aufteilen.«

»Gut! Dann treffen wir uns später am Schiff!«

Ruby rannte die Straße entlang, schubste ein oder zwei Piraten aus dem Weg und lernte dabei sogar ein paar neue Schimpfwörter, welche sie mit Leidenschaft Fynn an den Kopf werfen würde.

Als Ruby nach hinten blickte, erkannte sie, dass der Knüppel ausgerechnet ihr folgte. Ihr, die nicht einmal ein Stück von dem Essen angerührt hatte, und … »Was macht ihr beiden denn da?«, schrie sie Eleanore und Scada an. »Wir wollten uns doch aufteilen!«

Eleanore war ganz rot im Gesicht. Mit beiden Händen hielt sie ihr schweres Kleid hoch, sodass man ihre dunkelbraunen Lederschuhe sah. »Ich kann nicht gleichzeitig denken, laufen und aufpassen, dass mein Kleid nicht schmutzig wird!«

»Darum hasse ich Magie!«, schrie der andere Pirat. »Mach was, Drachenweib!«

»Was soll ich denn machen?«, schrie sie auf.

Sie hatte keine praktischen magischen Kräfte wie Scada. Aber da fiel ihr das Training beziehungsweise die armselige Lehrstunde mit Nox ein. Magie hatte ihr Aussehen verändert und vielleicht schlummerte tief in ihr drin auch noch etwas.

Ruby musste etwas unternehmen, bevor der Knüppel noch jemanden aus der Crew ernsthaft verletzte.

Ruby blieb stehen und stellte sich dem magischen Knüppel. Ihr blieb gerade so viel Zeit, ihre Handschuhe abzustreifen. Wie erwartet schoss das Ding direkt auf sie zu. Sie sprang hoch und krallte sich im Holz fest. Es war mühsam und schmerzhaft, gegen das Holz anzukämpfen.

Sie hatte weniger Probleme gehabt, Schwerter und Dolche zu zerbrechen. Klar, keine davon waren verzaubert gewesen.

Rubys Nägel fingen an furchtbar zu schmerzen. Der Knüppel schien nichts von seiner Stärke zu verlieren, während Rubys Kräfte schwanden. Reine Körperkraft reichte einfach nicht aus.

Sie schob den Schmerz für ein paar Sekunden zur Seite und konzentrierte sich auf das Gefühl von Feuer. Sie war aus den Flammen wiedergeboren worden, warum sollte sie dann nicht einen dämlichen Holzknüppel abfackeln können?

Zu ihrer Überraschung flammte tatsächlich ein ganz kleiner orangener Fleck auf dem Holz auf. Doch so schnell er auch erschienen war, so hastig schien er sich wieder in Rauch aufzulösen.

Ruby brüllte ihre Wut frei heraus.

Sie konnte das verdammte Holz weder zerbrechen noch verbrennen und so langsam hatte sie keine Kraft mehr, dagegen anzukämpfen … Sie war weder ganz Mensch noch ganz Drache, aber sie versagte als beides auf ganzer Linie.

Als sich dieser niederschlagende Gedanke in ihrem Kopf formte, schoss eine riesige Stichflamme aus dem Holz. Ruby blinzelte ungläubig, aber bei jedem Augenaufschlag züngelten mehr Flammen aus dem Holz.

Sie sah auf.

In ein paar Meter Entfernung standen Eleanore und Scada. Der Pirat hatte die Arme ausgestreckt und seine Handflächen zeigten direkt auf Ruby und den Knüppel. Hatte Scada ihr Feuer verstärkt? Konnte er das überhaupt? Bis aufs Frauenaufreißen und Gegenständeaufspüren hatte er ja noch nicht viel von seinem magischen Potenzial gezeigt.

Das war im Moment nur Nebensache. Zu Rubys Erleichterung brannte der Knüppel richtig gut, bis am Ende lediglich ein kleines schwarzes Stück Kohle davon übrig blieb. Sie warf es zu Boden und zerstampfte es mit ihren Stiefeln, bis sich nur noch schwarzer Staub vom sandigen Boden abhob.

Mit letzter Kraft schleppte sich Ruby zu den anderen.

»Ist er tot?«, fragte die Adelige vorsichtig.

»Ich glaube kaum, dass das Ding vorher gelebt hat«, kommentierte Scada. Er lehnte sich mit dem Rücken gegen eine Hauswand und schloss die Augen. Wahrscheinlich wollte er es nicht zeigen, aber was er gerade getan hatte, schien ihn unglaublich viel Kraft und Energie gekostet zu haben.

Ruby ging es nicht anders. Ihre Beine fühlten sich an wie Griespudding.

»Ich habe so Seitenstechen!« Eleanore ließ sich auf den Boden fallen. Auf einmal schien es ihr egal zu sein, dass sie ihr Kleid dreckig machte. »Au, ich habe so Schmerzen beim Atmen. Es tut so weh!«

»Aber scheinbar nicht beim Reden«, knurrte Scada mies gelaunt.

Ruby schnaufte: »Und du trägst immer noch dein Korsett.«

»Natürlich! Wer schön sein will, muss leiden. Aber das kennt ihr ja nicht.« Als ihr klar wurde, wie gehässig sie klang, weiteten sich ihre Augen. »Oh. Tut mir leid, Ruby. Ich wollte dich nicht kränken.«

Ruby machte eine wegwerfende Handbewegung. »Das ist mir ziemlich egal. Lasst uns nun zum Schiff zurückkehren und die anderen aufgabeln, bevor wir weitersuchen.«

Eleanore brauchte ein paar Versuche, sich auf den Bauch zu rollen und dann aufzustehen.

»Der nächste magische Gegenstand …« Scada hörte abrupt auf und runzelte die Stirn. »Ist direkt hinter uns.«

Ruby wirbelte herum. Die Gassen waren leer – bis auf zwei Männer, die sich angeregt vor einem Hauseingang unterhielten. Ohne auf Scada und Eleanore zu warten, stürmte Ruby wie ein Wirbelwind auf die Männer zu.

»Wer hat meine Juwelen?«, knurrte sie und fletschte die Zähne bedrohlich.

In diesem Moment ähnelte sie kaum noch einem Menschen, denn ihre Haltung und ihre Laute glichen denen eines Raubtiers.

Der eine Mann war sicher um die dreißig, während sich der andere ungefähr in Rubys Alter befinden müsste. Seiner dunklen Haut nach zu urteilen stammte er aus den südlichen Kontinenten, aber am markantesten war sein Tattoo. Auf seiner rechten Gesichtshälfte zog sich eine blitzförmige Linie über seine Stirn bis zu seinem Mund.

Aber das Wichtigste war, dass er einen Stoffsack bei sich trug. Rubys Schatz! Er wollte ihre Edelsteine gerade dem anderen Mann andrehen.

Ruby knurrte ihn an. »Du hast meine Edelsteine!«

»Aye«, gab der junge Mann schamlos zu. »Hast du auch endlich gemerkt, dass du bestohlen wurdest?«

Diese arrogante Art brachte Rubys Blut noch mehr zum Brodeln. Wie Fynn – nur würde der Pirat ihr niemals etwas wegnehmen.

»Lass uns abhauen!«, nickte der Dieb dem anderen Piraten zu. »Captain Sirius wird darüber außerordentlich erfreut sein.«

Mit diesen Worten traten beide in das Gebäude und verriegelten hörbar die wuchtige Holztür von innen.

»Ruby«, drang Eleanores Stimmchen an ihr Ohr. »Mach jetzt ja nichts Unvernün–«

Ruby stürmte wie ein tollwütiger Bluthund dem Bastard nach. Nichts und niemand konnte sie in ihrem Berserker-Zustand aufhalten. Mit Leichtigkeit trat sie die Tür mit ihrem Fuß ein. Sie spürte keinen Schmerz.

Der laute Knall, als die Holztür aus den Angeln gehoben wurde und zu Boden fiel, schreckte die Leute im Haus auf.

Am Rande bekam sie mit, dass es sich bei dem Etablissement um eine weitere Kneipe oder einen Glücksspieltreff handeln musste. In ihre Nase drang vor allem der Geruch nach abgestandener Hefe.

Aber das war im Moment egal.

Alle sollten sie sehen. Die Frau mit der Drachenmaske. Damit sie Geschichten darüber erzählen konnten, wie furchteinflößend sie war, damit ja niemals wieder jemand ihren Besitz anrührte.

Sie stieß einen Schrei aus. Nein, es war eher ein Brüllen. Die vielen Männer und wenigen Frauen starrten sie mit einer Mischung aus Verwunderung und Belustigung an. Ja, jetzt hielten sie Ruby noch für lustig ...

Scada tauchte neben Ruby auf. »Kann Fynn nicht einmal in seinem götterverdammten Leben ein normales Weibsstück an Bord schlep– Au! Für was war das?«

Eleanore schlug Scada erneut. »Allein dafür, dass du noch mal nachfragen musst!«

Ruby ignorierte ihre Begleiter. »Meine Steine!«, verlangte sie erneut.

Spätestens jetzt bemerkte der Dieb, dass Ruby keine menschlichen Fingernägel besaß, sondern scharfe Krallen. Und sie gierten danach, ihm die Kehle aufzuschlitzen.

»Falls es dir Captain Fynn nicht erklärt hat«, sagte der ältere Mann. »Du darfst hier niemanden umbringen.«

Ruby schnaubte. »Ich bin keine Piratin. Ich habe mich nicht an irgendwelche hirnrissigen Regeln zu halten.«

»Ruby!« Eleanore zog an ihrem Arm. »Halt den Mund. Bitte!«

Ruby verzog den Mund. Gut, dann würde sie nachgeben.

Ruby holte aus und ließ ihre Faust mitten in das Gesicht des Diebes sausen. Sie spürte, wie seine Nase durch den Schlag splitterte. Er stolperte zwei Schritte nach hinten, bevor er wie ein Sack Kartoffeln zu Boden fiel und liegen blieb.

Ruby kniete sich zu dem bewusstlosen Piraten, aus dessen Nase Blut floss, nahm ihren Beutel an sich und drückte ihn fest an die Brust. Kurz überprüfte sie, ob auch wirklich noch alles da war. Der Pirat hatte keinen der Steine verkauft und den Schlüssel hatte er wahrscheinlich in seiner Gier nicht einmal bemerkt. Als wäre sie ein kleines Kind, wiegte sie ihre Steine sanft hin und her. »Ich komme nach Hause, Onyx. Bald ist es so weit.«

Die Piraten starrten Ruby immer noch an. Nun erkannte sie aber eindeutig so etwas wie Bewunderung in ihren Augen.

»Lasst uns gehen«, sagte sie zu Scada und Eleanore.

Sie marschierte der untergehenden Sonne am Horizont entgegen. Sie hätte Fynn so gerne unter die Nase gerieben, wie sie ohne ihn, aber mit seiner Crew, ihre Edelsteine wiedergefunden hatte, aber dann erinnerte sie sich daran, dass er immer noch verschwunden war.

Egal, sagte sie sich, aber ihr Herz schlug zweimal ganz schnell.

V.

Ruby

»Lieber Fynn«, sagte Ruby laut und mit einem zufriedenen Lächeln im Gesicht. »Ich weiß, dass du denkst, dass bei deiner Geburt die Göttin der Sonne vor Freude geweint hat, weil sie nie gedacht hätte, dass einmal so ein wunderschöner und talentierter Mensch geboren werden würde – und nein, das bedeutet nicht, dass ich dich für ›wunderschön‹ halte«, fauchte sie aufgebracht. Sie verdrehte die Augen. »Aber es geht auch ohne dich. Eigentlich bin ich sogar ein viel besserer Kapitän als du und ich habe nicht einmal die geringsten Ambitionen, eine Seeräuberin zu werden. Es tut mir leid, aber du bist nichts Besonderes.«

Mit diesen niederschmetternden Worten an Fynn stieß sie die Tür zu seiner Kajüte auf. Ruby hatte fest damit gerechnet, dass Fynn an seinem Tisch saß und sie schon mit seinem üblichen überheblichen Grinsen erwartete. Fast schon hörte sie ihn ›Mein Herzensjuwel‹ säuseln, wobei ihr erst jetzt richtig bewusst wurde, dass dabei ein ganz leichter südlicher Akzent mitschwang.

Doch Fynns Kajüte war nach wie vor verwaist. Sein Bett war gemacht – und Ruby wusste nicht, was sie wütender machte, dass der Pirat seine Bettdecke sorgsam gefaltet hatte oder dass er nicht darin geschlafen hatte.

Gestern Abend hatte die Crew gesagt, dass es für Fynn normal war, dass er mal ein paar Stunden auf dem Festland verschwand und dann leicht angetrunken und selig grinsend wiederauftauchte.

Aber eines war nicht normal. Ruby war zu aufgewühlt gewesen und hatte lange nicht einschlafen können. Deshalb war sie erst am frühen Nachmittag aufgestanden. Fynn war damit schon mehr als einen Tag abgängig.

Ruby hörte, wie eine andere Schiffstür geöffnet wurde. »Captain?«, ertönte Anissas Stimme.

»Er ist immer noch nicht da«, antwortete Ruby.

Anissa kam näher. »Das gibt es ja nicht!«, sagte sie, nachdem sie sich selber noch einmal überzeugt hatte, dass das Kapitänszimmer leer war. »Langsam mache ich mir wirklich Sorgen«, gestand sich nun auch Anissa offen ein. »Es kommt nicht so selten vor, dass er bei jemand anderem schläft, aber normalerweise ist er dann vor Sonnenaufgang wieder da.«

Ruby macht sich ebenfalls so langsam richtige Sorgen um den dämlichen Piraten. Was, wenn ihn jemand nach dem Bordellbesuch abgestochen und ins Wasser geworfen hatte? Oder wenn ihn jemand entführt hatte? Aber wer würde ihn schon freiwillig behalten wollen?

Fynn hatte die Hingebung seiner Crew gar nicht verdient.

»Und was sollen wir nun machen, Ruby?«, fragte Anissa sie, obwohl sie genau wusste, was Ruby antworten würde.

Ruby seufzte: »Dann müssen wir Fynn wohl suchen gehen.«

***

Innerhalb einer halben Stunde hatte sich die Crew an Bord versammelt.

Eines stellte Ruby sofort klar: Fynn war nicht so wichtig wie ihre Steine und der Schlüssel. Dennoch musste der Piratenkapitän so schnell wie möglich gefunden werden.

Scada hob die Hand. »Ich suche die Bordelle ab.«

»Gut«, sagte Ruby gleichgültig. »Die Zwillinge gehen dann mit dir mit.«

»Warum das?«

Ruby musste darauf nicht antworten. Die Zwillinge würden schon dafür sorgen, dass Scada sich nicht zu sehr von den aufreizenden Damen ablenken ließ.

Nox zeigte auf eine Gasse und nickte. Er würde sich um alle dunklen Seitenstraßen der Insel kümmern.

»Dann nehme ich die einzelnen Läden in Angriff«, sagte Anissa. »Vielleicht hat der Captain etwas gekauft, bevor er verschwunden ist. Das könnte uns einen Hinweis darauf geben, wohin er gegangen ist.«

»Und ich begleite dich.« Weil Ruby wusste, dass Eleanore sich nun wieder auf sie stürzen würde, streckte sie ihr schon mal den Arm hin. »Und wenn dieser Dieb von gestern wiederauftaucht?«

Bei dem Gedanken verzog Ruby genervt das Gesicht. Sie hatte ihre Edelsteine und den Schlüssel im Krähennest gelassen. Sie hatte mit ihren Krallen das Holz so bearbeitet, bis sie einen Hohlraum für ihre Schätze freigemacht hatte, sodass sie jetzt gut versteckt waren.

»Dann schlägt ihn das Drachenweib sicher noch mal bewusstlos«, lachte Scada. »Das will ich noch einmal sehen.«

Wegen Scadas seltenem Lachen bekam Ruby ganz leichte Gänsehaut. Es erstaunte sie, dass er dabei so normal klang und nicht so gehässig und mürrisch wie sonst.

Sogar Eleanore zuckte bei diesem unheiligen Klang leicht zusammen und Anissas Mund stand weit offen. Die anderen Jungs bemerkten davon nichts.

Ruby schüttelte den Kopf. Sie verließ mit Eleanore das Schiff.

Die beiden jungen Frauen nahmen sich die Straßen der Pirateninsel vor. Ruby hatte immer noch die Hoffnung, dass Fynn ihr aus irgendeiner Taverne oder aus einem Freudenhaus direkt vor die Füße stolperte.

»Glaubst du, dass wir den jungen Mann von gestern noch einmal sehen werden?«, fragte Eleanore nach einer kurzen Zeit des Schweigens. Ihre Wangen wurden dabei ganz rot.

Ruby beschlich ein fürchterlich Verdacht: »Hast du dich etwa in ihn verliebt?«

Eleanore blies ihre Wangen auf. »Mach dich nicht über mich lustig, Ruby!« Sie stieß einen abschätzigen Laut aus, der nur bei gut situierten Mädchen so herablassend klang. Sie klopfte mit dem Fächer tadelnd auf Rubys Arm. Dabei fühlte Ruby, dass der Gegenstand mit kaltem Metall verstärkt war. »Ich habe Anissa versprochen, den Fächer demnächst an einem Testsubjekt auszuprobieren.«

Ruby wurde etwas blass. »Dieser Fächer?«

»Keine Sorge. Nur der obere Rand ist mit Gift durchtränkt.«

»Und das Gegengift?«, wollte sich Ruby zur Sicherheit vergewissern.

»Gegengift?« Eleanore lachte. »Ich bin doch keine Amateurin. Nur Anfänger verlassen sich auf ein Gegengift.«

Nun gut, wenn sie meinte. Ruby konnte es egal sein. Ihr Körper schien dank des Drachenbluts gut mit Giften umgehen zu können.

»Also, wenn du diesen unmöglichen Kerl irgendwo erblickst, dann sagst du es mir, ja?«

Ihr Lächeln war beängstigend. Ihre Augen funkelten aufgeregt. Fast so, als würde sie über die neueste Mode sprechen und nicht über einen heimtückischen Giftanschlag.

Nicht, dass Ruby es unsympathisch empfand. Ganz im Gegenteil.

Wie schnell Eleanore von Mord auf Mode umschwenken konnte, zeigte sich, als die beiden jungen Frauen an einem Geschäft vorbeikamen. Durch die Glasauslage – die seltsamerweise unbeschädigt war – entdeckte Eleanore eine Menge teuer aussehendes Porzellan. Sofort klebte sie mit ihrem Gesicht und den Händen am Schaufenster.

»Ich wünschte, ich hätte noch Geld für ein paar schöne Glasschalen.« Sie stieß einen so herzzerreißenden Seufzer aus, dass Ruby kurz meinte, dass sie einen Herzanfall hatte. »Die Obstschale ist geformt wie ein Schwan! Sieh dir das an! Er hat sogar Augen! Komm her! Sieh dir das an!«

»Wir sollten Fynn suchen.«

»Mit ziemlicher Sicherheit findet Nox ihn betrunken in einer Gasse«, würgte Eleanore ihren Protest ab. »Und dafür, dass du so besorgt um ihn warst, soll er dir die Obstschale kaufen.«

»Soll er das?«

»Natürlich!« Eleanore wandte sich kurz vom Glas ab. »Sonst verliert er noch deine Gunst.«

Ruby verzog angewidert das Gesicht. »Das klingt fast so, als würden Fynn und ich anbandeln.«

Eleanore sagte nichts, sondern hielt nur Rubys Blick stand. Damit sagte sie alles.

»Mach dich nicht lächerlich«, fauchte Ruby aufgebracht.

»Aber du machst dir gerade ernsthafte Sorgen, was bedeutet, dass du etwas für ihn empfindest.«

»Ich mache mir Sorgen, dass ich niemals von dieser Insel runterkomme, wenn der Idiot nicht mehr auftaucht.« Ruby ließ ihre Faust gegen ihre Handfläche knallen. »Und er hat noch einige Ohrfeigen bei mir offen.«

In diesem Moment schwang die Tür zum Porzellanladen auf. Ruby war überrascht, dass von all den Piraten, die gerade auf dieser Insel waren, nun bereits zum dritten Mal Ophelia auftauchte. Die Piratin war allerdings nicht allein. Dieses Mal begleitete sie ein großer und athletisch gebauter junger Mann. Er hatte dasselbe weißgelbe Haar wie Ophelia, was Ruby darauf schließen ließ, dass es ihr Bruder sein musste.

Der Bruder, den Fynn geküsst hatte.

»Lady Eleanore!«, begrüßte Ophelia die Adelige freundlich.

»Ophelia!«, freute sie sich. »Was machst du denn hier?«

Etwas weniger emotional fiel die Begrüßung von Ruby aus, der sie nur zunickte. Das war nur wegen Scadas unnötigem Theater gestern.

»Das ist mein Bruder Jonathan«, stellte Ophelia Ruby ihre Begleitung trotzdem vor. »John, an Lady Eleanore erinnerst du dich ja sicher noch.« Sie deutete mit der Hand auf Ruby. »Das ist Ruby. Fynn–«

»Fynn hat mich aufgegabelt«, unterbrach sie Ophelia, bevor irgendetwas gesagt wurde, sodass die ganze Geschichte noch unangenehmer wurde.

Sie ergriff sogar die Initiative und ergriff Jonathans Unterarm, wie sie es neu gelernt hatte.

»Darin ist Fynn gut«, sagte Jonathan mit unerwartet tiefer Stimme.

Es war unheimlich, dass vier Leute gleichzeitig mit dem Kopf nickten.

»Jonathan und ich haben vor ein paar Monaten ein Frachtschiff mit teurem Porzellan überfallen«, erklärte Ophelia. »Wir haben das Zeug nun verkauft, damit wir die Reparaturkosten des Schiffes bezahlen können. Was macht ihr hier?«

»Wir suchen ein Versöhnungsgeschenk, das Fynn Ruby überreichen kann.«

Ruby wollte Eleanore in die Seite boxen, aber dank ihrer schnellen Reflexe wich sie aus.

Ophelia wirkte nun noch angespannter. »Warum das denn?«

»Weil Fynn seit gestern verschwunden ist!«, erklärte die Adelige. »Ruby macht sich solche Sorgen.«

»Mache ich mir nicht«, stritt sie grollend ab. »Fakt ist, dass ein Piratenschiff nicht ohne Kapitän ablegen kann. Leider will auch keiner meutern, weshalb wir Fynn einfach zurückbrauchen.«

Die beiden anderen Piraten schwiegen. Ruby nahm an, dass sie im Moment ihren eigenen Rachefantasien nachhingen.

»Gut. Dann werde ich euch helfen«, sagte Ophelia und seufzte, als würde sie dazu gezwungen werden. »Es kann nicht sein, dass er euch so hängen lässt.«

»Wilhelm, du–«

»Lass mich!«, fauchte Ophelia ihren Bruder an. Selbst Ruby zuckte bei ihrer aggressiven Stimme leicht zusammen. »Ich kann gut für mich alleine entscheiden.«

Ophelia stampfte los – ohne sich noch einmal zu ihrem Bruder umzudrehen. »Lasst uns gehen.«

Ruby folgte Ophelia ohne Widerrede – auch wenn es sie nervte, dass sie erneut die halbe Insel durchforsten mussten. Bald kannte sie jeden dreckigen Stein und jedes kaputte Fass.

Eleanore verlor schnell an Geschwindigkeit und hakte sich dann bei Jonathan unter, der seiner Schwester trotz der kleinen Auseinandersetzung folgte.

»Aye, du musst dir keine Sorgen um Fynn machen«, fing Ophelia dann plötzlich zu reden an. »Unkraut wie er vergeht nicht. Stattdessen schlägt es noch mehr Wurzeln und gedeiht prächtig. Das zeigen seine Narben doch am besten. Egal, wie oft er schon abgestochen wurde, er steht immer wieder auf.«

Ruby machte ein paar große Schritte, bis sie Ophelia eingeholt hatte. Eigentlich hatte Ruby gedacht, dass sie erneut blindlings umherliefen, aber dann bemerkte sie denn Kompass vom gestrigen Tag in Ophelias Hand. Die silber-rote Nadel zuckte leicht. Warum brauchte sie den Kompass?

Bevor Ruby fragen konnte, fischte Ophelia eine schwarze Zigarette aus ihrer Tasche und entzündete sie an einer Fackel, die an einem Haus befestigt war. Ruby war gar nicht aufgefallen, dass die Dämmerung schon eingesetzt hatte.

Ein zarter Vanillegeruch stieg Ruby in die Nase.

»Willst du auch?«, fragte Ophelia und hielt ihr eine unbenutzte Zigarette hin.

»Nein danke«, lehnte Ruby direkt ab. »Ich denke nicht, dass Rauchen etwas für mich ist.«

Das Feuer der Fackel war dagegen schon mehr ihre Sache.

Ophelia zuckte mit den Schultern und nahm dafür einen umso längeren Zug.

»Der Kompass«, begann Ruby.

»Führt zu Fynn«, endete die Piratin. »Jetzt kann ich ihn doch noch ein letztes Mal verwenden.« Obwohl Ruby nicht fragte, erklärte Ophelia ihr: »Solche Kompasse lassen sich oft Liebende anfertigen«, erzählte sie mit wehmütiger Stimme. »Auf der See verliert man sich nun mal schnell aus den Augen. Nachrichten mit Falken oder anderen abgerichteten Vögeln finden nur selten ihr Ziel. Jetzt hältst du mich sicher für eine liebeskranke Närrin.«

Ruby schüttelte verneinend den Kopf. »Ich kann mir schon vorstellen, warum du so verliebt in Fynn warst.«

Sie schlug die Hände vor den Mund. Was redete sie da?

Ophelia bemerkte ihre Reaktion nicht. Sie starrte nur den Kompass an. »Ja. Er lässt einen so sein, wie man ist. Er stört sich nicht an Andersartigkeiten, sondern sorgt dafür, dass man sich sogar entfalten kann. All die verbogenen Ecken und abgeknickten Seiten werden einfach wieder glattgebogen.« Dann sagte sie etwas, dass Rubys Herz kurz ins Stocken brachte. Es war vor allem, wie sie es sagte. Mit einer solchen Wehmut. »Fynn ist ein besonderer Mensch.«

Ruby schwieg.

Ein besonderer Kotzbrocken, wollte sie schon höhnisch sagen, aber selbst sie fand es in diesem Moment unpassend.

Dann warf Ophelia die Zigarette auf den Boden und trat sie aus. Mit der Glut hatte sie auch ihre Melancholie zerstampft.

»Jetzt lass uns weitersuchen.« Sie streckte eine Faust in die Höhe. »Ich würde Fynn gerade liebend gerne eine verpassen. Wenn wir länger warten, vergeht mir die Lust darauf.«

»Da bist du nicht die Einzige.«

»Ich kann ihm eins mit dem Fächer verpassen!«, rief Eleanore.

Scheinbar hatten die beiden Frauen nicht leise genug über den Piratenkapitän geredet.

Der weitere Weg führte sie in einen Abschnitt der Insel, den Ruby noch nicht gesehen hatte. Hier gab es vor allem Schießpulver zu kaufen, was Rubys Nase noch mehr malträtierte.

Zudem hatten die anderen Crew-Mitglieder ihren Weg auch hierhergefunden.

Anissa erklärte, dass sie gerade die Waffenläden überprüfte, und Nox war wohl durch das Gassensystem hier gelandet.

»Wir waren gerade im dritten Bordell«, knurrte Scada. Zum Glück war er wieder genervt wie immer.

Die Zwillinge grinsten nur selig. Sie hatten Lippenstift-Spuren auf ihrem Gesicht.

»Bei den beiden setzt der Mutterinstinkt der weiblichen Belegschaft ein«, grummelte der blonde Pirat.

»Oh, bist du traurig, weil du nicht so süß bist?«, kommentierte Anissa gehässig.

Während die zwei sich wie ein altes Ehepaar zankten, schüttelte Ophelia ihren Kompass. »Das gibt es nicht«, sagte sie. »Fynn muss hier irgendwo sein.«

»Leute!«, schrie Kian plötzlich. »Der Capt'n ist mir gerade vor die Füße geknallt.«

In kürzester Zeit hatten sich alle versammelt. Wie aus dem Nichts gekommen lag der Pirat nun auf der Straße. Etwas staubig und etwas benommen war er, aber ansonsten genau wie immer. Sogar sein zynisches Grinsen tauchte ganz langsam wieder auf.

Ruby hörte nur noch ein seltsames Rauschen in den Ohren. Sie sah nur Fynn. Und sie spürte, wie die Wut ihre Klauen in ihr Innerstes schlug.

Sie hatte sich Sorgen gemacht – und er lag auf dem Boden und konnte es sich nicht nehmen lassen, alberne Sprüche von sich zu geben.

Doch auf einmal drang seine Stimme trotz der Taubheit an ihr Ohr. »Ruby.« Er streckte eine Hand nach ihr aus. »Ich muss mit dir reden.«

»Red doch mit deinen Huren!«, schrie sie ihn an.

In diesem Moment hätte sie am liebsten die ganze Insel in ein Flammenmeer verwandelt – aber es passierte nichts. Stattdessen fühlte sie sich wie ein Häufchen Elend.

VI.

Fynn

Vom Boden her begrüßte Fynn jeden Passanten freundlich. »Was für ein schöner Abend, mein Herr«, sagte er oder »Hallo, meine Dame, der Hut schmeichelt Ihrem Gesicht aber vorzüglich«, während er seinen Körper immer noch nicht ordentlich bewegen konnte. Diese Taubheit war anders als der Kontrollverlust über den eigenen Körper, wenn man zu viel Alkohol getrunken oder Opium geraucht hatte. So stellte sich Fynn das Gefühl vor, wenn man ausgesaugt wurde. Wenn irgendjemand das Leben brutal aus einem herausquetschte.

Celica hatte im Prinzip auch nichts anderes getan. Sie hatte ihm Zeit geraubt und die Wahrheit über seine Crew – und über ihn selbst – herausgepresst. Sie wusste alles. Alles.

Er kniff die Augen fest zusammen und versuchte die Erinnerung an sein altes Leben zurückzudrängen. Es fiel ihm unglaublich schwer. Er dachte an all die Menschen, die er mehr als freiwillig verlassen hatte. Alfonse, ein Name, den er versucht hatte abzulegen, mit allem was dazugehörte. Für die Welt galt Alfonse als vermisst. Wahrscheinlich war er schon lange für tot erklärt.

Für Fynn war Alfonse ebenfalls tot. Und so sollte es eigentlich bleiben.

Er würde sich irgendwann um Celica kümmern müssen. Dass sie eine mächtige Hexe war und er nur ein einfacher Pirat, schob er gedanklich beiseite. Sie hatte zwar Zauberkräfte, aber er hatte Ruby auf seiner Seite. Ruby!

Er hatte mit einem dunklen Geheimnis bezahlt, um Rubys tragische Geschichte zu erfahren. Eine Geschichte, die ihr gehörte und von der er eigentlich nichts wissen sollte. Nun war es also seine Pflicht, sie zu wahren. Sie war die Prinzessin von Yevel. Sie konnte jederzeit den Thron besteigen, beziehungsweise der Mann, den sie heiraten würde.

Er verzog das Gesicht, als ihm klar wurde, dass wer auch immer das Kopfgeld auf Ruby ausgesetzt hatte, auch wusste, dass sie die totgeglaubte Prinzessin war.

Ihn beschlich ein unglaublicher Verdacht, welcher dafür sorgte, dass sich eine Gänsehaut auf seinen Armen bildete. Nein. Er musste sich irren. So grausam konnte kein Mensch sein …

Fynn versuchte angestrengt seine Finger zu bewegen. Sein Zeigefinger zuckte erst leicht, dann folgten sein Daumen und der Mittelfinger. Mühsam drehte er sich auf den Bauch.

Ein paar andere Piraten stiegen über ihn hinweg.

»Hey!«, bellte er. »Tretet nicht auf meinen Hut!«

Er meisterte es, nach seinem Hut zu greifen und ihn an sich zu ziehen.

Ganz langsam kam das Gefühl in seinen Extremitäten zurück. Er schaffte es nach einigen Minuten, auf die Knie zu kommen. Vorsichtig stand er auf. Er wollte nicht ins Wasser fallen. In seinem Zustand konnte er ja nicht einmal schwimmen.

Fynn blickte sich um.

Seine Crew, Ophelia und Ruby waren weg. Niemand hatte auf ihn gewartet. Tatsächlich enttäuschte das Fynn. Er hatte es sich ja nicht ausgesucht, seiner Zeit beraubt zu werden. Seine Mannschaft hätte ihm zumindest Bier und Brot dalassen können.

Obwohl ihn Hunger und Durst quälten, entschloss sich Fynn, dass es nur eine Priorität für ihn gab.

***

Der Pirat musste lächeln, als er Ruby genau dort vorfand, wo er sie vermutet hatte. Sie beugte sich mit dem Oberkörper über den Rand des Krähennests und blickte dem Horizont entgegen, blickte ihrem alten Königreich entgegen.

Ihr rotes Haar wehte im Wind und Fynn musste sich unwillkürlich fragen, ob sie so damals im Turm auch auf ihren Prinzen gewartet hatte.

Er schluckte schwer. All die Prinzen waren zerfleischt und verspeist worden. Sie alle waren unter höllischen Qualen verendet.

Als sich die Blicke der beiden kreuzten, lächelte Fynn sie an und hob eine Hand zum Gruß. Ruby duckte sich in ihren Korb.

Er seufzte. Wenigstens war sie nicht runtergesprungen und davongerannt.

Dafür blieb dem Piraten nichts anderes übrig, als den Mast zu erklimmen. Er brauchte dreimal so lange wie sonst, aber er schaffte es zu ihr hoch.

Statt von Ruby wurde Fynn von einer riesigen Stoffmade begrüßt. Ruby hatte sich die Decke über den Körper gezogen. Dachte sie, dass wenn sie ihn nicht sah, er sie auch nicht sehen konnte?

Er ließ sich neben ihr nieder.

»Mein Herzensjuwel, sei bitte nicht so kindisch.«

»Verschwinde!« Ihr Fauchen klang durch den Stoff sehr gedämpft. »Lass mich in Ruhe.«

Fynn fragte sich, was Ruby so sehr verärgert hatte. Er war zwei Tage weg gewesen und sie dachte mit ziemlicher Sicherheit, dass er sich mit ein paar Huren irgendwo vergnügt hatte. Und? Es war nicht so, als hätte er ihr den Hof gemacht – und sie ihm nicht. Er war ein moderner Pirat. Er hatte nichts dagegen, wenn ihn mal eine Frau umwarb.

Und genau das tat sie nun. Oder? Sie war eifersüchtig, weil sie meinte, dass er lieber seine Zeit mit Prostituierten verbrachte.

Er streichelte der Deckenraupe über den Kopf. Das Knurren und Fauchen nahm er mal als Anzeichen, dass sie seine Berührung fühlte.

»Du kannst gerne wieder zu deinen Huren zurückgehen«, kam es von dem Geschöpf.

»Aye, mein Juwel, wenn du schon so damit anfängst.« Er fuhr sich mit einer Hand verlegen über den Nacken. Er hatte das noch nie jemandem erzählt. »Ich muss dir da ein Geständnis machen.«

Ihre Stimme war giftig. »Dass jeder mit dir ins Bett will?«

»Wo du das gerade sagst«, er seufzte verträumt auf, »heute wollte sogar ein Piratenlord das Bett mit mir teilen.«

Ruby knurrte unzufrieden. Momentan war sie wirklich mehr Drache als Mensch.

»Ich gehe nicht in Bordelle, um mich mit irgendwelchen Frauen oder Männern zu vergnügen«, enthüllte Fynn ihr. Ruby stieß sofort ein ungläubiges Lachen aus. »Ich gehe in Bordelle, weil ich weiß, dass die Angestellten dort unglaubliche Geheimnisse kennen.« Der jungen Frau blieb das Lachen im Halse stecken. »Ich erfahre dort allerlei Dinge. Zum Beispiel Geschichten über sagenhafte Schätze, die sich am Ende als wahr herausstellen.« Bewusst ließ er seine Erfahrung mit Celica aus dem Spiel. »Heute habe ich erfahren, dass in Yevel mal eine wunderschöne Prinzessin lebte.«

Ruby rührte sich nicht mehr. Sie gab keinen Laut mehr von sich. Allerdings spürte er die Wärme ihres Körpers.

»Man sagt, dass viele Prinzen für die Brautwerbung angereist sind«, fuhr er fort und beobachtete jede einzelne Bewegung unter dem Stoff genau. »Sie alle wurden von einem Drachen zerfleischt und–«

»Onyx hat niemanden getötet!«

Ruby hatte die Deckenhülle abgestreift. Ihre Krallen bohrten sich in Fynns Schulter, als sie ihn mit aller Kraft gegen das Holz des Mastkorbes drückte.

Er verspürte gerade vielleicht körperliche Schmerzen, aber Ruby war hier diejenige mit Qualen seelischer Natur, die möglicherweise nie ein Ende finden würden.

Sie war nicht der erste Mensch königlichen Blutes, den seine eigene Abstammung zugrunde richtete. Prinzen und Prinzessinnen hatten vielleicht alle materiellen Gegenstände, die sie begehrten; sie mussten nie Hunger leiden oder sich Gedanken über einen sicheren Ort zum Schlafen machen. Aber zu welchem Preis? Wer war der Mensch unter der Krone? Erwartungen, Vorschriften, Regeln – all das konnte einen Menschen nachhaltig verändern.

Fynn legte seine Hände um Rubys Handgelenke. »Amarantha, bi–«

»Nenn mich nicht so!«, schrie sie laut und schrill. Ihr Griff wurde noch fester. »Ich reiße dir die Zunge raus!«

»Aye, damit würdest du sehr vielen Menschen den Spaß nehmen«, konnte es sich der Pirat nicht nehmen lassen, einen unangebrachten Witz zu machen.

Aber tatsächlich war das der Auslöser dafür, dass ihr fester Griff nachließ und sie sich dann sogar ganz von ihm abwandte.

Stattdessen vergrub sie das Gesicht in ihren Händen, zog die Beine an und blieb regungslos hocken. Sie weinte nicht.

Das bestätigte Fynns Vermutung, dass Ruby nicht wütend war. Sie war nur unglaublich verletzt. Sie konnte jetzt weder Gefühle zulassen noch menschliche Nähe ertragen.

Der Pirat blickte sich nach Rubys Sack mit den Edelsteinen um. Er reichte ihr den hellroten, den er ihr als Letztes geschenkt hatte.

Wie ein scheues Tier hob sie nur langsam den Kopf an. Ihre Pupillen weiteten sich, als sie den Stein sah. Blitzschnell griff sie danach und drehte sich dann wieder von Fynn weg.

Er ließ wieder ein paar heilsame Minuten für Ruby verstreichen. »Willst du mit mir reden, Ama– Ruby?«

»Du weißt doch eh schon alles«, sagte sie mit schwacher Stimme. »Jetzt lass mich einfach.«

»Das kann ich nicht, mein Juwel«, sagte er ernst. »Ich will verstehen, was damals mit dir passiert ist. Das schuldest du mir. Ich habe mein eigenes Leben im Palast für dich aufs Spiel gesetzt.«

»Pech!«, bellte sie ihn an.

Schweigen breitete sich erneut aus. Fynn wollte Ruby eigentlich nicht in Ruhe lassen. Er wollte wissen, was passiert war. Aber er konnte sie auch so gut verstehen. Sie hatte alles verloren. Ein Leben, das sich Fynn nicht einmal im Geringsten vorstellen konnte.

Überraschenderweise begann sie nach einigen Minuten wieder mit ihm zu sprechen. »Onyx hat niemanden getötet«, wederholte sie mit normaler Stimme. Sie sah etwas auf. Ihre Krallen liebkosten weiterhin den Stein.

»Der Drache?«, hakte Fynn nach.

Ruby nickte. »Ich habe in meinem Turm gewartet. Ich habe gewartet, wie man es von einer Prinzessin erwartet. Ich habe auf meinen zukünftigen Ehemann gewartet, der Onyx töten würde. Aber niemand kam. Nur Onyx war da. Sie beobachtete mich durch die Fenster. Ich dachte, dass sie mich verspeisen wollte, doch sie wollte nur sichergehen, dass es mir gut ging, als aus Tagen Wochen und aus Wochen sogar ein ganzer Monat wurde.«

Fynn wollte noch einmal darauf zurückkommen, dass an dieser Stelle irgendetwas faul war. Er bezweifelte, dass in Celicas Büchern etwas Falsches geschrieben stand. Die Prinzen, welche sich zum Drachentöten aufgemacht hatten, mussten ja auch aus bekannten Königreichen stammen. Sie waren zwar keine Kronprinzen – kein Land würde seinen Kronprinzen auf ein solches Abenteuer schicken –, aber immerhin noch Prinzen!

Wer hatte also die Brautwerber getötet, wenn Ruby und Onyx unschuldig waren?

»Das verstehe ich nicht.« Fynn kratzte sich ratlos am Hinterkopf. »Ich habe noch Bücher gewälzt«, log er ihr vor. »Darin stand geschrieben, dass einige Prinzen zur Brautwerbung ausgeritten sind.«

»Daher kamen also die Todesschreie«, konterte sie schnippisch. »Du warst nicht dabei. Nur Onyx und ich kennen die ganze Wahrheit.«

Fynn nickte. »In Ordnung.«

»Du glaubst mir also?« Sie wirkte dabei so erstaunt, dass Fynn lächelte.

»Natürlich!«, nickte er. Das Verlangen, sanft über ihre roten Wangen zu streichen, wuchs an. Allerdings war er sich bewusst, dass sie ihn womöglich beißen würde. »Endlich ergibt alles einen Sinn! Der Schlüssel aus dem Palast ist nicht für eine Schatzkammer oder Ähnliches, oder?«

Sie schüttelte den Kopf. »Onyx ist immer noch in Yevel angekettet.«

Das war eine Information, die ihn überraschte: »Was? Du hast sie zurückgelassen?«

»Du warst ja zu sehr damit beschäftigt, mich zu entführen.«

»Ich habe dich nicht entführt. Ich habe dich zu deiner eigenen Sicherheit mitgenommen«, stritt er ein wenig entnervt ab. »Und du hättest mit mir reden können. Dann wärst du schon längst wieder bei Onyx.«

»Lieber Pirat, ich bin die Prinzessin von Yevel und jetzt bring mich bitte wieder zurück, damit ich mit diesem magischen Schlüssel meine beste Freundin, den Drachen, befreien kann?«

»Vielleicht, wenn du Meister Fynn eingefügt hättest«, schmunzelte der Pirat. »Ich bin leider leicht um den kleinen Finger zu wickeln.«

Ruby stieß ein humorloses Lachen aus. »Pah! Darauf kannst du lange warten.«

Die Stimmung zwischen den beiden lockerte sich spürbar auf. Deshalb wagte es Fynn, ein Stück näher zu ihr zu rutschen. »Willst du noch etwas loswerden, mein Juwel?«, bot er ihr an. »Ich bin ein guter Zuhörer. Ich werde alles, was du sagst, mit ins Grab nehmen.«

»Wenn du etwas ausplauderst, werde ich dich ohnehin töten.«

»Ich muss sagen, dass ich das auch von dir erwarte.«

Ruby streckte ihre Beine aus und legte den Stein in ihren Schoss. Sie tippte mit den Krallen darauf. »Ich sah mal anders aus, aber Anissa hat das ja schon öfters gesagt. Der Grund für die Veränderung war, dass ich fast gestorben wäre.«

»Wa– Wie bitte?«

Ruby nickte. »Nach ungefähr einem Monat gingen im Turm die Lebensmittel und der Wein aus. Doch ich konnte Regenwasser sammeln. Allerdings blieb der Regen irgendwann aus. Nach fast zwei Monaten wurde ich deshalb schrecklich krank.«

»Und es kam niemand, um nach dir zu sehen?«

Ruby schüttelte den Kopf. »Es ist Brauch, dass die Prinzessin die ganze Zeit über alleine ist. Die Brautwerbung hätte aber ohnehin nicht länger als ein oder zwei Wochen dauern dürfen.«

»Aber es kam niemand.«

»Es kam niemand und ich wurde schwach und krank«, erzählte sie weiter. »Das fiel Onyx natürlich auf. Ich konnte sie nicht verstehen. Ich hörte immer nur ihre Schreie und Knurren und dachte mir, dass sie mich fressen wollte. Irgendwann brach ich in der Nähe des Fensters zusammen. Onyx streckte ihren Arm dadurch und ließ ihr Blut in meinen Mund träufeln.«

Er verzog leicht angewidert das Gesicht. »Sie hat dir ihr Blut gegeben?«

Ruby zuckte mit den Schultern. »Sie wusste sich nicht anders zu helfen. Sie dachte, dass Blut besser wäre als gar nichts zu trinken.«

»Warte mal.« Erst jetzt verstand er. »Ihr Blut hat dich verändert?«

»Danach ist alles verschwommen.« Sie hielt sich den Kopf. »Der Turm ist abgebrannt. Ich hatte schreckliche Schmerzen durch die Verwandlung. Ich kam erst rund eine Woche später in einer Höhle wieder zu Bewusstsein. Mit Onyx die mich mit fast schon menschlicher Stimme begrüßte. Ich konnte nun mit Drachen reden, aber ich hatte dadurch auch etwas hergeben müssen.« Wehmütig strich sie über die Schuppen auf ihrer Wange.

»Du tust ja so, als hätte dich das entstellt.«

Sie blickte ihn nur mit ihren Drachenaugen an. »Hat es das nicht?«, bedeutete es.

»Natürlich nicht.« Er nahm sich jetzt einfach die Erlaubnis, sie sanft zu berühren. Strich demonstrativ über die Schuppen an ihrer Wange. »Ich sage dir doch andauernd, wie attraktiv ich dich finde.«

Sie war eine wunderschöne Frau.

Warum dachte sie nur, dass anders gleich schlecht war?

Weil eine Prinzessin nie anders sein darf, gab er sich selber die traurige Antwort.

Er ließ seine Hand weitergleiten. Bis zu ihrer krallenbesetzten Hand. Seit sie so aussah, hatte sicher nie jemand ihre Hand gehalten. Das würde er jetzt nachholen.

Mit einem Grinsen im Gesicht sah er zu ihr hoch. Ihr Mund war leicht geöffnet. »Was tust du da?«, fragte sie.

»Ich halte deine Hand. Stört dich das?«

»Warum tust du das?«

Er drückte ihre Hand leicht. »Warum denn nicht.«

So saßen die beiden eine Zeit lang da. Schulter an Schulter. Irgendwann war Ruby so weit, dass sie ein wenig näher an Fynn heranrückte.

Die Stimmung war ungewöhnlich harmonisch und Ruby wirkte außergewöhnlich ruhig – bis Fynn etwas Dummes sagte: »Aber eines verstehe ich nicht, Ruby. Warum bist du noch allem, was dir passiert ist, nicht zu deinem Vater gegangen? Der König wa– Oh.«

Sie hatte sich nicht nur von ihm losgerissen, sondern war auch so weit, wie es der beengte Raum zuließ, von ihm weggerutscht. In ihren Augen lag ein so unheilvoller Glanz, dass er am ganzen Körper erschauerte.

»Mein Vater?«, höhnte Ruby. »Du meinst den Mann, der mich erst in den Turm gesteckt hat? ›Wenn du zurückkommst, werde ich nicht mehr König sein.‹ Das waren seine Abschiedsworte an mich.« Sie presste die Lippen aufeinander. »Er ist der König, Fynn. Wenn er mich je geliebt hätte, wäre es nie so weit gekommen. Als König kann man einiges verändern, aber als Prinzessin … Was bin ich anderes als eine Krone, die einen König krönen wird. Ich bin nur ein Gegenstand.« Sie schüttelte den Kopf. »Ich war ein Gegenstand. Nun bin ich das Feuer. Und Yevel wird für all seine Sünden brennen.«

»Ganz toll gemacht, Fynn«, murmelte er.

In diesem Moment fasste er einen weitreichenden Entschluss: Fynn ritzte sich die Handfläche mit seinem Dolch auf. Dann nahm er eine Goldmünze aus seiner Gürteltasche in die Hand und drückte zu. Die blutige Münze warf er dann Ruby zu. Sie wirkte ein wenig angewidert vom Blut, bis er ihr erklärte: »Das ist ein Piratenschwur, mein Juwel«, erklärte Fynn mit ernster Stimme. »Ich bringe dich zurück nach Yevel. Wir werden deinen Drachen befreien. Ich schwöre es auf die See.«

»Warum tust du das für mich?«, fragte sie. »Ich brauche keinen Beschützer. Ich bin auch ohne Prinzen die Jahre gut ausgekommen.«

»Prinz«, spie Fynn das Wort. »Mein Juwel, ich bin bei Weitem kein Prinz. Aber ich kann eine helfende Hand sein.«

»Helfende Hand«, wiederholte sie langsam, als würde ihr der Vorschlag gefallen. »Warum?«

»Aye.« Fynn nickte. »Das passiert Menschen manchmal, mein Juwel. Dass sie einander so gut kennenlernen und sich verstehen, dass sie einander helfen wollen, ohne dafür eine Belohnung zu erwarten. Meine Crew soll in Yevel einfach noch ein paar Häuser plündern.« Er lachte kurz, bevor er wieder ernst wurde. »Ich weiß, dass du die letzten Jahre allein warst, aber das muss nicht mehr so sein, Ruby. Ich kann hier stellvertretend für die gesamte Crew sagen, dass wir dir helfen werden.«

Sie verzog das Gesicht. »Das hört sich so an, als hättest du Mitleid mit mir.«

»Ich habe kein Mitleid mit dir, mein Juwel«, erklärte er mit sanfter Stimme. »Ich bewundere deine Stärke. Macht das Edelsteine nicht aus? Dass sie so viel Druck ausgesetzt werden und daran nicht zerbrechen, sondern nur stärker werden?«

Er merkte noch, dass sich in Rubys Gesicht ein seltsamer Ausdruck schlich. Eine Miene, die er noch nie bei ihr gesehen hatte.

Er blinzelte. Dann lag Ruby schon halb auf ihm und biss ihm in die Schulter.

Ganz kurz überlegte er, was er denn nun schon wieder falsch gemacht habe, dass Ruby so auf ihn losging. Bis er merkte, dass ihr Biss nicht fester wurde oder wilder. Sie wollte ihn nicht verletzen. Sie tat dies nicht aus Wut oder Zorn. Das war etwas anderes.

»Mein Juwel«, gurrte er leicht erregt. Er schob seine Hand in ihr Haar und drückte ihren Körper noch enger an seine Brust. »Was machst du denn da?«

Mit einem ertappten Schrei riss sie sich von ihm los.

»Drachen … Onyx hat mir gesagt, dass … Drachen, die … Ein natürlicher Drang.« Sie fuhr sich durch das feuerrote Haar. Die Stellen an ihrer Wange, die nicht von harten Schuppen bedeckt waren, waren ganz rot. »Bilde dir ja nichts darauf ein, du idiotischer Pirat!«, fauchte sie.

Fynn konnte sich den Rest zusammenreimen. Drachen bissen einander wohl in der Balz. Das war simples Paarungsverhalten – schließlich kannte sich Fynn damit sehr gut aus.

Er lächelte so breit, dass seine Mundwinkel schmerzten. Nun konnte Ruby nicht einmal mehr abstreiten, dass sie ihn nicht auch anziehend fand. Er freute sich schon darauf, ihr das unter die Nase zu reiben.

VII.

Ruby

Ruby rutschte von Fynn weg. Ihr Herz dröhnte so laut in ihren Ohren, dass sie völlig orientierungslos wurde. Sie konnte keine anderen Geräusche mehr wahrnehmen als das dunkle Trommeln ihres Herzens. In ihrer Nase brannte immer noch Fynns holziger Geruch.

Was im Namen aller Götter hatte sie gerade getan?

Es war eine Sache, ihm alles über sich zu erzählen. Es war ohnehin nur noch eine Frage der Zeit gewesen, bis sie sich ihm anvertraut hätte.

Aber es war eine ganz andere Sache, sich ihm an den Hals zu werfen und ihn zu beißen. Drachen bissen einander in der Brunftzeit, um zu zeigen, dass beide Partner Interesse aneinander hatten.

Nun hatte sie Fynn als ihren Partner gekennzeichnet. Und einen Biss konnte man nun einmal nicht mehr rückgängig machen.

»Darf ich dann auch?«, fragte Fynn mit rauer Stimme.

Sie hatte ihre restlichen Sinne immer noch nicht richtig wiedererlangt, weshalb es sie überraschte, als Fynns Gesicht ihrem so nahe war.

Er strich ihr ein paar verirrte rote Strähnen hinters Ohr. Eine ganz normale Geste, die Ruby eigentlich nur als die Berührung von Haut auf Haut hätte wahrnehmen sollen. Stattdessen fühlte es sich erneut so an, als würde sie brennen. Es war ein warmes, heilendes Gefühl in ihrem Inneren.

»Du willst mich beißen?«, wiederholte sie seine Bitte.

Fynn nickte mit einem schalkhaften Grinsen im Gesicht. »Wie du mir.«

Ihr Verstand sagte ihr, dass sie ablehnen sollte.

Aber ihr Körper reagierte mit einem kleinen zustimmenden Kopfnicken.

Als Erstes spürte sie die Berührung von Fynns Lippen auf ihrer Schulter.

Sie erschauderte leicht, was dem Piraten ein dunkles kehliges Lachen entlockte.

Sie grub ihre Fingernägel in seinen Rücken.

Seine Zähne waren stumpf. Er war zärtlicher als sie – sofern man einen Biss als solches beschreiben konnte. Aber fest genug, um einen Abdruck zu hinterlassen, der einige Minuten deutlich erkennbar bleiben würde.

»Und was machen Drachen nun?«, schnurrte Fynn verführerisch in ihr Ohr. Er biss ihr spielerisch ins Ohrläppchen.

Das holte Ruby in die Wirklichkeit zurück.

»Schlafen gehen!« Sie stieß Fynn von sich und dabei fast aus dem Mastkorb. »Gute Nacht. Nacht. Nacht«, sagte sie hektisch. »Nacht!«

Fynn nickte artig – für ihren Geschmack zu brav. »Aye. Gute Nacht.«

Er schwang sich über den Mastkorb. Doch bevor er die Leiter hinunterkletterte, beugte er sich noch einmal zu Ruby vor und küsste ihre beschuppte Wange.

***

In dieser Nacht war für Ruby nicht an Schlaf zu denken. Ständig wälzte sie sich von einer Seite zur anderen. Sie holte die Steine aus ihrem Beutel und versuchte sich an ihrer Wärme zu erfreuen. Wie immer spendeten sie Ruby auch ein wenig Wärme und Trost, aber es war anders als menschliche Wärme. Es war ganz anders als die Wärme, die Fynn ihr vor ein paar Stunden entgegengebracht hatte.

Irgendwann kehrte die Crew angetrunken zurück. Ruby hörte wie Anissa Scada anpöbelte und sich irgendwer übergab. Danach wurde es schnell leise, als die Piraten von der langen Suche ausgezehrt ins Bett fielen.

Ruby nutzt die Ruhe und kletterte aus ihrem Korb. Vorher legte sie allerdings noch ihre Maske an. Es war stockfinster, aber sie wollte kein Risiko eingehen.

Ruby stellte sich an den Schiffsbug und blickte aufs Meer. So langsam gewöhnte sie sich an das viele Wasser, an die Piraten und an Fynn. Sie gewöhnte sich langsam wieder an das Menschsein.

Als Ruby Schritte auf dem Deck hörte, ignorierte sie diese. Sie musste sich nicht umdrehen, um zu wissen, dass es Fynn war.

»Was willst du?«, knurrte sie, ohne sich vom Meer abzuwenden.

Ein starker Arm legte sich um ihren Bauch, der andere auf ihren Mund und verhinderte, dass sie schreien konnte.

Sie nahm nur noch einen beißenden Geruch wahr, der von einem Stofffetzen direkt unter ihrer Nase ihre Sinne vernebelte und ihre Glieder langsam aber sicher schwächer werden ließ. Ihr letzter klarer Gedanke war: Onyx.

Und Fynn.

VIII.

Fynn

Fynn schlief die Nacht durch wie ein Stein. Als er langsam wach wurde und ihm dieser Gedanke kam, musste er unwillkürlich grinsen. Es gab da eine gewisse Frau, die Edelsteine liebte. Er hätte nichts dagegen, wenn Ruby ihre Krallen auch mal besitzergreifend über seinen ganzen Körper streichen ließ. Nach der gestrigen Nacht konnte Ruby nicht mehr verleugnen, dass sie Fynn anziehend fand.

Auf dem Schiff schien schon reger Betrieb zu herrschen. Er hörte seine Crew ein Stockwerk höher wild herumtrampeln.

Fynn hatte sich gerade aus seinem Bett erhoben – er fühlte sich immer noch schwächlich durch den unerwarteten Hexenangriff, als es schon an seiner Tür klopfte.

Seine Antwort wurde nicht abgewartet. Eleanore und Anissa stürmten im Doppelpack in Fynns Kajüte. Die Adelige war ganz rot im Gesicht. In Anissas Miene spiegelte sich große Besorgnis wider: »Ruby ist weg!«

Epilog

Es war einmal eine wunderschöne Königstochter. Ihr Haar war so rot wie frisches Blut, ihre Augen so gelb wie flüssiger Honig und ihre Haut so weiß wie Alabaster.

Als sie alt genug war, sollte ein mutiger Prinz sie vor einem Drachen retten und danach zur Frau nehmen.

Eigentlich enden solche Märchen mit einer Hochzeit und dem unwahrscheinlichen Abschluss, dass die Eheleute bis an ihr Lebensende glücklich lebten.

Diese Enden gibt man diesen Erzählungen, wenn man sie Kindern vorliest. Die Wahrheit ist, dass Märchen grausam sind und als Prinzessin geboren zu werden keine Garantie für das Glücklichsein ist. Man bekommt nicht einfach sein »Und-sie-lebten-glücklich-bis-an-ihr-Lebensende«.

Prinzessin Amarantha von Yevel musste das am eigenen Leib erfahren. Sie wurde eingesperrt und dem Tode überlassen, bevor sie in den Flammen wiedergeboren wurde.

Wollt ihr mehr von der wahren Geschichte hören?

Von der Geschichte, in der eine Prinzessin zum Monster wurde und dann zur Königin aufstieg.

Danksagung

Erst einmal danke an alle, die nach dem Cliffhanger den E-Reader oder das Buch nicht an die Wand schmeißen!

Ich glaube, dass ich als Liebesroman-Autorin, die sonst stets abgeschlossene Romane schreibt, bei solchen Büchern meine sadistische Ader ausleben muss. Oder wollt ihr, dass der nächste Liebesroman ein offenes Ende hat? Nein? Gut.

Ich will euch nicht zu viel verraten, aber ich kann euch vorab schon mal versprechen, dass das Ende von Band 2 alles wieder wettmachen wird.

Ein großes Danke geht auch an meine Testleserinnen Christine, Dawn, Diana, Katharina, Kira, Lisa, Maria, Marie, Nora, Vanessa und Sara.

Ich freue mich schon auf ein ›Wiederlesen‹ in Band 2, der die Geschichte von Ruby und Fynn zu Ende erzählen wird!

DIE MACHT DER GEFÜHLE
TAUCH EIN IN ROMANTISCH-FANTASTISCHE GESCHICHTEN.
I M P RE S S
#IMPRESSBOOKS
ALLES VON IMPRESS HIER:
IMPRESSBOOKS.DE

ATEMRAUBENDE DRACHEN-FANTASY

Solvig Schneeberg
THE DRAGON CHRONICLES 1: A DRAGON'S LOVE
ISBN 978-3-551-30215-1
Softcover
Auch als E-Book erhältlich

Raven kehrt nach Jahren in ihre Geburtsstadt zurück. Hier hofft sie das Zuhause zu finden, das sie immer vermisst hat. Aber stattdessen muss sie erkennen, dass Chris, ihr Vertrauter und bester Freund, sie jahrelang belogen hat. Bei einer Party verliert Raven die Kontrolle über ihren Körper, ungeahnte Kräfte steigen in ihr empor – und Chris scheint besser zu wissen, was mit ihr geschieht, als sie selbst.

Annika Hanke
DIE DRACHENWANDLER 1: FIRE IN YOUR EYES
ISBN 978-3-551-30270-0
Softcover
Auch als E-Book erhältlich

Eigentlich wollte Romy nur mit ihren besten Freunden für ihre Abschlussprüfungen lernen. Als jedoch zahllose Meteoriten vom Himmel fallen und die Welt im Chaos versinkt, sind Schulnoten das Letzte, woran sie noch denkt. Die vermeintlichen Meteoriten sind nämlich nichts Geringeres als Drachen, die die Erde überfallen. Und Romy verspürt eine merkwürdige Sehnsucht nach einem der flammenden Wesen ...

WWW.IMPRESSBOOKS.DE

Impress
Die Macht der Gefühle

Impress
Ein Imprint der CARLSEN Verlag GmbH
November 2020

Lektorat: Rebecca Steltner
Umschlagbild: shutterstock.com / © Ironika/ © Susanitah
Umschlaggestaltung: formlabor
Satz und Umsetzung: readbox publishing, Dortmund
Druck und Bindung: CPI Books GmbH, Birkach
ISBN 978-3-551-30316-5
Printed in Germany
www.carlsen.de/impress

Alle Bücher im Internet: www.carlsen.de